A CADA ÚLTIMO SUSPIRO

Tradução *Iana Araújo*
Preparação *Mariana Martino*
Revisão *Silvia Yumi FK*
Tainá Fabrin
Arte e projeto gráfico *Francine C. Silva*
Capa e diagramação *Renato Klisman | @rkeditorial*
Tipografia *Adobe Caslon Pro*
Impressão *COAN Gráfica*

Dados Internacionais de Catalogação na Publicação (CIP)
Angélica Ilacqua CRB-8/7057

A76c Armentrout, Jennifer

A cada último suspiro / Jennifer Armentrout ; tradução de Iana Araújo. — São Paulo : Inside Books, 2023.

336 p. (Coleção Dark Elements, vol 3)
ISBN 978-65-85086-14-1

Título original: *Every Last Breath*

1. Ficção norte-americana 2. Literatura fantástica I. Título II. Araújo, Iana III. Série

23-1542 CDD 813

JENNIFER L.
ARMENTROUT

SÉRIE DARK ELEMENTS

A CADA ÚLTIMO SUSPIRO

São Paulo
2023

Isto é para cada fã de Zayne e de Roth, todo mundo que torceu pela Layla e que quis a sua própria Bambi, e para todos os que apoiaram apaixonadamente o seu galã favorito e que votaram em qual deles Layla deveria escolher. Obrigada por me acompanharem nesta jornada.

Capítulo 1

Fiquei parada no meio da sala de estar de Stacey enquanto o meu mundo se acabava à minha volta.

Sam era o Lilin.

Um horror acentuado me mantinha imóvel, sugando o ar dos meus pulmões enquanto eu encarava o que costumava ser um dos meus amigos mais próximos em todo o mundo. Por causa do familiar demoníaco, Bambi, e por ter ficado incapaz de ver almas enquanto ela estava ligada a mim, eu nunca vira o que estava bem na minha frente todo aquele tempo. Nenhum de nós tinha visto, mas era Sam. Ele é quem causara o caos na escola e todas as mortes recentes. Em vez de arrancar almas com um único toque, como eu sabia que um Lilin era capaz de fazer, ele se alongou, tomando um pouquinho aqui e ali, brincando com suas vítimas e brincando conosco.

Brincando comigo.

Só que o que estava ali em pé na casa de Stacey estava... estava basicamente vestindo a pele de Sam, um figurino perfeitamente trabalhado, porque o verdadeiro Sam... Ele não existia mais. A dor de saber que o meu amigo estava morto, e já há algum tempo, sem que qualquer um de nós soubesse, cortou-me profundamente, dissolvendo meus ossos e minha pele em pesar.

Eu não tinha sido capaz de salvá-lo. Nenhum de nós tinha conseguido, e agora sua alma... sua alma tinha que estar lá embaixo, para onde todas as almas que eram levadas por um Lilin iriam. Meu estômago se comprimiu.

– Você não pode me derrotar – disse o Lilin, sua voz idêntica à de Sam. – Então junte-se a mim.

– Ou o quê? – Meu coração batia como uma britadeira no meu peito. – Ou morro? Nem um pouco clichê.

O Lilin inclinou a cabeça para o lado.

– Na verdade, eu não ia dizer isso pra você. Eu preciso da sua ajuda pra libertar a nossa mãe. Mas o resto deles pode morrer, sim.

Nossa mãe. Antes que eu pudesse me debruçar sobre o fato nojento de ser parente da criatura que matou o meu amigo e provocou tanta carnificina, Zayne se transformou para a sua verdadeira forma, distraindo-me. Sua camisa rasgou nas costas enquanto suas asas se desdobravam, e sua pele escureceu para o tom do granito escuro dos Guardiões. Brotaram dois chifres, dividindo seus cabelos loiros ondulados enquanto eles se curvavam para trás, e suas narinas se achataram. Quando ele abriu os lábios para soltar um grunhido baixo de advertência, presas apareceram. Ele deu um passo em direção ao Sam, suas mãos enormes fechando-se em punhos.

– Não! – gritei. Zayne parou, sua cabeça virando bruscamente em minha direção. – Não se aproxime dele. Sua alma – lembrei-o, meu coração acelerado. Ou o que sobrou da alma de Zayne, considerando que eu acidentalmente tirara um pedacinho dela não muito tempo atrás.

Zayne recuou, sua postura cautelosa.

Voltei a minha atenção para o mal disfarçado de Sam. Seja o que fosse a coisa à nossa frente, partilhávamos da mesma carne e sangue. Só recentemente eu tinha descoberto como exatamente eu era parte demônio e parte Guardião. Eu era a filha de Lilith, e essa… essa coisa realmente era parte de mim. Tinha nascido do meu sangue e do de Lilith, e era tão maligna quanto Lilith. Ela queria libertá-la? Impossível. Se Lilith viesse à superfície, o mundo como o conhecíamos mudaria irrevogavelmente.

– Não vou te ajudar a libertar Lilith. – De jeito nenhum que eu ia chamá-la de nossa mãe. Nojo. – Isso nunca vai acontecer.

O Lilin sorriu enquanto me observava com olhos escuros e turvos.

– Chegue perto o tanto que quiser. – A coisa ignorou minha declaração, provocando Zayne. Cacete, provocando a todos nós. – Ela não é a única nesta sala com preferência por alma de Guardião.

Eu suguei um ar agudo e ardente enquanto Stacey soltava um gemido. No espaço de um segundo, o relacionamento dela com Sam passou diante dos meus olhos. Eles eram amigos desde sempre, e só recentemente ela percebeu que Sam sempre, *sempre* esteve apaixonado por ela. Mas ela só tinha começado a prestar atenção nele quando Sam começou a mudar…

Meu Deus.

Stacey devia estar se partindo ao meio, vendo o garoto que ela finalmente amava se tornar pior do que os monstros que rondavam as ruas à noite, mas eu não podia me dar ao luxo de tirar meu foco do Lilin. Ele podia fazer um movimento a qualquer instante, e três de nós naquela sala eram vulneráveis ao pior tipo de ataque de que ele seria capaz.

– Não tem nada como tomar uma alma pura, mas você já sabe disso, Layla. Todo aquele calor e bondade descem tão suave quanto o chocolate mais puro.

– O Lilin levantou o queixo e soltou o tipo de gemido que normalmente faria meus ouvidos queimarem. – Mas não ter pressa, saborear o gosto é muito mais decadente. Você devia experimentar, Layla, e parar de ser tão gulosa quando se alimenta.

– E você devia experimentar calar essa boca. – Calor exalou do poderoso demônio parado ao meu lado. Roth, o Príncipe da Coroa do Inferno, ainda não tinha se transformado, mas eu conseguia notar que ele estava perto. Fúria escorria de suas palavras. – Que tal isso?

O Lilin nem sequer se deu ao trabalho de lançar um olhar na direção de Roth.

– Gosto de você. Eu realmente gosto, príncipe. Pena que você vai acabar morto.

Meus dedos se fecharam, unhas rasgando as palmas das minhas mãos enquanto a raiva fluía pelo meu sistema, quente e amarga. Eu sentia um turbilhão de emoções. Além de tudo o que tinha acontecido de errado recentemente, estava ali entre Zayne e Roth, o que já era umas mil vezes esquisito num dia normal, mas agora, depois de Roth…

Eu não devia me concentrar naquilo agora.

– Você é muito corajoso, fazendo ameaças quando estamos em maior número que você.

Um ombro subiu em um gesto tão puramente Sam que enviou uma facada de dor através de mim.

– Que tal eu ser apenas inteligente? – questionou a criatura corajosamente. – E que tal eu saber mais do que todos vocês sobre como isso vai acabar?

– Você fala muito – rosnou Roth, dando um passo à frente. – E eu quero dizer muito mesmo. Por que é que os vilões sempre têm de fazer monólogos repugnantemente longos e chatos? Vamos logo pra parte de matar, tudo bem?

A boca do Lilin formou um sorriso torto.

– Tão ansioso para morrer a morte final, não é?

– Tá mais pra tão ansioso pra acabar com esse falatório – Roth retrucou, movendo-se de modo que mais uma vez ele ficou diretamente ao meu lado.

– Foi você este tempo todo? – A voz de Stacey tremia sob o peso da dor que ela devia estar sentindo. – Você não tem sido Sam? Não desde...

– Não desde que Dean mostrou seus punhos de fúria. Aquilo foi divertido. – O Lilin riu enquanto aqueles olhos escuros deslizavam na direção de Stacey. – Sam já não tá em casa tem um tempo, mas posso te garantir que gostei... do nosso tempo juntos tanto quanto tenho certeza de que ele teria gostado. Se isso te serve de consolo.

Ela tapou a boca com uma mão, abafando as palavras enquanto lágrimas deslizavam pelo seu rosto pálido.

– Meu Deus.

– Não exatamente – murmurou a coisa, seda em sua voz.

Aproximei-me de Stacey, afastando a atenção do Lilin dela. Eu me senti enjoada por ela, absolutamente repugnada.

– Por quê? – eu exigi. – Você tá por perto há semanas. Por que não atacou a gente?

O Lilin suspirou pesadamente.

– Não só de violência, morte e tripas vive um demônio. Descobri rapidinho que tem muita coisa divertida pra se fazer na superfície, coisas de que eu gostei bastante. – A coisa piscou para Stacey, e eu fiquei com sangue nos olhos.

A minha pele formigava como se mil formigas de fogo marchassem por cima de mim.

– Não olhe pra ela. Não fale com ela ou respire perto dela, e nem sequer pense em tocá-la de novo.

– Ah, eu fiz mais do que isso – o Lilin respondeu. – Muito mais. Tudo o que o seu Sam desejava que ele tivesse tido a coragem de fazer. Mas, sabe, ele não tá muito preocupado com essas coisas no momento. Veja bem, eu o consumi. Consumi a alma de Sam em sua totalidade. Nenhuma parte dele permanece nesse plano. Ele não é um espectro como os outros que cruzaram meu caminho. Eu não brinquei com a comida quando o assunto era ele, tomando pedacinhos. Não, ele se foi. Sam tá no…

Várias coisas aconteceram de uma só vez.

Stacey disparou em direção ao Lilin, sua mão se erguendo como se estivesse prestes a socar o sorriso zombeteiro para longe de seu rosto. O Lilin se virou em sua direção e, embora ainda não tivesse levado a alma dela por algum motivo, agora eu sabia que não havia garantias. O Lilin era imprevisível. Aquela coisa tinha exposto o que realmente era, e eu tinha a impressão de que tinha cansado de brincar. Estava a um braço de distância dela e eu, bem, eu meio que perdi o controle. A raiva me iluminou por dentro.

A mudança se apossou de mim sem sequer tentar. Como se tirasse uma roupa, eu deixei a forma humana que tinha usado por tanto tempo e à qual, de certa forma, tinha desesperadamente me agarrado. Nunca tinha sido tão fácil. Os ossos não se partiram e voltaram a se encaixar. A pele não esticou, mas a senti endurecer, tornar-se resistente à maioria das facas e balas. O céu da minha boca formigou quando as minhas presas desceram, dentes feitos para cortar até a pele de um Guardião e, definitivamente, a de um Lilin. Logo abaixo da base do meu pescoço e em ambos os lados da minha coluna, as minhas asas se soltaram e se desdobraram.

Alguém na sala resfolegou, mas eu não estava prestando atenção.

Movendo-me tão rápido quanto uma cobra dando um bote, agarrei o braço de Stacey e a empurrei para trás de mim. Fiquei entre ela e o Lilin.

– Eu disse pra não tocar nela. Não olhe pra ela. Nem sequer respire na direção dela. Se você fizer isso, vou arrancar a cabeça dos seus ombros e chutá-la pra fora de uma janela.

O Lilin parou abruptamente, dançando um passo para trás. Seus olhos negros se arregalaram. Choque se espalhou em seu rosto, e então seus lábios se curvaram para trás.

– Isso não é jogar limpo.

O que diabos? Aquilo era medo que eu vi em seu rosto?

– Tenho cara de quem se importa?

– Ah, você vai. – O Lilin recuou, indo em direção à porta. – Você vai se importar pra caramba.

Então o Lilin se foi, girando nos calcanhares e saindo da casa com uma rapidez que me deixou ali parada, olhando tolamente para a porta vazia. Eu não entendia. O Lilin não tinha hesitado um músculo com Zayne ou Roth, mas eu tinha me transformado e ele colocou o rabo entre as pernas e fugiu?

Hã.

– Bem, isso foi… anticlimático. – Eu me virei lentamente, colocando as minhas asas de volta. O primeiro que eu vi foi Zayne.

Ele tinha voltado à sua forma humana. Zayne, mesmo quando estava visivelmente exausto, sempre parecia ter saído de uma revista de celebridade. Sua boa aparência ia para além do tipicamente americano e direto para gostosolândia, onde todas as garotas do planeta moravam. Ele era como eu imaginava que anjos seriam. Olhos azuis vibrantes e traços quase celestiais, mas ele me encarava com a boca levemente aberta. Seu rosto absolutamente lindo estava pálido, o que fazia com que as sombras implacáveis sob seus olhos se destacassem fortemente. Ele me olhava como se nunca tivesse me visto antes, o que era bizarro, porque ele crescera comigo. Eu me senti como um tipo de espécime.

Um fio de desconforto escorreu pela minha coluna enquanto meu olhar mudava para o sofá. Em algum momento, Zayne se aproximou de onde Stacey havia aterrissado. Eu esperava encontrá-la balançando-se encolhida em um canto, mas ela também me encarava boquiaberta, suas mãos pressionadas contra as bochechas, e se aquela fosse qualquer outra ocasião eu teria rido da expressão. Mas não agora.

Meu ritmo cardíaco acelerou enquanto eu me virava em direção ao fundo da sala, onde Roth estava. O meu olhar colidiu com olhos cor de âmbar, o dele estava arregalado, as suas pupilas verticais. Mesmo assim, ele era um espetáculo de se ver.

Roth era… Bem, não havia ninguém que andasse nesta terra que se parecesse com ele. Provavelmente tinha a ver com o fato de que ele não era humano de forma alguma, mas ele era deslumbrante. Sempre foi, mesmo quando tinha arrumado o cabelo preto espetado para cima. Eu preferia o estilo mais discreto que ele usava agora, com o cabelo caindo sobre a testa, roçando a ponta de suas orelhas e o arco das sobrancelhas igualmente escuras. Os olhos dourados eram ligeiramente puxados nos cantos externos. Ele tinha maçãs do rosto e uma mandíbula com as quais se podia cortar vidro, um rosto que qualquer artista morreria para esboçar – ou tocar. E aqueles lábios cheios e expressivos estavam separados.

Sua pele parda não estava pálida e ele não olhava para mim como se eu devesse estar sob um microscópio, mas estava observando-me com espanto assim como Zayne.

O desconforto se transformou em bolas de pavor, assentando-se pesadamente no meu estômago.

– O que foi? – sussurrei, olhando ao redor da sala. – Por que vocês estão me encarando... como se tivesse algo de errado comigo?

Não podia ter sido porque eu disse ao Lilin que arrancaria a cabeça dele. Sim, eu era um pouco menos violenta na maioria das vezes, mas nos últimos dias eu pensei que eu era o Lilin, tinha sido beijada por Zayne e quase tomado a alma dele, fui posteriormente acorrentada e mantida em cativeiro pelo mesmo clã que tinha me criado, quase fui assassinada por eles – pausa para respirar –, então fui curada graças ao Roth e a uma poção misteriosa fornecida por um *coven* de bruxas adoradoras de Lilith, e agora eu tinha acabado de descobrir que o meu melhor amigo estava morto, a alma dele estava no Inferno e o Lilin tinha tomado o seu lugar. Seria de se pensar que não pegariam tão pesado comigo.

Roth limpou a garganta.

– Baixinha, olha... olha pra tua mão. – Olhar para a minha mão? Por que ele estaria me pedindo para fazer isso no meio de toda essa loucura? – Olhe – disse ele em voz baixa, e gentil demais.

Pavor explodiu em meu intestino como chumbo grosso, e o meu olhar caiu para a minha mão esquerda. Eu esperava ver o estranho emaranhado marmorizado de preto e cinza, uma mistura do demônio e do Guardião que existiam dentro de mim, e uma combinação com a qual agora eu me tornara quase familiar. As minhas unhas tinham se alongado e afiado, e dava para ver que elas eram duras o suficiente para cortar aço, tão duras quanto a minha pele, mas a minha pele… ainda era rosa. Muito rosa.

– O que diabos…? – O meu olhar viajou para a minha outra mão. Era a mesma coisa. Apenas rosa. As minhas asas se contorceram, lembrando-me que eu tinha me transformado.

Zayne engoliu.

– Suas… suas asas…

– O que tem as minhas asas? – Eu quase gritei, levantando uma mão para trás de mim. – Elas estão quebradas? Elas não saíram… – As pontas dos meus dedos entraram em contato com algo tão macio quanto seda. Puxei minha mão para longe. – O que…

Os olhos lacrimejados de Stacey dobraram de tamanho.

– Hã, Layla, tem um espelho em cima da lareira. Acho que você precisa olhar nele.

Eu encontrei o olhar de Roth por um segundo antes de me virar e disparar para a lareira que eu tinha certeza de que a mãe de Stacey nunca tinha usado. Segurando a cornija branca da lareira, olhei para o meu reflexo.

Eu parecia normal, como eu era antes de me transformar… como se eu estivesse indo para a aula ou algo assim. Os meus olhos eram o tom mais pálido de cinza, um azul diluído. O meu cabelo era tão loiro que era quase branco, e uma bagunça de mechas onduladas se espalhava em todas as direções, como de costume. Eu parecia uma boneca de porcelana incolor, o que não era novidade, exceto pelas duas presas saindo da minha boca. Eu não as mostraria na escola, mas não foi isso que prendeu a minha atenção.

Foram as minhas asas.

Elas eram grandes, não tão enormes como as de Zayne ou Roth, e normalmente tinham uma textura quase coriáceas, mas agora elas eram pretas… pretas e emplumadas. Tipo emplumadas de verdade. Aquela coisa macia e sedosa que eu tinha sentido? Eram peninhas.

Penas.

– Ah, meu Deus – eu sussurrei para o meu reflexo. – Eu tenho penas.

– São definitivamente asas emplumadas – Roth comentou.

Eu me virei, derrubando uma lâmpada com a minha asa direita *emplumada*.

– Tenho penas nas minhas asas!

Roth inclinou a cabeça para o lado.

– É, você tem mesmo.

Aquilo não ajudava em nada, então me virei para Zayne.

– Por que tem penas nas minhas asas?

Zayne balançou a cabeça lentamente.

– Eu não sei, Layla. Nunca vi nada assim antes.

– Mentiroso – sibilou Roth, lançando-lhe um olhar sombrio. – Você já viu isso antes. Eu também vi.

– Eu não – murmurou Stacey, que, a esta altura, tinha encolhido as pernas contra o peito e realmente parecia que estava prestes a se balançar em posição fetal a qualquer momento. Até recentemente, Stacey não sabia o que Roth realmente era. Ela nem sabia sobre mim. Isso tinha que ser demais para ela.

– Ok. Como e por que vocês já viram isto antes? – eu exigi, respirando fundo rápido demais. – Eu vou ter que depilar as minhas asas agora?

– Baixinha… – Os lábios de Roth se contorceram.

Eu levantei uma mão, apontando meu dedo para ele.

– Não ouse rir, seu idiota! Isto não é engraçado. As minhas asas são aberrações da natureza!

Ele levantou as mãos.

– Eu não vou rir, mas eu acho que você devia deixar os barbeadores em paz. Além disso, muitas coisas têm penas nas asas.

– Tipo o quê? – eu exigi. Por acaso existiam ainda mais criaturas sobrenaturais que eu não conhecia?

– Tipo… tipo falcões – ele respondeu.

As minhas sobrancelhas se ergueram.

– Falcões? *Falcões*?

– E águias?

– Eu não sou um pássaro, Roth! – A paciência me abandonou. – Por que eu tenho penas nas asas? – gritei, desta vez para Zayne. – Você já viu isso antes? Onde? Alguém vai me dizer…

Debaixo de mim, o chão começou a tremer, interrompendo-me. O tremor aumentou, subindo pelas paredes, sacudindo o espelho e as fotos emolduradas. Poeira de gesso soprou do teto. A casa tremeu e um estrondo alto se tornou ensurdecedor.

Stacey pulou do sofá, agarrando o braço de Zayne.

– O que tá acontecendo?

Asas esquecidas, eu troquei um olhar com Zayne. Algo sobre aquilo era muito familiar. Eu já tinha sentido isso antes, quando...

Uma luz dourada ofuscante fluiu através das janelas, das pequenas rachaduras na parede e por entre as tábuas de madeira do chão. Luz suave e luminosa rastejou ao longo do teto, escorrendo para baixo. Eu pulei para o lado, evitando por pouco ser atingida pelo respingo. Eu lembrava com clareza do que tinha acontecido na última vez em que fui estúpida o suficiente para tocar na luz.

A minha espécie nunca poderia tocá-la. Nem a de Roth.

– Merda – ele murmurou.

Meu coração parou quando o estrondo foi cortado e o lindo brilho desapareceu. Em um piscar de olhos, Roth estava ao meu lado, com uma mão fechada em volta do meu braço.

Stacey farejou o ar.

– Por que parece que estamos sendo sufocados em roupa lavada?

Ela estava certa; um novo perfume permeava o ar. Para mim, era almiscarado e doce. O paraíso... o paraíso cheirava como você quisesse, o que quer que você mais desejasse no mundo, e era diferente para cada um.

Zayne empurrou Stacey para trás dele, e eu tive a sensação de que Roth estava prestes a arrastar nossas caras não angelicais para fora dali, mas uma fissura de poder irradiou por toda a sala. O aroma doce que me encheu de saudade foi substituído por trevo e incenso. O calor viajou pelas minhas costas, e eu sabia que era tarde demais para fugir.

Ah, não.

Stacey ofegou.

– Ah, meu... – Seus olhos se reviraram nas órbitas e seus joelhos cederam. Ela dobrou como um acordeão. Zayne a segurou antes que ela pudesse bater no chão, e eu não tive tempo para me preocupar com ela.

Nós não estávamos sozinhos.

Eu não queria me virar, mas não pude evitar. Eu precisava, porque eu queria *vê-los*. Eu tinha de vê-los antes que eles me varressem da face da Terra. Roth deve ter sentido o mesmo, porque ele também se virou. Havia um brilho suave refletindo em suas bochechas. Ele apertou os olhos e eu olhei para a porta.

Dois deles estavam parados lá como sentinelas, com quase dois metros de altura ou possivelmente até mais. Eles eram tão bonitos que era quase doloroso de olhar. O cabelo era da cor do trigo e a pele deles brilhava, refletindo e absorvendo a luz ao redor. Eles não eram pretos, nem brancos, nem qualquer tom intermediário, mas de alguma forma eram todas as cores de uma só vez, e eles vestiam um tipo de calça de linho. As orbes de seus olhos eram puramente brancas, sem íris ou pupilas. Apenas um espaço branco, e eu me perguntava vagamente como eles conseguiam enxergar. Seus peitos e pés estavam nus. Seus ombros eram tão largos quanto o de qualquer Guardião, e suas asas eram magníficas, de um branco brilhante, abrangendo pelo menos dois metros e meio de cada lado deles.

As asas deles também tinham penas.

Ao contrário das minhas, porém, essas penas tinham centenas de olhos, olhos de verdade. Globos oculares que não piscavam, mas vagavam constantemente e pareciam absorver tudo ao redor de uma só vez.

Cada uma das criaturas segurava uma espada de ouro, uma espada de verdade, que parecia ter o comprimento da minha perna. Aquela combinação era possivelmente a coisa mais bizarra que eu já tinha visto, e eu vira um monte de coisas estranhas em meus dezessete anos de vida.

Eles estavam aqui, aqueles que mandavam nesse espetáculo que chamamos de vida, que criaram os Guardiões e que, para os demônios, eram o equivalente ao bicho-papão. Nunca na história do universo eles tinham estado na presença de alguém com um traço de sangue demoníaco sem acabar com aquela vida imediatamente.

Eu senti as minhas asas – minhas asas *emplumadas* – se encolherem nas minhas costas. Eu nem sei por que tentei escondê-las àquela altura, mas estava um pouco insegura. No entanto, eu não estava disposta a mudar para a minha forma humana, não na presença daqueles seres.

Eu não conseguia parar de encará-los. Reverência e medo guerreavam dentro de mim. Eles... eles eram *anjos* e suas asas emplumadas praticamente brilhavam, eram tão radiantes. Nunca tinham permitido que eu me aproximasse deles, nem mesmo quando iam ao complexo dos Guardiões para se encontrarem com Abbot, o líder do clã. Sempre fui forçada a deixar o local, e nunca pensei que os veria.

Um impulso irresponsável de ir até eles me bateu com força no peito, e tive que reunir forças para ignorá-lo. Respirei fundo, e eles cheiravam *maravilhosamente bem.*

Roth se sacudiu de repente, e meu coração se alojou em algum lugar na minha garganta. O medo se derramou em mim. Eles tinham feito algo a ele? Então eu vi. Uma sombra se afastou dele, se derramando no ar na nossa frente. Eu também tinha visto isso antes. Acontecia sempre que os familiares tatuados saíam da pele dele.

Eu sabia que não era Bambi ou os gatinhos, porque aquela sombra vinha da altura do... bem, praticamente onde estava o cinto na sua calça. Só havia uma tatuagem ali, a única que eu nunca tinha visto.

O familiar dragão que Roth tinha avisado que só saía de sua pele quando tinha merda no ventilador ou ele estava seriamente furioso.

Os Alfas estavam aqui, e Tambor finalmente saíra para brincar.

Capítulo 2

Preparando-me para o aparecimento de um dragão enorme e destrutivo, eu tensionei e prendi a respiração. Iríamos morrer de uma maneira horrível, queimando até a morte.

A sombra era enorme à medida que se transformava em milhares de pontinhos pretos que giravam juntos no ar, como um mini ciclone, tomando forma. Segundos se passaram enquanto escamas azuis e douradas iridescentes apareciam ao longo da barriga e das costas do dragão. Asas vermelho vivo brotaram, bem como um longo e altivo focinho e patas traseiras com garras. Seus olhos combinavam com os de Roth, um amarelo brilhante.

Era uma bela criatura.

Mas... o dragão era do tamanho de um gato, e um gato muito pequeno.

Não era bem o que eu estava esperando.

Suas asas se moviam silenciosamente enquanto pairava à esquerda de Roth, sua cauda balançando. Era tão pequeno e tão... tão fofo.

Eu pisquei vagarosamente.

– Você... você tem um... um dragão de bolso?

Zayne soltou um ar de deboche em algum lugar atrás de mim.

Roth deixou escapar um suspiro pesado.

Mesmo que as nossas vidas estivessem em perigo e que provavelmente todos fôssemos morrer, de fato não havia a mínima simpatia entre Roth e Zayne.

O dragão girou a cabeça na minha direção, abriu a boca e soltou um barulhinho. Estava mais para um miado. Uma nuvem de fumaça preta saiu dele. Sem fogo. Apenas fiapos escuros que cheiravam levemente a enxofre. Minhas sobrancelhas se ergueram.

– Remova o familiar da nossa vista – um Alfa exigiu, fazendo-me estremecer. O que falava estava de pé à direita da porta, e sua voz era incrivelmente grave, reverberando tanto pela sala quanto por mim. Em parte, eu esperava que os meus tímpanos se rompessem.

Fiquei surpresa que os Alfas não tinham tentado eliminar Tambor na mesma hora, mas, novamente, não era como se o dragão de bolso fosse uma ameaça.

A postura de Roth parecia casual, mas eu sabia que ele estava engatilhado, pronto para entrar em ação.

– É, isso não vai rolar.

Os lábios do Alfa formaram um sorriso de escárnio.

– Como ousas falar comigo? Eu poderia acabar com a sua existência antes de você tomar seu próximo fôlego.

– Você poderia – Roth respondeu calmamente –, mas você não vai fazer isso.

Meus olhos se arregalaram. Bater de frente com os Alfas não era o que eu consideraria uma estratégia inteligente.

– Roth – murmurou Zayne. Sua voz parecia mais próxima, mas eu não queria tirar os olhos dos Alfas para verificar. – Talvez seja uma boa você relaxar um pouco.

O Príncipe da Coroa sorriu.

– Não. Quer saber por quê? Os Alfas poderiam acabar comigo, mas eles não vão fazer nada disso.

Em frente a nós, o Alfa que tinha falado endureceu, mas não interrompeu.

– Sabe, eu sou o Príncipe da Coroa favorito – continuou Roth, seu sorriso se abrindo. – Se me matam sem eu ter feito nada para merecer isso, vão ter que lidar com o Chefe. Eles não querem isso.

Surpresa passou por mim. Eles não podiam simplesmente acabar com Roth por causa de quem ele era? Eu sempre pensei que eles podiam simplesmente fazer o que quisessem.

O Alfa que tinha estado em silêncio até aquele momento falou:

– Regras existem por uma razão. Não significa que temos de gostar delas, por isso sugiro que não abuses da sorte, *Príncipe*.

Então Roth fez o impensável. Ele levantou a mão e estendeu o dedo do meio.

– Isto conta como abusar, Bob?

Cacete, ele tinha dado uma dedada para um Alfa! E ele chamou o Alfa de *Bob*! Quem fazia isso? Sério?

Minha mandíbula bateu no chão enquanto o Tambor em miniatura tossia outra nuvem de fumaça.

– Eu não sou cego pela sua glória – disse Roth. – Vocês se sentam em suas nuvens elevadas julgando cada criatura viva existente. Nem tudo é oito ou oitenta. Vocês sabem disso, e ainda assim não reconhecem nenhum meio termo.

Faíscas de eletricidade estalaram dos olhos brancos do Alfa.

– Um dia, Príncipe, irás encontrar o teu destino.

– E vou fazer isso espetacularmente – ele brincou. – E com uma ótima aparência, também.

Eu apertei os olhos brevemente. Ah, meu Deus...

O Alfa à direita se remexeu, sua grande mão apertando o punho da espada, e eu tive a sensação de que ele queria atravessá-la por Roth. Achei que era hora de arrancar a língua do céu da minha boca.

– Vocês estão aqui por causa do Lilin, certo? A gente vai impedi-lo. – Eu não tinha ideia de como faríamos isso e provavelmente não deveria fazer tal promessa a seres que poderiam me destruir em um piscar de olhos, mas eu não via outra alternativa. Não só porque eu precisava distraí-los de Roth, mas porque o Lilin precisava ser parado. Qualquer criatura com uma alma estava em perigo agora. – Eu prometo.

– Os Guardiões cuidarão do Lilin. Eles foram criados para isso, é trabalho deles proteger a humanidade. Se não o fizerem, pagarão o preço mais alto junto com os demônios – respondeu o Alfa que falara primeiro. – Mas estamos aqui para lidar com você.

Meu coração parou de novo.

– Eu?

O Alfa que Roth tinha apelidado de Bob semicerrou os olhos.

– Você é um sacrilégio da mais alta ordem. Antes, você era uma abominação que deveria ter sido eliminada, mas agora você é uma perversidade que não podemos permitir que continue existindo.

Roth inclinou a cabeça para o lado enquanto Zayne corria para frente.

– Não! – Zayne disse, suas asas fechando-se. – Ela nunca fez nada para...

– Ah, é mesmo? – o outro Alfa respondeu secamente enquanto suas asas se arqueavam, altas. Aqueles olhos incrustados em penas giravam pela sala, e então todos eles, centenas deles, focaram-se em mim. – Vemos tudo, Guardião. A justiça deve ser feita.

Bob levantou sua espada e, antes que eu pudesse fazer qualquer coisa, o braço de Roth voou para a frente. Ele me pegou logo acima do peito, empurrando-me para Zayne. Eu bati contra o seu peito duro, e teria caído se Zayne não tivesse me estabilizado com um braço na minha cintura.

Tambor, ainda circulando perto do ombro de Roth, soltou outro miadinho… que se transformou num rugido que fez a casa tremer ainda mais do que quando os Alfas apareceram.

Roth abaixou o queixo, sorrindo.

– Como eu já disse antes, tamanho realmente importa.

Tambor começou a crescer em um ritmo que eu nem conseguia acompanhar, brotando pernas do tamanho de troncos de árvores e garras do comprimento de ganchos. As brilhantes escamas azuis e douradas do dragão pareciam à prova de balas e as suas patas traseiras se esticaram pelo chão, rachando as tábuas de madeira. Uma asa carmesim atingiu o teto, atravessando o gesso. Reboco caiu em nuvens espessas enquanto sua outra asa derrubou a poltrona.

O Alfa gritou alguma coisa, mas foi inaudível em meio ao rugido grave e constante do dragão. Ele se atirou para a frente, balançando sua enorme cauda espinhosa ao longo do chão. A mobília voou para a parede, destruindo um retrato. Uma janela foi quebrada e o ar frio do lado de fora entrou na sala. Tambor parou na nossa frente, de frente para os Alfas enquanto se afastava, soprando faíscas de chamas pelas narinas. O fogo escureceu o que restava do teto enquanto Bob gritava novamente.

– Dê um passo em direção a ela e eu vou fazer um churrasquinho de Alfa. – A voz de Roth era baixa e mortalmente calma. – Estilo bem passado.

Um dos Alfas deu um passo para trás, mas Bob parecia prestes a explodir.

– Você ousa nos ameaçar?

– Eu ouso muito mais do que isso. – A pele de Roth pareceu afinar, seu rosto se tornando ângulos agudos. – Não vou tolerar que um cabelo sequer em sua cabeça seja machucado. Se a quiser, vai ter de passar por mim.

Bob sorriu largamente com isso, e meu estômago despencou. Roth estava determinado a se matar por mim. Ele tinha se sacrificado indo para os poços, voltou de lá, e então foi contra as ordens do seu Chefe e salvou a minha vida. Eu não permitiria de maneira alguma que ele ficasse entre mim e o perigo de novo.

– Pare! – Eu me livrei do aperto de Zayne, mas Tambor se mexeu. A cauda dele balançou para trás, parando a centímetros do meu quadril.

Eu não conseguia me mexer. Meu olhar de pânico se lançou de Roth para os Alfas.

– Qualquer que seja o problema que vocês têm é comigo. Não com eles. Então será que podemos…

Mesmo enquanto eu falava, Bob, o Alfa, se moveu em direção a Roth, levantando a impetuosa espada, e Tambor não gostou daquilo. Levantando-se nas patas traseiras, ele esticou seu pescoço longo e abriu a boca, revelando presas do tamanho de um punho. O cheiro de enxofre aumentou, e então uma explosão de fogo saiu da boca do dragão.

Um grito agudo cheio de dor foi interrompido abruptamente, e onde Bob uma vez estivera, havia apenas uma pilha carbonizada de cinzas.

Todos ficaram perfeitamente parados. Ninguém falou ou sequer parecia respirar. E então:

– Foi no estilo *muito* bem passado – disse Roth, analisando a bagunça.

Meus joelhos ficaram fracos quando levantei as mãos, impotente. Tambor girou sobre o outro Alfa. Houve uma série de sons doentios de mordidas, e então o dragão olhou por cima do ombro, seus olhos dourados encontrando os meus quando abriu a boca. Um líquido azul cintilante manchava seus dentes e ele soltou um som que realmente parecia uma risada presa na garganta.

Bambi comera um Guardião. Tambor comera um Alfa.

Estes familiares realmente não tinham modos.

Mais importante, eu não sabia que alguma coisa era realmente capaz de matar um Alfa, muito menos de comer um.

– Ah. Ah! – Stacey gritou, e eu me virei de lado, bem a tempo de vê-la espremendo-se entre as duas almofadas do encosto do sofá. – Tem um dragão na minha casa! Um dragão! – Acho que ela ainda estava muito confusa devido ao desmaio para lembrar que também houveram anjos em sua casa.

– Tambor – Roth chamou. – Volte pra mim.

O dragão arrotou uma densa nuvem de fumaça e se virou. Eu pulei para fora do caminho da cauda, assim como Zayne. A lareira não teve tanta sorte. Aquela cauda letal bateu contra ela, deixando um punhado de tijolos soltos. Eles caíram no chão, quebrando-se em pedacinhos. Tambor mudou seu peso de pata de um lado para o outro.

Zayne franziu a testa.

– Ele tá... batendo os pés?

Roth revirou os olhos.

– Ele não sai muito.

– Por razões óbvias – murmurou Stacey.

Tambor levantou a cauda e a bateu, quebrando o que restava do chão e arrancando um suspiro de Roth. O dragão balançou a cabeça, então estremeceu antes de encolher de volta para sua fofa forma em tamanho de bolso. Tambor finalmente retornou para Roth, estabelecendo-se no lado de seu rosto como uma pequena sombra que rapidamente correu para baixo de seu pescoço e sob o colarinho da camisa.

Fiquei absolutamente em silêncio e mal me dei conta de ter voltado ao meu estado humano. Meus pensamentos correram de uma situação ruim para outra. Sam como o Lilin. Minhas asas emplumadas. Alfas aparecendo. Tambor...

– Minha mãe vai me matar – sussurrou Stacey, segurando uma almofada bege contra o peito. Ela olhou para cima. – Como é que eu vou explicar isto?

Roth apertou os lábios.

– Explosão na tubulação de gás? – Stacey repetiu as palavras vagamente enquanto ele continuava. – Eu posso incendiar o lugar, torná-lo um pouco mais fidedigno. Não vai danificar o andar de cima, se você não quiser.

– Teve muita prática com isso, hein? – Zayne perguntou com secura.

– Ah, quando o Tambor sai, é sempre bom ir com a velha desculpa da tubulação de gás. É útil – Roth se virou para mim. – Você tá bem?

Eu estava bem?

Raiva se misturava com medo – medo por ele. Eu encarei por um momento e então disparei na direção dele.

– O que é que você tinha cabeça? – Tomando impulso, eu bati no peito dele. – Você ameaçou um Alpha! – Bati novamente, mais forte daquela vez, o suficiente para doer.

– Ai! – Ele esfregou o peito, mas seus olhos brilharam. Ele achava que isto era engraçado!

Zayne caminhou até onde estava a pilha de cinzas.

– Mais do que apenas ameaçou. Ele deixou Tambor comê-los.

– Ei, tecnicamente Tambor fritou um e comeu o outro – Roth corrigiu, alisando a barriga no lugar onde Tambor agora descansava.

– Meu Deus! – Desta vez eu o bati no braço. – Você se meteu em uma encrenca sem tamanho, Roth! Sem tamanho.

Ele deu de ombros.

– Me defendi.

– Me defendi – imitei, jogando a cabeça para frente e para trás. – Você não pode andar por aí matando Alfas, Roth!

– Você matou aqueles anjos? – Stacey perguntou, então imaginei que ela se lembrava deles.

Ele a lançou um sorriso inocente.

– Bem, *eu* não, mas…

– Roth! – gritei, recuando antes que começasse a estrangulá-lo até a morte. – Isto não é brincadeira. Você…

Ele era bem rápido quando queria ser. Em um segundo ele estava a vários metros de mim e no outro ele estava ali, apertando o meu rosto entre suas mãos. Ele abaixou a cabeça para ficar na altura dos meus olhos.

– Existem regras, Baixinha.

– Mas…

– Regras que até os Alfas têm de respeitar. Eles não podem me atacar sem provocação *física*. Se fazem isso, irritam o Chefe, e então o Chefe revida de um jeito que faria o Lilin parecer brincadeira de criança. Eu não sou um demônio qualquer. Eu sou o Príncipe da Coroa. Eles me ameaçaram, e eu me defendi. Fim da história.

Mas ele os provocara. Talvez não fisicamente, mas ele não era um espectador inocente neste cenário. Enquanto o choque diminuía, havia um tipo diferente de realidade amarga para ser engolida. E se Roth estivesse errado sobre as regras? E se mais Alfas estivessem a caminho agora mesmo para vingar os seus irmãos?

– Eu vou ficar bem. – Seu olhar segurou o meu enquanto ele se aproximava, alinhando seus pés com os meus. – Nada vai acontecer comigo. Eu prometo.

– Você não pode fazer essa promessa – sussurrei, encarando seu olhar atentamente. – Nenhum de nós pode.

Suas mãos deslizaram para trás e ele enroscou os dedos no meu cabelo solto.

– Eu posso.

Proferir aquelas duas palavras era como lançar um desafio a todo o universo. Eu abaixei meu olhar enquanto ele empurrava meu cabelo, colocando-o para trás das minhas orelhas. Foi então, enquanto ele lentamente retirava as mãos, que lembrei de que não estávamos sozinhos.

Eu me afastei e o meu olhar colidiu com o de Zayne. Por um momento, eu me permiti realmente ver Zayne. Eu não havia quase o matado. Eu quase tinha feito algo muito, muito pior do que isso. Quando um Guardião perdia sua alma, ele se transformava em uma criatura horrível. Eu tinha certeza disso, porque tinha visto o que tinha acontecido a um Guardião depois de lhes terem tirado a alma. Eu quase fizera *isso* com Zayne, e ele ainda estava ali, ao meu lado.

Um buraco se abriu no meu peito quando vi a desconfiança aguçada em seu olhar. O meu estômago se torceu de um jeito horrível e abri a boca, mas eu não sabia o que dizer. O meu coração e a cabeça estavam de repente se rasgando em duas direções muito diferentes. Felizmente, eu não tive a oportunidade de dizer nada.

– Eu te deixo sozinho por algumas horas, e você deixa Tambor fritar e comer um Alfa.

Soltando um grito, eu girei enquanto Stacey berrava. Cayman estava no centro da sala de estar destruída. Ele apareceu do nada. Puf. Ali estava. Ele usava calças escuras e uma camisa branca que ele aparentemente ficou com preguiça de abotoar direito, e seu cabelo loiro estava solto em volta de seu rosto angular. Quando se tratava da hierarquia demoníaca,

Roth havia me explicado uma vez que, como um Regente Infernal, Cayman era um intermediário. Ele era como um demônio-pra-toda-obra, e eu tinha a sensação de que ele era mais do que um... hm, colega de trabalho de Roth. Quer Roth admitisse ou não, eles eram amigos.

– Foi rápido – comentou Roth, cruzando os braços sobre o peito.

Cayman deu de ombros.

– É um sinal dos tempos, cara. Provavelmente vai aparecer no *feed* do Facebook de algum Alfa em menos de uma hora.

Os Alfas tinham rede social?

Agora Stacey estava segurando a almofada contra a boca, e tudo o que dava para ver dela eram seus enormes olhos castanhos escuros. Quando ela falou, sua voz estava abafada:

– Quem é esse aí?

Comecei a explicar, mas Cayman se curvou na direção dela, estendendo o braço com um floreio.

– Apenas o demônio mais bonito, inteligente e charmoso que existe. Mas eu sei que isso é muito longo, então você pode me chamar de Cayman.

– Hm... – O olhar de Stacey percorreu a sala. – Tá.

A pele de Zayne tinha escurecido, em uma clara indicação de que ele estava prestes a se transformar novamente, e eu esperava que ele mantivesse a calma. Cayman era um amigo, e a última coisa que precisávamos era que os dois se metessem numa briga.

– Roth tá com problemas?

– Baixinha, eu...

Levantei a mão, cortando-o.

– Quieto. Cayman, ele tá com problemas?

Cayman abriu um sorriso.

– Acho que a pergunta mais adequada é: quando é que ele não tá com problemas?

Estreitando os olhos, tive que admitir que era um ponto relevante.

– Certo. Ele tá com mais problemas do que o normal?

– Ah... – Seu olhar caiu sobre Roth, e então seu sorriso se alargou diabolicamente. Ele estava se divertindo demais. – Digamos que o Chefe não tá satisfeito com o que acabou de acontecer aqui. Na verdade, o Chefe tá bem irritado com um monte de coisas, e se Roth for lá pra baixo, provavelmente não vai sair por um bom tempo. Tipo por algumas décadas.

Eu ofeguei.

– Isso não é bom. – Seria bom demais o Chefe estar do lado de Roth.

– Poderia ser pior – disse Roth, sorrindo afetadamente.

Cayman assentiu.

– Se quer saber a verdade, eu acho que o Chefe secretamente *ficou* satisfeito com o que o Tambor fez, mas sabe como é… política – ele suspirou enquanto eu levantava as sobrancelhas. – Estraga tudo de mais divertido.

Minhas têmporas estavam começando a doer.

– Hoje foi…

– Inacreditável? – sugeriu Stacey. Deixando cair a almofada, ela pressionou as palmas das mãos sob os olhos. Sua expressão estava pálida e tensa. As mãos tremiam enquanto ela enxugava debaixo dos olhos.

Assenti lentamente enquanto me virava. O meu olhar encontrou o de Roth e depois o de Zayne. Ambos me encararam, esperando. Eu queria fingir que não sabia pelo que eles estavam esperando, mas isso seria uma mentira.

E isso também faria de mim uma covarde.

O peso caiu nos meus ombros enquanto eu esfregava os dedos ao longo das têmporas. Tinha tanta coisa que precisávamos descobrir.

– Precisamos cuidar disto. – Eu gesticulei para a sala destruída. O cheiro de enxofre perdurava, e parte de mim estava grata por ter algo imediato para se preocupar. – Pra Stacey não se meter em encrenca.

– Agradeço – disse ela, e quando olhei, a vi arrastando as mãos pelo cabelo.

Roth se aproximou.

– Por que vocês não vão até a padaria Cake and Things enquanto eu cuido disso? Você pode fazer isso? – A pergunta foi dirigida a Zayne, que assentiu.

– Vou mantê-las seguras – Zayne respondeu em um tom profissional.

Roth hesitou, e então respirou fundo.

– Se outros Guardiões aparecerem…

– Eu vou protegê-las de qualquer coisa ou de quem quer que venha atrás delas – Zayne lhe assegurou. Ele inspirou profundamente. – Mesmo... mesmo que seja o meu clã.

– E eu também posso me proteger – eu retruquei, recebendo um olhar divertido de Roth. – O quê? Confie em mim. Se qualquer um do meu... do meu antigo clã vier pra cima de mim, eu não vou recebê-los com abraços – Ignorei a onda de medo que surgiu com o pensamento de ficar cara a cara com eles novamente. – Bem, exceto Nicolai e Dez. Eu acho que eles meio que...

– Baixinha – disse Roth.

Eu suspirei.

– Tanto faz. Vamos – Virando-me para Stacey, eu caminhei na direção dela e gentilmente removi a almofada que ela tinha agarrado mais uma vez e apertava com força. – Você tá bem pra ir lá?

Ela piscou uma vez e depois outra.

– Que escolha eu tenho? Fico aqui enquanto Roth queima o lugar? Não, obrigada.

Era bom ver que, mesmo depois do dia que tivemos, Stacey ainda conseguia dar uma de espertinha.

Roth caminhou até Cayman, colocando a mão no ombro do outro demônio.

– Quero que você fique de olho, tá bem?

A lista de coisas que Cayman ficaria de olho era astronômica.

– Falou. – Cayman desapareceu. *Puf.* Sumiu.

Sacudindo a cabeça, voltei a focar em Stacey. Lágrimas enchiam seus olhos enquanto ela me encarava através de cílios úmidos.

– Sam... Ele tá morto, não tá?

Eu coloquei a almofada no sofá ao lado dela e me ajoelhei. Um nó ardente de emoção tinha se formado na parte de trás da minha garganta.

– Sim. Tá.

Ela apertou os olhos quando um tremor percorreu o seu corpo.

– Eu lembro de vocês falando sobre... o Lilin e o que ele faz com as pessoas. Se Sam tá morto, então a alma dele...

A alma dele estava no Inferno. Eu sabia disso. Stacey já sabia disso. Todos naquela sala sabiam disso, e não poderia haver nada mais horrível do que estar preso no Inferno. Ele não merecia todas as coisas horripilantes que aconteciam às almas lá embaixo.

Envolvendo as mãos de Stacey com as minhas, eu as apertei com firmeza.

– Prometo que vamos tirar a alma de Sam do Inferno. É uma promessa.

Capítulo 3

– Você não deveria ter feito aquela promessa – disse Zayne calmamente, no momento em que Stacey foi ao banheiro feminino da padaria a várias quadras da sua casa. Eu tentei ir com ela, mas ela declarou com bastante firmeza que precisava de alguns momentos sozinha.

Eu estava sentada no banco mais próximo da janela, observando as pessoas indo para fora, suas auras uma onda vertiginosa de cores. Era tão estranho ver as auras novamente. Uma parte de mim tinha se acostumado a não as ver enquanto Bambi estava na minha pele, e eu tinha esquecido do quão distraída elas podiam me deixar.

– Por que não?

Zayne deslizou para o banco na minha frente. Preocupação enrugava seus traços.

– Como você vai tirar a alma de Sam do Inferno, Layla? Roth pode ser o Príncipe da Coroa, mas duvido seriamente que seja algo que ele possa pedir, mesmo que estivesse em bons termos com esse pessoal. O Inferno não vai simplesmente entregar a alma de Sam.

– Eu não tinha chegado tão longe no meu plano. – Na verdade, eu estava esperando que fosse algo que Roth pudesse ajudar a acontecer. Afinal, ser o Príncipe da Coroa significava que ele podia sair por aí deixando Tambor fritar e comer Alfas. – Mas é algo que a gente precisa fazer. Zayne, ele é o meu melhor amigo… – A minha voz falhou, e senti o tênue controle sobre as minhas emoções começar a ruir. – Mesmo que ele não fosse, eu não poderia deixá-lo lá. Ele não merecia isso. Meu Deus, Zayne, Sam não merecia isso.

– Eu sei. – Zayne abaixou o queixo, seu olhar nunca deixando o meu. – Eu não estou sugerindo que a gente esqueça dele.

– Temos que fazer alguma coisa – reiterei, inspirando profundamente enquanto me inclinava contra o encosto, descansando as minhas mãos sobre a mesa lisa. Olhei de volta para onde Stacey havia desaparecido. Ela pediu por um tempo, mas era tão difícil dar isso a ela. Considerando tudo o que tinha acontecido, eu estava surpresa por conseguirmos nos sentar aqui e falar normalmente. – E então precisamos descobrir o que fazer com o Lilin, e então a gente...

– Ei, vai com calma. – Zayne esticou um braço sobre a mesa, fechando a mão sobre a minha. Eu o estudei enquanto meu coração se revirava com força. Agora, toda vez que eu olhava para ele, via as manchas sob seus olhos e a aura desbotada em torno dele. Eu não conseguia *deixar* de ver aquilo. – Eu sei que acabou de acontecer um monte de maluquice, mas você passou por muita coisa. Precisamos conversar sobre isso.

Eu realmente não queria falar sobre nada daquilo, porque havia uma boa chance de eu não conseguir lidar com o que aconteceu.

Zayne tinha outros planos.

– Você sabe o quão difícil é ficar sentado do outro lado desta mesa e não te puxar contra mim? Só pra ter certeza de que você realmente tá viva? – ele perguntou, e fiquei sem fôlego com a honestidade crua em suas palavras. – O que aconteceu não foi culpa sua. Você precisa saber disso. Meu clã, *nosso* clã, e meu pai nunca deveriam ter feito o que fizeram.

Deixei meu olhar cair para a sua mão, a que segurava a minha e que por tantos anos o havia feito. Fechei os olhos e imediatamente vi Zayne deitado no chão do meu quarto, pálido e imóvel. Lembrei da forma como Abbot, o Guardião que me criara, olhou para mim quando encontrou o filho, como se eu fosse um monstro que ele tivesse ajudado a gerar. A pressão apertou o meu peito quando lembrei da fuga apavorada pelo complexo, da minha tentativa desesperada de escapar e do fracasso.

Fracasso que tinha acabado comigo sendo enjaulada e drogada, deixada sozinha no escuro e sem qualquer esperança de ver a luz do dia novamente. Eu ainda conseguia sentir o cheiro de mofo que permeava o porão do complexo, a sensação das correntes que me amarraram quando eu fora transferida para o armazém secreto.

– Layla?

Um tremor percorreu o meu corpo enquanto eu lembrava a mim mesma de que eu não estava mais naquela cela. Abri os meus olhos e forcei aqueles pensamentos sombrios para longe da minha mente.

– Agradeço por você dizer isso. Tem razão. O que eles fizeram comigo foi errado. Eu entendo que eles pensaram que era eu que estava causando os problemas pelo complexo. Cacete, até eu pensei que eu era um perigo pra todo mundo, mas eles foram longe demais.

As minhas palavras meio que me surpreenderam. Eu sempre defendi Abbot, mas não conseguia encontrar uma justificativa para as ações dele ou para as da maioria dos membros do meu clã. Com todo o exame de consciência que eu tinha feito depois de acordar da facada, o golpe que me foi desferido na frente de Abbot tinha mudado quem eu era no meu âmago. Não restava dúvida sobre isso.

– Eles agiram como um júri que se baseia em algumas evidências circunstanciais bastante fraquinhas, e então se tornaram o juiz e o carrasco. Eu podia ter morrido. Eu teria morrido se não fosse por Dez; e, a propósito, ele e Nicolai estão muito encrencados?

Dez e Nicolai tinham arriscado tudo ao alertar Roth sobre o que estava acontecendo. Se eles não tivessem feito isso, eu não estaria sentada ali naquele momento.

Os cílios de Zayne baixaram conforme sua expressão se contorcia.

– No começo, se falou sobre expulsá-los – disse ele, e eu respirei fundo. Expulsá-los significava que eles seriam deserdados do clã, o que era horrível o suficiente para um único macho, mas Dez tinha uma companheira e dois bebês. – Mas uma vez que percebemos que era Petr causando estragos pela casa, Abbot começou a clarear as ideias. Nicolai e Dez estão seguros.

Com tudo o que tinha acontecido, eu tinha esquecido que Zayne falou sobre terem descoberto o fantasma de Petr através das gravações. O alívio me atravessou. Eu tinha... matado o jovem Guardião em legítima defesa quando ele me atacou, cumprindo as ordens do pai. Elijah. Que também tinha acabado por ser meu verdadeiro pai, então isso significava que Petr, que tinha sido o pior tipo de pessoa que poderia existir, era meu meio-irmão. Isso ainda me enojava. Desde que suguei a alma de Petr, ele se tornou um espectro.

– Você podia ter morrido também. Eu podia ter tomado toda a sua alma – continuei, mantendo minha voz baixa. Esse foi o dom que minha mãe, Lilith, me deixara: a maravilhosa capacidade de sugar almas com um único beijo. Qualquer um que tivesse uma alma estava em perigo se chegasse perto da minha boca, o que até recentemente tinha colocado um amortecedor potente em todo o esquema de namorar.

Mas então Roth aparecera e, como um demônio, ele se encaixava na categoria desalmado. No início, eu detestara a existência dele e, relembrando agora, teve muito a ver com a forma como as suas palavras e ações me fizeram questionar tudo o que os Guardiões tinham me ensinado. Por natureza, demônios não eram algo que você convidaria para jantar, mas nem todos eles eram as criaturas desprezíveis que eu tinha sido condicionada a abominar em um nível quase fanático. Eles também tinham o seu propósito. Cada segundo que eu passara com Roth, eu me apaixonara um pouco mais por ele, e tínhamos compartilhado tantas coisas antes que ele se sacrificasse para salvar Zayne dos poços de chamas do Inferno. Naquela época, pensei que o tinha perdido, mas Roth havia voltado. Só que as coisas ficaram diferentes entre nós desde então. Roth tinha se afastado para me proteger.

Para me proteger de Abbot.

Além disso, havia tudo o que tinha acontecido com Zayne. Fui criada com ele, passei anos o idolatrando e amando de longe. Durante muito tempo, ele tinha sido a pessoa mais importante do mundo para mim, mas Zayne era um Guardião e eu só era metade Guardião e, o pior, metade demônio. Considerando a alma dele e o meu fator genético, ele estivera fora de questão. Uma amizade com ele, a ligação que partilhávamos, tinha sido um vislumbre de um futuro que todas as Guardiãs tinham assegurado, mas que nunca foi uma opção para mim. Esse conhecimento não impediu os meus sentimentos crescentes, e quando Roth retornara dos poços afastando-me de si, ele tinha me empurrado direto para os braços de Zayne, o garoto que eu nunca pensei que retribuiria os meus sentimentos.

Eu estivera errada sobre isso.

Eu estivera errada sobre um monte de coisas.

Os olhos de Zayne se abriram.

– Mas você não tomou.

– Por pouco. – Aquela pressão voltou, pesando em mim enquanto eu sentia novamente o horror da noite em que eu percebi que estava me alimentando de Zayne em vez de… em vez de beijá-lo. – Eu consigo ver onde eu tomei uma parte. Dá pra ver na sua aura.

– Eu estou bem…

– Não graças a mim. A única razão pela qual eu tinha sido capaz de… te beijar antes era por causa de Bambi. Quando ela estava em mim, eu conseguia controlar as minhas habilidades – Eu afastei a minha mão, pressionando os meus lábios enquanto balançava a cabeça. – Você não pode ignorar o que eu fiz com você, e eu sei que você não pode estar cem por cento bem.

Zayne olhou para mim, e então levantou a mão, passando os dedos pelo cabelo.

– Você parou a tempo. Além de me sentir um pouco cansado e… mais rabugento do que o normal, estou bem, Laylabélula.

O meu coração apertou com o uso do meu apelido.

– Mais rabugento do que o normal?

Ele franziu as sobrancelhas e, por um momento, eu não pensei que ele fosse responder.

– É mais fácil de me provocar hoje em dia. Eu não sei se isso tem a ver com o que aconteceu entre a gente ou se é o resultado natural de tudo o que tem acontecido ultimamente. – Eu acho que eu sabia a resposta para isso. Quando a alma de alguém era arrancada, até mesmo um pedacinho, aquilo mudava de alguma forma quem a pessoa era. Talvez isso tornasse alguns mais propensos a alterações de humor, outros mais imprudentes e outros mais violentos.

E aparentemente para Zayne, ele tinha perdido um pouco da sua bondade, um pouco do que o tornava absolutamente maravilhoso, e eu tinha feito isso com ele. Embora não tivesse sido de propósito, ao tentar ficarmos juntos, nenhum de nós, e especialmente eu, tinha mostrado qualquer nível de bom senso. Nenhum de nós tinha investigado muito profundamente o porquê de, de repente, eu conseguir fazer coisas como beijar sem tomar uma alma.

Mas, como Zayne tinha observado uma vez, havia muita coisa que poderíamos ter feito que não envolvia as nossas bocas se tocando.

Estranhamente, sentada à frente dele, percebi que não sentia o desejo de me alimentar. Era a primeira vez que notava essa ausência. Desde que meu clã se virou contra mim, eu estava hospedada com Roth e Cayman, e como nenhum deles possuía uma alma, eu nem sequer tinha pensado em me alimentar, coisa que eu passara dezessete anos tentando fazer.

Agora, embora eu estivesse novamente cercada por almas, o desejo simplesmente não existia.

Talvez os eventos de hoje tivessem me chocado o suficiente para que até isso fosse afetado.

– Sinto muito – eu disse finalmente, lançando meu olhar para a rua além da janela. Era a segunda semana de dezembro, e o céu acima de Washington estava cinzento e o vento era frio e intenso, trazendo o cheiro de neve pelo ar. – Eu sinto muito mesmo, Zayne.

– Não se desculpe – ele foi rápido em retrucar. – Nunca se desculpe comigo. Eu não me arrependo de nada do que aconteceu entre nós. Nem um momento.

E eu, arrependia-me?

– De qualquer forma, não é sobre mim que eu quero falar. Você tá bem? – ele perguntou. – O que eles fizeram…

– Estou bem – eu disse, e senti que aquilo era uma mentira. – Eu fui curada pelas bruxas. Sabe, aquelas adoradoras de Lilith. Deram a Cayman algo pra eu beber e funcionou. – O que me lembrou do fato de que Cayman tivera de prometer algo em troca e de que ainda não sabíamos qual tinha sido o trato. – Não faço ideia do que me deram.

– Isso é um pouco preocupante – ele respondeu com secura.

Meus lábios se contorceram, e quando olhei para cima, nossos olhares se encontraram, e então se firmaram. Zayne se inclinou, colocando os cotovelos sobre a mesa.

– Layla, eu…

Uma sombra caiu sobre a nossa mesa, e quando olhei para cima, primeiro vi a aura de Stacey. Era um verde fraco e musgoso. Uma cor comum. Almas puras eram raras, e quanto mais escura a tonalidade da aura, mais provável era que a pessoa tivesse pecado. O rosto inchado de Stacey partiu o meu coração. Eu deslizei para o lado, lançando um olhar para Zayne. A expressão em seu rosto prometia que não tínhamos terminado aquela conversa.

– Como você tá? – perguntei, sabendo que era uma pergunta idiota.

– Estou bem. – Ela não parecia bem. – Eu só precisava de um minuto, ou cinco. – Estava mais para dez, mas ela podia ter tantos minutos quanto precisasse. Stacey fez uma pausa, passando as costas das mãos sobre as bochechas. – Estou bem, certo?

O meu sorriso era fraco enquanto as lágrimas queimavam no fundo dos meus olhos.

– Sim – Eu me estiquei, deslizando o braço sobre os ombros dela. – Mas, se você não estiver, tá tudo bem, também.

Um tremor percorreu seu corpo enquanto ela se inclinava, descansando a cabeça no meu ombro. Normalmente era difícil para mim se alguém chegava tão perto, mas, novamente, o desejo que existia no meu âmago não estava roendo as minhas entranhas.

– Ele tá morto – ela sussurrou.

Eu fechei os olhos e me forcei a respirar contínua e profundamente para soltar o nó apertado na minha garganta. Tudo o que eu queria era me agarrar à Stacey e desabar, porque Sam... Deus, Sam se foi, e era como se mil lâminas estivessem se revirando no meu estômago, mas eu tinha que me manter firme por Stacey. Ela conhecia Sam há muito mais tempo do que eu, desde a escola primária, e tinha se apaixonado por ele. A dor dela era uma prioridade sobre a minha.

Mantendo o meu braço ao redor dela, eu não disse nada, porque não sabia o que dizer em situações como aquela. Mesmo quando eu tinha pensado que Roth estava morto, eu tinha esperança de que ele ainda estivesse vivo. Mas aquilo era diferente. Não haveria surpresas. Sam não reapareceria um dia. Eu nunca tive uma pessoa próxima que tivesse morrido, e sabia que a minha mente não havia processado completamente a realidade de ele ter falecido. Então eu apenas abracei Stacey enquanto olhava para a porta, cegamente assistindo às pessoas entrando e saindo. Em algum momento, Zayne se levantou e voltou com duas xícaras de chocolate quente. Eu mal sentia a doçura da bebida.

Não sei quanto tempo se passou antes de eu sentir o formigamento da percepção alertando-me para a presença de um demônio. Na nossa frente, Zayne enrijeceu, mas quando a porta se fechou, era Roth. Ele caminhou até nossa mesa, e Zayne abriu espaço no banco para ele se sentar. Normalmente, eu teria começado a rir ao vê-los sentados lado a lado.

Nenhum deles parecia exatamente confortável.

Havia um cheiro amadeirado que se agarrava às roupas de Roth, como se ele tivesse estado perto de uma fogueira.

– Cuidei das coisas – disse ele a Stacey. – Seu andar de baixo tá praticamente destruído. O corpo de bombeiros já tá a caminho. Só se lembre que você não foi pra casa depois da escola. Você veio aqui pra encontrar com Layla e Zayne.

Engolindo com força, ela assentiu enquanto apertava as mãos em torno da xícara de chocolate quente.

– Saquei.

Roth inclinou a cabeça para o lado, suas sobrancelhas erguidas enquanto a observava.

– Você vai lidar bem com isso.

Quando Stacey assentiu novamente, ele estendeu a mão sobre a mesa, para a esquerda. Pegou a minha xícara de chocolate quente. Tomando um gole, ele nem olhou na minha direção.

– Sirva-se – murmurei baixinho.

Os lábios dele se contorceram.

– Qual é o plano, Pedregulho?

Um músculo se contraiu ao longo da mandíbula de Zayne. Ele odiava aquele apelido.

– Plano em relação ao que, exatamente?

– Ao Lilin – Roth respondeu, como se fosse óbvio.

Eu enrijeci.

– Eu não acho que agora é um bom momento pra discutir isto.

Olhos dourados desviaram de mim para Stacey. Houve uma pausa.

– De fato.

– Não – disse Stacey, virando-se para mim. – Este é o momento perfeito.

– Mas…

– Aquela coisa na minha casa não era o Sam. Não era ele – disse ela, sua voz subindo. Um casal na porta olhou para nós de cara feia. – Então, quando você fala sobre isso, sobre o Lilin, você não tá falando sobre Sam – Sua voz vacilou. – Aquela coisa não é o Sam.

Zayne se inclinou para a frente no banco.

– Tem certeza, Stacey?

– Positivo – ela sussurrou.

Sentindo uma dor no peito, olhei para os rapazes e acenei com a cabeça.

– Tá bem.

Roth colocou a minha caneca de volta na minha frente e depois se inclinou contra o encosto acolchoado, virando a cabeça em direção a Zayne.

– Pareceu que os Alfas já tinham falado com os Guardiões, e se for esse o caso, acho um tantinho curioso que você não tenha dito nada sobre isso.

– Quando é que eu teria tido tempo de dizer algo, mesmo que fosse esse o caso? – Zayne respondeu, com a voz dura. – Entre ver a Layla e quando os Alfas de fato apareceram?

Roth levantou as sobrancelhas.

– Você tá ficando nervoso comigo?

– O que parece? – Zayne retrucou.

– Não sei. – Um leve sorriso se formou em seus lábios enquanto ele esticava o braço ao longo do encosto do banco acolchoado. Eu suspirei, porque conhecia aquele olhar. – Mas você levantar o tom comigo é tão interessante quanto ler sobre os benefícios de um sistema de purificação de água.

Eu olhei para ele. Apenas algumas horas atrás, Zayne agradecera ao Roth por me salvar. Eles tinham sido educados um com o outro. Acho que não deveria me surpreender que não tivesse durado muito.

– Roth.

– Hm?

Meus olhos se estreitaram.

– Para com isso.

O sorriso se espalhou até que vislumbrei seus dentes brancos.

– Qualquer coisa por você, Baixinha.

Ah, Céus.

Zayne moveu seu olhar para mim, e eu não conseguia decifrar o que via nele.

– Eu não sei se os Alfas já falaram com o meu pai. Não é como se eu estivesse… falando com ele recentemente, e eles não apareceram no complexo enquanto eu estive lá.

– O que eu não entendo é por que os Alfas pensariam que a sua espécie seria a ideal para impedir o Lilin. Vocês têm almas, portanto têm uma grande vulnerabilidade – Roth estava de olho no que sobrou do meu chocolate quente. – A minha não tem.

– Não é algo para se vangloriar – Zayne expirou alto, e eu resisti à vontade de bater a cabeça contra a mesa. – Olha, vou ver se consigo descobrir alguma coisa.

– Tudo bem, mas temos um problema ainda maior – advertiu Roth.

Stacey levantou o olhar do seu copo.

– Temos?

Eu queria ecoar a pergunta, porque não tinha certeza do que exatamente poderia ser maior do que acabar com uma criatura que era capaz de infligir tanta dor e destruição.

– O que os Guardiões vão fazer quando perceberem que Layla tá viva e bem? – A voz de Roth carregava uma aspereza que se assemelhava a um rosnado. – É isso que me preocupa.

Os lábios de Zayne se afinaram.

– Eles não vão fazer nada. Eles sabem que ela não é a causa do que aconteceu…

– Isso não desfaz nada do que eles fizeram – Roth o interrompeu.

– Eu não disse que desfazia. – A mão que Zayne apoiava na mesa começou a escurecer para uma cor de granito. – Eu não vou permitir que eles encostem nela.

Eu abri a boca para observar, mais uma vez, que *eu* era quem não ia permitir que eles encostassem em mim, mas Roth bateu de frente com Zayne.

– E eu não vou esquecer absolutamente nada do que eles fizeram com ela – ele advertiu. – Eu não esqueci que ela voltou pra mim com o rosto rasgado por garras.

Respirando forte, me deixei cair contra o encosto enquanto Stacey se virava para mim.

– Você foi arranhada no rosto?

Eu fechei a boca enquanto olhava para ela, recusando-me a encarar Zayne ou mesmo Roth, mas eu não precisava dispensar nem sequer um olhar rápido na direção deles para saber que os dois tinham os olhos fixos um no outro. Quando Zayne me beijou e eu inadvertidamente comecei a me alimentar da sua alma, ele começou a se transformar e me arranhou na tentativa de quebrar a conexão. Não havia uma única parte de mim que achasse que ele queria realmente me machucar. Roth tinha que entender isso também.

Os olhos de Stacey procuraram os meus, e ela deve ter visto a verdade, porque, por mais impossível que parecesse, uma tristeza ainda maior encheu seu olhar.

– Eu nunca vou me perdoar por isso – A voz baixa de Zayne quebrou o silêncio breve, e eu me virei para encará-lo.

Roth abaixou o queixo.

– Nem eu.

– Parem com isso. – Eu fechei uma mão sobre a ponta da mesa. – Falar sobre isso não vai nos levar a lugar algum. Não importa.

– Importa, sim – respondeu Roth –, porque não importa o que acontecesse, eu nunca, nunca te machucaria.

Zayne recuou para trás como se tivesse levado um golpe fatal.

– Mas você já me machucou. – Meus dedos estavam começando a doer. – Você me machucou.

Talvez não fisicamente, mas Roth tinha me machucado no passado. Palavras podiam cortar tão profundamente quanto garras afiadas, e ao passo que a pele podia se curar, as feridas que as palavras deixavam para trás nunca cicatrizavam tão rapidamente. Ele podia ter tentado me proteger, mas isso não diminuía nem um pouquinho a dor.

O olhar de Roth encontrou o meu, e então seus cílios grossos abaixaram, protegendo seus olhos. Silencioso, ele se encostou no assento e cruzou os braços sobre o peito. Zayne encarou o tampo da mesa, uma mecha de cabelo loiro caindo em seu rosto. Tensão emanava de ambos, e minha pele parecia que estava esticada demais sobre os ossos.

O telefone de Stacey tocou e ela o tirou da bolsa com uma mão trêmula. A garota começou a se levantar.

– É a minha mãe – Olhando para mim com os olhos lacrimejantes, ela parecia anos mais jovem. – Eu consigo fazer isso.

– Você consegue. – Eu estendi a mão e apertei seu braço através de seu suéter. Os olhos dela tinham um ar selvagem e desesperado.

Eu a ouvi atender o telefone enquanto caminhava até a porta de entrada e deslizava para fora. Meu olhar a acompanhou enquanto Stacey começava a andar de um lado para o outro atrás de um banco vazio. Eu só queria rastejar para debaixo da mesa e me embalar um pouco. Parecia que não era pedir muito.

Zayne limpou a garganta.

– Você já sabe disso, mas você não pode voltar para o complexo. Tem uns lugares onde dá pra você ficar em segurança.

– Eu tenho um lugar pra ficar – eu disse a ele, tomando um gole do meu chocolate quente-agora-morno.

Sua mandíbula endureceu.

– Com ele?

Surpreendentemente, Roth permaneceu quieto, o que me fez sentir como se eu precisasse verificar que ele estava vivo. Coloquei a caneca de lado e descansei os braços na mesa, mais do que apenas exausta. Estava mais para cansada até o meu âmago.

– É um lugar que é seguro – eu disse –, e sim, é com Roth e Cayman.

Zayne abriu a boca, e então a fechou. Vários segundos se passaram e pareceram como o tique-taque da eternidade.

– O que você vai fazer, Layla?

A pergunta carregava muito peso, porque eu sabia que ia além de apenas onde eu ia dormir naquela noite ou nos próximos dias. Havia tantas coisas para as quais eu não sabia a resposta. A vida escolar estava de cabeça para baixo. Não tinha ideia de onde eu iria morar. Como poderíamos derrotar o Lilin ou salvar a alma de Sam ainda era um mistério. Eu não tinha ideia do que tinha acontecido quando me transformei hoje. E ainda tinha mais coisa: Roth e Zayne, dois caras muito diferentes que eu amava e pelos quais eu tinha me apaixonado.

Stacey voltou, salvando-me de ter que responder à pergunta. A mãe dela estava histérica, como esperado, e Stacey precisava ir para a casa da tia.

Nós quatro saímos para o ar frio da rua. Stacey e Roth caminhavam na frente, mas eu parei e me virei. Com o coração disparado, andei de volta para onde Zayne estava parado, atrás do banco onde Stacey atendera a ligação da mãe. Esticando-me, eu envolvi os meus braços em volta dele. Houve um momento de hesitação, e então ele retribuiu o abraço, apertando-me com tanta força que a minha bochecha ficou pressionada contra seu peito.

O abraço foi bom. Mais do que bom. Foi como chegar em casa depois de um longo dia, e foi difícil me afastar dele.

– Quando eu vou te ver de novo? – ele perguntou, a voz embargada.

– Em breve – eu prometi.

Seus braços se apertaram ao meu redor.

– Por favor, fique segura, Layla. Por favor.

– Você também.

– É claro, Laylabélula.

Olhei nos olhos dele.

– Eu nunca culpei você pelos arranhões, então, por favor, não se culpe por algo que eu nem sequer preciso te perdoar.

Roth e eu não conversamos no caminho de volta para a casa do outro lado do rio, em Maryland. Eu ainda não tinha ideia de como eles viraram os donos daquele casarão brega suburbano, só sabia que Cayman a tinha adquirido em algum momento, e eu achei que seria melhor se eu não fizesse muitas perguntas.

Eu tinha ficado várias horas com Stacey, a mãe e o irmãozinho dela na casa gigantesca da tia, enquanto Roth ficou do lado de fora fazendo... coisa de demônio ou sei lá o quê. Já era tarde, quase meia-noite, quando saímos de lá e voltamos para casa.

Eu não sabia por que Roth estava tão quieto, mas fiquei grata pelo silêncio, porque não tinha a capacidade mental para manter uma conversa ou realmente pensar em qualquer coisa.

Roth estacionou o Mustang *vintage* na garagem, e a casa estava escura e silenciosa quando entramos. O lugar estava quentinho, mas não havia sinal de Cayman. Subi a escadaria em espiral e me arrastei pelo corredor até o quarto em que eu tinha acordado depois de ter sido resgatada dos Guardiões.

Quando cheguei à porta fechada, coloquei meu cabelo para trás da orelha enquanto olhava sobre o ombro para Roth.

Ele estava parado a alguns metros de distância no corredor, encostado na parede com as mãos nos bolsos e a parte de trás da cabeça pressionada contra a parede.

– Eu vou ficar com esse quarto aqui – disse ele, sem olhar na minha direção. Ele tinha ficado comigo enquanto eu estava curando-me, mas agora não havia realmente nenhuma razão para ficarmos... dormindo juntinhos. – Se precisar de alguma coisa, a porta vai estar destrancada.

Minha mão apertou a maçaneta.

– Obrigada.

Eu não tinha ideia se ele sabia pelo que eu estava agradecendo, mas Roth assentiu. Por um longo momento, nenhum de nós se moveu. Ele continuava a olhar para o nada, enquanto eu olhava para ele. Finalmente, forcei-me a falar:

– Boa noite, Roth.

Ele não respondeu.

Girando a maçaneta, abri a porta e imediatamente fui até a luminária de cabeceira, acendendo a luz. O quarto era enorme, a suíte principal, e mobiliado com antiguidades deslumbrantes.

Eu nunca me sentira tão deslocada enquanto pegava o pijama que Cayman me trouxera há alguns dias e rapidamente vestia as calças de algodão e a camisa larga. Pelo menos a roupa de dormir não era como as outras roupas que ele e Roth escolheram para mim. Fiquei meio surpresa por não terem me dado uma camisola minúscula. Eu arrastei os pés descalços até o banheiro, que era muito maior do que o banheiro do meu quarto no complexo dos Guardiões. Bem, meu antigo quarto. Definitivamente já não era mais meu.

Nada naquela casa era minha mais.

A luz no banheiro era desagradável e brilhante enquanto eu escovava os dentes e lavava o rosto, deixando pocinhas d'água na pia de mármore e gotículas na minha camisa. Eu era tão desastrada quando se tratava destas coisas. Mais de uma vez eu acabara com pasta de dente no cabelo e parecendo que tinha entrado em um concurso de garotas na piscina.

Quando desliguei a torneira, olhei para cima e vi o meu reflexo no espelho. Mas não me vi. Não exatamente. Quando fechei os olhos, vi a mesma coisa, a mesma imagem.

Eu vi o Sam.

Eu vi o Sam sorrindo. Eu o vi rindo. Vi a pele em torno dos olhos dele enrugando, e enquanto me afastava da pia, podia ouvi-lo tagarelando sobre algum conhecimento aleatório e obscuro sobre, talvez, como uma banana congelada podia ser usada como um martelo. Eu podia vê-lo brincando com seus óculos e olhando para Stacey, incapaz de tirar os olhos dela, mesmo quando a garota estivera completamente alheia à sua atração. Eu podia vê-lo tão claramente, como se ele realmente estivesse no banheiro comigo.

– Meu Deus – eu sussurrei, e o meu rosto se contorceu.

Não havia alguém ali para me ver, mas eu coloquei as mãos sobre os olhos enquanto me pressionava contra a parede. Um tremor me abalou enquanto as lágrimas que eu estivera segurando por toda tarde e noite finalmente se libertaram.

Sam estava morto.

Entender aquilo era como ser atingida por um rolo compressor em alta velocidade e depois ficar presa sob as rodas e ser arrastada por uma estrada esburacada. Lágrimas brotaram de mim e os meus ombros tremiam com a força do pranto.

Eu lembrei de quando nos conhecemos. Tínhamos uma aula de História em comum no meu primeiro ano do ensino médio, e eu tinha sido uma grande paspalhona, nervosa demais com a minha primeira incursão na escola pública para encontrar as canetas na minha mochila, por isso ele me emprestou uma das suas enquanto me explicava que uma média de cem pessoas por ano se engasgavam com canetas.

Uma risada estrangulada me escapou. Meu Deus, como Sam sabia de todas essas coisas? Quem sabia esse tipo de coisa? Ele sabia, mas eu nunca soube a resposta para essa pergunta e aquilo doeu.

Tentando me controlar e falhando, eu escorreguei pela parede e coloquei meus joelhos contra o peito. Pressionando o meu rosto contra a perna, eu gritei para o mundo toda a dor, a raiva e a tristeza. O som foi abafado, e fez muito pouco para aliviar a tempestade de emoções rodopiando dentro de mim. Eu queria gritar mais uma vez, com fúria.

Eu não ouvi a porta do banheiro se abrir, mas de repente um braço envolveu os meus ombros, e então Roth estava sentado no chão ao meu lado. Ele não disse nada enquanto me puxava para o seu colo, e eu fui incapaz de pronunciar sequer uma única palavra enquanto enterrava meu rosto em seu peito, inalando o cheiro almiscarado singular e absorvendo seu calor. As lágrimas caíam mais rápido e com mais força. Não havia como tentar se controlar em nada disso. Roth me segurou, um braço colocado à minha volta, a outra mão enterrada no meu cabelo, acomodada na parte de trás da minha cabeça. Ele não sussurrou palavras de conforto, porque não havia absolutamente nada que pudesse ser dito. Meu coração tinha sido rasgado ao meio e estava em carne viva, dolorido. Era injusto.

Eu coloquei tudo pra fora, chorando no banheiro de uma casa que não era a minha, nos braços protetores do Príncipe da Coroa do Inferno. Eu estava em luto pela perda do meu melhor amigo.

Capítulo 4

Sentada de pernas cruzadas no centro da cama *king size*, digitei os números de Zayne e de Stacey no celular que Cayman deixou à porta do meu quarto naquela manhã.

Eu tinha um azar terrível com celulares. Já havia deixado pra trás um cemitério inteiro deles, pilhas de celulares que simplesmente tiveram a infelicidade de acabar nas minhas mãos, mas como sempre acontecia com cada aparelho novo, eu realmente esperava que desta vez fosse diferente. Assim como o último telefone que Zayne comprara para mim, aquele era um smartphone bacana, mas uma versão ainda mais nova e mais sofisticada. Estranhamente, não importava de que maneira eu posicionasse o meu dedo sobre o pequeno botão, ele não lia a minha impressão digital.

Tecnologia.

Suspiro.

Largando o celular na cama à minha frente, eu pisquei meus olhos cansados. Chorei tanto ontem à noite que parecia que eu tinha colado uma lixa nas minhas pálpebras. Chorei até adormecer no chão do banheiro, nos braços de Roth. Ele deve ter me levado para a cama, mas eu não lembrava daquilo, embora eu me lembrasse de como era bom ser segurada por ele. Quando acordei, ele tinha ido embora e eu ainda não o tinha visto ou visto Bambi até então. Supus que ela estivesse nele.

Tentei não entrar em pânico pela ausência deles, mas era difícil. Do jeito que as coisas estavam indo, havia uma boa chance de que Cayman e Roth tivessem subestimado a intensidade da reação do seu Chefe às ações de Roth ontem com os Alfas e Tambor. Os meus pensamentos vagavam de Roth para Zayne e depois de volta para Roth, formando um círculo interminável antes de Sam e Stacey quebrarem aquele ciclo. A perda dele ia me machucar de um jeito horrível durante muito tempo, mas, por pior que eu me sentisse, não era nada comparado com a dor de Stacey.

Se perder Sam me ensinara alguma coisa, foi a aproveitar a vida, aproveitar tudo o que ela tinha para oferecer, incluindo as lágrimas, a raiva e a perda, mas, acima de tudo, o riso e o amor.

Simplesmente aproveitar a vida.

Porque a vida era fugaz e inconstante, e ninguém, nem eu ou outras pessoas que eu conhecia, tinha outro dia, muito menos outro segundo, prometido a eles.

Saindo da cama, peguei o celular e desci as escadas. Quanto mais perto eu chegava da cozinha, mais forte o cheiro do paraíso ficava. Bacon. Eu sentia cheiro de bacon. Meu estômago reclamou, e eu apressei o passo. Encontrei Cayman na cozinha, preparando ovos no fogão. Como esperado, bacon fritava em uma chapa ao lado deles.

– Dia – ele disse, sem se virar. Seu cabelo estava preso para trás em um prendedor rosa-choque com uma borboleta cravejada presa a ele. Um sorrisinho rastejou no meu rosto. – Você gosta de ovos mexidos ou de outro jeito?

– Mexido tá bom – Eu sentei na banqueta colocada em frente à grande ilha da cozinha.

– Boa. Meu tipo de garota. – Ele virou o bacon, e depois foi para a geladeira, girando a espátula enquanto caminhava. Abrindo a porta, ele esticou uma mão e pegou uma pequena garrafa de suco de laranja. Virando-se, ele a jogou na minha direção, e eu peguei antes que me atingisse na cara. – Comprei alguns desses também.

Olhei para a garrafa.

– Como você sabia?

Ele levantou as sobrancelhas, e depois balançou a cabeça, voltando-se para o fogão. Bacon estalava e fritava enquanto eu colocava a garrafa no balcão. Roth devia ter dito a ele que o suco de laranja ajudava com as minhas ânsias, assim como qualquer coisa doce. Quando acordei, a familiar sensação de queimação no fundo do meu estômago estava lá, apesar de não ter aparecido ontem. Ainda assim, era insignificante em comparação com o que eu estava acostumada a sentir.

– Então, o que você tá planejando fazer hoje? – Cayman perguntou, pegando os ovos e colocando-os em dois pratos.

– Não sei. – Arrastando meu cabelo ainda úmido sobre um ombro, eu o torci com as mãos. – Eu ia falar com Zayne mais tarde e ver se ele ficou sabendo de alguma coisa sobre os Alfas, e depois ia ligar para Stacey. Eu... eu estou preocupada com ela.

– Ela vai superar isso. Parece uma garota forte.

– Ela é – eu concordei –, mas perder alguém é...

– Imagino que seja difícil, mas eu realmente não sei. Eu nunca amei algo ou alguém além de mim mesmo – ele respondeu, e eu franzi a testa. Pelo menos ele era honesto. – Deve ser péssimo perder isso.

– E é. – Abri a tampa do suco, sentindo o peso no meu peito. Não tinha ideia de quanto tempo levaria para aquilo desaparecer. Eu lembrei de quando Roth se sacrificou; houve momentos em que o fardo da dor diminuiu, mas sempre ressurgia com uma vingança amarga.

Cayman reuniu as fatias de bacon, espalhando-as em nossos pratos antes de se sentar comigo à ilha da cozinha. Se há um ano alguém me dissesse que eu estaria comendo ovos mexidos e bacon feitos por um demônio, eu teria rido na cara deles e dito que drogas fazem mal à cabeça.

Os tempos tinham definitivamente mudado. Peguei um pedaço de bacon.

– O que tá rolando entre você e Zayne?

Eu quase engasguei com o bacon. Meus olhos lacrimejaram enquanto eu pegava o suco e tomava um gole enorme.

– Como é? – eu grunhi.

Um meio sorriso se formou enquanto ele espetava os ovos com o garfo.

– Você e Zayne, a gárgula galante. O que tá rolando aí?

– Como você sabe que tá rolando algo?

Cayman revirou os olhos.

– Docinho, até uma pessoa cega consegue ver que tem uma tensão imensa. Qual é a história?

Calor atravessou as minhas bochechas. Então tá.

– Eu... – Eu não tinha ideia de como responder a essa pergunta, porque nem eu mesma tinha certeza do que estava acontecendo. – Eu não sei.

Ele me lançou um longo olhar.

– Ah, eu acho que você super sabe, mas só não tá pronta pra colocar em palavras.

Enfiando outra fatia de bacon na boca, eu olhei para ele.

– Ah, você acha mesmo?

– Acho. Sua parada é complicada. Entendo você, mas eu sei o que realmente tá acontecendo aí, então estou prestes a dar uma de profeta e te revelar umas verdades – Abaixando o garfo, ele se inclinou e sussurrou a "verdade" no meu ouvido.

Eu me afastei, suas palavras ecoando – não, na real, provocando-me – e a raiva me subiu rapidamente à cabeça. Eu olhei para ele, minha mão apertada no garfo. Algo sobre o que ele disse era tão verdadeiro que eu queria chutá-lo de volta na cara.

– Eu não quero falar com você sobre isto.

Ele riu.

– Como você quiser.

Ignorando-o, eu devorei o resto do meu café da manhã, então levantei e despejei o prato e os talheres na máquina de lavar louça. Quando o encarei, ele ainda estava sorrindo. Cruzei os braços.

– Cadê o Roth?

– Ele saiu.

Eu esperei e não houve resposta.

– Pra fazer o quê?

– Coisas – ele respondeu. – Deveres demoníacos.

Suspirando, encostei-me no balcão.

– Você realmente não colabora. – Piscando um olho, ele levantou o prato vazio entre dois dedos. O ar estalou, e então chamas arderam na ponta de seus dedos, subindo pelo prato. Meus olhos se arregalaram enquanto eu observava o fogo destruir completamente o prato. Em seguida, foi o garfo que ardeu em chamas.

– Bem, esse é um jeito de limpar – murmurei.

– Apenas um pequeno truque da minha área – Ele limpou as cinzas das mãos. – Mas voltando à parte de não colaborar, devo te dizer que eu colaboro muito. Me pergunte como você pode conseguir a alma de Sam de volta.

Eu pisquei.

– O quê?

Ele suspirou.

– Me pergunte como recuperar a alma de Sam do Inferno. Sabe, pra que você possa ter certeza de que ele vai pra onde deveria ir, o que presumo que seja pra lá daqueles grandes portões perolados no céu.

Lentamente, eu descruzei meus braços.

– Você sabe como recuperar a alma de Sam?

– Sim. Se bem que eu acho que Roth acharia melhor que eu não te contasse. Agora para com essa cara que faz as pessoas pensarem que um pássaro cagou na tua cabeça.

Minhas sobrancelhas voaram para cima. Era assim que eu estava?

Ele continuou:

– Roth pode saber de um jeito, mas não acho que a cabeça dele esteja nisso agora. Sinceramente, nem sei se quero saber onde a cabeça dele tá nesse momento.

Desconforto floresceu na minha barriga enquanto eu avançava em direção à ilha da cozinha. Cayman me observava com atenção.

– Então, o negócio é o seguinte. Tem um ser que cuida das almas lá embaixo e somente esse ser pode liberar uma alma. Pelo menos, na maioria das vezes. Se a pessoa não tá completamente morta e tá pairando no meio do caminho, então tanto o Chefe quanto o cara lá no céu têm a escolha de liberar a alma ou puxá-la de volta.

– Puxá-la de volta? – Eu me inclinei, colocando as mãos sobre a superfície fria do granito. – Tipo trazê-la de volta da morte?

Ele balançou a cabeça.

– Não gostamos de usar esse termo em particular. É mais como puxá-los de volta da beira da morte.

– Certo – murmurei, mas a esperança se acendeu e queimou em mim, ofuscante. Eu sabia que era uma sacanagem da minha parte só estar preocupada com a alma de Sam quando havia outros que também tinham acabado injustamente no Inferno, mas eu também era inteligente o suficiente para perceber que eu não seria capaz de ir lá e salvar a todos. Ou talvez eu era. Minha coluna endureceu. Eu podia pelo menos tentar. – Questão de semântica – eu disse.

– Você diz semântica e eu digo o equilíbrio do universo.

Eu olhei para ele por um momento, e então continuei a questionar:

– Podemos trazer Sam de volta já que…

– Não, criança doce e incrivelmente ingênua, você não pode trazê-lo de volta – Apoiando os cotovelos no balcão, Cayman descansou o queixo na mão. – Sam tá morto. Tipo morto, morto.

A decepção me esmagou, mas ainda havia alguma esperança para me apegar. Se não conseguíssemos trazer Sam de volta, podíamos garantir que a alma dele fosse para o lugar certo.

– Como isso funciona? Como se recupera uma alma e se garante que ela vai ficar no lugar certo na vida após a morte?

– Bem, quando uma pessoa morre, os Alfas decidem pra onde a alma vai. Normalmente ela vai pra onde ela deve ir. Não tem como negociar, implorar ou choramingar. Se é pra ir lá pra baixo, é pra onde ela vai. – Ele fez uma pausa. – A menos que sua alma seja arrancada por um Lilin… ou alguém como você. Nesses casos, ela só vai em uma direção. Um porre. Totalmente injusto, mas é assim mesmo.

Alguém como você.

Normalmente a lembrança do que eu era teria sido um tapa na cara, mas aquela… aquela habilidade era uma parte de mim. Não me tornava uma pessoa má.

Sentando-me de volta na banqueta, peguei o suco de laranja.

– Como recuperamos a alma dele, Cayman?

– Você procura o Ceifador.

Senti meus lábios apertarem.

– Ceifador?

Cayman sorriu e não disse nada.

Demorou um pouco, mas então eu entendi. Balançando na banqueta, fiquei surpresa por não cair.

– Ceifador, tipo o Ceifador de Almas?

– Ele não gosta de ser chamado assim, já que essa é a versão bastarda do seu nome. – Cayman girou em sua banqueta, um círculo completo. – Você nem ia conseguir pronunciar o nome verdadeiro dele, então vamos com Ceifador. Ele é de boa com isso. O cara é o guardião das almas lá embaixo e ele é o único que pode libertá-las.

Pensei nisso por um momento.

– Ele é legal?

Cayman parou no meio do giro e jogou a cabeça para trás, rindo muito e com força.

– Não, criança incrivelmente doce e ingênua, ele não é. Ele é tão velho quanto o tempo e tem o temperamento de alguém que cagou na cama e ficou rolando nela o dia todo.

Enruguei meu nariz.

– Eca.

– No lado positivo, em primeiro lugar, é realmente muito simples chegar aos poços de chamas. Basta pegar um dos elevadores no Palisades – continuou ele, referindo-se ao prédio em que Roth normalmente morava, que também abrigava um clube demoníaco. – Mas você não pode levar Roth com você. O Chefe ainda tá uma fera, assim como alguns dos outros demônios de Status Superior. Se o apanharem, vão atrasá-lo.

– Então... então eu teria de ir sozinha? – Um arrepio dançou pela minha espinha. – Para o Inferno?

– Muito provavelmente. Eu iria com você, mas... É, eu realmente não quero falar com o Ceifador.

– Seu apoio significa muito pra mim – murmurei, e então tomei um gole do suco. – Tudo isso parece muito fácil. Eu só pego um elevador até o Ceifador e peço pela alma de Sam?

Cayman riu novamente.

– Estou começando a achar que a sua querida ingenuidade é, na verdade, uma idiotice adorável. Você é como a versão fofa do bobo da corte.

– Uau. – Eu fechei a cara. – Você realmente sabe como alimentar o ego de uma garota.

Ele girou no banquinho mais uma vez e o clipe de borboleta escorregou pelo seu cabelo.

– O que posso dizer? Os caras são mais a minha área de especialização. Mas de volta ao assunto, não, recuperar a alma de Sam não vai ser tão fácil quanto você faz parecer, mas, pra sua sorte, você tem algum tempo pra planejar uma estratégia. O Ceifador não tá lá embaixo agora. Ele... tá fora, tipo de férias.

– O Ceifador de Almas tira férias? – A descrença fluía da minha voz.

– Se você estivesse fazendo um trabalho por mais de dois mil anos, também precisaria de férias – Seus joelhos bateram nos meus. – Tá bem. Ele não tá realmente de férias, mas ele tá em um lugar muito mais agradável do que os poços no momento. Ele tem jornada dupla.

– O que isso significa? E não me chame de idiota de novo. Eu não sei o seu vocabulário demoníaco completo.

Cayman olhou para o teto e depois para o chão.

– Entendeu?

– Ele tá lá em cima? – Eu apontei para o teto. – E lá embaixo, também? Ele vai aos dois lugares?

– Claro. Ele é o Ceifador de Almas, o que significa que ele é, na verdade, um… Ah, é como um jogo de adivinha. Vou te dar exemplos e você adivinha o que ele realmente é – Cayman juntou as mãos como uma foca. – Ele tem asas e…

– Um anjo. – Eu o cortei. – Ele é um anjo.

Cayman fechou a cara.

– Você não tem a menor graça.

Eu não sabia muito sobre todos os tipos diferentes de anjos, mas eu estava supondo que o Ceifador era realmente um anjo da morte, talvez o original, então supus que fazia sentido ele dividir seu tempo entre o Céu e o Inferno. Honestamente, eu nem ligava para isso. O que era importante era que havia algo que podíamos fazer por Sam, e talvez, se eu tivesse sorte, por todos aqueles que o Lilin tinha condenado ao Inferno.

– Ele vai voltar logo, na próxima sexta-feira do nosso tempo – Cayman se inclinou, torceu meu nariz e depois riu quando eu bati na mão dele para afastá-lo. – Porque essa é a sua única opção, ir lá pra baixo. Você não vai subir.

Bem, óbvio. Mas sexta-feira estava a seis longos dias de distância. Eu engoli em seco.

– Eu não sei se posso esperar tanto tempo. A alma de Sam…

– Você não tem escolha, Layla. – Seu tom brincalhão desapareceu. – Ninguém mais pode liberar a alma dele além do Ceifador, e não há nenhuma maneira de você entrar nos Céus pra falar com ele. Nenhuma mesmo, especialmente agora.

Aquilo chamou a minha atenção.

– Especialmente agora? Como hoje é diferente de ontem? Eu nunca pensei que poderia entrar no Céu antes... espera. Você sabe alguma coisa sobre as minhas asas, por que elas estão com *penas*?

Seus lábios se contorceram.

– Você diz *com penas* como se fosse um penteado ruim. Mas é aquilo, um cabelo com penas é bem ruim.

– Cayman – eu reclamei, perdendo a paciência.

– Por que se preocupar com as suas asas incrivelmente superiores quando você tem um Lilin que vai perceber rapidinho que não existe nenhum jeito no Céu ou no Inferno de que Lilith seja libertada e que isso não é brincadeira? O Chefe a colocou em confinamento. Ela não vai a lugar algum, meu pequeno docinho com chantilly.

Meus lábios se apertaram. Os apelidos carinhosos de Cayman eram bem pouco carinhosos.

– E o que você acha que o Lilin vai fazer quando perceber que a mamãe querida não vai ficar livre e que não tem nada que ele possa fazer? – Ele levantou os braços e mexeu os dedos. Fez mãos de jazz, teatral. – O caos vai se instalar, e o que você acha que vai acontecer quando chegarmos a isso? Os Alfas vão entrar em cena, e haverá tantos deles que Tambor ficará com dor de estômago tentando comê-los todos. A gente não quer isso. Falando bem sério.

Eu abri a boca para falar.

– E por que se preocupar com as suas descoladas assas de penas quando tem um clã inteiro de Guardiões que, nas últimas 24 horas, acabou de descobrir que você não tá realmente morta? Porque, confie em mim, eles sabem. Zayne não teria que dizer a eles. Os Alfas diriam. Alguns não vão ficar nada felizes com a sua sobrevivência. De jeito nenhum, fofuxa. E, além disso, tem toda a coisa das bruxas, e nem me pergunte o que elas queriam em troca de salvar o seu traseiro, porque eu não vou ser o portador dessas má notícias.

Eu fechei minha boca. Jesus Cristinho, eu estava realmente começando a me sentir super estressada.

Ele ainda não tinha terminado:

– E por que se estressar com asas em geral quando você vai partir o coração de alguém?

– O quê? – eu retorqui.

Cayman saltou da banqueta, todo sorridente.

– Vamos parar de brincar, minha bonequinha de chaveiro. Zayne tá apaixonado por você. Roth tá apaixonado por você.

Eu inalei bruscamente, mas o ar ficou preso na minha garganta.

– Ambos fariam qualquer coisa por você: viver, respirar e morrer por você, mas você não pode ter os dois, Layla.

Minhas mãos caíram sobre as minhas pernas e eu sussurrei:

– Eu sei disso.

– E você sabe qual deles é o cara certo – continuou ele, me olhando atentamente. – Sabe, o tipo de amor que dura pra sempre, então por que você tá enrolando tanto essa merda?

– Eu não estou enrolando nada – protestei. – Eu estava meio fora de mim, sabe, com essa história de ter sido mantida prisioneira e, em seguida, quase ser assassinada pelo meu próprio clã. Então eu fiquei escondida aqui me recuperando, e daí aconteceu o que aconteceu ontem. – Frustrada, eu pulei da banqueta e caminhei ao redor da ilha. – E talvez eu não ache que é o momento certo pra eu ficar com qualquer um deles. Você já pensou nisso?

Cayman inclinou a cabeça para o lado.

– Quando é que existe um momento certo pra dar o seu coração plenamente pra outra pessoa? Obstáculos sempre vão existir. Você só tem que decidir quais valem a pena.

– Que seja. – Cruzei os braços.

Ele imitou minha postura.

– Não seja covarde.

– Como é?

– Covarde – ele repetiu, e eu considerei brevemente pegar o vaso no centro da ilha e jogá-lo nele. – Não fazer uma escolha é a saída do covarde. Você ama os dois. Eu entendo isso. Mas você não sente o mesmo tipo de amor por eles, e o quanto antes você aceitar isso, melhor.

– Por que é mesmo que estamos falando sobre isso? E por que você se importa?

Cayman sorriu.

– Porque eu sou o tipo de demônio que se importa.

– Ugh – eu gemi, jogando minhas mãos para o alto enquanto frustração e pânico me atravessavam. Cayman fazia parecer tão fácil, como se eu não fosse perder um deles, mas eu ia. Pode me chamar de egoísta, mas a ideia de não ter os dois na minha vida me aterrorizava. – Você é tão irritante.

– Não odeie – disse ele, sorrindo –, procrie.

Naquele momento eu só olhei para ele.

– Procrie com o cara certo – acrescentou. – Só queria esclarecer isso.

– Ah, meu Deus – grunhi, inclinando-me e colocando minha testa no balcão.

Fiquei assim mesmo depois de sentir Cayman sair do cômodo e, provavelmente, da casa em si, porque depois de algum tempo, eu não sentia demônio algum.

A bancada de granito realmente era fria e suave, e era uma sensação boa contra o meu rosto corado. Talvez eu ficasse assim o dia todo. Parecia um bom plano. Melhor do que…

Não, não era melhor do que ouvir o que Cayman disse sobre Zayne e Roth. Ele estava certo. Ai, Deus, ele estava tão assustadoramente certo. Eu amava os dois. Eu realmente amava, e a ideia de machucar ou perder um deles fazia eu querer vomitar, mas Cayman também estava certo sobre mais algumas coisas.

Eu não podia ter ambos.

E o que eu sentia por eles era diferente.

Não havia como esconder isso. Sempre foi assim. Ambos me faziam feliz. Ambos me faziam rir. Ambos me enchiam de desejo e faziam as minhas partes baixas ficarem bastante felizes. Mas só um realmente me fazia…

Bem, só havia um com o qual eu sabia que sempre seria feliz, com o qual eu sempre riria. Um que eu mais do que apenas desejava, mas *ansiava*, e cada segundo que eu passava ignorando aquilo era um segundo que eu não iria passar com ele, um segundo que eu não iria viver a vida com amor, com amor verdadeiro, do tipo que realmente tinha um poder duradouro.

Apesar do que Cayman disse, eu não tinha certeza se os dois estavam verdadeiramente apaixonados por mim. Eu não estava na cabeça deles, mas a maneira como eles se sentiam não importava quando se tratava disso. Era como eu me sentia, e eu não me conformaria. Também não esperava que eles se conformassem.

Minha testa estava começando a grudar no granito.

Pela primeira vez em dias, eu me permiti pensar nas palavras de Roth, aquelas que pensei ter alucinado antes de desmaiar por causa da dor das minhas feridas e do que quer que as bruxas tinham me dado.

Eu te amo, Layla. Eu te amei desde o primeiro momento em que ouvi a sua voz e vou continuar a te amar. Não importa o que aconteça. Eu te amo.

Roth tinha praticamente confirmado que eu tinha de fato ouvido aquelas palavras ditas com uma doce urgência, mas havia uma parte de mim que simplesmente não conseguia acreditar. Ou talvez eu não quisesse, porque quando pensava no que Roth disse, também lembrava do que Zayne falou quando tinha me visto na casa de Stacey.

Eu saberia se uma parte do meu coração se fosse.

Todo o meu ser parecia estar sendo tão espremido que doía. Havia todos os segredos que Zayne me contara, como ele tinha esperado... por mim. Ainda assim, passei anos desejando-o e nunca me pareceu possível que um dia eu o teria.

Talvez eu estivesse apenas apavorada para finalmente...

Perdida em meus próprios pensamentos, não reconheci a sensação que se infiltrava pela minha pele, alertando-me para outra presença na casa, até que uma voz profunda ressoou pela cozinha.

– O que diabos você tá fazendo, Baixinha?

Jogando-me para trás, eu levantei a cabeça enquanto pressionava uma mão contra o peito. Com o coração disparado, vi Roth caminhar em direção à ilha da cozinha e parar. Ele estava vestido da mesma forma que na noite passada, exceto que agora estava usando uma segunda pele branca que realmente complementava o tom dourado de sua pele.

– Eu estava... eu estava pensando – disse, passando as minhas mãos sobre o cabelo. – Pensando sobre as coisas.

Ele apoiou um lado do quadril contra a ilha.

– A bancada estava ajudando você a pensar sobre as coisas?

Eu apertei meus lábios.

– Talvez.

O olhar de Roth caiu, e então lentamente deslizou de volta para o meu rosto. Havia um calor agradável em seu olhar que causou um tipo muito diferente de arrepio de mim.

– Esse é um jeito bem estranho de pensar, Baixinha.

– É, eu sei. Cayman… ele fez o café da manhã. – Brincando com o cabelo, enrolei as pontas em volta dos dedos enquanto Roth começava a andar novamente. Ele estava se aproximando de mim. – E me arrumou um celular.

– Eu disse a ele pra te comprar um celular – ele respondeu, seus olhos dourados brilhando. – Mas o café da manhã foi legal. Ideia dele.

– Foi bom. – Meu coração não abrandou, e não ajudava quando ele se aproximava ainda mais. – Por onde você andou?

Ele parou na minha frente.

– Verifiquei a casa de Sam. Achei que seria uma boa ideia. – Esticando uma mão entre nós, ele colocou os dedos entre os meus e os puxou para longe do meu cabelo. – Não são boas notícias.

– Não são?

Roth balançou a cabeça enquanto segurava minhas mãos nas dele.

– A família dele estava morta. Deitados cada um na sua cama. – Sua expressão ficou apertada, sombria. – E eles estavam mortos há pelo menos alguns dias. Já que eu não vi nenhum espectro, não parece que as almas deles foram tomadas. Ele deixou uma… uma bagunça pra trás.

Fechando meus olhos com força, eu não consegui suprimir o tremor. Eu não precisava perguntar o que constituía uma bagunça.

– Por que o Lilin mataria sem levar uma alma?

Seus polegares acariciaram as laterais das minhas mãos.

– Porque ele pode. Nenhuma outra razão além disso.

– Céus. – O único lado positivo era que a família de Sam iria para onde eles deveriam ir, já que ainda tinham suas almas.

– Eu meio que já esperava, pra ser honesto. Eu pensei sobre isso na noite passada, mas não queria sair até ter certeza de que você estava bem. – Suas mãos quentes deslizaram até os meus pulsos, e, quando abri meus olhos, ele estava olhando para mim. – Eu odeio ter que te dar essa notícia.

Eu odiava o fato de que mais vidas inocentes haviam sido perdidas. Eu tinha encontrado os pais de Sam algumas vezes. Eles eram muito legais, tão aleatórios e adoráveis quanto Sam.

– Espera. Sam tem uma irmã. Ela é mais nova e…

Um músculo estremeceu em sua mandíbula enquanto Roth abaixava o olhar, e então eu entendi. Roth não disse “os pais”. Ele disse “a família". Os ovos com bacon se reviraram no meu estômago, e eu desejei não ter comido nada.

– Fiz uma ligação anônima pra polícia. Eles provavelmente já estão na casa. Apesar de o que parece ser Sam ainda estar andando por aí, com a família... morta, isso vai forçar o Lilin a sair da escola e ficar longe dos alunos de lá. Vai ter que ser cuidadoso. Não que seria fácil prendê-lo, mas duvido que queira esse aborrecimento extra.

Meu peito doía muito quando murmurei:

– Isso foi muito inteligente.

Ele se aproximou ainda mais.

– Achei que pra Stacey... e pra você, seria mais fácil se todos achassem que ele estava morto ou, bem, que fosse um assassino agora e não mais tarde. Se o Lilin pudesse perambular pela escola como Sam, significa que Stacey teria que passar por essa perda novamente.

Meu olhar voou para o dele.

– Isso foi muito atencioso da sua parte.

Roth pronunciou a palavra "atencioso" como se nunca tivesse ouvido aquilo antes ou não entendesse o que realmente significava.

– Vou ser honesto. Certo?

– Certo...?

– Eu gosto de Stacey. Não me entenda mal. Aquela garota tem muito de ruim nela, o tipo divertido de ruindade, mas eu estava mesmo pensando em você. – Seu olhar segurou o meu. – Depois de ver isso te destruir ontem à noite, sabendo que ainda tá te machucando, eu não queria que você sentisse tudo isso de novo agora que você começou a se curar.

Ah.

Uau.

– Então não me dê crédito por algo que eu não sou – ele terminou, soltando minhas mãos.

Quando ele recuou, eu me inclinei sobre a ilha da cozinha, absolutamente abalada.

– Acho que você não se dá crédito suficiente, Roth.

Ele olhou por cima do ombro enquanto se afastava.

– Eu sei o que eu sou.

Essa era a questão. Eu não achava que ele tinha ideia do que ele era, do que existia em seu âmago, do que realmente importava.

As palavras de Cayman, as que ele sussurrou para mim, ecoaram entre meus pensamentos novamente, e eu olhei para longe. Havia tanta coisa acontecendo agora e havia tanta bagunça. Mas eu tinha que começar em algum lugar para resolver tudo isso, e eu sabia onde.

– Eu preciso fazer uma coisa.

Roth foi até a geladeira e tirou uma garrafa. Ele não se virou, mas havia um som sibilante suspeito quando ele tirou a tampa.

Respirei fundo, e continuei:

– Preciso… preciso ver Zayne.

Seus ombros ficaram tensos e, em seguida, se curvaram enquanto ele levava a bebida até os lábios.

– Imaginei que sim – disse ele, e eu olhei para a linha rígida de suas costas.

– Roth…

Ele não me deixou terminar.

– Vou invocar Cayman de volta. Ele vai te levar aonde você precisa ir. – Então ele me encarou, e minha respiração parou. Havia uma vulnerabilidade em sua expressão que eu nunca tinha visto antes, uma grande e terrível tristeza que desbotava o brilho de seus olhos. – Eu sei que você confia e… e se importa com Zayne, mas eu não confio no resto deles. Além disso, tem os problemas com os Alfas. Cayman vai com você.

Antes que eu pudesse dizer mais alguma coisa ou mesmo protestar, Roth se foi. Num piscar de olhos, ele desapareceu, e eu fiquei olhando para o espaço onde ele estivera.

Capítulo 5

Só no final da tarde é que pude me encontrar com Zayne, e depois tive de esperar por Cayman se fingir de motorista. Ele não parecia chateado com a nova exigência que lhe fora imposta. Matraqueava enquanto dirigia, mas eu estava muito ansiosa e distraída para prestar atenção ao que ele estava dizendo, então olhei pela janela, observando todas as guirlandas penduradas nos postes da cidade e as luzes que logo cintilariam. Eu me contorci por todo o caminho até o café que Zayne e eu costumávamos visitar aos sábados, minha mente presa na maneira como Roth tinha me olhado na cozinha.

Eu não entendia. Ele tinha mudado de... de estar me tocando para completamente afastado. Não apenas distante, mas *atormentado*. Nem tive oportunidade de explicar qualquer coisa. Agora o meu coração batia rápido demais, como se eu estivesse prestes a enfrentar um Capeta, e não tinha nada a ver com encontrar Zayne.

Talvez Cayman e eu tivéssemos julgado mal o... hm, o interesse de Roth, mas mesmo que tivéssemos, não mudava o que eu estava prestes a fazer. Não podia mudar.

Cayman guiou o Mustang para uma parada lenta ao longo dos carros estacionados fora da cafeteria. Quando eu estiquei uma mão para a porta, ele bateu os dedos contra o volante.

– Meu número já tá no seu celular, como Beleza Pura. Me manda uma mensagem quando terminar.

– Tá. – Eu abri a porta, estremecendo quando o vento bateu no meu rosto.

– Não se afaste. Você tem Alfas e sabe-se mais o que potencialmente atrás do seu traseiro – continuou ele. – E eu realmente não quero voltar pra casa e ter que explicar a Roth que eu perdi você por aí.

Eu resisti tanto ao impulso de apontar que não tinha certeza de como Roth se sentiria sobre isso naquele momento quanto ao desejo de revirar os olhos.

– Sim, *pai*.

Ele sorriu.

– Me deixe orgulhoso.

Dando-lhe um olhar por cima do ombro quando saí do carro, fechei a porta e saltei para o meio-fio. O vento estava brutal enquanto eu corria em torno das pessoas andando apressadas para cima e para baixo na calçada. Uma série de auras me cumprimentou, amarelos amanteigados e azuis e rosas suaves. Eu fiquei de olho em qualquer um que estivesse sem uma alma, sinal claro de um demônio em nosso meio, mas tudo parecia estar normal como de costume.

A coroa de flores congelada pendurada na porta tilintou quando eu entrei. Antes mesmo de passar pela porta, sabia que Zayne estava ali. Eu o senti ao mesmo tempo que o ar quente me inundou. O café era um tipo de ambiente super familiar, não uma das grandes franquias, mas cheirava a doces assados e grãos de café torrados. Bancos largos e acolchoados cor de espresso forravam as paredes, e vi o ardor branco da aura de Zayne imediatamente. Ele estava sentado na parte de trás da cafeteria, em um dos bancos confortáveis, de frente para a porta.

Antes de me juntar a ele, usei alguns minutos para organizar as ideias e pedi um mocha de hortelã. Então levei o copo quente até ele. Zayne se levantou imediatamente e, quanto mais eu me aproximava, mais conseguia ver que as olheiras de cansaço sob seus olhos haviam desaparecido um pouco. Fiquei feliz por isso.

A loja estava cheia de pessoas em ternos de trabalho e outras que carregavam sacolas de compras, mas quando Zayne tirou o copo da minha mão e o colocou na mesa, ninguém mais estava lá. Antes que eu pudesse falar uma palavra sequer, ele envolveu os braços ao meu redor e segurou firme, abaixando a bochecha para encostar na minha. Eu congelei, porque ele estava muito perto da minha boca, mas Zayne... Ah, ele sempre foi incrivelmente imprudente comigo.

– Isto era o que eu queria fazer ontem – ele murmurou, com a voz baixa contra o meu ouvido. – Quando te vi pela primeira vez naquela casa, só conseguia pensar nisto.

Apertei meus olhos enquanto o abraçava. A emoção já me cortava por dentro.

– Agora o clã sabe que você tá viva – ele continuou, e eu senti os músculos nas minhas costas tensionarem. Cayman tinha dito isso, mas ouvir a confirmação era outra história. – Danika queria vir comigo. Ela queria ver por si mesma que você tá bem.

Um riso estrangulado e surpreso me escapou, e senti a bochecha de Zayne se levantar contra a minha quando ele sorriu. Danika e eu tínhamos um relacionamento muito estranho. O clã inteiro esperava que Zayne acasalasse com ela. Em outras palavras, transar e produzir um monte de bebês Guardiões, e por causa disso eu sempre tinha sido extremamente ciumenta com a Guardiã de sangue puro. Danika era incrivelmente linda e bastante durona, ao contrário da maioria das Guardiãs. Ela não estava de boa em ficar sentada e produzir bebês pelo bem da humanidade. E ela também estava interessada em Zayne. Em suma, havia muitas razões para odiá-la, mas ela e eu finalmente formamos uma amizade improvável.

Sentia falta dela de uma forma estranha, como alguém que sente falta de limpar a neve durante uma onda de calor. Quando Zayne me soltou com relutância, eu quase caí no assento enquanto lutava para recobrar o controle do que estava sentindo, do que eu estava prestes a fazer.

Zayne voltou para o assento à minha frente.

– Você tá bem, Laylabélula?

A preocupação em sua voz era evidente.

– Sim. – Eu limpei a garganta e tomei um gole do mocha mentolado. – Ontem à noite foi um pouco difícil. Eu comecei a pensar sobre Sam… – Eu balancei a cabeça e mantive a voz baixa. – Roth foi para a casa dele hoje de manhã. A família dele estava morta. Não parecia que as almas tinham sido levadas.

– Caramba – Zayne passou os dedos pelo cabelo.

Eu assenti lentamente, lançando meu olhar para a tampa do copo.

– Ele chamou a polícia, o que foi muito inteligente. Isso vai forçar o Lilin a se esconder por um tempo, já que a polícia vai ficar procurando… por Sam. Pelo menos, esperamos que sim. Descobriu alguma coisa sobre os Alfas?

O olhar de Zayne era intenso, e percebi que ele estava encarando-me assim desde que eu tinha me sentado.

– Sim. Alguns deles fizeram uma visita ao clã mais ou menos ao mesmo tempo em que os outros dois apareceram na casa de Stacey. Pelo que pude tirar de Nicolai, os Alfas sabiam que havia um Lilin, sempre souberam.

Não deixei de notar que ele tinha dito que tinha falado com Nicolai em vez do seu pai, mas eu fiquei distraída com a última parte.

– Eles sabiam?

– Sim, aparentemente não podiam se envolver por suas próprias razões celestiais. Eles acreditavam que a gente ia descobrir.

A raiva cresceu no meu peito enquanto eu olhava para ele. Todas aquelas semanas em que pensei que eu era de alguma forma responsável pela morte, destruição e caos tanto na escola quanto em casa, e os Alfas sabiam a verdade desde o início.

– Eles sabiam esse tempo todo e nunca pensaram em contar pra nenhum de nós? Por quê? – Minha voz estava subindo, mas eu não conseguia evitar. – Por causa de algumas regras de merda?

– Eu sei – ele concordou baixinho.

Eu queria socar um Alfa na cara! À lá Bruce Lee em *A fúria do dragão*.

– A gente podia ter salvo vidas. Eu não posso nem... – Tomei um grande gole do mocha, esperando que isso me acalmasse. Não ajudou em nada. – O que mais eles disseram?

Ele descansou os braços na mesa e se inclinou.

– Meu pai conseguiu negociar algum tempo com eles. Eles estão nos dando até o Ano Novo para lidar com o Lilin, a menos que essa coisa faça algo que arrisque uma exposição. Temos Guardiões à procura dele agora mesmo.

Minhas sobrancelhas se ergueram. Para ser honesta, não pensei que eles nos dariam qualquer tempo. Eu conseguia facilmente vê-los nos dando duas horas. Mas não me surpreendeu saber da condição da exposição. Os Alfas haviam decretado há muito tempo que a humanidade nunca poderia ter provas realmente concretas de que um Céu e um Inferno existiam, que eles deveriam acreditar em um poder superior baseado apenas na fé. Eu não entendia isso na época e ainda não entendia agora. Tudo o que eu sabia era que os Guardiões se esforçavam muito para manter a existência de demônios escondida dos humanos em todo o mundo.

– O que acontece se não o controlarmos?

– Não vai ser bonito. Eles ameaçaram acabar com a gente. A mesma coisa se o Lilin for longe demais – Ele exalou pesadamente enquanto eu me perguntava o que seria "longe demais". – Eles parecem entender que rastrear o Lilin e matá-lo não vai ser fácil, mas não é só isso que eles falaram.

– O que mais eles falaram? Sobre como é legal lá no poleiro alto deles?

Ele me encarou por um momento, e então disse:

– Hã, não. Eles... Bem, não tem jeito fácil de dizer isso. Eles não estão felizes com você, Laylabélula.

Talvez algumas semanas atrás, eu teria pirado e me jogado em um canto para ficar balançando-me para frente e para trás esperando os meus problemas desaparecerem. Agora? Eu bufei, e então dei outro gole.

– Grande surpresa, isso aí.

O olhar de Zayne pairou sobre meu rosto. Ele não falou nada por um longo momento.

– Roth disse algo bem verdadeiro ontem. Já vi asas pretas e emplumadas antes.

Eu estava fazendo o possível para não pensar sobre as minhas asas estranhas, mas coloquei o copo na mesa.

– Onde?

Um músculo sob o seu olho se contraiu enquanto ele abaixava o olhar, e o meu estômago deu um nó. Aquilo não era um sinal muito bom.

– Eu só vi um único demônio com essas asas. Parecia um de Status Superior. Foi só um vislumbre. Eu pensei que estava vendo coisas, mas as asas eram como as suas.

– Ah – murmurei, sem saber como me sentir sobre isso. Zayne e Danika já haviam confirmado que eu cheirava como um demônio de Status Superior. Era por isso que o Guardião Tomas tinha me atacado. Então, isso não era nada de novo, não de verdade, mas ainda não explicava por que as minhas asas de repente estavam emplumadas e por que eu não tinha me transformado por completo como um Guardião ou um demônio faria. – As minhas asas têm algo a ver com o fato de os

Alfas de repente não gostarem de mim? Quer dizer, não que já tenham gostado, mas o que rolou agora?

– Tudo o que eles disseram foi que você era uma abominação. Isso não tá certo. Você…

– Eu sei. Não tá certo. Tem coisas piores do que eu perambulando por aí. Eu sei. E se eles não sabem disso, não é problema meu.

Zayne ergueu uma sobrancelha.

– Bem, certo, é problema meu se eles tentarem vir atrás de mim de novo, mas eu sei que não sou uma abominação – repeti, deslizando meu dedo ao longo da borda do copo.

Levou muito tempo para eu chegar até aquele ponto de não deixar que as palavras dos Alfas ou dos membros do meu próprio clã me derrubassem. Ou mesmo as palavras das meninas da escola, como Eva Hasher e o rebanho das vacas, como Stacey se referia a elas, que costumavam me fazer duvidar de tudo o que eu era. Nem sabia dizer exatamente o que tinha feito eu mudar assim. Talvez fossem as longas e sombrias horas que passei naquela jaula horrível no subsolo do complexo, ou talvez tivesse sido a minha quase morte. De qualquer forma, foi um alerta.

De diversas maneiras, e agora eu precisava aproveitar uma dessas outras maneiras.

Eu olhei para Zayne, o meu amigo mais próximo desde que eu era uma garotinha, o meu mundo todo por tanto tempo, e descobri que eu não podia desviar o olhar. Isto… isto ia doer. Nossa senhora, ia doer como um enxame de vespas. E era tão assustador, porque não havia rede de segurança para aquela decisão.

Zayne inclinou a cabeça.

– Ei… – Ele atravessou a mesa para pegar minha mão, mas eu a puxei de volta, apertando as minhas mãos uma na outra. Seus olhos voaram para os meus. – Layla?

Pensei no que Cayman tinha sussurrado no meu ouvido naquela manhã.

Pare de ser covarde e se liberte do passado. Abrace o futuro, porque são duas coisas muito diferentes.

Cayman esteve certo. Eu tinha sido uma covarde, com medo de abrir mão do passado, de toda essa familiaridade, porque havia segurança ali, uma simplicidade em seu conforto. O passado era como ir para casa, e era doce e aconchegante, e perfeito do seu próprio jeito. Não era menos do que o futuro, mas eu estava aterrorizada de abraçar o desconhecido, do potencial de perder o que eu sempre pude contar.

Porque só havia um par de olhos que eu enxergava quando fechava os meus à noite e quando os abria de manhã.

– Layla? – A voz de Zayne era suave.

Eu ajeitei meus ombros enquanto respirava com dificuldade.

– Ontem você disse que a gente precisava conversar e tinha razão. Precisamos – Seu olhar procurou o meu quando eu continuei: – Eu sei que tem muita coisa acontecendo agora, tantas coisas de cabeça pra baixo, e muito disso é pura loucura.

– Mas...?

Naquele momento, havia um nó do tamanho de uma bola de golfe alojado na minha garganta e eu queria fechar os olhos. Queria desviar o olhar, mas me forcei a não esconder nada. – Você sabe que você significa muito pra mim, sempre significou, e que eu me importo muito com você. Eu te amo...

– Mas você não tá *apaixonada* por mim? – Seus olhos se fecharam e seu rosto ficou tenso. – É isso que você tá dizendo?

– Não. Quer dizer, eu não estou dizendo desse jeito. Eu te amo, mas...

– Você tá de brincadeira comigo – Zayne abriu os olhos enquanto se inclinava contra o banco, balançando a cabeça. – Só pare.

Eu abri a boca.

– Pare. Só por um segundo – disse ele novamente, olhos abertos e sem perder nada. Ele balançou a cabeça, olhando para mim com o pior tipo de surpresa nos olhos. – É por causa do que aconteceu quando eu beijei você da última vez ou por causa do nosso clã? Eu confio em você, Layla. E eu sei que você confia em mim. A gente consegue fazer isso dar certo.

Ai, meu Deus, aquela bola de golfe se transformou em uma de futebol.

– Eu sei que você confia em mim, mas essa não é a razão. Realmente não é. – Essas palavras eram mais verdadeiras do que eu percebera até aquele momento, e isso fazia com que o que eu tinha a dizer ser tão importante, porque mesmo que ele e eu pudéssemos ter feito isso dar certo, no final das contas, o meu coração... meu coração teria pertencido a outro lugar. – A gente podia ter feito isso dar certo sem... sem se beijar e poderíamos ter sido cuidadosos. E eu confio em você, mas isso não é sobre confiança. Zayne, você é importante pra mim e eu...

– Você ama o Roth – ele continuou para mim –, você tá apaixonada por ele.

Os meus olhos encontraram os seus azuis brilhantes.

– Sim – eu sussurrei, meu lábio inferior tremendo. – É ele. Sempre foi ele. Sinto muito. Eu te amo, de verdade. Eu me importo muito com você, e de muitas maneiras, ter ficado com você foi um sonho realizado, mas não é a mesma coisa.

Ele recuou, como se eu tivesse lhe dado um tapa sobre a mesa.

– Por favor, não espere que eu me sente aqui e fique ouvindo um discurso que faz com que eu me sinta como um maldito vice-campeão em algum tipo de concurso.

Respirei fundo.

– Não quero que você se sinta assim.

As sobrancelhas de Zayne abaixaram enquanto ele me encarava.

– Como diabos você esperava que eu me sentisse?

Lágrimas queimavam os fundos dos meus olhos, porque eu nunca, nunca quis machucar ninguém. Especialmente ele.

– Eu não sei.

– Claro que não sabe. – Ele jogou uma mão sobre a cabeça, apertando a parte de trás do pescoço. Um momento se passou enquanto a tensão apertava as linhas da sua boca. – Eu te amo – ele soltou, um músculo se retraindo em sua mandíbula. – Eu estou *apaixonado* por você. Eu *esperei* por você, Layla. E nada disso... nada disso importa.

Eu não sabia o que dizer. Importava, sim, e muito, mas como eu poderia dizer isso? Porque no final, mesmo que eu voltasse para casa e Roth risse na minha cara, não mudava nada.

A raiva brilhou no seu rosto.

– O que estava acontecendo entre a gente? Era apenas um passatempo pra você?

– Meu Deus, não! – Uma mulher com uma leve aura rosa, na fila da cafeteria, olhou em nossa direção, e eu me contive para manter a voz baixa. – Não foi nada disso. Meu Deus, foi perfeito e foi como viver todas as fantasias que já tive.

– Sério? – A descrença inundou seu rosto. – Porque o que me parece é que você estava apenas se divertindo até que pudesse ficar com ele.

– Até que eu pudesse ficar com ele? – repeti estupidamente. – Eu nem sei se…

– Não se atreva a dizer que não sabe se ele te ama. Não se faça de idiota agindo como uma idiota – ele cuspiu, e eu me afastei para trás, atordoada pelo rancor em seu tom. – Droga – ele murmurou, deixando cair o braço.

– Zayne…

– Chega – ele ordenou, e eu fechei meus olhos com força. – Apenas chega.

Zayne não disse mais nada enquanto se levantava, e não tentei impedi-lo quando ele saiu pela porta da frente. Deixando cair meus cotovelos na mesa, plantei meu rosto nas mãos. Minhas entranhas se retorciam e queimavam. Mesmo quando Zayne estivera legitimamente chateado comigo antes, ele nunca tinha falado daquele jeito. Não que eu o culpasse. Eu merecia isso. Eu não tinha sido cuidadosa com as minhas próprias ações ou com o coração dele. Não me arrependia de nada do que partilhamos, mas fiz besteira e não devia ter me deixado envolver com ele, porque o que eu tinha dito há pouco também era verdade.

Sempre foi Roth; desde o momento em que ele entrou naquele maldito beco onde eu tinha lutado sem sucesso contra um demônio, tinha sido ele para mim. Talvez eu estivesse cega demais para ver isso depois que ele voltou dos poços de chamas. Talvez eu estivesse com muita raiva dele depois do jeito que ele agiu no começo. Talvez eu tivesse brincado com Zayne, mesmo que não fosse a minha intenção. Eu não sabia dizer.

Só sabia que eu tinha perdido o garoto com quem cresci. Se eu tivesse dúvidas sobre isso, o fato de ele ter me deixado ali sozinha já me dizia tudo o que eu precisava saber. Sendo tão protetor quanto Zayne era comigo, não tinha como ele me deixar sozinha com um Lilin ainda à solta. A menos que ficar longe de mim fosse mais importante do que me manter a salvo.

Não sei quanto tempo fiquei ali, mas eventualmente senti um calor não natural se espalhando pela minha nuca, alertando-me para a presença de um demônio. Esperando encontrar Cayman quando levantei a cabeça, olhei ao redor da cafeteria. Meu olhar pairou sobre os tons suaves das auras até que encontrei um jovem em pé perto da entrada do estabelecimento sem nada ao seu redor.

Lá estava o meu demônio, e não era Cayman.

Grata por ter algo para me concentrar além do fato de que eu tinha acabado de quebrar o coração de Zayne em pedacinhos, eu estudei o homem na frente da cafeteria enquanto empurrava meu cabelo para a frente, protegendo meu rosto. Devido à minha dupla ancestralidade, os demônios nunca foram capazes de me sentir, o que fazia a minha antiga caça ser moleza. Mais uma vez, a mistura de Guardião e demônio tinha me dado uma habilidade única para marcar demônios. Um toque e eles se transformavam em uma luz néon, deixando um rastro neles que os Guardiões podiam facilmente seguir.

Eu não marcava demônios desde... bem, desde que Roth entrou na minha vida, mostrando-me que até os demônios tinham um propósito na vida. Com ele, aprendi que alguns demônios não eram tão ruins assim, como os Demonetes, que tendiam a mexer com coisas como postes de telefone, canteiros de obras, qualquer coisa eletrônica, e eram um pouco propensos a serem piromaníacos.

Aquele demônio não tinha nenhuma *vibe* de Demonete, e eu estava disposta a apostar que ele também não era um Imitador, demônio cuja mordida transformava um humano em algo que se assemelharia a um zumbi no set de *The Walking Dead*.

Não, aquele demônio tinha uma *vibe* meio de Status Superior, o que significava que ele podia ser um Duque ou um Rei ou qualquer outra variedade de malvadão da elite. Eles não deveriam estar na superfície porque o tipo de coisa que eles eram capazes de fazer poderia realmente causar um estrago muito, muito desagradável.

Eu franzi a testa.

O que, aparentemente, significava que talvez eu também não devesse estar ali na superfície. Eu sempre esquecia que agora eu cheirava como um demônio de Status Superior e me parecia com alguns deles. Suspiro.

O demônio inclinou a cabeça para o lado, e uma chocante mecha de cabelo loiro esbranquiçado caiu sobre sobrancelhas escuras que se destacavam em contraste. Ele tinha um ar de roqueiro, como se caso a corrente de prata que ele usava quebrasse, sua calça jeans *skinny* deslizaria para baixo. Examinando a cafeteria, ele me olhou, continuou, e então seu olhar voltou para mim.

Eu congelei.

O demônio congelou.

Uh-oh.

Demônios não podiam me sentir, mas ele estava olhando diretamente para mim como se um terceiro braço tivesse brotado no topo da minha cabeça.

Seu rosto empalideceu para a cor de seu cabelo enquanto ele dava um passo apressado para trás, esbarrando em uma mulher com uma aura azul pálido. Ela quase deixou cair a bolsa e o café enquanto tentava passar por ele.

Então ele girou nos calcanhares e empurrou um senhor para fora de seu do caminho. O homem gritou, mas o demônio chegou à porta. Enquanto eu ficava de pé, não estava pensando. Curiosidade e surpresa me dominaram. Corri pela cafeteria, deixando o que sobrou do meu mocha para trás. Eu estava alguns passos atrás do demônio quando ele disparou pela porta, para a calçada. Ele lançou um olhar de pânico sobre o ombro na minha direção.

Eu derrapei até parar debaixo do toldo da loja.

– Hã…

O demônio acelerou o passo, correndo pela calçada, desaparecendo em uma esquina do quarteirão, perdido no mar de auras desbotadas.

– Hm – murmurei, olhando para trás e meio que esperando ver uma horda de Alfas, mas era só euzinha, e isso significava apenas uma coisa.

O demônio de Status Superior tinha fugido de mim.

Capítulo 6

Não contei para Cayman sobre o demônio fugitivo de Status Superior, e ele não perguntou como foi a conversa com Zayne, o que para mim estava ótimo. Depois de um trajeto quase silencioso, ele me deixou na frente da casa.

– Divirta-se com *isso* – foi tudo que ele disse, e então se afastou.

Voltando-me para o casarão brega, eu não tinha ideia do que Cayman estava falando, mas imaginei que ia descobrir em breve.

A casa estava escura, mas não silenciosa, quando entrei pela porta da frente, fechando-a atrás de mim. O *riff* afiado de uma guitarra, rapidamente perdido no bater de uma bateria, se espalhava a partir do andar superior.

Franzindo a testa, fui em direção à escada, e na metade do caminho encontrei algo estranho. Inclinei-me e peguei uma garrafa de cerveja vazia. Olhando para cima, percebi que havia uma em cada degrau, até o topo. Dez garrafas vazias.

Oh, Céus.

Meus olhos se arregalaram quando coloquei a garrafa de volta na escada. Não tinha como eu conseguir recolhê-las sem antes pegar um saco de lixo, e a última coisa que eu queria fazer era ir até a despensa. Eu acelerei meus passos, apressando-me para subir o resto dos degraus.

Como uma trilha de migalhas de pão, garrafas tinham sido periodicamente largadas ao longo do amplo corredor, levando ao quarto que Roth tinha escolhido para dormir na noite passada, quando eu tinha continuado na suíte principal.

Meu coração pulou no meu peito quando cheguei ao quarto dele. A porta estava entreaberta, a música pesada e estridente. Uma luz suave rastejava para fora da abertura. Respirando fundo, abri a porta e congelei na entrada do enorme quarto.

Nada neste mundo poderia ter me preparado para o que eu estava vendo.

Bambi estava se agitando e se contorcendo pelo piso de madeira. Ela parou, torcendo seu corpo normalmente gracioso na minha direção. Aqueles olhos vermelhos estavam entorpecidos, desfocados. Sua língua bifurcada estava para fora, e então ela foi cuidar da própria vida, lentamente fazendo o caminho para o assento da janela. Lá, ela deslocou metade de seu corpanzil de quase dois metros sobre o assento e prontamente deslizou para a direita, caindo no chão.

Preocupação me inundou, mas quando dei um passo em direção a Bambi, outra coisa chamou a minha atenção. Na cama, o familiar de Roth que era um gatinho preto e branco estava tentando atacar o branquinho, que parecia estar desmaiado, estirado de costas, suas perninhas abertas do ar. O preto e branco, habilmente chamado Fúria, saltou em direção ao Nitro, adormecido, errou a mira por um bocado e caiu no travesseiro. O gatinho se tornou uma bola de feno peluda e preta e branca enquanto rolava pelo travesseiro, chocando-se em Nitro.

Meu queixo foi ao chão.

O terceiro gatinho, um todo preto, chamado Thor, estava sentado em uma cômoda, os olhos estreitados em fendas finas. Enquanto eu olhava para o familiar, ele balançava de um lado para o outro. Ele me viu e abriu a boca, provavelmente para sibilar para mim, porque aqueles gatinhos eram uns cretinos, mas, em vez disso, um arroto bastante humano saiu dele.

Meu Deus, os familiares estavam *bêbados*.

Uma risada borbulhou de mim, mas a porta se fechou atrás de mim, roubando o riso desenfreado. Em um segundo eu estava ali parada e no outro suspiro, as minhas costas estavam contra a porta. Um peito firme, quente e bastante nu estava encostado no meu, e uma respiração quente deslizou sobre a minha bochecha quando duas mãos bateram na porta, em ambos os lados da minha cabeça.

– O que você tá fazendo aqui? – Roth exigiu, e o meu coração bateu contra as minhas costelas, então dobrou de velocidade quando os lábios dele tocaram a curva da minha mandíbula. Ele inalou profundamente.

– Que Inferno, você cheira tão bem. Como hortelã e... e sol.

Hm. Eu não tinha ideia de como responder àquilo.

– Eu deixei você ir – ele continuou, mergulhando a cabeça no meu pescoço, e um arrepio varreu o meu corpo. – Você estava certa ontem. Eu te machuquei. Não como ele. Pior. Eu te deixei sair desta casa pra você ser feliz com ele. Não era isso que você queria? Mas você tá aqui. Eu te deixei ir embora e isso quase me *matou*, e você tá aqui.

Ah, meu Deus.

Roth estava divagando, mas o meu coração implodiu quando as suas palavras agitaram algo profundo e feroz dentro de mim. O olhar no rosto dele aquela manhã quando eu disse que precisava falar com Zayne de repente fez sentido. Se ele tivesse me dado a chance de explicar o que eu estava fazendo, ele não teria pensado que eu estava deixando-o, que eu estava escolhendo Zayne.

Mas Roth tinha me deixado ir para que eu pudesse ser feliz. O Príncipe da Coroa do Inferno, que dizia ser o mais egoísta de todos os demônios, tinha me deixado sair por aquela porta quando ele achou que eu seria mais feliz com outra pessoa. Fiquei sem palavras quando um tipo diferente de lágrimas encheu os meus olhos. Ele já tinha se afastado para me proteger antes, e tinha feito isso novamente para que eu pudesse ser feliz com outra pessoa. Não havia um pingo de egoísmo em nenhuma daquelas ações. Na verdade, muito pelo contrário, e a revelação costurou a rachadura desgastada no meu coração, reparando o fragmento doloroso. Mas não curou a cicatriz que ficou para trás quando deixei Zayne ir. Essa nunca desapareceria.

Apertei os meus olhos.

Ele lentamente levantou o queixo e descansou a testa contra a minha. Sussurrou:

– Por que você tá aqui, Layla?

– Estou aqui… estou aqui porque é *aqui* que estou feliz, com você.

Roth não se mexeu, e eu nem tinha certeza se ele estava respirando. Havia uma boa chance de que as minhas palavras não passaram pela névoa de todo o álcool que ele obviamente tinha ingerido, o que era uma boa indicação de que essa conversa precisava acontecer mais tarde. Coloquei as minhas mãos no peito dele, prestes a comentar isso, quando ele se moveu.

Seus braços me envolveram e ele me abraçou com força. Eu gostava daquilo. Mais do que gostava. Cada parte dos nossos corpos entrou em contato enquanto ele enterrava a cabeça no meu pescoço, respirando profundamente. O meu coração estava batendo forte e as minhas mãos tremiam. Um arrepio profundo subiu através do seu corpo e Roth tremeu em meus braços, e então ele se moveu.

Apertando as minhas bochechas em suas mãos grandes, ele disse algo muito baixo e muito rápido para eu entender enquanto inclinava a minha cabeça para trás e me beijava. Não havia nada de suave naquilo. Sua boca estava sobre a minha, o piercing de metal em sua língua batendo contra os meus dentes enquanto ele me pressionava na porta. Ele tinha gosto de algo doce, e o amargo do álcool ainda estava em sua língua. Pequenos arrepios de prazer correram pelo meu corpo enquanto eu gemia durante o beijo. As minhas mãos deslizaram até seus ombros e os meus dedos cravaram em sua pele lisa. O beijo estava fazendo loucuras com os meus sentidos, obliterando meu bom senso quando a parte inferior do corpo dele se pressionou contra a minha.

E parecia que tinha passado uma eternidade desde a última vez em que eu me senti *assim*. A doce selvageria que vinha de um único beijo e a libertação de finalmente me entregar, da aceitação completa e absoluta, de ter o que eu queria, o que eu ansiava. O ímpeto imediato do desejo tão potente que obscureceu meus pensamentos, e a energia excitante e eufórica que veio de provar do amor na ponta da minha língua. *Nada* se comparava àquilo.

Roth interrompeu o beijo, respirando pesadamente enquanto aninhava meu rosto.

– Diga de novo – ele ordenou grosseiramente. – Diga de novo, Layla.

Eu mal conseguia respirar.

– Estou feliz aqui com você. Eu... – Eu deslizei as minhas mãos até o pescoço dele, alisando meus polegares ao longo de sua mandíbula. Eu queria dizer mais coisas, mas ele agarrou meus pulsos e apenas os segurou em suas mãos, olhando para eles, sem dizer nada. O meu coração batia rápido, mas meu sangue parecia lento.

Uma mecha de cabelo preto caiu em seu rosto, e quando ele finalmente levantou o queixo, havia vulnerabilidade em seu olhar novamente.

A sua beleza era irreal, quase perfeita demais, mas naquele momento ele parecia mais humano do que nunca.

– Eu… eu andei bebendo.

Aquilo não era exatamente o que eu estava esperando que ele dissesse.

– Dá pra perceber.

Soltando as minhas mãos, ele deu um passo para trás e se virou, permitindo-me uma visão bastante agradável de suas costas torneadas. Fiquei feliz em ver, quando ele se virou de lado, que Tambor estava em sua pele. Um dragão não-tão-de-bolso bêbado não teria sido motivo de riso. Eu também estava feliz em ver todos os relevos do seu abdômen. Muito feliz.

Aquelas calças dele estavam tão baixas que era quase indecente. Quase. Ele pegou uma garrafa da cômoda e a sacudiu.

– Fiquei tão bêbado que me tornei literalmente incapaz de ir atrás de você e te impedir. – Ele estudou a garrafa vazia que segurava, franzindo a testa. – Mas você sabia que embriaguez funciona diferente pra gente? Só durou uma hora, e depois me senti uma merda, por isso tive de beber mais um pouco. Eeeee talvez eu ainda esteja um pouco bêbado…

Eu apertei meus lábios para impedir uma risada.

– Notei.

Um lado de seus lábios se curvou para cima enquanto ele me olhava de lado.

– Eu sei que não deveria estar bebendo. Isso faz de mim um menino muito, muito malvado.

– É, e aparentemente também deixa os seus familiares bêbados. – Eu gesticulei para Bambi, que estava dormindo onde havia caído, um patético montinho de cobra no chão. – Talvez você não fique tão embriagado porque seus pobres amiguinhos aqui absorvam todos os efeitos.

Roth inclinou a cabeça para o lado.

– Huh. Vivendo e aprendendo – Ele se virou para mim, e havia um calor reconhecível em seu olhar. – Quero te beijar de novo.

Mesmo que houvesse partes de mim que estavam tipo totalmente a bordo do trem Roth, eu sabia que isto não iria acontecer naquela noite, por diversas razões.

– Como você disse, você tá bêbado.

Ele me encarou com o queixo baixo e os lábios cheios ligeiramente abertos.

– Eu ainda quero te beijar. Eu quero fazer outras coisas. Muito disso envolve toque, com e sem roupa.

As minhas bochechas queimaram.

Inclinando a cabeça para trás, ele suspirou pesadamente.

– Mas, sim, bêbado. Desculpa.

– Roth. – Dei um passo cauteloso em direção a ele. Mesmo embriagado, ele era rápido. – Há quanto tempo você tá bebendo?

Um ombro se levantou quando ele se virou para a cama.

– Desde que você saiu? Se não tivesse, teria ido atrás de você e provavelmente deixado Tambor comer o Pedregulho, e você não ficaria de boa com isso.

– Não – sussurrei. – Eu não ficaria mesmo.

– Talvez eu não devesse ter bebido tanto. Você não... É, você merece coisa melhor do que isto. – Ele parou ao pé da cama, olhando para mim enquanto esfregava os dedos pelos cabelos bagunçados. – Você tá mesmo aqui? Ou eu consegui me tornar o primeiro demônio a sofrer intoxicação alcoólica?

Parte de mim queria começar a rir sem parar, mas havia um nó de tristeza apertado no fundo do meu peito. Era formado por uma culpa amarga e rançosa. As minhas ações tinham um efeito dominó. Claro, eu não tinha segurado aquelas garrafas na boca de Roth, mas eu nunca nem sequer o tinha visto beber antes.

– Estou mesmo aqui – eu disse a ele.

Ele parecia estar prestes a dizer algo quando foi se sentar ao pé da cama. Comecei a avançar, já vendo que ele tinha julgado mal a distância, mas era tarde demais.

Roth bateu no chão em frente à cama, caiu de bunda para trás. Ele jogou a cabeça para trás, rindo alto enquanto eu colocava uma mão sobre a minha boca. Eu não tinha certeza para o que eu estava voltando depois de sair do café. Houve esse medo, embora irracional, de que Roth ia me dar uma tapinha no topo da cabeça e me mandar embora. Depois houve uma parte de mim que pensou que ele iria me abraçar, professando o seu amor eterno por mim. De qualquer forma, encontrá-lo bêbado não estivera dentro das possibilidades.

Ele se acalmou, descansando as mãos nas coxas enquanto olhava para mim.

– Então, você realmente voltou?

Eu acenei com a cabeça, então disse que sim para garantir.

Seu olhar caiu e ele suspirou pesadamente.

– Aposto que você tá se arrependendo disso agora.

– Não – respondi sem hesitação enquanto caminhava até onde ele estava sentado. – Eu não me arrependo.

Ele ergueu uma sobrancelha, mas as minhas palavras não apagaram o olhar perdido que ele carregava.

– Sério?

Indo para o chão ao lado dele, eu balancei a cabeça.

– Você tá bêbado. Grande coisa. Quer dizer, você provavelmente não deveria estar tão bêbado, mas você nem é… humano. E você é tipo o Príncipe da Coroa do Inferno. Eu não acho que consumir álcool seja contra as regras de onde você vem.

– Não, acho que não – Ele dobrou uma perna enquanto molhava os lábios. – Você… Não quero que olhe pra trás e pense que foi uma decisão terrível, porque ele teria…

– Pare – eu disse. Implorei, na verdade. – Eu não vou me arrepender da minha decisão, mesmo que você acabe fugindo pras montanhas aos berros pra ficar longe de mim.

– Eu não acho que isso vai acontecer – disse ele.

Eu me aproximei mais e estendi as pernas ao lado das dele.

– O que estou tentando dizer é que tomei a minha decisão. Não vou me arrepender. Não importa o que aconteça entre a gente. – Mordendo o lábio, eu vi uma série de emoções rastejando em seu rosto fascinante. – Olha, eu não acho que devemos falar sobre isso agora. Isso pode esperar. Precisa esperar, porque eu… eu acho que eu realmente magoei Zayne hoje. Não. Eu sei que sim. E você não tá no estado de espírito certo. – Eu parei novamente, porque, uau, eu parecia tão madura que eu meio que queria me dar tapinhas congratulatórios nas costas. – Isso pode esperar. Podemos conversar amanhã.

Roth não respondeu enquanto me analisava, e eu não tinha ideia do que ele estava pensando naquela cabecinha dele, mas então ele se inclinou. Ele colocou a cabeça no meu colo, como tinha feito naquela noite em que eu tinha acordado depois de ser curada pela poção das bruxas, mas desta vez eu não hesitei. As minhas mãos não titubearam nem um segundo. Eu as coloquei imediatamente sobre ele, uma passando pelos fios pretos e sedosos e a outra se fechando em torno do seu ombro.

Ele se deitou de lado e fechou os olhos. Cílios grossos emolduraram suas bochechas. Vários minutos passaram em silêncio, mas eu sabia que ele não estava dormindo. Seus músculos estavam muito tensos.

– Eu... eu fiz umas coisas realmente ruins, Layla.

Meu peito apertou enquanto eu olhava para ele, e naquele momento eu não estava pensando sobre o Lilin, ou as minhas asas, ou até mesmo em Sam ou Zayne. Eu estava cem por cento focada em Roth e o mundo ao nosso redor, e todos os problemas que continuavam a aparecer se desvaneceram para longe.

– Eu meio que imaginei que você tivesse feito algo – E isso era verdade. Ele era um demônio de Status Superior, nada menos do que um Príncipe da Coroa. Nunca me iludi em acreditar que ele era um santo disfarçado de pecador.

– Umas coisas realmente imorais – murmurou ele.

– Entendi. – Meus lábios se contorceram.

Ele conseguiu dobrar um de seus braços em volta da minha perna.

– A... primeira vez que fui enviado para a superfície pelo Chefe foi só um ano depois que fui criado. Eu deveria encontrar um Duque que não estava mais atendendo às invocações do Chefe – ele continuou, enquanto eu gentilmente deslizava meus dedos pelo seu cabelo. Eu não me atrevi a falar, porque Roth nunca tinha realmente falado abertamente sobre o que seu Chefe o ordenava fazer. – O Duque tinha encontrado uma mulher, uma humana. Eu não acho que ela sabia o que ele realmente era. Não que isso importasse. O Chefe estava chamando-o de volta, mas ele não queria deixá-la.

Mordendo o interior da bochecha, eu tinha a sensação de que aquela história não iria terminar com um final feliz.

– Tinha outros comigo, que tinham sido chamados. – Seu braço apertou em volta da minha perna. – A coisa ficou... feia.

Fechei os olhos, meu coração dolorido.

– Não foi a única vez. Houve outras... situações como essa. E essas situações, bem, nunca me pesaram antes. Não faz parte da minha composição genética sentir culpa. – Um sorriso irônico brilhou em seu rosto e rapidamente desapareceu. – Não até você aparecer. Agora eu penso sobre essas coisas e eu me pergunto se existe alguma... bondade em mim. Ou o que você vê em mim.

Meu Deus, o meu coração estava se partindo outra vez. Eu não sabia como era ser o Roth, ser algo que era apenas o mais recente na longa linhagem que veio antes dele. Outros Príncipes que o Chefe tinha se cansado, destruído de uma forma ou de outra, antes de criar *esta* versão de Astaroth. E eu não sabia tudo o que Roth tinha feito em seu passado, mas honestamente eu não me importava. Quem era eu para julgar? Uma vez que eu estava bem longe de ser perfeita e também era parte demônio, eu tinha feito coisas de que eu me arrependia, e eu sabia que haveria coisas no meu futuro que eu ainda iria me arrepender. Mas Roth passou dezoito anos mantendo o Chefe do Inferno feliz. Nada das suas trevas me surpreendia.

Isso só me entristecia.

Inclinando-me, beijei sua bochecha e, enquanto me endireitava, ele me dirigiu seus olhos cor de âmbar, arregalados.

– Vejo o que você não vê. – Alisei o braço dele. – Você não é egoísta, mesmo que tenha momentos em que aja como tal. Todo mundo tem isso. Você não é maligno, mesmo que tenha sido criado pelo maior mal de todos. Você provou pra mim e pra si mesmo que tem livre-arbítrio, e tomou as decisões certas diversas vezes. – Enquanto eu deslizava a minha mão pelo braço dele, ele estremeceu. – Você aceitou quem e o que eu sou desde o começo. Você nunca tentou me mudar ou... ou me esconder. Sempre confiou em mim, mesmo quando provavelmente fosse melhor não confiar. – Eu ri disso, pensando no tempo que ele me deixou sozinha no clube Palisades com instruções explícitas para não perambular por lá. – Você... Você celebrou o que eu sou, e pouca gente pode dizer isso. Como falei antes, você é mais do que o mais recente Príncipe da Coroa. Você é o Roth.

Por um momento, ele não se moveu nem pestanejou. Então um deslumbramento se apossou do seu rosto enquanto ele olhava para mim e, finalmente, a tensão aliviou em seus músculos.

– E eu sou seu.

Capítulo 7

Em algum momento, consegui colocar Roth na cama, e Bambi acabou se deitando ali também. Foi um espetáculo e tanto de se testemunhar, uma anaconda demoníaca tentando deslizar para cima de uma cama. Eu tive que intervir e levantar a parte de trás dela, e então peguei *cuidadosamente* o gatinho desmaiado na cômoda e o coloquei na cama também. Esperava que Bambi não comesse o pequeno Thor se ela acordasse no meio da noite com uma larica dolorosa.

Então comecei a limpar as garrafas. Parei de contar as que estavam no quarto e levei o saco para o lixo. Depois, fiz um sanduíche e fui falar com Stacey.

Ela estava bem, na medida do possível, e também confirmou que Roth tinha realmente feito uma chamada anônima.

– A polícia veio agora à tarde. Minha mãe pensou que era sobre o incêndio na casa, mas era… era sobre Sam.

Sentada na sala de estar, aninhada em uma almofada grande, fechei os olhos.

– A família dele…

– Eu sei. – A respiração dela tremia através do celular. – Eles me disseram. Também perguntaram se eu o tinha visto. Eu falei que foi a última vez em que ele esteve na escola. Ontem.

– Isso foi muito esperto.

Houve uma pausa, e depois ela falou:

– Deus, Layla, como é que isso aconteceu? Dois meses atrás, eu nunca teria previsto que nada disso fosse acontecer – disse ela, e ouvi uma porta fechando. – Minha mãe tem me seguido desde que a polícia apareceu. Ela tá preocupada e assustada. A polícia acha que Sam… que ele surtou e matou a família. Até amanhã, todo mundo vai ficar sabendo disso na escola, e não tá certo. Sabe? Que as pessoas vão acreditar que Sam fez algo assim.

– Não tá certo – concordei, abrindo os olhos. Havia uma pintura pendurada na parede à minha frente. Uma estrada pitoresca com o outono exuberante, mas os brilhantes tons laranjas e vermelhos estavam desbotados. – Sam não merecia nada disso.

– Nenhum de nós merece. – Houve outra inspiração profunda do outro lado da linha. – Beleza. Eu preciso me distrair, porque senão eu vou pirar de novo. Eu tenho pirado de hora em hora, o tempo todo. Certo? Me distraia.

– Hm… – Meu cérebro esvaziou. Realmente muito útil. – Ah, eu sou péssima nisso.

Ela riu roucamente.

– O que Roth tá fazendo?

– Bem, ele tá… É, ele tá meio incapacitado agora. – Eu me encolhi, sabendo como isso tinha soado.

– Sério? – Havia interesse no tom dela. – Por quê?

Olhei para o arco largo.

– Eu disse a ele hoje de manhã que precisava falar com Zayne, e acho que ele pensou que isso significava que eu ia dizer a Zayne que queria ficar com ele. Então talvez ele tenha ficado um pouco bêbado.

Um riso estrangulado veio através do telefone e meu coração se animou com o som.

– Você tá falando sério?

– Estou. E os familiares dele também estão bêbados. – Eu parei, sorrindo um pouco. – Foi um show e tanto.

– Posso imaginar. Não. Espera. Não posso. Você precisa tirar fotos disto pra mim.

Eu sorri, mesmo que isso não fosse acontecer.

– Então… você não quer ficar com Zayne? Você é obcecada por ele desde que eu te conheci.

– Eu não diria *obcecada*. – Parecia muito errado falar sobre isto com Stacey, mas ela pediu para ser distraída, então eu faria o que ela quisesse. – Você sabe que eu amo o Zayne. Sempre amei e sempre vou amar, mas o Roth? Ele é…

– Ele é o cara pra você – ela disse baixinho.

– É. Por mais que ele me irrite até dizer chega, eu meio que amo que ele faça isso. Eu sei que soa estranho, mas é verdade. – Descruzei as pernas e me levantei, dobrando um braço sobre a minha barriga enquanto começava a andar pelo comprimento da sala, marcando uma pequena trilha no tapete oriental. – Eu... eu o amo, Stacey. Eu realmente amo.

– Não estou surpresa. – Foi sua resposta.

Comecei a sorrir novamente quando passei pela segunda vez na frente do sofá.

– Ah, sério?

– Nem um pouco surpresa. Eu vi como ele te olha. Vi como você olha pra ele. Sempre foi diferente com Zayne. Não desdenhando dele. Você sabe que eu daria o meu ovário esquerdo por uma chance com aquele cara... Céus, isso é realmente muito ruim agora, não é? Tipo muito cedo, mesmo como uma piada – Ela suspirou pesadamente. – Eu sou uma pessoa terrível.

– Não! Por Deus, não! Não ache isso, e você não é uma pessoa terrível.

– Posso... posso te perguntar uma coisa? E você vai me responder honestamente?

Parei em frente ao quadro.

– Claro.

– Prometa – ela sussurrou.

– Eu prometo.

Um momento se passou antes de ela falar.

– Tenho pensado muito sobre isso. Eu nunca realmente comecei a prestar atenção em Sam até que ele começou a mudar, sabe? Quando ele começou a se vestir de forma diferente e a arrumar o cabelo. Quando ele começou a ficar confiante... – Essa não. – E esse tempo todo, tudo isso, nunca foi ele – A voz dela quebrou um pouco. – Aquilo era aquela coisa fingindo ser ele. Isso significa que eu me apaixonei por aquela coisa, Layla? E não pelo Sam? E o que isso diz sobre quem eu sou?

– Ah, Stacey... não vá por esse caminho. A verdade é que eu acho que você sempre gostou de Sam, só levou um tempo para reconhecer isso. Você não se apaixonou pelo Lilin.

– Tem certeza? – Sua voz parecia pequena e quase infantil.

– Eu tenho certeza disso, e olhe pra isso de outro jeito. O Lilin agiu como Sam, tanto que nenhuma de nós viu a diferença. Você pensou que era Sam. Pensei que era ele também, uma versão dele que finalmente descobriu como usar um pente.

A risada de Stacey foi um choque agradável para os meus ouvidos.

– É. Tá bem.

Pequenos nós se formaram na minha barriga.

– Você entende o que estou dizendo, certo? Não pense isso de você mesma.

– Não. Quero dizer, eu só… eu precisava ouvir você dizer isso. É tudo que eu precisava – Stacey jurou, e eu esperava que ela estivesse dizendo a verdade. – Quando vou poder te ver pra saber dos detalhes sobre você e Roth pessoalmente?

Eu não tinha certeza de que detalhes eu poderia dar a ela já que Roth e eu não tínhamos realmente conversado, pelo menos não sem os dois estarem sóbrios.

– Você vai pra aula na segunda-feira?

– Provavelmente sim. E você?

Meus ombros caíram.

– Eu realmente queria ir, mas agora a gente tem que descobrir como cuidar do Lilin, e eu já faltei tanto.

– Ai, Layla.

Eu balancei a cabeça, não querendo me debruçar sobre isso naquele momento.

– Quando tudo estiver resolvido, eu vou dar um jeito. Seja como for, posso tentar ir te ver depois da escola. Depende do que fizermos.

Fizemos planos de mandar mensagens, mas antes de desligar, ela me impediu:

– Layla?

– Sim?

Sua inspiração aguda era audível.

– Me promete que você vai ajudar Sam. Que podemos fazer o certo por ele.

Minha mão livre se fechou em um punho, até que as pontas das minhas unhas cravaram na palma.

– Eu te prometi que iria. Eu não vou quebrar essa promessa.

Uma vez que a noite tinha caído e uma olhada rápida me garantiu que Roth ainda estava dormindo, cercado pelos seus familiares roncando, peguei uma colcha do pé da cama na suíte e saí para uma varanda que era virada para algum tipo de reserva natural.

Uma nuvem pequena e enevoada de respiração visível separou meus lábios enquanto eu inclinava a cabeça para trás. A noite estava clara, cheia de estrelas que brilhavam como mil pequenos e distantes diamantes. Eu caminhei até a grade, puxando a colcha sobre mim.

Minha mente não parava. Tantas coisas estavam dando voltas na minha cabeça. Repeti a conversa com Stacey, demorando-me nos seus medos. Eu sentia muito por ela, desejando que houvesse algo mais que eu pudesse fazer, mas o único caminho que me restava era libertar a alma de Sam, então eu faria isso. Já sabia por onde começar, com o Ceifador. Eu só precisava esperar até a próxima semana, e isso me deixava doente, porque quem sabia o que aconteceria com a alma de Sam até lá.

Precisávamos lidar com o Lilin, porque eu sabia que aquela coisa não ia ficar escondida por muito tempo, mas os meus pensamentos mudaram para o demônio que tinha fugido de mim hoje e depois para as minhas asas emplumadas. Inevitavelmente, isso me fez pensar sobre os Alfas e por que agora eles achavam que eu era uma abominação, já que eu tinha sido perfeitamente tolerável por dezessete anos.

Acho que tinha algo a ver com as minhas asas e com a forma que eu me transformei.

Uma estrela se afastou das demais, disparando através do céu e chamando a minha atenção. Quando eu era mais nova, costumava pensar que elas eram anjos descendo. Zayne sabia a verdade, mas me divertiu inventando histórias sobre como eram anjos da guarda chegando para proteger os seus humanos designados.

Fechando meus olhos apertado, doeu quando eu dei meu próximo suspiro. Não sei quanto tempo fiquei ali fora, mas o meu nariz estava frio e os meus lábios dormentes quando entrei na casa. Deixando cair a colcha na cama, eu coloquei o meu pijama, mas parei antes que pudesse deitar.

Com o coração acelerado, dei a volta e saí do quarto. Eu não me dei tempo para realmente pensar sobre o que eu estava fazendo quando andei até o quarto em que Roth dormia. Abrindo a porta, eu entrei e silenciosamente me aproximei da cama.

Roth estava deitado de lado, virado para a porta. Sua boca estava ligeiramente aberta e seu cabelo estava uma bagunça na testa. O cobertor tinha sido empurrado até sua cintura magra, e eu podia ver que Bambi tinha voltado para a pele dele. Ela descansava em forma de tatuagem ao longo de seu braço esquerdo. Parecia que uma parte dela estava nas costas dele, mas eu não conseguia ver para ter certeza. Não vi os gatinhos, mas sabia por experiência própria que eles poderiam estar em qualquer lugar, prontos para saltarem sobre meus pés e tornozelos.

Eu não queria voltar para a minha cama, sozinha com todos os meus pensamentos. Eu queria estar ali, com ele. Com o meu coração alojado em algum lugar da minha garganta, me lancei para a cama, levantei o cobertor e me deitei.

O movimento não acordou Roth, e fiquei aliviada com isso, porque me senti estranha esgueirando-me para a cama dele feito uma perseguidora maluca. Deitada de lado, de frente para ele, eu elevei o status de perseguidora para um nível totalmente novo enquanto deixava o meu olhar vagar sobre o rosto dele. Os meus dedos coçavam para traçar a linha de sua bochecha, mas mantive as mãos dobradas sob meu queixo e, depois de alguns minutos, todos os pensamentos rodopiantes em minha cabeça se acalmaram. Estar perto dele, bem, me acalmou de uma maneira que eu precisava desesperadamente.

Enquanto eu ouvia a sua respiração constante e compassada, os meus olhos se fechavam. Apenas alguns minutos depois, quando comecei a adormecer, ouvi o que parecia um mini motor zumbindo, vindo do outro lado de Roth. Levei um segundo para perceber que era um daqueles gatinhos diabólicos, e apesar do quão maus eles eram, um sorriso se abriu nos meus lábios.

Eu dormi profundamente, embalada pelo calor do corpo próximo de Roth, e não tinha certeza de quantas horas tinham se passado quando senti um braço me segurar pela cintura e me puxar para o lado. Minha frente atingiu um peito duro, e eu pisquei os olhos até abri-los.

Olhos âmbar encaravam os meus.

– Bom dia.

Sua voz estava áspera de sono e seu hálito era mentolado, como se tivesse escovado os dentes antes de voltar para a cama. O sono se agarrava aos meus pensamentos enquanto eu arrastava meu olhar para cima. Seu cabelo estava úmido.

Ele deve ter lido a confusão no meu rosto.

– Eu tomei um banho – explicou ele. Levantando uma mão, ele pegou um fio do meu cabelo com os dedos e colocou atrás da minha orelha. – Você estava morta pro mundo quando eu acordei. Pensei em usar esse tempo para apagar a ressaca que sobrou de ontem à noite. – Seu olhar se movia sobre o meu rosto enquanto as pontas de seus dedos traçavam um caminho ao longo da linha da minha testa. – Tenho de admitir, acordar e te encontrar na minha cama foi uma agradável surpresa.

Minha língua se soltou.

– Foi mesmo?

– Foi – Seu dedo agora traçava meu nariz. – Quando acordei, percebi que eu nunca tinha feito isso antes. Não com você. Não com ninguém. Eu sempre…

As poucas vezes em que dormi na mesma cama que Roth, ele sempre tinha ido embora quando eu acordava, com exceção da vez em que eu estava recuperando-me, mas ele não parecia contar essa vez, e nem eu.

Um sorriso estranho brincava em seus lábios. Não estranho de uma maneira ruim, mas apenas um sorriso que eu nunca tinha visto nele antes. Ele exalava um charme juvenil.

– Gostei tanto que agora estou mimado. Uma manhã e estou mimado pro resto da vida. Quero você aqui todas as manhãs, comigo. Bem, talvez no quarto principal. Aquela cama é mais confortável.

A neblina do sono estava diminuindo, e eu me vi sorrindo para ele feito uma idiota completa.

– Achei que esta cama estava boa.

– Porque eu estava nela?

– Nossa. – Meu sorriso pateta se espalhou. – É bom ver que seu ego ainda tá funcionando normalmente.

Deslizando o dedo sobre minha testa, ele riu profundamente. O som desapareceu, assim como o seu sorriso.

– Sobre a noite passada, eu... me desculpa sobre aquilo – disse ele, lutando com o pedido de desculpas, e por algum motivo aquilo me fez querer rir. Demônios não se desculpavam facilmente. A palavra *desculpa* não estava no vocabulário deles. – Eu honestamente pensei que você estava indo embora e fiquei bêbado pra não ir atrás de você. Isso não é uma justificativa. Eu sei, mas eu realmente sin... sinto muito por isso.

– Tudo bem. Você estava fofo.

– Fofo? – Seus dedos chegaram até minha mandíbula. – Eu prefiro besta sensual.

Um riso finalmente me escapou.

– Foi mal, mas tenho certeza de que essa descrição tá reservada pro Tambor.

Seu olhar procurou o meu enquanto seus dedos paravam no meu queixo, bem abaixo dos meus lábios.

– Como você tá? – Quando eu não respondi, ele passou o polegar ao longo do meu lábio inferior. – Eu consigo colocar dois e dois juntos. Você falou com Zayne ontem à tarde e hoje tá acordando comigo. Eu sei que não deve ter sido fácil pra você.

– Não foi – sussurrei, pensando na angústia que eu tinha visto na expressão de Zayne. Essa foi uma parte dos pensamentos que me assombraram na noite passada.

A luz irradiava através da fenda nas cortinas grossas para além da cama, acariciando o rosto de Roth.

– Então, como você tá?

De primeira, eu comecei a dizer a ele que eu estava bem, mas isso seria uma mentira. Mais ou menos. E eu não queria que houvesse mais mentiras entre nós.

– Foi difícil – admiti, colocando a minha mão no seu peito. Ele se sobressaltou um pouco, e eu gostei que o meu toque teve esse tipo de efeito nele. – Provavelmente uma das coisas mais difíceis que eu tive que fazer na vida, porque eu me importo com ele. Eu o amo e eu nunca quis machucá-lo. Nunca.

– Eu sei – Seus lábios tocaram a minha testa. – Perder você não seria fácil, mas eu acho...

– O quê? – Deixei os *meus* dedos explorarem um pouco. Era estranho, pensei, enquanto desenhava um círculo no seu peito, que tocá-lo daquele jeito era uma espécie de empoderamento. Não da mesma forma que era segurar uma briga com demônios Torturadores ou bater de frente com o meu clã, mas ainda era uma sensação inebriante.

– Não acredito que eu vou dizer isso – ele confidenciou com um suspiro. – O Pedregulho é um cara gente boa, mas ele provavelmente vai precisar de espaço.

Fechei os olhos brevemente.

– É, eu sei.

O braço em volta da minha cintura apertou.

– Podemos fazer uma coisa?

Meus dedos pararam no primeiro abdômen definido.

– Hm.

– Menina safada, não pense besteira. Eu não estava falando sobre isso. Ainda – acrescentou ele de uma forma que fez a minha barriga apertar. – O que eu quis dizer foi, podemos recomeçar a noite passada?

Eu não tinha entendido.

– Como assim?

– Eu estava de porre, mas acho que você me disse que queria ficar comigo e, bem, eu quero ouvir você dizer isso de novo.

Meu coração deu um mortal para trás e eu inclinei a cabeça, para que nossas bocas ficassem próximas.

– Eu quero estar aqui com você. – O braço à minha volta me apertou ainda mais, segurando-me contra o seu peito como tinha feito ontem à noite, e mais uma vez, gostei muito daquilo. – Quero estar com você.

Roth pressionou sua testa contra a minha enquanto se deitava de costas lentamente, levando-me com ele. Acabei meio deitada em cima dele, com as duas mãos apoiadas no peito de Roth e as minhas pernas emaranhadas nas dele. O braço na minha cintura não saía dali por nada e a mão enrolada na minha nuca enviou um tumulto de sensações deslizando pela minha coluna.

Mas eu não tinha terminado de falar. Olhando nos olhos que eram tão brilhantes e bonitos quanto qualquer joia dourada, eu disse o que nunca tinha dito antes. E eu disse aquilo com cada grama do meu ser por trás da confissão.

– Eu te amo, Roth – Minha voz tremeu de emoção. – Eu estou apaixonada por você.

Roth se virou de novo. Desta vez eu estava de costas e ele estava em cima de mim, sua perna alojada entre as minhas e sua mão ainda segurando meu pescoço.

– Diga mais uma vez – ele implorou em uma voz pouco acima de um sussurro.

– Eu te amo. Eu te amo. – E eu disse de novo e de novo, até que eu não podia mais dizer, porque ele me silenciara com a boca.

O beijo não foi como o da noite passada. Seus lábios eram gentis com os meus, um toque doce que estava em tal desacordo com sua enorme força, e eu sentia isso em cada parte de mim. Ele me beijou suavemente, e depois se levantou apenas o suficiente para que eu pudesse vê-lo. Puxando a minha mão para fora de seu ombro, ele apertou os dedos em torno dos meus e puxou as nossas mãos juntas contra o seu peito e as pressionou ali. Eu podia sentir seu coração batendo fortemente.

– Eu te cobiço como qualquer bom demônio faria. – Sua outra mão apertou na parte de trás do meu pescoço. – E o meu desejo por você aumenta a cada segundo que passa de uma maneira que deveria me assustar, mas que na verdade só me excita. Mas acima de tudo, eu te amo – disse ele, e todo o meu corpo se sacudiu com aquelas palavras. Ele não pareceu notar. – Eu, Astaroth, Príncipe da Coroa do Inferno, estou apaixonado por você, Layla Shaw. Ontem. Hoje. Amanhã. Daqui a cem décadas, eu ainda estarei apaixonado por você, e será tão feroz hoje como será uma década depois.

Ouvir as suas palavras foi como abraçar o sol. Calor emanava em mim, e ele selou aquelas palavras com um beijo que foi além do beijo suave e investigativo que tínhamos acabado de compartilhar. Foi profundo e minucioso, e eu senti que ele estava reivindicando-me e eu o estava reivindicando em troca. Que, finalmente, depois de todo este tempo, tínhamos destruído aquela linha entre nós e não havia volta.

"Eu te amo" foi falado repetidas vezes, entre beijos e depois entre os gemidos que esses beijos eventualmente arrancaram de nós. Mesmo quando fomos além das palavras, era gritado em cada beijo e em cada toque.

Soltando as nossas mãos, Roth segurou o meu quadril enquanto pressionava seu corpo contra o meu. As calças finas do pijama não ofereciam nenhuma barreira real entre nós, não quando estávamos tão gananciosos um pelo outro. Eu o queria tanto que ansiava de uma maneira que tinha que ser física, totalmente física, mas foi mais além, tatuando minha pele, esculpindo meu músculo e gravando em meus ossos. E ele devia sentir o mesmo, porque eu conseguia perceber o quanto ele queria isso com cada movimento de seus quadris e quando ele colocou a mão por baixo da minha camisa, arrastando o tecido para cima, e eu mal conseguia respirar. Meu coração martelava quando ele se levantou em um braço e olhou para mim.

Eu estava nua da cintura para cima, e mesmo que essa não fosse a primeira vez em que ele tinha visto tanto de mim, um ninho de borboletas canibais começou a bater as asas dentro da minha barriga. A minha experiência nessas situações era limitada, mas a fome gritante em seu olhar ardente era evidente, e eu sabia no âmago do meu ser que ele estava excitado com o que via.

E ele provou isso com suas palavras:

– Linda – ele disse, a voz grossa enquanto arrastava com leveza os dedos pela minha barriga. Eu me sobressaltei, e então mordi meu lábio. – Você é tão linda, Layla. E se eu pudesse escolher uma coisa que eu fosse olhar para o resto da eternidade, seria você.

Meu coração inflou tão rápido e em tal volume que pensei que eu iria flutuar direto para o teto e para as estrelas. Talvez até mesmo para o próprio Céu.

Os dedos de Roth deslizaram para cima, sua carícia reverente.

– Seria sempre você.

Então ele estava beijando-me novamente, e aqueles beijos, aqueles momentos, eram preciosos, poderosos e bonitos de um jeito único.

Os lábios de Roth roçaram sobre a minha bochecha em direção à minha orelha, e ele sussurrou palavras que enviaram uma descarga inebriante pela minha pele e fizeram com que os meus músculos se retorcessem de uma maneira estranha e deliciosa. Quando ele levantou a cabeça, seu olhar era inquisitivo, desejoso e outras mil coisas.

Acenei com a cabeça.

Um lado de seus lábios se curvou para cima, e então ele disse:

– Obrigado.

Nem uma única parte de mim entendeu por que ele estava agradecendo-me, mas então todos os pensamentos voaram pela janela, porque ele beijou o canto dos meus lábios, e então começou a traçar uma linha de beijinhos que saíam do meu queixo, passavam pelo meu pescoço e depois ainda mais além.

Meus dedos se cravaram no edredom quando ele parou e depois se manteve quieto, arrancando um suspiro irregular de mim. Eu realmente não entendia por que ele estava agradecendo-me enquanto estava fazendo isso, porque realmente deveria ser o contrário.

Os lábios dele roçaram pelas minhas costelas.

– Acho que precisamos fazer uma tatuagem em você.

Precisei de alguns minutos para que as suas palavras fizessem sentido.

– Uma... uma tatuagem?

– Isso. – Ele beijou logo acima do meu umbigo. – Um familiar.

– Eu posso fazer isso?

Roth levantou o queixo e sorriu de uma forma que fez meu coração palpitar.

– Eu não vejo por que não, e eu sei quem pode fazer uma pra você. – Seu olhar percorreu o comprimento do meu corpo, enviando um arrepio dançante sobre a minha pele. – Esse seria um bom lugar. – Ele arrastou a mão sobre a lateral das minhas costelas. – Ou aqui? – Aquela mesma mão deslizou sob a calça do meu pijama e se fechou em torno do meu quadril. Seu olhar aqueceu. – Eu realmente gosto da ideia da tatuagem ficar aqui.

– Realmente importa onde é tatuado? – perguntei. – Vai se mover de qualquer maneira, não é?

– Ah, isso importa. – Ele beijou o ponto abaixo do meu umbigo. – Em geral, só importa pra mim.

Eu ri.

– Tá bem, então.

Sorrindo, ele se levantou mais uma vez, subindo sobre mim. Os seus braços eram enormes e poderosos e as suas mãos desceram pelos dois lados da minha cabeça. Minha respiração falhou enquanto seus lábios tomavam o controle dos meus. Eu o envolvi com meus braços, segurando-o perto. A língua dele varreu a minha, e o gosto dele me deixou louca.

Roth se deslocou novamente, deslizando para baixo mais uma vez. Meus dedos tocaram em seu cabelo, e eu não conseguia mais acompanhar para onde ele estava indo, porque ele obliterava qualquer habilidade de completar um pensamento.

Eu nem sei como a minha calça foi despida ou onde ela foi parar. Era como mágica. Roth era mágico. Ele também tinha essa deliciosa curva travessa em seu lábio enquanto as suas mãos viajavam pela parte externa das minhas coxas. Não havia nada entre a minha pele e as suas mãos, e eu podia sentir cada toque e até mesmo a mais suave carícia era como ser atingida por uma descarga de eletricidade.

– Baixinha?

Eu afrouxei meu aperto em seu cabelo, deixando as minhas mãos caírem de volta para o edredom.

– Sim?

– Que tal fazer uma tatuagem aqui? – Ele beijou o lado da minha coxa, bem acima do meu joelho, por dentro. – É um lugar muito interessante. Eu gosto.

Eu mordi o meu lábio inferior.

– Tenho certeza que sim.

Seus olhos brilharam em um ocre fulguroso.

– Sabe o que mais eu estive pensando? – Com ele, ninguém sabia. – Acho que vou ter que oficializar. Sabe, eu sendo o presidente da horda de demônios do fã clube de Layla.

Eu irrompi em uma gargalhada.

– O que você vai fazer? Uma camisa que diz que você é o presidente oficial?

– E bottons. Vou mesmo fazer uns bottons.

Comecei a rir, mas seus dedos encontraram o tecido fino, a única coisa que restava no meu corpo, e as coisas estavam definitivamente indo mais longe do que antes. Estava nervosa, mas também confiava nele. Eu lembrei do que ele tinha sussurrado no meu ouvido antes. Eu sabia que isso só iria até certo ponto. Antes que os meus nervos pudessem tomar o controle, seus lábios foram para onde suas mãos estavam, e eu não conseguia mais pensar em nada. Só havia sentimento, apenas ele e a louca e bela onda de sensações que ele me proporcionava. Ele era um mestre nisso, absolutamente brilhante, porque eu não me sentia como eu. Eu geralmente não tremia assim e aqueles gemidos suaves não vinham de mim. Eu era como uma peça de pano sendo esticada demais, até que de repente toda a tensão se quebrava e eu estava presa no redemoinho, jogada para tão alto que eu poderia beijar as estrelas.

Vagarosamente, Roth se ergueu, ajustando um braço por baixo do meu corpo e puxando-me contra o peito dele. Quando abri os olhos, parecia que ele tinha ficado maravilhado, mas isso era estranho, porque ele era a pessoa que estava fazendo as coisas maravilhosas. Eu é que estava recebendo essas carícias.

– Isso… – Minha língua não queria funcionar – isso foi incrível.

Seu sorriso era em parte arrogância, como se ele já soubesse exatamente o quão incrível aquilo era, mas havia algo jovial na curva dos seus lábios. Ele se estendeu ao meu lado, mantendo-me perto. Roth abaixou a cabeça, beijando-me suavemente, e eu estava sentindo-me um pudim e fraca em seus braços.

Sua boca estava quente contra minha testa úmida.

– Eu quero uma eternidade de manhãs como esta. – Ele deixou um beijo ao lado da minha orelha. – Uma eternidade.

Um frio soprou através de mim enquanto os meus olhos se arregalavam. O brilho de felicidade se esvaiu e a névoa se dissipou. De repente, percebi algo muito importante, algo que nenhum de nós tinha sequer pensado naquele momento. Roth nunca envelheceria. Enquanto andasse nesta terra, ele teria a mesma aparência de agora, enquanto eu envelheceria e morreria como qualquer outro mortal, graças ao meu sangue de Guardião.

Roth tinha uma eternidade.

Eu não.

Capítulo 8

O sentimento gélido e instável me perseguiu pelo resto da manhã e eu odiei aquilo, porque Roth e eu finalmente estávamos em sincronia pela primeira vez, e o que tínhamos feito, o que ele tinha feito, era francamente incrível e bonito, e, sim, eu gostaria de uma eternidade de manhãs como aquela. Agora me sentia assombrada, como se houvesse uma sombra pairando sobre nós, transformando o tempo infinito em minutos ou segundos. O que era uma idiotice, porque eu sabia que tinha muito, muito tempo antes de precisar me preocupar com o constrangimento de um cara gostoso ficar comigo quando eu estava para além da melhor idade.

Mas eu ficava imaginando Roth com a aparência tão boa e jovial quanto ele estava aquela manhã, quando rolou para fora da cama e lançou um sorriso cheio de malícia na minha direção. Na minha cabeça, eu não estava como agora. Em vez disso, eu tinha cabelos grisalhos, um rosto que rivalizava o daqueles cães que tinham a pele enrugada e uma corcunda. E em vez de fazermos o que fizemos naquela manhã, passávamos o tempo jogando bingo.

Mas eu meio que gostava de bingo.

De qualquer forma, a coisa toda estava muito além de desconfortável.

Havia questões mais urgentes que a gente precisava resolver agora, e era por isso que estávamos reunidos na cozinha com Cayman e outro demônio que eu nunca tinha visto antes, mas que se chamava Edward. Eu duvidava seriamente que esse fosse o nome verdadeiro do cara loiro, porque o nome Edward realmente não causava medo no coração de ninguém.

Cayman estava sentado no balcão perto da pia, balançando os pés como se estivesse no parquinho. Eu estava na ilha da cozinha, tendo comido uma farta quantia de salsichas, e Roth estava ao meu lado. Quando entramos na cozinha juntos, eu meio que esperava que Cayman sacasse uma câmera e começasse a tirar fotos da gente. A expressão dele tinha sido de genuína alegria. Eu estava fazendo o meu melhor para não olhar para Roth naquele momento, porque quando olhava, pensava no que ele tinha feito naquela manhã e no que não tínhamos feito, e depois eu ficava toda vermelha. As coisas poderiam ter progredido ainda mais se Roth não tivesse sentido a presença do outro demônio, forçando-nos a sair do quarto para investigar.

Edward ficou ao lado de Cayman, e seus olhos carregavam uma luz estranha que era refletida quando ele inclinava a cabeça de em um certo ângulo. Ele definitivamente não era um demônio de Status Superior, e eu achei que ele poderia ser um Demonete.

– Então, o que temos no menu hoje, crianças? – perguntou Cayman.

O sorriso lento de Roth ateou fogo nas minhas bochechas enquanto ele lançava um longo olhar na minha direção. Ele abriu a boca, mas o olhar que lhe enviei prometia assassinato se ele respondesse a essa pergunta da maneira que eu achava que ele responderia.

Ele soltou uma risada enquanto apoiava o quadril contra o balcão.

– Acho que precisamos ir à cidade, começar a procurar nas áreas em que achamos que o Lilin pode estar escondido. Os Guardiões estão fazendo o mesmo, mas duvido que tenham sucesso.

– O Lilin vai senti-los se aproximando a quilômetros de distância – Edward concordou –, enquanto que nós nos misturamos com as massas demoníacas, pelo menos até termos a chance de nos aproximar.

Eu cruzei os braços sobre a barriga, onde Bambi estava atualmente residindo depois de se aconchegar ali quando saímos do quarto. Pensei em como o demônio de Status Superior tinha reagido à minha presença ontem, e depois afastei a memória.

– Você acha que as bruxas que adoram Lilith estariam abrigando o Lilin?

Cayman balançou a cabeça.

– Acho que não. São obcecados pela sua mãe, mas sabem o quão arriscado seria dar abrigo a algo tão maligno quanto o Lilin.

Normalmente, se alguém se referisse a Lilith como a minha mãe, aquilo me lançava em um surto de proporções épicas nunca antes testemunhado, mas agora era só… bem, era apenas a verdade. Lilith era a minha mãe, eu querendo ou não.

– Mas algum demônio daria abrigo ao Lilin a essa altura? – perguntei.

– Nenhum demônio inteligente – Roth se moveu, colocando uma mão na parte inferior das minhas costas. Embora eu usasse um suéter, um dos horrivelmente apertados que Cayman sem dúvida pegou em uma loja barata qualquer, o peso da sua mão ainda queimou a minha pele. – Eles devem estar cientes de que não só os Guardiões estarão mirando no Lilin, mas também o Chefe e, por extensão, eu também, e eles realmente não gostariam de ficar mal comigo.

– Não é que você é mesmo um fodão… – Edward se inclinou para trás contra o balcão e seu cotovelo encostou na cafeteira. Eu me sobressaltei na banqueta quando repentinamente a máquina soltou faíscas, o cheiro de ozônio queimado enchendo a cozinha enquanto ele olhava por cima do ombro. O pote rachou bem no meio enquanto Edward nos encarava. – Opa, foi mal.

É. Definitivamente um Demonete.

Roth fechou a cara.

– Você vai ter que comprar uma nova até amanhã de manhã.

O demônio fez uma careta.

– Sim, senhor.

Senhor? Abaixando meu olhar para a bancada, eu apertei os lábios para me impedir de sorrir.

– Nenhum dos Demonetes ajudará o Lilin. Isso eu posso te garantir – continuou Edward, afastando o constrangimento, e me perguntei se ele era algum tipo de porta-voz da sua espécie.

Ainda havia tanta coisa que eu não sabia sobre a população demoníaca, e isso fez com que eu me contorcesse no assento. Eu tinha marcado muitos deles no passado, sentenciando-os de volta ao Inferno, e imaginava que o Chefe não devia apreciar fracasso de nenhum tipo. Será que o Chefe punia os Demonetes como aquele na cozinha com a gente, cujo único crime parecia ser massacrar eletrodomésticos? A culpa me esmagava.

Expirando suavemente, olhei para cima enquanto pegava meu cabelo e começava a torcê-lo sem nenhum motivo além de ter algo para fazer com as mãos. Eu disse:

– Bem, esta é uma cidade grande. Não podemos simplesmente começar a vagar sem destino.

– Droga – murmurou Cayman. Ele piscou. – Eu estava ansioso pra isso.

Revirei os olhos.

– O que precisamos fazer é começar a rastrear quaisquer mortes suspeitas, como pessoas saudáveis caindo mortas. Duvido que o Lilin vá ficar sentadinho e sem fazer nada. Se começar a sugar almas, os corpos têm de se acumular.

– Boa ideia – disse Edward.

– Essa é a minha garota. – Roth colocou os dedos por baixo do meu queixo, inclinando a minha cabeça para trás e para o lado. Seus lábios estavam nos meus em nanossegundos e, no começo, eu enrijeci. Eu não estava acostumada a ser beijada na frente de outras pessoas. Não estava acostumada a ser beijada, ponto final. Nosso relacionamento era tão novo, menos de um dia, mas seus beijos tinham essa capacidade de derreter reservas e preocupações. Eu amoleci, e a cozinha desapareceu. Ele me beijou como se não houvesse mais ninguém ao nosso redor, mas não estávamos sozinhos.

Alguém limpou a garganta, e depois Cayman grunhiu:

– Sério, pessoal?

Meu rosto estava queimando enquanto eu me afastava, mas Roth estava imperturbável.

– O quê? – ele perguntou.

– Embora eu fique feliz por vocês terem decidido se tornar o casal do ano, eu realmente não quero ver vocês se atracando – comentou Cayman. Eu não tinha certeza se eu acreditava nele; já ele era super Time Roth. – Isso mexe com a minha indigestão. De um jeito ruim.

– Eu não me importo – disse Edward.

Os meus olhos se arregalaram. Certo. Isso foi estranho e... e nojento. Roth se endireitou, mas deixou cair o braço em volta dos meus ombros.

– Cayman, você pode ficar de olho nos necrotérios e hospitais, e Eddie, fique de olho nos clubes pela cidade. Só não toque em nada.

O Demonete realmente parecia até acanhado enquanto acenava com a cabeça.

– O que vamos fazer? – eu perguntei, e quando os olhos de Roth se aprofundaram, eu sabia em que direção ele estava indo. Estendendo um braço, coloquei uma mão na boca dele. – Não.

Ele mordeu meus dedos e sorriu quando eu puxei a mão para longe.

– Tem alguns lugares que devemos verificar.

Começamos a nos separar naquele momento, e era bom estar fazendo algo além de ficar sentada em casa. Entrei na sala de estar para pegar um elástico de cabelo que deixara na mesa de canto. Pegando-o, eu me virei para encontrar Cayman de pé a centímetros de distância.

– Você ainda quer ver o Ceifador na próxima semana, Layla-Bundinha-Devastadora? – ele perguntou.

Olhei para ele por um momento, tentando absorver aquele apelido, e então olhei para a porta.

– Sim, mas eu não disse nada pra Roth ainda.

– Eu não faria isso, porque ele não vai gostar nada dessa ideia – Ele manteve a voz baixa enquanto falava de maneira rápida. – Lembre-se, chuchu. Eu lhe disse que o Chefe não tá totalmente satisfeito com ele. Se ele desce, vão detê-lo. Você não quer isso.

Meu estômago parecia oco quando me aproximei de Cayman.

– O Chefe pode subir e pegá-lo se quiser?

Ele inclinou a cabeça para o lado.

– Sim, mas é duvidoso agora. Mas mais tarde? Quem sabe? Posso distrair Roth na próxima sexta-feira e te dar um tempo pra você chegar lá embaixo, mas uma vez lá, você vai ter de se apressar.

– Me apressar? Caso você tenha esquecido, eu nunca estive no Inferno, então eu não tenho ideia de como é a área – eu observei, tentando não surtar com o fato de que eu estava indo para o Inferno. Literalmente. – Preciso de um pouco de ajuda aqui.

Cayman sorriu.

– É mais fácil do que você pensa. Confie em mim, pãozinho de queijo. Você vai saber exatamente pra onde ir quando chegar lá – Então ele piscou um olho. – A propósito, estou orgulhoso de você. Você tomou a decisão certa ontem, escolhendo o futuro, escolhendo Roth.

Eu abri a boca para responder, mas ele se foi antes que eu pudesse dizer uma palavra. Virando-me lentamente, eu olhei ao redor da sala, agora vazia.

– Eu odeio quando ele faz isso.

– Quando ele faz o quê?

Dando um pulo ao som da voz de Roth, eu não podia dizer que estava tão surpresa ao encontrá-lo parado atrás de mim.

– Isso! Vocês aparecem e desaparecem dos lugares. É bizarro e nada natural.

– Você só tá com inveja porque não consegue fazer isso.

Eu revirei os olhos, mas ele estava meio certo. Eu tinha inveja de não ter essa habilidade legal. Se eu tivesse, ficaria aparecendo aqui, ali e em todos os lugares. Bambi escolheu aquele momento para mudar de posição. Ela deslizou ao redor da minha cintura, descansando a cabeça ao longo das minhas costelas. Eu também a largaria no sofá quando ela ficasse ansiosa.

– O que Cayman estava fazendo aqui? – Roth pegou uma mecha do meu cabelo e começou a enrolá-la em torno de seu dedo.

A ideia de mentir para Roth, especialmente depois de tudo o que aconteceu, fazia eu me sentir como se tivesse tomado um banho de sujeira, mas sabia que se contasse o que planeava fazer em relação à alma de Sam, ele não me deixaria ir lá para baixo sozinha, e talvez nem mesmo acompanhada. Eu não podia permitir que ele me impedisse. E isso era mais do que apenas proteger Roth de um Chefe infeliz. Salvar a alma de Sam era mais importante do que o que nós queríamos.

– Ele estava apenas sendo ele mesmo – eu disse finalmente.

Roth puxou a mecha de cabelo que tinha enrolado no dedo, guiando-me para mais perto dele.

– Essa é uma declaração suspeita. – Seus olhos encontraram os meus, e o meu coração acelerou. Inclinando-se para baixo, ele descansou a testa contra a minha. –Adivinha?

– O quê?

– Se você se comportar hoje, eu tenho uma surpresa pra você mais tarde.

Meus lábios se curvaram.

– Se eu me comportar?

– Aham. – Ele beijou minha testa enquanto se endireitava, soltando o meu cabelo. – E por se comportar, quero dizer ser tão safada quanto você conseguir ser.

Rindo, juntei meu cabelo, enrolando-o em um coque rápido.

– Não tenho certeza se consigo ser tão safada assim se a gente estiver em público, procurando o Lilin.

– Sempre haverá tempo para safadezas, Baixinha.

– Não estou surpresa que você acredite nisto.

Ele me lançou um olhar.

– Quando alguma das minhas crenças esteve errada?

Arqueei uma sobrancelha.

– Muitas, muitas vezes.

– Eu acho que você tem uma memória distorcida – ele retrucou, e eu ri novamente, sentindo saudades daquilo, da brincadeira descontraída, e fiquei aliviada ao ver que isso não tinha sido maculado por tudo o que nos levara até onde estávamos agora.

– Vai tentando se convencer disso. – Eu sorri quando ele fez beicinho. – Antes de qualquer surpresa, eu quero passar pra ver Stacey.

– É possível. – Ele levantou a mão, passando os dedos na minha bochecha, e era outra coisa sobre Roth que nunca tinha mudado, nem mesmo quando estávamos separados. Ele era definitivamente um demônio do tipo meloso. – Você quer ir sozinha?

Sua consideração não me surpreendia mais. Não que ainda não me impressionasse, porque de fato me impressionava, e o meu coração estava crescendo outra vez, mas eu não conseguia entender como é que ele não via a própria bondade. Eu me estiquei e beijei o canto de seus lábios antes de recuar novamente.

– Eu acho que ela vai ficar feliz em te ver.

– É claro que vai – murmurou ele, com o olhar fixo nos meus lábios. Eu estremeci, mesmo que não estivesse com frio. Não. De jeito nenhum. – Todo mundo fica feliz em me ver.

Eu balancei a cabeça.

– Você tá pronto? – Quando ele assentiu, sorri para ele. – Você vai me dizer pra onde a gente tá indo?

– Eu diria, mas isso ia estragar a diversão – Ele riu quando meu sorriso se transformou em uma carranca. – Tá certo. A gente não vai a lugar algum. Bem, não pra um lugar específico. A gente vai vagar pelas ruas sem rumo.

– Uau. Isso é que é um plano infalível.

Ele mordeu o lábio inferior enquanto sorria.

– Na verdade, é bastante inteligente mesmo.

– Veremos.

Roth segurou a minha mão e começou a me guiar em direção à porta da frente.

– O negócio é o seguinte. Eu não acho que vamos ter que procurar muito pelo Lilin. Na verdade, não acho que *você* vai ter de procurar por ele.

– E por que você acha isso?

Ele olhou por cima do ombro para mim, todo o bom humor desaparecendo de seu rosto.

– Porque eu acredito que o Lilin vai procurar você.

Capítulo 9

Nada como saber que um demônio psicótico que você involuntariamente ajudou a criar estaria à sua procura para fazer você se como se precisasse entrar no programa de proteção a perseguidores.

Mas eu esperava que Roth estivesse correto, porque encontrar o babaca se tornaria mais fácil.

Como era de tarde, dirigimos para a cidade e estacionamos o carro em um dos prédios de garagens. Não tínhamos muita sorte quando se tratava dessas estruturas específicas, mas voar estava fora de questão à luz do dia. Ao passo que os moradores humanos da cidade estavam muito cientes dos Guardiões e que Roth, para eles, era parecido o suficiente quando estava em sua verdadeira forma, se um humano olhasse muito de perto para ele, perguntas que não estávamos preparados para responder viriam à tona.

Roth olhou para mim quando abri a porta.

– Você não trouxe uma jaqueta?

Eu balancei a cabeça.

Ele fechou a porta do motorista.

– Um cachecol?

– Não.

– E quanto a luvas?

Meus lábios se contorceram.

– Nã-ão.

Ele me olhou enquanto eu andava pela frente do carro.

– Que tal um gorro pra sua cabecinha?

Eu ri.

– Não, *pai*. Estou bem.

Seus olhos brilharam.

– Eu gosto quando você me chama de–

– Pode parar.

Ele inclinou a cabeça para o lado.

– Mas agora falando sério, tá frio lá fora, Baixinha.

Isso eu já sabia. Roth estava vestindo apenas uma camisa de manga comprida e calça jeans, porque assim como Guardiões de sangue puro, sua temperatura interna estava em algum lugar entre vaporizando e fervendo. Alguém poderia pensar que, por eu ser uma mistura de ambos, também teria uma alta tolerância ao frio, mas nunca tive.

Até agora, eu percebi. A temperatura não devia estar mais do que quatro graus.

– Não estou com frio.

Um olhar estranho cruzou suas feições enquanto ele me observava atentamente.

– Estranho.

Havia coisas mais estranhas sobre mim. Por exemplo, minhas asas *com penas*. Não havia nada de normal naquilo, e quando Roth e eu saímos em segurança do estacionamento na Rua F, eu comentei sobre isso.

– Então... – Eu arrastei a palavra enquanto andava em torno de um grupo de criancinhas vestindo uniformes e com suaves auras brancas sendo conduzidas em direção a um ônibus parado no meio-fio. A calçada lotada era uma variedade de cores e a minha atenção foi imediatamente atraída para aqueles com tons mais escuros, os vermelhos carmesins e roxos profundos. A maioria eram pessoas de terno segurando maletas. Eles haviam pecado, e pecado de uma maneira bem pesada. Meu estômago se apertou com a ânsia, mas o desejo não era tão intenso quanto costumava ser, e isso também me intrigava.

Roth pegou a minha mão, entrelaçando os dedos nos meus. Meu coração ficou todo animado. Eu lembrei de um tempo em que eu teria arrancado a minha mão da dele tão rápido que sua cabeça teria girado.

– O que foi? – ele perguntou.

Eu estava distraída pelo fato de que estávamos seriamente de mãos dadas, andando pela calçada lotada como um... como um casal de verdade, um casal normal. Faltou ar na minha garganta. Aquela era a primeira vez que ficávamos de mãos dadas como um casal, e mesmo que não tivéssemos chamado um ao outro de namorado ou namorada, a gente super era um casal.

Um sorrisinho bobo e idiota abriu se abriu nos meus lábios, e enquanto o meu olhar dançava sobre as pessoas correndo para chegarem aos seus destinos, eu parei de lutar contra aquilo. Sorri tão largamente que havia uma boa chance do meu rosto se partir ao meio.

Naquele segundo, eu não estava pensando sobre a bagunça com Zayne, ou o Lilin, ou as minhas asas emplumadas, ou os mil outros problemas esperando para nos atacar. Aquela felicidade no fundo do meu estômago se espalhou rapidamente, como uma represa rompendo, o calor inundando-me por dentro. Os meus passos de repente pareciam mais leves, e eu queria parar no meio da calçada, segurar o rosto de Roth e plantar um beijo nele. Quantas vezes eu já quis que ele fizesse isso antes? Mesmo quando eu o estava afastando de mim, eu o queria. Agora ele era meu.

– Layla? – Roth apertou minha mão. – Por que você tá sorrindo? Não que eu esteja reclamando. É um sorriso lindo pra cacete, e isso me faz–

Fiz o que queria fazer.

Parando no meio da calçada, ignorei os olhares severos que eram lançados em nossa direção, e ninguém disse nada depois de receber um olhar de Roth. Eu me estiquei na ponta dos dedos dos pés. Com a mão livre segurando a nuca dele, guiei a cabeça de Roth para baixo. A surpresa brilhou em seu rosto, e então fechei os meus olhos, pressionando a minha boca contra a dele. O beijo foi breve, mas quando me afastei a expressão de Roth fez o meu dia.

Ele olhou para mim com os olhos arregalados e as pupilas ligeiramente dilatadas. A sua boca estava aberta e aquele piercing na sua língua brilhava. As suas maçãs do rosto estavam coradas. Ele parecia… Ele parecia estupefato.

– Pra que… pra que isso?

O meu sorriso realmente ia partir o meu rosto no meio.

– Só porque… bem, no passado já teve tantas vezes que eu secretamente desejei que você tivesse feito isso, e pensei, por que não faço eu?

Seu olhar vasculhou meu rosto.

– Eu só quero que você saiba que sempre que sentir a necessidade de fazer isso, faça. Não me interessa o que a gente estiver fazendo, vou estar sempre disposto a isso. Sempre.

Foi a minha vez de corar, mas me concentrei nas coisas importantes quando começamos a andar novamente. Sabendo que ninguém iria prestar atenção ao que eu dizia, porque as pessoas ouviam coisas super estranhas nas ruas de Washington, eu continuei:

– Então, o que você acha das minhas asas *emplumadas*?

Ele soltou uma gargalhada sufocada.

– Eu gosto do jeito que você diz *emplumadas* – Fiz uma careta. – Acho que elas meio que te deixam gostosa – acrescentou.

Revirei os olhos enquanto parávamos em um cruzamento.

– Claro que você acha, mas isso realmente não me diz muito. Quer dizer, isso não é normal, certo? Sei que Zayne já viu isso antes, e você também, mas ele disse que só viu uma vez, num Superior. E por que agora? Por que eu ficaria diferente agora depois de todo esse tempo?

Um olhar pensativo cruzou seu rosto enquanto esperávamos a luz ficar verde para os pedestres.

– Bem, você só começou a se transformar recentemente. Talvez fosse assim que você devesse ser.

– Duvido muito – murmurei, e quando o homenzinho verde se acendeu no sinal, comecei a andar adiante.

– É, eu estava apenas tentando ser otimista. – Roth diminuiu seu ritmo de pernas longas enquanto examinava as multidões ao nosso redor. Uma buzina soou, seguida por outra, e o cheiro de carne assada era forte quando passamos por um restaurante que parecia bem saboroso. – Olha, já vi asas assim antes, mas não faz sentido.

– Por que não faz...– Eu me interrompi quando tive o vislumbre de um branco brilhante sendo refletido na fachada de janelas de um prédio comercial. Eu parei, meu coração acelerando enquanto procurava por sua origem.

Roth imediatamente sentiu a mudança no ar.

– O que foi?

– Estou vendo uma aura toda branca – expliquei, andando novamente enquanto me esforçava para vê-la através das sombras vertiginosas que passavam por nós. – Era deslumbrante, brilhante demais para ser humana.

– Um Guardião?

Eu concordei. Tinha de ser um Guardião, a não ser que fosse um Alfa. Apesar de que eu duvidava que este último ficasse vagando pelas ruas. Até onde eu sabia, a aparência deles era daquele jeito o tempo todo, e não havia como esconder aquelas asas.

A mão de Roth se apertou em torno da minha, e um sentimento generalizado de alarme criou raízes no meu estômago. Poderia ser qualquer Guardião, mas se eu tinha visto a aura dele, ele poderia ter sentido Roth e eu. Se fosse Nicolai ou Dez por aí, imaginei que se aproximariam. Talvez não Zayne naquele momento, e aquilo me matava por dentro só de pensar.

Caminhamos outro quarteirão, em silêncio e alertas. Justo quando estávamos a alguns metros de um beco, senti a inquietação. O Guardião estava por perto.

Roth abaixou o queixo.

– Sente isso?

Eu acenei com a cabeça, e quando cruzamos a entrada do beco, vi o branco brilhante novamente, e a minha cabeça girou bruscamente para a direita. Bem no fundo do beco, havia uma enorme fonte de bondade perolada. A aura se desvaneceu e tive um vislumbre do que existia para além do brilho.

Uma sensação gélida escorreu pela minha espinha enquanto eu sugava o ar em uma respiração afiada. Mesmo de longe, eu reconhecia aquele rosto. Quem não reconheceria? A cicatriz irregular que passava pelo canto do olho até os lábios era inconfundível.

Era Elijah.

Meu pai.

No fundo da minha mente, ficou a impressão um pouco vaga do quão enganadora era aquela aura branca. Por toda a minha vida, ele quis me ver morta, sua própria filha. Mas os Guardiões tinham almas puras, não importava quais pecados as maculassem.

Soltando a minha mão da de Roth, eu não estava pensando quando entrei no beco, correndo em direção ao fundo onde o tinha visto. Eu não sabia por que estava correndo atrás dele. Eu não o via desde que ele tinha mandado o filho, meu meio-irmão, me matar. Quando Petr sumiu, Elijah desapareceu também, e naquela época eu estava sob a proteção do meu clã. Agora nem tanto.

Mas não precisava mais da proteção deles.

Naquele momento, nenhum de nós precisava de Elijah zanzando pela cidade. Já tínhamos problemas suficientes, e se ele estava aqui para se meter comigo, o que devia ser o caso, eu preferia lidar com ele agora em vez de ficar olhando por cima do ombro, à espera do seu ataque.

– Droga – ouvi Roth rosnar antes de disparar atrás de mim.

Eu era rápida quando queria ser, mas quando eu contornei o fundo do beco, o meu alvo não estava lá. A minha cabeça se levantou. Elijah estava escalando a escada de incêndio em um ritmo acelerado, o sobretudo escuro que ele usava chicoteando atrás dele.

– Isso pode ser uma armadilha – Roth argumentou quando me alcançou, olhando para o telhado. Ele não estava dizendo nada que eu não já soubesse. – Layla, precisamos pensar sobre isto.

– A gente não precisa lidar com ele nos assombrando. Já é ruim o suficiente que o filho dele venha fazendo isso como um espectro – Eu me virei para ele. – Essa é a última coisa que a gente precisa pra se preocupar.

– Baixinha…

Encontrei seu olhar por um momento e então me virei. Correndo para a escada de incêndio, eu dei um pulo e segurei o corrimão. Meu corpo se balançou para o lado e depois para trás. Meus pés acertaram a escada.

– Certo – atrás de mim, Roth gritou. – Você é louca, mas isso também foi muito atraente – ele grunhiu quando se segurou na escada atrás de mim. – Achei que seria uma boa te contar isso.

Voei escada acima, determinada. Levou apenas alguns segundos para escalar o que devia ser pelo menos dez andares, e no fundo da minha mente, eu me perguntava como isso era possível. Eu sempre fui mais rápida e mais forte do que um humano, mas não assim. Mas agora não era a hora de realmente investigar o porquê.

Chegando ao topo da escada, eu me joguei sobre a borda, pousando agachada no chão. Os meus olhos se arregalaram enquanto eu absorvia a cena diante de mim, e o meu estômago se torceu um pouco.

Ah, parecia que Roth estava certo.

Ele caiu ao meu lado, xingando baixinho enquanto nós dois nos levantávamos. Elijah estava do outro lado do telhado. Ele não estava sozinho. Três Guardiões estavam com ele. Eu os reconhecia de quando o seu clã visitara o complexo.

O vento atravessou o telhado, sacudindo o sobretudo de Elijah em torno dele enquanto seu olhar frio se centrava em mim. Uma emoção feia e odiosa surgiu pelo meu corpo, espalhando-se pelas minhas veias como ácido.

– Olá, *pai*.

A surpresa se apossou das suas feições ásperas. Foi breve, desapareceu quando seus lábios se curvaram em um escárnio, distorcendo a cicatriz irregular.

– Não me chame assim.

– Por quê? – perguntei enquanto Roth se aproximava de mim, mas eu estava focada naquele ser que deveria me amar. Não era isso que mães e pais faziam, tipo instintivamente? Por que os meus eram a exceção à regra? – Você é meu pai.

Um dos outros Guardiões, um homem alto e de cabelo escuro, olhou para Elijah com um olhar questionador. Eles não sabiam? Um sorriso horrível e sem qualquer calor se abriu nos meus lábios. Em vez disso, estava cheio de desprezo e dezessete anos de dúvidas.

– É, talvez se lembre de como você se relacionou com Lilith, *a* Lilith, e–

– Cale-se – ele sibilou, suas mãos formando punhos generosos.

Um rosnado baixo de advertência ressoou de Roth enquanto uma explosão de calor emanava dele, mas o meu sorriso se espalhou.

– E vocês dois geraram euzinha aqui. O que foi? Achava que eu não sabia? – Dois dos Guardiões atrás dele trocaram olhares incertos. – O que foi? – repeti. – Eles não sabiam?

– Isso não importa. – Seu nariz começou a achatar e sua mandíbula se alongou, estendendo-se para dar espaço às presas enormes que poderiam cortar aço e mármore sem esforço.

– Não importa? – Eu sabia que estava provocando-o. Sua fúria era uma terceira parte tangível naquele telhado. Eu poderia praticamente estender uma mão e tocá-la, mas estava muito focada na minha própria raiva para ter medo. Depois de todo este tempo, eu finalmente podia confrontá-lo. Era como se uma fantasia secreta minha enfim estivesse se tornando realidade. – Você nhanhou com Lilith.

– Nhanhou? – Roth riu baixinho, e então disse: – Céus, eu te amo.

Elijah pulou naquele comentário.

– Amor? De um demônio? Você tá falando sério?

– Não comece – eu avisei, sentindo a área embaixo do meu pescoço começar a formigar. – Não tente agir como se soubesse alguma coisa sobre o amor. Você não é melhor do que eu, e você com toda a certeza não melhor do que ele. Ele é mil vezes melhor do que você poderia querer ser.

Elijah bufou.

– Ele? Um demônio? Você tá...

– Ele é o Príncipe da Coroa – eu retorqui, minhas mãos se fechando com firmeza. – Não *só* um demônio. Mas mesmo que ele fosse apenas um Demonete, ainda seria bom demais pra gente da sua laia.

– Essa é a minha garota – murmurou Roth.

– Por que você tá aqui? – exigi, alimentada por uma raiva que queimava tão profunda e tão brilhante, que era como se fosse meu próprio sol particular. – Espera, deixa adivinhar. Você quer me matar?

– Eu estava te rastreando. Sabia que eventualmente você ia reaparecer – Sua pele começou a escurecer. – E eu deveria ter cuidado disso quando você não passava de um bebê. No momento em que aquela vadia te deixou comigo, eu deveria ter sabido que você não era normal. Você ia ser igual à puta da...

– Proceda com muito cuidado com o que você está prestes a dizer – aconselhou Roth suavemente. – Você tá prestes a insultar a minha garota, e eu não vou ficar feliz com isso. Nem um pouquinho.

– Que seja. – Eu forcei um encolher de ombros. Sim, o que Elijah tinha dito doeu, mas eu já estava de saco cheio dos meus problemas parentais. – Mesmo papo de sempre. Tente algo novo da próxima vez.

O Guardião de cabelos escuros atrás de Elijah mostrou as presas, mas Elijah o interrompeu.

– Não posso dizer que estou surpreso em te encontrar com um demônio.

Roth deu um passo à frente, colocando-se entre mim e Elijah.

– Não posso dizer que estou surpreso em descobrir que você é tão feio quanto seu filho. Ah, espere aí. Filho morto. Foi mal.

O olhar gélido de Elijah girou em sua direção.

– Não fale de meu filho.

– Eu não vou falar dele, só porque ele é pior do que a imundície que cobre as ruas lá embaixo – disse Roth, sua voz estranhamente calma. – Mas você quer saber o que eu fiz com a espinha dorsal dele depois que a arranquei do corpo?

Aquilo foi mais do que o suficiente.

Principalmente porque depois de eu ter tomado a alma de Petr em legítima defesa, Roth tinha removido a espinha dorsal do corpo dele, e eu estava achando que Elijah tinha entendido isso.

Os Guardiões se transformaram. Roupas se rasgaram enquanto corpos se expandiam e peles endureciam. Asas abriram e garras apareceram. O sobretudo que Elijah usava rasgou nas costas. Ele era impressionante em sua verdadeira forma. Chifres separavam seu cabelo escuro.

– Eu vou acabar com vocês dois – ele prometeu.

– Claro – riu Roth.

Então Roth deu uma de durão. Ele não se transformou. Àquela altura, ele não precisava, porque não sentia que eles eram uma ameaça grande o suficiente para justificar isso.

O Guardião de cabelos escuros correu para a frente e Roth se agachou, dando um chute para a frente e acertando o Guardião nos joelhos, fazendo-o perder o equilíbrio. Seu grande peso sacudiu o telhado, mas ele caiu por apenas meio segundo. Ficando de pé novamente, ele tentou atingir Roth, mas o demônio foi rápido como um raio. Roth se abaixou sob o braço estendido do Guardião e apareceu atrás dele. Ele plantou o pé nas costas do outro, colocando-o de joelhos.

Sobre a cabeça do Guardião, Roth olhou para cima e piscou para mim. Piscou para mim no meio de uma briga.

Uau.

Os outros dois Guardiões atacaram Roth, e meu coração parou quando um deles quase o alcançou. Ele girou. Uma luz vermelha pulsou da sua mão. Como se os seus dedos fossem feitos de gasolina, fogo lambeu a sua mão e depois disparou como um míssil, errando por pouco o Guardião.

Elijah começou a vir na minha direção.

– Bambi! – convoquei o familiar. – Ajude Roth.

Senti uma cócega acima do umbigo, e então, saindo debaixo da barra do meu suéter, uma sombra escura e retorcida flutuou e se derramou no espaço à minha frente. A sombra se partiu em um milhão de bolinhas, quicando silenciosamente pelo telhado. Elas se atiraram uma em direção à outra, juntando-se rapidamente.

Bambi levantou sua cabeça em formato de diamante, seus olhos vermelhos brilhando na luz do sol. Sua boca se abriu, revelando presas do tamanho da minha mão. Ela parecia faminta.

Mas também, Bambi sempre parecia faminta.

A cobra atravessou o telhado com rapidez, indo direto para um Guardião de cabelos claros. Roth rodopiou para fora do caminho enquanto Bambi atacava, acertando o Guardião na garganta. Um grito agudo foi ouvido.

A risada grave de Roth causou arrepios pela minha pele enquanto ele se movia em direção ao terceiro Guardião, brincando com ele, claramente divertindo-se. Meio que era bonito de assisti-lo, a graça na forma como ele se movia, quase como um dançarino apresentando-se no palco.

– Você contamina seu corpo com familiares agora? – A voz de Elijah estava carregada de asco.

– Sério? Eu preciso repetir? Você transou com a Lilith!

Elijah bradou:

– E eu me arrependo de ter lhe criado a cada vez que eu respiro. Assim como eu tenho certeza de que Abbot se arrependeu de ter salvado a sua vida.

Ai. Aquilo... Certo, aquilo doeu muito mais do que eu esperava, e eu me encolhi, porque a ferida ainda era recente. Mas aquela dor deu lugar a algo vibrante dentro de mim. Os músculos do meu abdômen e das minhas pernas se contraíram, e eu deixei a transformação se apossar de mim.

Eu estava pronta para sair na porrada.

O ar frio atingiu as minhas costas enquanto minha camisa se rasgava no colarinho. As minhas asas se expandiram, arqueando atrás de mim, enquanto eu sentia a minha pele endurecer como se estivesse congelando.

Elijah imediatamente ficou parado, boquiaberto.

– O quê...?

– Pois é. Minhas asas têm *penas* agora. É esquisito. Eu sei.

Ele balançou a cabeça enquanto dava um passo para trás, literalmente afastando-se de mim. Em vez de ficar chocada com o ato, usei isso ao meu favor. Contando com todas as técnicas ofensivas que Zayne me mostrara ao longo dos anos, eu aproveitei a potência das minhas pernas e da minha essência. Eu girei, mais rápida do que jamais fui antes, e chutei alto e para a frente, atingindo Elijah no peito.

O golpe o abalou, mas foi uma pequena vitória. Dando um soco que deixaria um boxeador orgulhoso, eu acertei o queixo de Elijah, empurrando sua cabeça para trás. A dor estourou pela minha mão, mas eu a ignorei enquanto olhava para cima, encontrando o olhar de Roth.

– Nossa – ele disse, sem tirar os olhos de mim enquanto estendia uma mão, pegando o Guardião pelo pescoço. Orgulho e algo muito mais intenso se agitavam nas profundezas do seu olhar dourado. – Ainda gostosa pra caramba.

Eu abri um sorriso rápido em sua direção antes de me voltar para Elijah, bem a tempo de desviar da mão com garras que estava prestes a atingir o meu rosto.

– Você não pode existir – ele grunhiu, as pupilas dilatadas.

Eu pulei para trás quando ele me alcançou novamente, mas ele pegou minha asa com uma mão. Ele a torceu. Ouvi algo se partir quase delicadamente, e uma dor assustadora disparou pela minha asa, atingindo meu ombro e seguindo pela minha coluna.

Incapaz de impedi-la, um grito saiu de mim, mas aquela faísca de dor acendeu um fogo em mim. Eu comecei a erguer um joelho, mas antes que eu pudesse dizer "seu babaca", Elijah bateu com a palma da mão no meu peito.

O golpe me derrubou e voei pelo ar como se ele tivesse me jogado. Caí para trás, sobre a beirada do telhado acima do beco.

– Layla! – Medo permeava o grito de Roth.

Quando comecei a cair pelo nada, o instinto saiu do piloto automático. A dor na minha asa esquerda roubou o ar dos meus pulmões, mas eu lutei contra ela, rangendo os dentes enquanto me reerguia. O movimento foi como levar um fósforo aceso até a minha asa, mas me lancei vários metros acima do telhado.

Ele tinha quebrado a minha asa!

Assustado, Elijah gritou enquanto procurava algo dentro do casaco rasgado e sacava uma adaga, e eu sabia, mesmo sem chegar perto, que ela era de ferro. Se alguém tivesse a menor gotinha de sangue de demônio nas veias, o ferro podia ser mortal.

Ele se agachou e disparou pelo ar, e aquele fogo em mim ardeu até se tornar um incêndio fora de controle. Eu disparei pelo telhado enquanto Elijah levantava a mão, sacudindo a adaga na minha direção. Eu caí no concreto, e a adaga passou sobre a minha cabeça. Agarrei as pernas dele, cravando as minhas garras enquanto o puxava para baixo com toda a minha força.

Elijah não esperava por aquele movimento, e caiu quando eu investi contra ele, as pontas das minhas garras errando por poucos centímetros. Girando, eu mirei as minhas garras. Não passei de raspão, desta vez. Eu o atingi no peito, cavando fundo, rasgando a pele endurecida. Sangue brotou e depois jorrou. Choque se espalhou pelo rosto de Elijah enquanto ele cambaleava para trás, em direção à borda do telhado, com as mãos pressionando seu peito. Não foi um golpe fatal, mas enquanto ele olhava para mim, vi a minha deixa. Sua garganta estava vulnerável e exposta. Se eu o atingisse ali, ele não se recuperaria.

Dei um passo em direção a ele, as minhas asas contraindo enquanto eu levantava novamente a mão. Meus músculos estavam tensionados em antecipação. Eu queria deixá-lo prostrado, acabar com ele. Ele era meu *pai* e tinha tentado me matar mais vezes do que eu provavelmente sabia. Seria compreensível se eu o matasse, até justificável, porque se eu não fizesse aquilo, ele viria atrás de mim de novo e de novo.

Os meus olhos se prenderam aos azuis dele, e toda aquela fúria, e toda aquela dor, se transformaram em um ciclone de emoções confusas e sórdidas. Todos aqueles anos sentindo como se eu não me encaixasse, que eu era excluída e indesejada. O choque de saber que o meu próprio sangue me queria morta me atingiu com tanta força como quando fiquei sabendo sobre a verdade, e eu…

Eu me sentia triste por ele.

Eu *poderia* ter sido a menininha que o admiraria. Eu *poderia* ter sido uma boa filha para ele. Eu *poderia* ter tido anos para conhecê-lo. Eu *poderia* tê-lo amado.

Mas ele tinha feito a escolha de nunca ter nada disso.

No fim das contas, ele não valia a vida inteira repleta de culpa que eu carregaria.

Abaixando a minha mão, dei um passo para longe de Elijah quando senti um Guardião atingir o telhado, forte o suficiente para quebrar o cimento. Assim que comecei a falar, um borrão escuro, uma sombra, apareceu sobre o parapeito, e depois disparou pelo telhado.

Antes que qualquer um de nós pudesse se mover ou reagir, Sam tinha aparecido entre mim e Elijah. Não era Sam, percebi com um novo choque de dor, mas o Lilin. Ele não parou para conversar quando disparou na direção de Elijah. O último Guardião em pé gritou, suas palavras distorcidas pelo seu rosto machucado e seu grito cortado quando Roth o derrubou, nocauteando-o.

O Lilin estava sobre Elijah em um nanossegundo, envolvendo sua mão ao redor do pescoço do Guardião e arrastando-o para baixo. No começo, eu estava apenas atordoada demais para me mexer. Ver o que parecia ser Sam incapacitar completamente um Guardião era bizarro. A minha cabeça quase não conseguia entender o fato de que aquilo não era o Sam magricela, mas uma versão melhorada do pior pesadelo de todos.

Os ombros do Lilin subiram enquanto ele inalava profundamente. Fui submergida por uma onda de horror quando percebi que ele estava se alimentando de Elijah. Sua aura piscou como uma luz apagando, e então se foi. O vento frio soprou em mim, balançando os fios de cabelo que haviam se soltado pelo meu rosto enquanto eu cambaleava para o lado, já sabendo que era tarde demais. O Lilin era rápido demais, mortal demais. Ele tinha dado o bote como uma cobra, e seu veneno era o mais perigoso.

De repente, Roth estava atrás de mim, envolvendo um braço em volta da minha cintura, segurando-me, mas, verdade seja dita, eu não estava movendo-me, porque eu sabia – meu Deus, eu sabia – que estava acabado.

Em questão de segundos, o Lilin soltou Elijah. As costas do Guardião estavam anormalmente rígidas enquanto ele se apoiava no parapeito. Eu esperava que ele se transformasse em algo horrível naquele momento, como Petr tinha se transformado quando eu tirei sua alma, mas isso não aconteceu.

A pele de Elijah ficou rosada quando ele voltou para a sua forma humana e as suas asas se dobraram em suas costas. Presas e garras recuaram. A ferida em seu peito, a ferida que eu tinha feito, estava ainda mais sangrenta agora, e a cicatriz ao longo de seu rosto se destacava fortemente.

Não havia nenhum espectro.

Não havia sobrado nada da alma de Elijah.

Aqueles olhos azuis geralmente preenchidos com tanto ódio estavam desbotados e desfocados enquanto ele caía para trás, sobre o parapeito. Morto.

Virando-se, o Lilin nos encarou. Imediatamente, começou a se transformar, seu corpo contorcendo enquanto se dobrava para a frente antes de se endireitar, jogando a cabeça para trás. O comprimento daquela criatura esticou, e depois se expandiu, crescendo.

– Meu Deus do Céu – eu sussurrei, quando um novo horror se revelou para mim.

O Lilin estava assumindo a forma de Elijah, tal como tinha feito com a de Sam. Estava tornando-se algo totalmente diferente, e em poucos momentos, o que parecia ser Sam não estava mais na nossa frente.

Em vez disso, havia uma réplica exata de Elijah, incluindo a cicatriz que cortava a lateral do seu rosto até o canto de seus lábios.

– De nada. – O Lilin tinha até a voz de Elijah. A única coisa que faltava era a aura dele. Como tinha sido o caso com o *doppelgänger* de Sam, havia nada em torno do Lilin.

O Lilin se curvou sobre pernas poderosas enquanto sacudia os ombros. Sua pele endureceu em granito e asas enormes apareceram, expandindo atrás dele. Um lado de seus lábios se curvou em um sorriso, e depois ele se lançou no ar, desaparecendo rapidamente sobre a altura dos outros edifícios.

Respirando pesadamente, eu puxei Roth e seu braço escorregou para longe de mim. Caminhei em direção ao parapeito do prédio e olhei para baixo, para a rua. Uma multidão se reunia. Alguns estavam recuando, as mãos subindo até as bocas. Alguém se virou bruscamente e se curvou para a frente.

Eu apertei meus olhos enquanto meu estômago se retorcia. O verdadeiro Elijah tinha caído na calçada lá embaixo e a coisa estava... feia. Com a garganta apertada, eu me virei e forcei uma inspiração profunda.

– Temos que avisar os outros Guardiões.

Capítulo 10

Uma tempestade caía das nuvens espessas e uma fina camada de neve polvilhava os telhados dos edifícios. O anoitecer estava lentamente invadindo a cidade, e lá embaixo os postes das ruas se acendiam, juntamente com as luzes brancas de Natal que haviam sido penduradas ao longo das árvores.

Enquanto eu me mantinha parada junto ao parapeito e olhava para baixo, observando os humanos andando rapidamente ou chamando um táxi, pensei que se eu pudesse capturar aquele momento com uma câmera, seria quase o cartão de Natal perfeito.

Havia algo de tranquilizador no fato de que milhões de pessoas estavam vivendo suas vidas, completamente alheias à verdadeira treva que ameaçava a cidade deles. Depois de todo este tempo, finalmente entendi por que os Alfas exigiam que os humanos fossem mantidos no escuro quando se tratava da existência dos demônios. Tinha a ver com mais do que apenas o desejo da fé em um ser superior. Era também sobre proteção, permitindo que os seres humanos vivessem suas vidas todos os dias, porque, se eles soubessem a verdade, o mundo seria mudado de uma maneira irrevogável, seria danificado para além da forma descuidada com que seres humanos tratavam outros da sua espécie.

O calor venceu o frio quando Roth se aproximou para ficar atrás de mim. Ele envolveu um braço em volta da minha cintura e descansou o queixo no topo da minha cabeça. Não havia rigidez em seu abraço ou em minha reação a ele. Embora isto fosse novo para nós dois – essa honestidade sobre o que sentíamos – não havia nada daquele constrangimento que eu imaginava que a maioria dos casais enfrentava.

Nós não estávamos no mesmo prédio de antes. Agora estávamos perto do distrito federal, esperando pelos membros do meu clã. Pela força do hábito, eu tinha mandado uma mensagem curta para Zayne, dizendo-lhe para não confiar em Elijah, que se o vissem, ele não era o Guardião que eles conheciam. Minutos se passaram antes que ele respondesse, provando que ele não estava dormindo, envolto em pedra, como deveria estar naquele momento. Ele pediu que fizéssemos uma reunião, e agora estávamos esperando. Os nervos formavam um emaranhado no fundo do meu estômago. Eu ia ver Zayne de novo, e isso já seria difícil o suficiente, mas pior ainda, imaginei que também veria outros membros do clã. Talvez até Abbot, e naquele momento eu não passava de uma bolinha de medo e ansiedade.

Roth não ficou muito animado com nada disto, o que explicava por que Bambi estava mais uma vez enrolada na minha cintura e que Cayman também estava lá, junto com Edward. Eles estavam parados nos cantos do edifício como duas sentinelas.

Sentinelas muito bem-vestidas.

Ambos estavam usando calças escuras e camisa branca e calçando sapatos de couro polido. Eu não tinha ideia do porquê. Talvez eles tivessem acabado de sair de uma aula de dança de salão ou algo assim. Eu super conseguia visualizar Cayman fazendo isso.

– Como estão as suas costas? – Roth perguntou depois de alguns minutos.

Eu não tinha mencionado que minhas costas doíam onde Elijah tinha agarrado a minha asa, mas Roth foi cuidadoso em evitar a área e não irritar a pulsação constante.

– Não dói muito, mas acho que ele pode ter quebrado alguma coisa.

Os músculos ao longo de seu braço se contraíram.

– Quando chegarmos em casa, quero dar uma olhada, se a transformação não doer muito pra você.

Casa. Minha casa era com Roth. Era tão certo que eu nem precisava questionar aquilo. Ficamos em silêncio por alguns segundos, e então eu disse:

– Eu entendo.

A mão dele se pressionou contra a minha barriga, logo acima do umbigo, enquanto ele levantava o queixo. Bambi se moveu sobre minha pele, esticando-se e aproximando-se dele.

– Entendeu o quê? – ele perguntou baixinho.

– Por que os Alfas exigem que os humanos não saibam a verdade – expliquei, descansando a cabeça contra o peito dele. – Eu costumava pensar que era tão idiota. Como saber a verdade realmente prejudicava alguma coisa? Eles saberiam que realmente existe um Céu e um Inferno e tudo o mais. Talvez as pessoas agissem da maneira certa se soubessem.

– Talvez – ele murmurou, seu braço apertando enquanto ele nos mexia ligeiramente.

– Mas essa é a questão. As pessoas provavelmente agiriam do jeito certo, mas só porque não viveriam, não no momento. – O vento ficou mais forte, e eu sorri um pouco quando percebi que Roth tinha se movido para bloqueá-lo. – Eles ficariam apavorados. É por isso que não podem saber. Ou pelo menos parte da razão.

– Faz sentido, eu acho. Pra mim é difícil de entender, visto que eu fui criado já sabendo, bem, tudo – Ele riu quando eu revirei os olhos, mesmo que não tivesse como ele ter visto aquilo. – Então, e aí? Você quer protegê-los agora?

Eu franzi um pouco a testa enquanto olhava para a cidade.

– Eu sempre quis protegê-los.

Seu peito se ergueu contra as minhas costas.

– Você é mais do que isso, Layla. Você não quer uma vida para além de marcar demônios?

– Eu não faço mais isso. Você sabe. – Eu me virei e inclinei a cabeça para trás, olhando para ele. Ele estava olhando para baixo, sua cabeça inclinada do jeito que ele fazia sempre que estava tentando entender algum tipo de emoção humana que simplesmente não conseguia compreender. – E eu quero mais, sim.

– Tipo o quê? – ele desafiou. – O que você quer fazer quando isso acabar?

Quando o que acabasse? A luta com o Lilin? Recuperar a alma de Sam? A guerra entre Guardiões e demônios? Eu não tinha ideia de se ou quando isto tudo acabaria, mas eu tinha que ter esperanças de que iria acabar. Que nós dois ainda estaríamos de pé, assim como todos aqueles que eu amava. Eu não conseguia me permitir sequer considerar brevemente a possibilidade de que não haveria um depois.

– Acho… acho que eu gostaria de ir pra faculdade – eu disse a ele. – Bem, isso significa que eu tenho de terminar o ensino médio, primeiro. Faz sentido.

Seus lábios se contorceram.

– Esse é o seu grande plano?

Lembrei-me de todas as inscrições espalhadas no chão do meu antigo quarto no complexo e acenei com a cabeça.

– Sim, e eu… quero viajar primeiro. Quero ver lugares fora desta cidade.

– Tipo onde? – ele perguntou, levantando a mão e traçando a linha da minha mandíbula com os dedos. – Eu ainda estou apostando no Havaí.

Eu sorri.

– Isso seria bom. Então, sim, coloca na lista.

– Preciso de outros lugares pra fazer uma lista, Baixinha.

– Certo. Eu quero conhecer a cidade de Nova Iorque. Dez diz que é incrível. E Miami. Eu quero caminhar numa praia. – Empolgando-me, comecei a listar lugares. – Eu quero passear pelo Bairro Francês em Nova Orleans, e quero visitar Galveston...

– Galveston… no Texas? Por quê?

– Li um livro que se passava lá. Não importa. Eu quero ver Dallas, tipo com caubóis de verdade e tal.

Ele riu enquanto colocava uma mecha do meu cabelo para trás.

– Caubóis de verdade são meio difíceis de encontrar.

– Vamos encontrar. Tenho certeza. E depois quero ver o letreiro de Hollywood e talvez até Portland. Chove muito lá, não é? Não sei se gostaria de ficar lá muito tempo, mas acho que gostaria de ver o Monte Rushmore. Ah, e o Canadá. Posso continuar falando – disse eu –, mas acho que já é um bom começo.

Seus olhos tinham aquela tonalidade obscura que trazia um rubor às minhas bochechas.

– Essa é uma ótima lista.

– E você? – perguntei. – O que você quer fazer quando tudo isso acabar?

– Falando sério? – Quando acenei com a cabeça, ele baixou a dele, deixando um beijo rápido na ponta do meu nariz. – Nem acredito que você precise perguntar isso. Meu plano é estar onde você estiver.

Meus lábios imediatamente se curvaram em um daqueles sorrisos grandes e engraçados enquanto meu coração inflava dentro do meu peito como um personagem de desenho animado antigo. Estava esperando que os meus olhos se transformassem em corações extravagantes que saltassem das órbitas.

– Essa é… essa é a resposta perfeita.

– É porque eu sou perfeito.

– Bem, *essa* não foi a resposta perfeita – eu disse secamente.

O aviso de Cayman interrompeu a risada de Roth:

– Eles estão vindo.

Nós nos voltamos para onde ele apontava. Ao longe, eles pareciam grandes pássaros partindo as nuvens. Meu estômago caiu quando eles mergulharam em nossa direção, preparando-se para pousar. Definitivamente Zayne era um deles; ele estava no meio do bando, e mesmo em sua verdadeira forma, eu sabia que ele era.

Três outros Guardiões estavam com ele, e quando se aproximaram do telhado, reconheci Nicolai e Dez. Um pouco do desconforto, mas nem todo ele, passou. Dez era do clã de Nova Iorque e tinha visitado Washington pela primeira vez com a sua companheira, Jasmine. Embora não tivesse confiado muito em mim no início, ele rapidamente pareceu começar a simpatizar comigo. Eu imaginava que era porque tanto eu quanto ele não pertencíamos ali, cada um do seu jeito. Nicolai sempre teve um fraco por mim, e eu por ele. Ele não era muito mais velho do que Zayne quando perdeu sua companheira e bebê. Nicolai raramente sorria, mas quando o fazia, era de tirar o fôlego.

O quarto membro da tripulação me chocou.

Tinha de ser Danika.

– Interessante – disse Roth, tirando o braço do meu corpo. Mas ele não se afastou.

"Interessante" não fazia jus. Os Guardiões não permitiam que as suas fêmeas saíssem muito, preferindo mantê-las em gaiolas douradas. Aquela era uma das muitas coisas que odiava na nossa espécie. Admito que entendia que a população de Guardiões estava diminuindo e que as fêmeas eram os alvos principais dos demônios de Status Superior, mas ainda assim, a ideia de ser mantida isolada me fazia querer socar alguma coisa.

Assim como sabia que deixava Danika louca.

Danika era muito mais impulsiva e doida do que sua irmã mais velha, Jasmine, e eu passei a maior parte da minha vida a odiando por nenhuma outra razão além do fato de que ela gostava de Zayne e seria capaz de monopolizar todo o tempo dele com um movimento de seu cabelo preto brilhante.

Cayman e Edward não se moveram de seus poleiros, com exceção de se virarem para a direção em que os Guardiões estavam vindo. O quarteto pousou no telhado, seu impacto estalando como um trovão. Então Cayman olhou para Roth, que assentiu. Cayman e Edward desapareceram, como se nunca tivessem estado lá, mas eu ainda podia senti-los. Eles estavam por perto, monitorando a situação, e se eu podia senti-los, os Guardiões também conseguiam.

Zayne caminhou para frente, o queixo curvado para baixo e as asas para trás. Meu estômago despencou, cheio de insegurança, enquanto meu olhar desviava para Nicolai e depois para Danika. Eles estavam a bloqueando, mantendo-a atrás deles.

Algo que ela claramente não estava gostando muito.

Avançando, ela passou por Zayne, que lançou seu olhar para o céu, um músculo latejando ao longo de sua mandíbula. Ela se transformou para a forma humana enquanto se dirigia diretamente para onde Roth e eu estávamos, sua pele cinza dando lugar a uma cor de alabastro impecável. Dez murmurou algo sob sua respiração enquanto Nicolai seguia atrás dela, um olhar de preocupação puxando os cantos de seus lábios.

Sem se virar para olhar para os machos, ela apontou uma mão na direção deles e tudo o que disse foi:

– Nem tentem me impedir.

Nicolai derrapou e parou onde estava, com as sobrancelhas levantadas.

Eu endureci, assim como Roth.

Absolutamente destemida, Danika andou até a gente e, antes que eu pudesse piscar os olhos, ela jogou os braços em volta de mim e apertou. Um cheiro frutado, como o de maçãs, me cercou enquanto Bambi deslizava nas minhas costas, para longe dela. Danika era tão forte quanto um jogador de futebol americano, e eu suprimi um guincho enquanto era pressionada contra seu peito duro. A dor vagarosa se transformou em uma sensação latejante aguda em ambos os lados da minha coluna, reforçando a minha crença paranoica de que Elijah poderia ter quebrado uma das minhas asas *com penas*.

– Cuidado – aconselhou Roth, alto o suficiente para apenas nós ouvirmos. – Ela foi ferida.

– Ah, meu Deus! Sinto muito – Danika imediatamente me libertou, e eu teria tropeçado para trás se Roth não estivesse ali para me estabilizar. – O que aconteceu? O que...

– Estou bem – eu garanti a ela, pega de surpresa por aquela recepção. Eu ainda não estava acostumada com a nossa nova amizade.

Ela olhou para Roth com cautela, e era óbvio que ela não confiava completamente nele. Ele sorriu de volta para ela, calado e ousado.

– Eu estava tão preocupada – ela continuou, dando um passinho para trás enquanto passava as mãos ao longo dos quadris. – Quando Zayne disse que você tinha entrado em contato porque aconteceu alguma coisa e eles estavam vindo te encontrar, eu tinha que vir junto. Eu precisava pedir desculpas.

– Danika – Nicolai chamou gentilmente.

– Pedir desculpas pelo quê? – perguntei, olhando para os outros Guardiões. Zayne estava agora olhando para Roth como se quisesse jogá-lo do telhado. Dez não parecia totalmente surpreso, mas Nicolai, bem, ele parecia que queria colocar Danika nos braços e voar para longe, o que era... Aquilo era estranho.

– Pelo que fizeram com você – disse ela, com as bochechas rosadas. – Este clã. Não foi certo, e eu queria chutar os colhões de Abbot.

– Desculpas são dadas com muita frequência para significar alguma coisa, mas eu gosto de você – murmurou Roth. – Gosto mesmo.

Seu olhar saltou dele para mim, e ela então deu outro passo para trás enquanto Nicolai se aproximava.

– De qualquer forma, aquilo foi errado. Você nunca machucaria Zayne ou qualquer outra pessoa de propósito.

Bem, a questão era que eu tinha machucado Zayne, mesmo que não tivesse sido fisicamente, e não havia dúvidas quanto a isso. Eu tinha que acreditar que ela sabia. Quando o encarei novamente, ele ainda não tinha olhado na minha direção. Sentindo-me péssima com aquilo, eu me reorientei.

– Obrigada, Danika, eu… hm, eu agradeço por isso. – Eu me virei para Nicolai e Dez. – E devo tudo a vocês, também. Obrigada por encontrarem Roth e me ajudarem a sair daquele armazém. Vocês ajudaram a salvar a minha vida.

E isso era verdade.

Por causa deles, eu estava de pé hoje. Em vez de seguirem o que Abbot dizia, eles tinham encontrado Roth e enfrentado o seu próprio clã, arriscando-se pessoalmente para me salvarem.

– É bom ver que você se recuperou – disse Dez, e eu sorri.

– Digo o mesmo. Eu te conheço pela maior parte da sua vida, pequenina, e nunca acreditei que fosse responsável pelo que estava acontecendo no complexo ou fora dele – acrescentou Nicolai, e fiquei toda derretida por dentro. – Talvez fique feliz em saber que o lugar não está livre de problemas com a sua partida. Ainda não conseguimos exorcizar o espectro de Petr. Sempre que tentamos, ele sente e sai da casa.

– Ele está provando ser tão babaca quanto era em vida – comentou Dez, provando que o filho de Elijah, meu meio-irmão, não tinha sido muito querido. Ele parou. – Jasmine mandou um oi, a propósito.

– Manda minhas lembranças pra ela – respondi laconicamente, e como uma idiota, levantei a mão e mexi os dedos.

Dez sorriu enquanto olhava para o lado, algo que ele fazia frequentemente quando eu estava por perto. Eu meio que queria me furar nos olhos com meus dedos dançantes.

– O que aconteceu? – Zayne finalmente falou, e quando o fez, meu olhar se voltou na sua direção. Ele estava olhando para Roth, e isso fez meu estômago se retorcer dolorosamente. – A mensagem dizia que aconteceu alguma coisa com Elijah e que não era pra confiar nele?

Nicolai cruzou os braços ao longo de seu peito enquanto colocava as asas para trás. Permanecendo em sua forma de Guardião, como os outros dois, ele era uma visão impressionante.

– Nós nunca confiamos em Elijah – Seus olhos estavam focados em mim. – Suas crenças e ações sempre foram uma fonte de descontentamento entre nós.

– Bem – Roth alongou a vogal. – Elijah não será fonte de mais nada agora.

Todos os olhares dos Guardiões se voltaram para ele, e seu sorriso de boca fechada se espalhou.

– Detalhes seriam legais – Zayne exigiu, a brisa fresca lançando fios claros em torno de seus chifres escuros.

Eu interferi antes que a conversa fosse ladeira abaixo.

– Elijah tá... ele não tá mais entre nós – eu expliquei, e então me precipitei quando ouvi o palavrão afiado de Dez. – A gente não o matou.

– Não que não tenhamos tentado – acrescentou Roth, e quando lhe lancei um olhar, ele deu de ombros. – Por que mentir, Baixinha? Estávamos procurando o Lilin...

– Estamos lidando com isso – Zayne o cortou, erguendo o queixo.

– Claro que estão – Roth respondeu, e embora isso fosse uma provocação, eu sabia que ele era capaz de muito mais do que isso quando se tratava de ser um babaca com Zayne. Aquilo foi bastante controlado. – E como isso tá indo pra vocês?

A mandíbula de Zayne se retraiu como se ele fosse moer cada um de seus dentes. Quando não houve resposta imediata, Roth acrescentou:

– Alguma pista? Não, né? Imaginei.

Eu mudei meu peso de um pé para o outro enquanto Dez estreitava os olhos e Danika começava a olhar para o chão do telhado.

– Enfim, como eu estava dizendo, estávamos procurando o Lilin quando Layla viu Elijah. Ele e outros três membros do clã estavam nos seguindo dos telhados. Nós os confrontamos e eles atacaram.

– Ele ainda queria me matar – expliquei –, nenhuma novidade.

Zayne olhou na minha direção, mas não fez contato visual.

– Então o que aconteceu? – perguntou.

– Bem, Bambi comeu um dos Guardiões. Então, meio que não sinto muito por isso – Roth continuou, e Bambi sacudiu a cauda ao longo do meu quadril, como se ela estivesse feliz com a menção. Apertei os olhos brevemente. – Eu meio que apaguei outro Guardião. Permanentemente. Autodefesa. Eu juro.

– Tenho certeza disso – murmurou Nicolai enquanto se movia para ficar um pouco na frente de Danika.

Ela não parecia tão incomodada.

– Se eram do clã de Elijah, ninguém vai sentir falta deles.

– Danika – Dez advertiu.

– O que foi? – Ela jogou as mãos para cima. – É a verdade. Eles são uns idiotas. Todos sabemos disso.

Os lábios de Nicolai se contorceram.

– O que aconteceu com o terceiro Guardião?

– Ele estava tirando uma soneca no telhado quando o deixamos. Não tenho certeza se acordou ou se algum demônio apareceu e fez coisas muito ruins com ele – Roth deu de ombros novamente. – Não sei. Não ligo.

– E Elijah? – Zayne perguntou, com a voz firme.

Respirei fundo enquanto levantava uma mão para afastar o cabelo solto para longe do meu rosto.

– Eu estava lutando com ele...

– Você estava lutando com Elijah? – As sobrancelhas de Nicolai dispararam para cima.

– Hã. Sim?

Danika sorriu largamente.

– Incrível.

Eu balancei a cabeça.

– O Lilin apareceu e ficou entre nós. Levou a alma de Elijah, consumiu-a. Não havia nenhum espectro. Não sobrou nada, e depois o Lilin mudou de aparência.

– Agora ele se parece com Elijah – acrescentou Roth. – É por isso que Layla achou que seria uma boa ideia avisá-los. O outro Guardião que estava com ele, se ainda está vivo, estava desmaiado quando o Lilin levou a alma de Elijah. Ele não teria ideia de que não é o verdadeiro Elijah se o Lilin voltar para o clã.

– Caramba – murmurou Dez. – Não tenho certeza se sabemos onde eles estão escondidos aqui para avisá-los. Talvez Geoff saiba.

A expressão de Nicolai ficou pensativa.

– Se ele não souber, tenho a sensação de que Abbot pode ter uma ideia.

Eu me encolhi interiormente com a menção do nome de Abbot, mas segui com a conversa:

– Como eu disse, a gente queria avisar vocês para caso ele tente ir para o complexo. – A próxima parte era a pior. – Sabendo como o Lilin foi capaz de fazer uma imitação de Sam de forma tão convincente, acho que ele recebe as memórias da pessoa quando consome a alma.

– Isso faz sentido – disse Danika, olhando para os machos. – A alma é a essência, o núcleo de quem somos. Ela guardaria tudo.

Nicolai exalou grosseiramente.

– Se esse for o caso, então o Lilin saberia muito.

– Saberia demais – afirmou Zayne, e começou a se virar, suas asas de um cinza profundo abrindo-se. – Precisamos conversar com meu pai e os outros.

Dez e Nicolai concordaram com aquilo. Danika permaneceu, olhando de mim para Roth.

– Não suma – ela disse, a voz baixa –, tá bom? Nós precisamos trabalhar juntos se quisermos parar aquela coisa.

Eu acenei com a cabeça, sentindo-me estranha enquanto os observava. Era difícil pensar em um tempo em que Zayne estivesse saindo de algum lugar e eu não estava indo com ele. Quando os Guardiões se viraram, eu dei um passo à frente. Embora no fundo eu soubesse que deveria apenas deixá-los ir, deixar *Zayne* ir, eu não conseguia me conter. Havia muitos anos entre nós para simplesmente fingir que não nos conhecíamos.

– Zayne? – eu chamei.

Ele estava no parapeito quando falei o nome dele, e pensei ter visto seus ombros se contraírem, mas ele se ajoelhou e depois se lançou para o céu sem olhar para trás.

Sem falar nada comigo.

Capítulo 11

A noite tinha caído quando chegamos ao Palisades para nos encontrarmos com Cayman.

O clube embaixo do prédio de Roth estava cheio de demônios, bem como de humanos com auras escuras e nebulosas em torno deles. Havia um pouco de agitação no meu estômago, mas nada muito intenso. A música sensual reverberava enquanto a súcubo balançava seus quadris cobertos de diamantes no palco. Eles brilhavam e cintilavam como as luzes de Natal penduradas no teto.

As luzes de Natal eram irônicas, considerando a situação.

A mão de Roth estava firmemente fechada sobre a minha enquanto ele me conduzia ao redor do palco. Quando passamos pelos cantos escuros, eu me esforcei para ver o que estava acontecendo lá, mas tudo que eu consegui identificar foi outro jogo de cartas entre um demônio fêmea e um humano que não parecia muito bem, se a tonalidade amarelada da sua pele fosse uma indicação.

Uma das dançarinas na gaiola estendeu uma mão para mim, e depois riu loucamente quando Roth lançou uma carranca de advertência para ela. Sua mão apertou a minha com mais força.

– Eu não vou me afastar de você – eu disse a ele. Da última vez que estivemos ali, ele tinha me dito para não dançar com ninguém, e acabei dançando com uma súcubo e um íncubo. Às vezes eu precisava da supervisão de um adulto.

O riso dele viajou pela música.

– Não vou arriscar nada a essa altura.

– A essa altura?

Soltando a minha mão, ele apoiou o braço sobre meus ombros e me colocou contra o lado dele enquanto caminhávamos em torno das mesas. Ele abaixou a cabeça, roçando os lábios contra a minha bochecha, e então disse no pé do meu ouvido:

– Eu já disse o quanto eu adoro essa sua calça?

– Hã? – Olhando para baixo, eu suprimi um gemido. Ela era super apertada, e de manhã eu praticamente tivera que me deitar para fechar o zíper.

– Você e Cayman têm um gosto péssimo pra roupas.

Ele riu.

– Não consigo parar de olhar pro seu…

– Rosto? – sugeri, prestativa.

– Hmm. – Ele beijou minha orelha quando finalmente passamos pelo palco.

– É para o meu nariz?

– Não exatamente – ele respondeu.

Eu sorri.

– Você deve estar de olho na rótula dos meus joelhos, então.

– Tá mais perto. – Ele parou enquanto nos aproximávamos do bar. – Depois eu posso te dar uma explicação prática do que tenho olhado o dia todo.

Minhas bochechas coraram.

– Você é tão prestativo.

– O que posso dizer? Você desperta o meu lado altruísta.

Cayman saiu de trás do bar antes que eu pudesse responder a esse último comentário, jogando o pano branco no balcão.

– Vamos pro escritório.

Eu nunca tinha visto o escritório antes, então estava curiosa. Cayman nos levou por uma porta do lado de fora do bar em que havia uma placa dizendo SOMENTE FUNCIONÁRIOS, mas alguém tinha riscado todas as letras, exceto duas, deixando RS para trás.

Boa.

O corredor era estreito, iluminado por tochas verdadeiras apoiadas em arandelas.

– Interessante essa escolha de decoração – eu disse.

Cayman sorriu enquanto Roth fechava a porta atrás de nós, cortando o zumbido da música.

– Meu docinho, você sabe que gostamos de um charme.

Roth bufou.

O escritório era a terceira porta adiante e o cômodo não era de maneira alguma como eu esperava; e para ser sincera, eu não tinha certeza do que esperava, mas definitivamente não era aquilo. O espaço estava decorado com cores pálidas, as paredes de um azul pastel, com uma mesa branca e estante vazia. Uma cadeira rosa felpuda estava colocada em frente à mesa, ao lado de uma poltrona com estampa de leopardo. Um sofá de couro cinza estava contra a parede. Acima estava uma foto gigante emoldurada do One Direction.

E estava assinada por todos os membros, até mesmo aquele que tinha saído da banda.

Fiquei boquiaberta.

– Eu não decorei este escritório – explicou Roth, vendo a expressão no meu rosto.

Cayman se largou em uma cadeira de aparência bastante normal atrás da mesa e jogou os pés para cima.

– Ele queria preto. Paredes pretas. Móveis pretos. Blá-blá-blá. Gosto de um pouco de cor de vez em quando.

Mantendo a boca fechada, eu me arrastei para o sofá e caí nele.

Antes de chegarmos ao clube, eu tinha mandado uma mensagem para Stacey explicando o que aconteceu enquanto Roth atualizava Cayman. Em resposta, ela enviou um monte de pontos de exclamação e uma série de rostos carrancudos sobre o que tinha acontecido com Elijah. Embora ela soubesse que não havia absolutamente nenhuma afeição entre mim e ele, ela também sabia que ver Elijah morrer não tinha sido fácil.

E saber que qualquer parte dele que tivesse ficado fora do Lilin estava no Inferno também não era bom. Eu odiava o cara, mas uma eternidade no Inferno, entre as criaturas que ele ajudara a colocar lá, não poderia ser muito divertido.

Pior ainda, agora que vi o que tinha acontecido com Elijah, sabia o que tinha acontecido com Sam, e me sentia extremamente mal. Em algum lugar por aí estava o corpo de Sam, frio e esquecido, e eu já sabia onde estava o que restava da alma dele.

Não queria pensar em nada disso, mas não conseguia parar. Os meus pensamentos mudavam para uma coisa, e depois voltavam para Sam, para o que acontecera com ele.

Depois de Roth terminar de conversar com Cayman, saltei do sofá.

– Podemos ir pro teu apartamento em vez de voltarmos pra casa?

– Se é isso que você prefere – disse ele, afastando-se de onde estava encostado na mesa. – Duvido que os Guardiões venham nos procurar agora. Vamos estar seguros.

Aliviada por ouvir isso, eu sabia que ficaria feliz em ver o apartamento novamente. Estava sentindo-me um pouco nostálgica, e eu preferia o apartamento à casa enorme em Maryland. Claro, o casarão brega tinha as suas vantagens e tal, mas era muito grande e parecia fria, formal.

Cayman puxou meu nariz quando passou por mim, saindo pela porta do escritório.

– Vou mandar alguma fritura gostosa pra vocês.

Meu estômago roncou, lembrando-me de que eu não tinha comido nada desde aquela manhã. Tivemos de subir pelas escadas, já que os elevadores só desciam, tipo, *lá para baixo*, e quando cheguei caminhando ao último andar, eu meio que desejei que tivesse ido montada nas costas de Roth.

Os cachorrinhos de bolsa não estavam guardando a porta.

– Onde estão os seus amiguinhos?

– É hora do jantar – disse ele. – Você não precisa saber mais do que isso.

Credo.

Quando Roth abriu a porta do apartamento, um ar caloroso nos cumprimentou. Ele entrou, acendendo as luzes, e eu entrei até o meio da sala, olhando ao redor.

– Tudo tá como antes – eu disse, olhando para a enorme cama *king size*. Lençóis pretos passados e ajustados forravam a cama, e quando olhei para a porta que levava até o telhado, vi que nem um único grão de poeira maculava o piano. As pinturas mórbidas de fogo e sombras escuras ainda estavam precisamente penduradas.

Roth caminhou até a estante cheia de livros antigos e chatos e tirou os sapatos.

– Ninguém mexeria em nada.

– Mas alguém tem limpado o lugar.

– Cayman.

Acho que aquilo fazia sentido.

– Você esperava que estivesse diferente? – ele perguntou, tirando a camisa pela cabeça.

A minha boca secou como na primeira vez em que estive no apartamento dele e o vi fazer isso. Seu corpo era uma peça de arte esculpida.

– Eu… acho que esperava, sim.

Seus cílios abaixaram e seu sorriso era presunçoso, como se ele soubesse que eu tinha sido mais do que momentaneamente distraída por ele.

– Parece que a gente foi embora daqui há séculos. Mas nem faz tanto tempo.

Roth tinha razão.

Mas muita coisa tinha mudado desde então. *Eu* tinha mudado, então era estranho ver algo de antes… intocado. Ele passou a mão pelo tórax, descendo até o cinto da calça jeans, perto da tatuagem de dragão colorida, e algo naquele movimento me deu um frio na barriga. Eu puxei uma respiração resfolegante. Seus cílios se ergueram e os olhos quentes cor de âmbar encontraram meus.

A tensão inebriante estava lá, puxando-nos e arrastando um para o outro. Aquilo sempre existiu ali entre nós, e não estava diminuindo.

Três sombras saíram do corpo de Roth, flutuando lentamente para o chão. Elas se solidificaram na forma dos gatinhos. Dois deles imediatamente correram para debaixo da cama. O terceiro, Thor, trotou até mim, esfregou-se contra a minha perna, ronronando como um motorzinho, e depois também desapareceu debaixo da cama sem arrancar meu sangue, o que era uma melhora.

– Eu fico me perguntando o que eles fazem lá embaixo.

Roth levantou um ombro largo.

– Eu realmente não quero saber.

– Essa é provavelmente uma escolha sábia – Eu caminhei para a cama e me sentei na beirada, tirando minhas botas. – Fico feliz por a gente estar aqui. Senti falta deste lugar.

Ele sorriu um pouco enquanto eu tirava meus pés do chão, sem conseguir confiar naqueles malditos gatinhos, mesmo que eles estivessem sendo bonzinhos comigo agora.

– Tem o seu charme.

Eu comecei a responder, mas Roth resolveu se alongar, e havia algo em ver todos aqueles músculos e pele trabalhando juntos fluidamente que me fez perder a noção completa dos meus pensamentos.

– Que algo pra beber? – ele perguntou.

Muda, acenei com a cabeça.

Quando abaixou os braços, ele perambulou até o frigobar preto e tirou uma garrafa de água. Abrindo a tampa, ele tomou um gole generoso antes de abaixar a garrafa do rosto. Então ele me encarou.

Roth observou-me, não como se esperasse que eu entrasse em crise a qualquer momento, mas simplesmente como se estivesse preocupado. Ele não teve que perguntar enquanto caminhava até mim.

– Eu... eu fico pensando que foi assim... foi assim que Sam morreu – eu admiti. – Eu tento pensar em outra coisa, e então ele tá de volta na minha cabeça.

Roth se ajoelhou diante de mim.

– Layla...

– Você viu o que o Lilin fez. Ele pegou a alma do meu... Ele pegou a alma de Elijah e depois *engoliu*. A alma foi consumida e aquela criatura ficou parecida com ele depois – Levantando meu olhar, encontrei o de Roth. – Foi assim que Sam morreu e é por isso que o Lilin foi capaz de se parecer com ele. Deve ter sido tão doloroso. – Apertei meus olhos brevemente. – Mas rápido, certo? Pareceu que aconteceu tão rápido com Elijah.

Ele colocou as mãos nos meus joelhos, esfregando suavemente.

– Foi rápido.

Baixando os ombros, eu balancei um pouco a cabeça.

– Eu... eu não estou realmente triste por conta de Elijah, e ele era meu pai. O que isso diz sobre mim?

Sua expressão endureceu.

– Isso não diz nada sobre você. Aquele idiota doou esperma. Essa é a verdade. Só isso. Ele não era seu pai. Você não lhe deve um único momento de tristeza. Você não lhe deve nada.

O que ele disse era verdade, mas…

– Mesmo assim é difícil não sentir culpa.

Ele não respondeu enquanto me observava atentamente.

– Você… você é tão humana às vezes, Layla, e ainda assim, não há uma gota de sangue humano em você.

– Socialização? – sugeri, e Roth riu baixinho. – Estou falando sério. É influência de Stacey e… e de Sam em mim, eu acho. Eles me mantiveram humana, e eu gosto disso. Eu gosto de me sentir humana.

– Eu amo isso em você. – Sua resposta foi rápida, surpreendendo-me.

– Sério?

Ele assentiu solenemente, e eu sorri um pouquinho.

– Você não deve nada a Elijah – ele reforçou. – Por favor, me diz que você entende isso.

– Entendo. – Mas *aceitar* isso era mais difícil.

Seu olhar voltou a ser inquisitivo.

– Você não tá planejando nada, tá?

Eu congelei.

– Como o quê?

– Como recuperar a alma de Sam? – ele perguntou, seus olhos prendendo-se aos meus. – Não tente negar, eu sei que é isso o que você quer. Eu vou até lá e…

– Não. Você não pode descer lá. Eu sei que se você fizer isso, eles vão te manter lá – eu interrompi. – Você não pode ir.

Seus olhos se estreitaram.

– Alguém andou conversando com Cayman.

Não neguei isso.

– Eu não quero que você se coloque em risco.

– Nem mesmo por Sam? – ele desafiou.

Foi difícil dizer a próxima palavra sabendo o que eu estava planejando fazer.

– Não.

– E eu não quero que você se arrisque por ele – ele respondeu. – Eu não me importo se isso soa cruel. Você não quer que eu me arrisque. Quero o mesmo pra você.

Dizer o que eu disse a seguir foi ainda mais difícil do que aquela uma palavra, porque eu ia mentir e não queria mentiras entre nós, mas eu tinha de fazer algo pelo Sam. Não havia como evitar e eu sabia que se eu dissesse a verdade a Roth, ele encontraria uma maneira de me parar ou de ir comigo. Nenhuma dessas duas coisas poderia acontecer.

– Como eu poderia recuperar a alma de Sam? – perguntei. – Eu nem saberia por onde começar.

Roth não respondeu enquanto me encarava, e eu sabia que ele tinha as respostas. Se Cayman as tinha, ele também devia tê-las, mas se Cayman também sabia que o Ceifador não estava no Inferno agora, então havia uma grande chance de Roth também estar ciente disso. E eu também sabia que havia a possibilidade de Roth ir atrás do Ceifador apesar dos riscos.

Eu teria de lá chegar antes dele.

– Acha que consegue se transformar rapidinho, antes que Cayman chegue com a comida? Quero dar uma olhada nas suas asas.

Negar isso a Roth iria apenas atrasar o inevitável, e eu estava grata pela mudança de assunto. Sacudindo os ombros, tirei meu suéter. Havia dois rasgos pequenos nas costas, onde as minhas asas haviam rompido o material mais cedo, mas a camiseta por baixo parecia intacta.

Antes de mudar de forma, tentei o que Roth tinha feito com os gatinhos. Eu passei meus dedos sobre a área em que Bambi descansava e eis que ela saiu da minha pele. Legal.

Bambi foi em direção a Roth primeiro, cutucando sua coxa com o nariz. Ele abaixou a mão, acariciando sua cabeça. Apaziguada por isso, ela deslizou para a cadeira baixa perto do piano. Enrolando-se, ela descansou a cabeça no braço e pareceu ficar olhando pela janela.

A transformação não era mais difícil. Eu realmente nem sequer tinha que me concentrar ou mesmo me levantar. Eu queria que acontecesse, e aconteceu. As minhas costas formigaram e então as minhas asas começaram a sair. A asa esquerda doía, e quando eu olhei para trás, ela caiu ligeiramente, como as asas da bebê Izzy faziam.

– Acho que tá quebrada – disse a ele.

Roth caminhou até a cama e se sentou, virando o corpo na minha direção. Ele olhou para a asa.

– Dói?

– Dói – eu admiti. – Mas não tanto.

Seu olhar se moveu para o meu rosto e depois de volta para a minha asa.

– Pode ter sido quebrada, mas parece que já tá curando. – Seus dedos roçavam ao longo da pontas das penas, longe da parte dolorida. Mesmo que seu toque fosse suave, ainda me fazia estremecer. Ele imediatamente puxou a mão para trás. – Eu te machuquei?

– Não. Elas são só muito sensíveis. – Ele arqueou uma sobrancelha quando abriu a boca e depois a fechou. Eu sorri e continuei: – Acho que sua mente ficou bem suja agora.

– Baixinha, minha mente é sempre suja. – Ele piscou para a minha risada, e então estudou a minha asa por mais alguns momentos. – Eu acho que se você descansá-la por algumas horas, um dia no máximo, você vai ficar perfeitamente bem.

Olhei de volta para a asa triste e manca.

– Você acha que as penas vão cair?

– O quê?

Minhas bochechas queimaram.

– Talvez eu esteja passando por algum tipo de metamorfose e eu vou trocar essas penas.

Roth parecia que queria rir, mas em vez disso, sabiamente beijou meu ombro desnudo. Levantando da cama, ele caminhou até onde havia deixado a água.

– Você realmente odeia essas asas, não é?

– Eu não odeio. Não exatamente. – Eu movi a minha asa direita para mais perto de mim e cuidadosamente passei meus dedos sobre as penas. – Eu simplesmente não as entendo. Então alguns demônios de Status Superior têm asas com penas. Tudo bem eles terem, mas eu não sou um demônio de Status Superior.

Roth tomou um gole e depois largou a garrafa.

– Você sabe que você emana a energia de um demônio de Status Superior agora, pra outros Guardiões e demônios, o que pode ser porque você tá amadurecendo. Talvez as penas sejam outro sinal dessa maturidade. Você não é como o resto da gente, ou como qualquer outro demônio, na verdade. Você é uma mistura, e isso torna os seus padrões de crescimento difíceis de prever – Ele deu de ombros. – É o melhor palpite que consigo imaginar, mas estou um pouco fora da minha zona de conforto aqui. A maioria de nós foi criada quase totalmente formada e o crescimento que outros levam décadas para alcançar, nós completamos em um dia.

– Eita, que menino especial – murmurei baixinho.

Ele sorriu.

– As penas e a sua aparência quando você se transforma agora? É, eu mesmo não entendo isso. Eu sei que a minha resposta não é útil, mas você é a primeira a carregar sangue de Guardião e de demônio, e não de um demônio qualquer, mas de Lilith. Esse pode ser apenas um estágio de você finalmente se tornando quem você realmente é.

Naquele momento, lembrei que não tinha lhe contado sobre o outro demônio na cafeteria.

– Quando fui falar com Zayne sobre… bem, você sabe o que, tinha um demônio de Status Superior que entrou na loja depois que ele foi embora. Sabe como os demônios normalmente não me sentem, certo? Aquele me sentiu.

– Demônios de Status Superior são diferentes, Baixinha. Alguns deles provavelmente poderiam sentir o que você é.

Hm.

Levantei o meu olhar para o dele.

– Mas esse demônio… fugiu de mim, Roth.

Ambas as suas sobrancelhas se ergueram.

– Ele fugiu real de mim e parecia assustado – eu continuei, perturbada pela memória. – Nunca vi um demônio de Status Superior fugir de nada, nem mesmo dos Guardiões.

– Eles não fogem. – Seu semblante ficou tenso. – As únicas coisas de que um Superior fugiria seria do Chefe, de mim, ou…

Meu coração apertou com força.

– Ou o quê?

A carranca de Roth não atrapalhava sua beleza, mas fez meu estômago despencar.

– Eles fugiriam de um dos originais.

– Originais?

Ele se inclinou contra a parede, olhando-me com os cílios abaixados.

– Os originais, Baixinha, os que são como o Chefe. Os que caíram.

– Que caíram…? – eu sussurrei para mim mesma, e foi então que entendi. – Você quer dizer os anjos que caíram quando foram enviados pela primeira vez pra ajudar a humanidade? – Quando ele assentiu, meus olhos se arregalaram. – Eles têm asas pretas como as de um corvo?

Os lábios dele voltaram a tremer.

– Sim. O Chefe também tem.

Uma pressão se assentou em meus ombros.

– Mas isso…

– Isso não faz sentido, eu sei. É por isso que eu não falei antes. Você não é um dos originais quem caíram. Obviamente – ele disse, arrastando a palma da mão sobre o peito. – É por isso que eu acho que é algum tipo de estágio. Você começou a se transformar há pouco tempo, Baixinha. Você ainda não sabe de tudo o que é capaz.

Eu suspirei. Se isso realmente fosse apenas uma fase, então qual seria a próxima? Chifres ao longo da minha coluna, como algum tipo de dinossauro? Ou talvez escamas como as de Tambor.

– Então por que você acha que o demônio fugiu?

– Você cheira a mim.

– Hã… como é que é?

O sorriso torto reapareceu.

– Meu cheiro tá em você. Outros demônios seriam capazes de senti-lo.

Resisti à vontade de me cheirar.

– É único pra cada demônio – ele explicou. – Nossos cheiros, no caso. Como uma impressão digital. A maioria dos demônios com um neurônio funcionando sentiriam o meu cheiro e fugiriam na direção oposta.

Eu ainda estava tentando não me cheirar quando lembrei que Zayne uma vez disse que sentia o cheiro de Roth em mim. De repente, o aroma que eu sempre senti quando estava perto dele fez sentido.

– Você cheira como algo doce e… almiscarado.

O sorriso desapareceu e um longo momento se passou enquanto ele me olhava intensamente.

– Você cheira à luz do sol.

A minha respiração parou na minha garganta. Eu não tinha ideia de qual seria o cheiro da luz do sol, mas eu imaginava que era algo bom e também pensei que ele era fofo por dizer isso.

Inesperadamente constrangida, eu estiquei a mão, brincando com as pontas da minha asa direita.

– Eu me sinto como um… pavão.

– De volta aos pássaros, aparentemente. – Sua expressão suavizou. – Muita gente acha que pavões são bonitos.

– Que tal uma cacatua?

Os olhos de Roth brilharam.

– Tenho certeza de que algumas pessoas também acham cacatuas bonitas.

– Um pombo?

Ele riu.

– Layla, nada em você me lembra um pombo.

– É bom saber disso.

Houve uma pausa.

– Você realmente se olhou com calma desde que… essa mudança aconteceu, enquanto você tá transformada? Tirando a primeira vez? – Abaixando o olhar, eu balancei a cabeça. – Você devia fazer isso logo. Talvez veja o que eu vejo. Talvez você veja o que todo mundo vê – disse ele, sua voz baixa. – Porque você é bonita, Layla, e mesmo que eu diga muito essa palavra pra você, eu não a uso arbitrariamente. E eu já vi muitas, muitas coisas bonitas. Pessoas tão bonitas quanto demônios são atrozes. Você, de longe, brilha mais do que qualquer uma delas. É mais do que o que está na superfície. Vem de dentro de você. Eu já vi um monte de coisas e nada, absolutamente *nada*, chega aos seus pés.

Minha Nossa Senhora, enquanto eu erguia meu olhar, o meu coração e todas as estrelas do céu estavam nos meus olhos. Aquilo provavelmente era a coisa mais linda que alguém já tinha me dito, e eu sabia, em cada célula do meu ser, que ele acreditava naquelas palavras. Elas eram verdadeiras para ele. Aquelas palavras eram sua realidade.

Cayman chegou com a comida antes que eu pudesse formular uma resposta minimamente decente e Roth ligou a TV. Eu me transformei de volta e depois atacamos um prato de hambúrgueres, frango frito e batatas fritas. Ele mergulhou tudo em molho *ranch*, até mesmo seu hambúrguer, algo que eu não tinha notado antes.

Depois, fui ao banheiro lavar as mãos e o rosto, concluindo que precisava fazer isso mesmo, já que eu praticamente enfiei meu rosto no prato de comida. Quando voltei, apenas a luz da televisão iluminava o cômodo. O prato tinha desaparecido e Roth estava estendido na cama, com os braços atrás da cabeça. A barriga dele estava impossivelmente reta e eu sabia que eu mesma parecia estar carregando um bebê feito de comida.

Às vezes, e aquele era um desses momentos, eu me sentia completamente fora da minha zona de conforto quando se tratava de Roth.

Caminhando até ele, subi na cama e me deitei de lado, de frente para ele. Meu coração estava acelerado como se eu tivesse corrido do banheiro para a cama uma dúzia de vezes.

Roth virou a cabeça e olhou para mim.

Eu me aproximei mais.

Ele olhou para mim.

Eu me aproximei ainda mais dele, até que a frente do meu corpo estivesse pressionada contra sua lateral. Sem olhar para Roth, eu descansei a minha cabeça em seu peito. Um momento se passou e ele abaixou os braços.

– Essa noite não foi como eu queria – disse ele.

Foi quando lembrei da surpresa dele.

– Tudo bem.

– Eu queria te levar pra sair – ele continuou, quase como se não tivesse me ouvido. – Algo normal. Jantar. Talvez assistir a um filme.

Levantando a cabeça, olhei para ele, surpresa. Seus olhos encontraram com os meus.

– Eu sei que parece loucura com tudo o que tá acontecendo, mas é isso… é isso que os humanos fazem. Eles saem. Comem em algum lugar. Assistem a um filme que ninguém tá realmente prestando atenção.

– Eles fazem isso mesmo.

Ele se virou de lado e escorregou para que ficasse no nível dos meus olhos.

– Eu acho que eles passam o jantar e o filme inteiro pensando na outra pessoa, sobre o que vai acontecer quando for a hora de se despedir. A pessoa vai convidar a outra pra entrar? Vai ter um beijo? Algo a mais?

Meus dedos dos pés se enrolaram.

– É assim que você passaria o tempo?

– Sim. Cem por cento sim – ele disse. – Mas eu queria te dar esse encontro. Eu queria te dar esse tipo de noite. Essa era a minha surpresa.

Bastante emocionada, eu me estiquei e o beijei suavemente nos lábios.

– Eu quero esse tipo de noite com você, mas não preciso. O que eu preciso é isso, esses segundos e minutos com você. É isso que eu sempre vou precisar.

Sua mão descansou no meu braço.

– Você merece mais do que isso.

Porque ele disse aquilo, *ele* merecia outro beijo. E porque ele disse isso, eu me apaixonei mais ainda, mesmo quando eu nem sabia que isso era possível.

– Jantamos hoje à noite e a TV tá ligada agora. Isso é tão bom quanto um filme. E você me distraiu das coisas ruins e me disse que eu sou bonita. Você me deu a noite que queria.

Ele me encarou por um momento, e então seus lábios se curvaram nos cantos. Seu sorriso se espalhou pelo rosto, suavizando as linhas severas. Vários minutos se passaram antes que ele falasse:

– Você sabe por que às vezes eu tenho que me afastar de você? – ele perguntou, deslizando os dedos ao longo do meu braço.

A confissão me pegou desprevenida.

– Não.

Roth acompanhou o movimento de sua mão com seu olhar.

– Sempre que estou perto de você, eu sempre quero ficar te tocando.

Os músculos do meu abdômen se apertaram em resposta à admissão dele.

– Eu nem tenho certeza se é uma vontade ou se tá mais pra uma necessidade de fazer isso – continuou ele, e seus cílios grossos abaixaram, protegendo seus olhos. Seus dedos se moviam ao longo da minha barriga e iam até o meu quadril. – Sempre foi assim, desde a primeira vez em que te vi. Mesmo naquela época eu queria te tocar. Eu acho que é porque... não tem ninguém como você de onde eu venho. Sua bondade intrínseca – disse ele, levantando o olhar para o meu. – Eu consigo senti-la. Não sei, talvez eu só goste da sensação da sua pele nas minhas mãos. Quem sabe? Eu posso ter um problema com limite de espaços pessoais.

Eu sorri.

– Talvez um pouco, mas eu não ligo.

Ficamos em silêncio por alguns momentos e os meus pensamentos começaram a vagar para além daquela noite, para além de todos os nossos problemas mais urgentes, em direção a um futuro muito desconhecido.

– Eu estava pensando.

– Ah, não.

Eu ri levemente, e então qualquer bom humor que eu estivesse sentindo desapareceu.

– O que vamos fazer? – sussurrei.

Roth enrijeceu.

– Essa é uma pergunta vaga, Baixinha.

– Eu sei. – Aconchegando-me nele, eu deixei o calor de seu corpo se espalhar por dentro de mim. – Mas estou pensando em tipo daqui a dez anos.

– Hmm. Dez anos. Eu gosto dessa ideia.

– Eu estava pensando daqui a vinte anos. Trinta. Quando eu estiver na casa dos quarenta com aparência de quarenta, e você ainda estiver com a aparência de agora – eu expliquei, olhando para a escuridão. – Isso não vai ser estranho?

– Não.

Não houve um momento de hesitação da parte dele, mas eu ri.

– Ah, vá lá, em algum momento você vai parecer que é meu filho. O sangue de Guardião em mim significa que envelheço, Roth. Posso parecer mais nova do que realmente serei quando for mais velha, mas vou envelhecer e vou…

– Não diga isso – Sua voz estava dura. – Não termine essa frase.

Eu engoli em seco enquanto levantava minha cabeça, encontrando seu olhar brilhante.

– Mas é verdade. Como é que vamos ficar juntos quando eu tiver noventa anos e você parecer ter dezoito? Como…?

– Eu não sei como vamos fazer isso dar certo, mas vamos conseguir. De alguma forma. E quem sabe se você vai continuar a envelhecer? Entendo que você envelheceu até agora, mas talvez isso pare. Layla, você é parte demônio. Demônios não envelhecem. Talvez o sangue de Guardião tenha diluído alguns aspectos, mas olha o que aconteceu quando você se transformou recentemente. Você tá mudando e não sabe o que isso significa. Nós não sabemos o que isso significa.

– Você faz parecer tão fácil – eu disse depois de um momento. – Como se eu ficar parecendo a sua avó um dia não seja um problema sério.

– Não é. – Ele segurou meu rosto com uma mão. – Eu não acho que você entende o que significa quando um demônio se apaixona, Layla. Isso não vai embora. Não desaparece, mesmo se quisermos. Nós amamos até a morte. Isso não é só algo que a gente diz por dizer. Nós amamos, e amamos uma vez e é para sempre. Não importa o que aconteça. E isso é um pouco doentio se você pensar sobre o assunto, mas felizmente você se sente da mesma maneira, então isso não é constrangedor. Sacou?

Paimon, o demônio de Status Superior que amava Lilith e que começou tudo isso quando tentou libertá-la, tinha dito algo semelhante, mas vindo de Roth foi como provar chocolate pela primeira vez. Não aliviou todas as minhas preocupações, mas fez eu me sentir melhor sobre elas, me deu esperança de que poderíamos enfrentá-las juntos, mesmo que eu precisasse de um andador quando estivéssemos enfrentando o problema.

– Meu Deus, Roth, às vezes... às vezes você é simplesmente perfeito.

Eu esperava uma resposta sarcástica, como ele normalmente daria, mas sua mão foi até a minha bochecha e depois deslizou para a minha nuca. Ele me guiou até que eu estivesse aninhada contra ele, com a cabeça debaixo do seu queixo e uma das pernas dele enrolada em volta da minha.

– Posso te dizer uma coisa?

– Claro.

O polegar de Roth se moveu ociosamente ao longo da base do meu couro cabeludo.

– São momentos como estes que eu também preciso.

Capítulo 12

Parada em frente à cadeira, senti que tinha bebido uma quantidade exorbitante de energéticos. Um nervosismo me consumia, e eu saltitava de um pé para o outro, não muito diferente do que tinha visto Tambor fazer na casa de Stacey.

– Isso pode esperar? – perguntei, limpando minhas palmas das mãos úmidas ao longo dos quadris. – Quero dizer, eu realmente acho que isso pode esperar.

Sorrindo como um gato que tivesse acabado de encurralar um grupo de ratinhos, Roth era esperto o bastante para ficar muito perto de mim no momento, porque havia uma boa chance de que o esmurrasse.

– Agora é uma boa hora quanto qualquer outra seria, Baixinha.

Enruguei o nariz enquanto cruzava os braços sobre o peito e olhava para onde Cayman estava mexendo com uma engenhoca enorme que parecia uma ferramenta elétrica, mas eu sabia que não era.

– Ele realmente é capaz de fazer isto?

Levantando o olhar para mim, Cayman sorriu.

– Eu sou capaz de praticamente tudo, docinho.

– Nem tudo – lembrou Roth.

Cayman deu de ombros, e então ele bateu em algo na ferramenta que segurava e um zumbido encheu o escritório nos fundos do clube. Meus olhos se arregalaram enquanto meus músculos endureciam.

– É… é pra ser tão alto assim?

Cayman riu.

– Baixinha, você já enfrentou Rastejadores Noturnos e demônios Torturadores, não é possível que você esteja com medo de fazer uma tatuagem.

Eu me virei para Roth.

– Não é você que tá fazendo a tatuagem, então talvez você devesse calar a boca.

Atrás de mim, Cayman riu, e eu girei em direção a ele, lançando-lhe o meu melhor olhar assassino.

– Você também. Cale-se.

Ele se calou.

– Eu tenho cinco tatuagens, Baixinha, eu sei como é – Roth disse, com as mãos levantadas para os lados. – Vai doer, mas você é forte. Você vai aguentar.

Eu não queria aguentar.

Eu também não queria agir feito criança, mas não conseguia estar animada para me sentar e permitir que alguém injetasse tinta no meu corpo. Por que achei que aquilo era uma boa ideia?

Cayman se levantou.

– Vamos fazer isto ou não? Porque tenho certeza de que todos nós temos coisas pra fazer. Tipo vocês têm um Lilin pra encontrar e eu tenho negócios pra fechar.

– Depende de você, Layla – disse Roth. – Se você não quiser fazer isso, não precisa.

Uma grande parte de mim queria aproveitar a oferta de desistir, mas ter um familiar tatuado na minha pele era a coisa inteligente a se fazer. Isso me tornaria mais forte, e eu teria o meu próprio sistema de reforço embutido caso as coisas ficassem fora de controle. Então eu precisava ser grandinha.

– Eu quero fazer isso.

Roth sorriu para mim enquanto Cayman deu a volta na mesa.

– Então suba na cadeira – o demônio ordenou. – E vamos começar essa parada.

Eu me sentei como o instruído e quase gritei quando Cayman apertou algo na lateral do assento e inesperadamente colocou a cadeira em uma posição reclinada. Agarrei os braços da cadeira, olhando para ele.

– Um aviso teria sido bom.

– E qual teria sido a graça? – ele respondeu. – Você sabe o que vai querer?

Olhando para Roth, eu acenei lentamente. Nós tínhamos conversado sobre isso na noite passada, e tinha sido mais difícil do que eu imaginei que seria a escolha de um familiar. A maioria das minhas ideias eram ruins. A certa altura, eu sugeri uma lhama, que foi na hora em que Roth anunciou que a gente devia ir dormir, já que o meu cérebro claramente precisava recarregar.

– Uma raposa – eu disse a Cayman. – Porque elas são rápidas e inteligentes.

– Como eu – acrescentou Roth.

Revirei os olhos.

– Não porque é como Roth.

– Uma raposa? Interessante – murmurou Cayman enquanto acenava com a mão esquerda. Um banquinho baixo apareceu do nada, e achei aquilo bem maneiro. – Vou precisar de algum espaço pra fazer isso. Levanta a sua camisa.

A cabeça de Roth girou em sua direção.

– Talvez você queira repensar o que pediu.

Cayman bufou enquanto olhava para cima através de uma mecha de cabelo.

– Faça o favor. Por mais bonita que a nossa docinho aqui seja, ela não faz o meu tipo. Já você tirando a camisa, me agrada mais do que demais.

Eu apertei os lábios quando Roth murmurou:

– Que seja.

Respirando fundo, puxei minha camisa para cima para que a minha barriga ficasse exposta.

– Tenho a impressão de que isso vai doer.

– Você vai ficar bem. – Roth se moveu atrás da cadeira, colocando as mãos sobre os meus ombros. – Você consegue.

Cayman segurou o aparelho como se soubesse o que estava fazendo e começou a se inclinar sobre mim. Eu tensionei, e ele balançou a cabeça.

– Você tem sorte, biscoitinho de manteiga. Isto vai ser muito mais rápido e mais fácil do que é para os humanos.

– Por quê?

Ele deu uma olhada em mim.

– Por causa da magia. – Ele disse como se eu não tivesse dois neurônios funcionando. – E porque você vai se curar muito mais rápido do que um ser humano. Você nem vai precisar cobrir a tatuagem.

– Tá bem. – Eu teria de acreditar nele.

– Como você vai chamar a sua raposa? – Cayman perguntou.

Eu estava tão tensa que havia uma boa chance de partes do meu corpo começarem a quebrar.

– Robin.

Suas sobrancelhas subiram.

– Por que Robin?

– Meu filme favorito da Disney é um que tem uma raposa chamada Robin Hood – expliquei. – Então vai ser Robin.

– Essa é a minha garota – Roth disse atrás de mim –, todinha.

Cayman olhou para Roth e colocou a mão ao longo das minhas costelas. Eu me sobressaltei um pouco com o contato, e então, porque eu não conseguia desviar o olhar mesmo que devesse, eu o vi trazer a máquina de tatuagem para a minha pele.

– Puta merda! – eu gritei, aumentando meu aperto nos braços da cadeira. Houve uma dor aguda, como se eu tivesse rolado em um vespeiro, explodindo por todo o meu estômago. – Só uma dorzinha? Você tá me tirando?

– Vai melhorar – disse Roth, esfregando meus ombros.

Sem sequer olhar para ele, eu podia ouvir o sorriso em sua voz, e eu queria socá-lo no rosto. A minha barriga queimava enquanto Cayman fazia a tatuagem, e só depois de uma eternidade a dor diminuiu, e acho que foi porque a região ficou dormente. Mas me sentei ali e a aceitei como a boa mistura de demônio e Guardião que eu era e lutei contra a vontade de me transformar para me proteger.

Roth fez o seu melhor para me distrair, preparando-me para como seria ter o meu próprio familiar e não apenas um que nós meio que tínhamos custódia compartilhada.

Robin, minha familiar raposa astuta, provavelmente dormiria durante o primeiro dia ou mais e não se moveria muito, e ele não sairia da minha pele durante esse tempo. Roth explicou que Robin se ligaria a mim não apenas fisicamente, mas emocionalmente e mentalmente. Enquanto Robin descansava, o familiar entraria nas minhas memórias. Ele iria *me estudar*, e sim, isso era meio bizarro, mas assim como Bambi e Roth, Robin seria capaz de sentir proativamente sempre que eu estivesse com problemas ou precisasse que ele tomasse forma.

Só esperava que ele não aparecesse como uma raposa mutante gigante, porque isso também seria extremamente assustador.

Eu não tinha ideia de quanto tempo se passou, mas finalmente Cayman se afastou para trás, desligando a máquina.

– Feito – disse ele, esticando os braços para trás e para cima.

Olhando para a minha barriga dolorida, tudo o que eu podia fazer era encarar fixamente. Havia uma tatuagem enorme ali, que se estendia da minha caixa torácica direita até o meu umbigo. Talvez não fosse grande para as outras pessoas, mas para mim, era gigantesca.

E era linda.

Já que eu não estivera prestando atenção ao que Cayman estava fazendo quando ele parou e começou, o que eu via era uma completa surpresa para mim. A pelagem marrom-avermelhada da raposa era tão realista que eu quase esperava ser capaz de senti-la se eu a tocasse. A cauda da raposa era espessa e salpicada de branco. Ela estava enrolada, suas pernas traseiras dobradas perto de seu corpo e seu longo focinho descansando em suas pernas dianteiras. Os detalhes de Cayman eram extraordinários, até os cílios grossos, os tufos brancos de pelo ao redor dos olhos fechados e os bigodes pretos.

E o que também era realmente incrível era a rapidez com que a vermelhidão estava desaparecendo nas bordas da tatuagem. Cayman não estava brincando quando disse que eu tinha sorte. Dentro de aproximadamente uma hora, eu sabia que a pele estaria completamente cicatrizada.

Do nada, um dos bigodes da raposa se contorceu e eu pulei na cadeira. Sorrindo, olhei para Roth.

– O bigode se moveu!

Seu sorriso alcançou seus olhos, iluminando a cor.

– Foi rápido. Eu tenho a impressão que este aí vai ser ativo.

– Espero que ele e Bambi se deem bem – Seria como apresentar a irmã mais velha ao irmão caçula, e esperar que ela não arremessasse o intruso na frente de um caminhão em alta velocidade.

– Eles vão se dar bem – disse ele, fechando uma mão ao redor da minha nuca. – Você foi bem, Baixinha. Você merece uma recompensa.

Arqueei uma sobrancelha, sabendo que eu não tinha realmente ido tão bem. Francamente, eu agi feito uma criançona.

– Uma recompensa?

Roth assentiu e então se inclinou para baixo, beijando-me, e não somente um beijo rápido nos lábios. Todos os meus sentidos se concentraram apenas nele. Eu nem senti a dor latejante ao longo da barriga. Sua mão deslizou para o meu queixo, segurando-me no lugar enquanto ele aprofundava o beijo, e eu pude sentir o piercing em sua língua.

Ah, que beijo... Aquilo me fez pensar em outras coisas, coisas que não eram inteiramente apropriadas considerando onde estávamos e o fato de que o dia já ia alto na nossa frente. Ontem à noite, depois de falarmos sobre o familiar, estávamos esgotados demais para fazer qualquer coisa além de dormir, e agora eu estava desejando que tivéssemos usado aquele tempo de privacidade com mais sabedoria. Precisávamos nos mexer, pois havia coisas realmente importantes que precisavam ser feitas, mas meu corpo ficou corado e eu estiquei as mãos, envolvendo a parte de trás da cabeça dele, enfiando meus dedos em seus cabelos bagunçados.

– Não liguem pra mim – disse Cayman –, eu não estou aqui. Não mesmo. Eu não estou de vela, tendo que testemunhar vocês dois lambendo a cara um do outro.

Levantando a cabeça, Roth lançou um olhar sombrio na direção de Cayman, enquanto eu apenas ficava sentada ali, apreciando os efeitos advindos do beijo.

– Sabe, você poderia simplesmente ter ido embora.

– Não traga lógica para essa conversa – disse ele, ficando em pé. Quando olhei para o demônio, vi que a máquina de tatuagem tinha sumido. Ele piscou para mim enquanto eu puxava minha camisa para baixo. – Como Roth disse, não se surpreenda se o seu familiar não se mover muito no início. Ele tá basicamente dormindo, mas quando estiver pronto e sentir que você tá em perigo, provavelmente vai sair.

Eu acenei com a cabeça e depois deslizei para fora do assento, ficando de pé. Eu não me sentia exatamente diferente agora que eu tinha o meu próprio familiar, mas estava um pouco ansiosa para ver Robin em carne e osso pela primeira vez.

Agora era hora de ir para as ruas. Havia uma boa chance de que o Lilin apareceria novamente hoje, já que tinha dado as caras ontem, mas desta vez estaríamos preparados. A gente precisava estar.

Cayman se afastou até a escrivaninha e se encostou nela, cruzando os braços.

– Antes de saírem, pode me fazer um favor, Roth?

– Depende – ele falou lentamente.

– Você tem um livro lá em cima, aquele sobre demônios menores. Posso pegar emprestado?

Roth levantou uma sobrancelha.

– Sim. Quando foi que você pediu antes?

– Estou entrando em uma nova fase.

Olhos âmbar se estreitaram em Cayman.

– Você pode pegar emprestado.

– Pode pegar pra mim? – Roth o encarou. – Estou cansadito – disse Cayman, imitando um sotaque castelhano que ouvi em um vídeo no YouTube uma vez. – Além disso, eu não quero aparecer mais tarde pra pegar se você e Layla vão estar lá, envolvidos em travessuras, porque daí você teria que me machucar se eu visse as partes mais íntimas da moça e…

– Tá bem – Roth o cortou, passando os dedos pelo cabelo, irritado. – Apenas pare de falar.

Cayman sorriu.

Resmungando baixinho, Roth caminhou em direção à porta, e depois desapareceu. Eu pisquei, sempre odiava quando eles faziam aquilo. Resistindo ao desejo de acariciar a minha barriga agora tatuada, mantive as minhas mãos nas minhas laterais.

– Esse foi um pedido estranho.

– Eu realmente não quero o livro. Ler é tão entediante – ele respondeu, afastando-se da escrivaninha.

Eu franzi a testa.

– Então por que…

– Não temos muito tempo. Entrei no apartamento hoje de manhã e enfiei o livro atrás de um monte de outros livros empoeirados que pareciam terrivelmente chatos, mas ele vai voltar pra cá em alguns minutos – explicou. – Eu soube ontem à noite que o Ceifador voltou mais cedo pro Inferno. Ele tá lá.

No começo, tudo o que eu consegui fazer foi olhar para Cayman. O Ceifador – *o* Ceifador de Almas – estava de volta ao Inferno, o único ser que poderia liberar a alma de Sam. Excitação e pavor explodiram como um foguete dentro de mim. Eu poderia finalmente fazer algo por Sam, mas também sabia que isso não seria fácil.

– Se você estiver pronta pra ir lá, eu sugiro que faça isso logo, caso o Ceifador mude de planos – ele continuou. – E eu ouvi dizer que ele tá de bom humor. Então agora seria um ótimo momento pra se ajoelhar e implorar. Porque isso é tudo que você realmente tem pra oferecer a ele, certo? Sua súplica?

Eu pisquei.

– Isso é tudo que eu consigo pensar. Ele é o Ceifador, e se ele passa parte de seu tempo no Céu, ele não pode realmente ser completamente mau.

– Então você tá esperando que possa apelar para o senso natural de bondade e justiça dele? – Cayman perguntou, e quando eu acenei com a cabeça, ele riu: – Ai, Layla Lelé, você é tão fofinha.

Cruzando os braços, exalei alto.

– O que mais eu tenho a oferecer a ele? Se você tiver uma sugestão, seria útil.

– Não tenho. – Ele afastou uma mecha loira do rosto enquanto dava de ombros. – A verdade é que eu nem sei o que Ceifador poderia querer em troca ou se ele iria querer qualquer coisa. Você simplesmente vai ter que descobrir. Ainda quer fazer isso?

No fundo, eu totalmente reconhecia o quanto aquela ideia estava tornando-se terrível. Quem era eu para entrar no Inferno e exigir, de quem era praticamente o anjo da morte, que ele fizesse alguma coisa? Mas que outra escolha eu tinha? Não podia arriscar que Roth fizesse isso, sabendo que se ele fosse para o Inferno agora poderia não voltar mais, e eu não podia deixar Sam lá embaixo. Não podia ser complacente e tinha de tentar algo.

– Quero – eu disse, e meus nervos tensionaram.

Ele inclinou a cabeça e a sua típica expressão brincalhona desapareceu.

– Quando?

O meu coração estava disparado enquanto eu olhava para a porta. Ir para o Inferno seria tão perigoso quanto atravessar o anel viário durante o horário de pico. Tantas coisas poderiam dar errado, e se eu fosse agora, assistir a Roth desaparecendo daquela sala poderia ser a última vez em que o via. As mensagens que eu tinha trocado com Stacey poderiam ser a nossa última correspondência, e quando vi Zayne ontem, poderia ser a última vez. Ter mais umas horas ou dias não iria resolver nada com ele, mas me dava tempo para ver Stacey e me dava tempo com Roth para...

Para fazer uma eternidade caber em poucas horas.

Para experimentar tudo o que ainda não tínhamos explorado antes de perdermos a oportunidade.

– Posso esperar esta noite? – perguntei.

Cayman olhou para mim e depois assentiu.

– Encontre-me no saguão pela manhã. Aproveite ao máximo o dia de hoje. Amanhã, tudo será possível.

Capítulo 13

Naquela noite, fiquei em pé no banheiro do apartamento de Roth olhando para o meu reflexo. O meu rosto estava corado, os meus olhos eram grandes demais, como de costume, e nada realmente parecia tão diferente em mim. Mas eu me sentia diferente. De alguma maneira, sentia-me mais velha, e eu não tinha certeza do que tinha provocado isso.

Do lado de fora do banheiro, eu podia ouvir Roth zanzando e o suave zumbido da TV era reconfortante. Olhei para a porta e o meu coração se transformou em uma britadeira. Foi só quando Cayman me disse que o Ceifador estava de volta no Inferno que realmente caiu a ficha de que eu estava indo até lá para falar com o Ceifador de Almas. Cayman não precisava me avisar que seria perigoso. Eu sabia disso. Qualquer coisa poderia dar errado, e aquela noite poderia ser a minha última noite com Roth.

Eu queria – não, precisava – estar perto dele naquela noite.

Se algo desse errado amanhã, eu queria experimentar o máximo que pudesse antes disso. Eu queria experimentar Roth. Não foi uma decisão que tomei sem pensar direito. Eu fiquei pensando naquilo compulsivamente o dia todo enquanto vagávamos pelas ruas, voltando de mãos vazias. O que eu queria daquela noite era algo grande. Enquanto Roth e eu tínhamos feito *coisas*, a gente não tinha feito *aquela* coisa, e eu presumi que o nervosismo que eu sentia era normal. Roth tinha muito mais experiência do que eu quando se tratava disso, mas quando meu olhar se voltou para o espelho, eu sabia que estava pronta. Só esperava... não me envergonhar. Que ele não achasse que eu era ingênua ou que eu não tinha ideia do que estava fazendo, porque eu realmente não tinha ideia do que estava fazendo quando o assunto era aquilo.

O meu olhar desceu para as alças da minha camisola e a minha pele se aqueceu instantaneamente. Quando entrei no banheiro, eu estava totalmente vestida. Claro. Mas agora a minha calça jeans e o suéter que eu estava usando estavam dobrados na borda da banheira, e enfiado entre eles estava o meu sutiã. O material da camisola era fino, tanto que eu não precisava olhar para baixo para saber exatamente o que podia e o que não podia ser visto. E eu não precisava dos pequenos calafrios correndo para cima e para baixo das minhas pernas para me lembrar que, embora a minha calcinha não fosse exatamente pequena, com certeza não cobria muita coisa. Eu nunca andara nua assim, e eu não tinha ideia de como a minha bunda ficava nesta calcinha e eu realmente não queria saber.

Mexi os dedos dos pés no chão frio.

– Eu consigo fazer isso – sussurrei para o meu reflexo. – Eu sou uma híbrida durona... e não uma... mula. Com asas que têm *penas*. Que são bonitas e estranhas. Eu consigo fazer isso.

O meu discurso motivacional não estava ajudando.

Eu só precisava abrir a porta e arrastar o meu traseiro cheio de confiança até o quarto, pegar Roth pelos ombros, jogá-lo na cama ao melhor estilo She-Ra, e começar a fazer o que eu queria fazer.

Franzi a testa.

Bem, nada disso soava exatamente romântico, e realmente, eu só precisava sair daquele banheiro sem parecer uma completa idiota. Precisava esquecer de todo o resto. Puxando meu cabelo sobre os ombros, respirei fundo, gorfei um pouco na boca e me virei para a porta, quase arrancando-a das dobradiças quando a abri.

Dei dois passos à frente e depois parei.

Roth estava de pé em frente à cama, olhando para a TV com o braço estendido, controle remoto na mão. Ele olhou na minha direção e congelou.

O meu coração estava alojado na minha garganta, e eu não conseguia emitir uma única palavra quando ele se virou para mim, o controle deslizando de seus dedos e caindo no chão. Estalou como um trovão, mas nenhum de nós reagiu ao som.

Seu olhar começou no topo da minha cabeça e deslizou até as pontas dos meus dedos dos pés enrolados, e então lentamente deslizou de volta para os meus olhos. A intensidade em seu olhar criou uma vibração no inferior da minha barriga. Quando ele falou, sua voz era áspera, enviando uma série de arrepios para cima e para baixo na minha coluna.

– Eu não sei o que fez você mudar a sua roupa de dormir, mas eu só quero que você saiba que eu apoio isso 155 por cento.

Eu só conseguia pensar que ele gostava do que via e que isso era um bom sinal.

– Na verdade, se você quiser se vestir assim sempre que estivermos sozinhos, pra jantar, assistir à TV, ler um livro ou qualquer outra coisa, eu também apoio isso.

Mais um ótimo sinal.

Seu olhar fervoroso mergulhou mais uma vez e ele fez um som na parte de trás de sua garganta, provocando outra rodada de arrepios em mim.

– Caramba, Layla, eu…

Ele parecia estar sem palavras, e isso fez eu me sentir um pouco melhor enquanto ficava ali de pé, minhas mãos tremendo. Ele estava obviamente afetado, e isso me afetou, fazendo com que um peso se estabelecesse em certas áreas do meu corpo.

As minhas pernas me carregaram em direção a ele e elas pareciam estranhamente fracas. Quanto mais eu me aproximava dele, mais tensão era emanada. Ele enrijeceu, suas pupilas dilatando ligeiramente, e eu mal conseguia inspirar ar para os meus pulmões enquanto colocava as minhas mãos em seu peito. O calor de sua pele queimou através de sua camisa, e eu senti seu peito subir com uma respiração profunda. Eu me estiquei, pressionando o comprimento do meu corpo contra o dele.

Eu não precisei pedir.

Roth me encontrou no meio do caminho, abaixando a boca até a minha, e embora eu tivesse iniciado o beijo, foi ele quem me assustou com a paixão por trás dele. Eu me preparara para seduzi-lo, o que era ridículo se pensasse melhor, mas eu não estava pensando. No momento em que seus lábios tocaram os meus, eu fui consumida em como o sentia e o provava, em como o meu coração estava martelando quando ele colocou um braço ao redor da minha cintura e me levantou de modo que os meus pés ficassem em cima dos seus, descalços. A sua outra mão se fechou em torno da minha nuca, e estávamos beijando-nos, beijando-nos com vontade, e eu conseguia sentir o piercing na língua dele. Não havia um centímetro de espaço entre os nossos corpos. Eu cruzei os braços em volta do pescoço dele, meus dedos deslizando pelas mechas macias do seu cabelo.

De repente, ele afastou a boca da minha. Cada respiração que ele tomava enquanto olhava para mim era irregular, e eu sentia aquilo em cada parte de mim.

– Não acredito que vou dizer isso, mas nós… temos de ir com calma.

Os meus lábios estavam inchados e a minha pele estava zumbindo, e o meu coração estava prestes a sair do peito.

– Eu… eu não quero ir com calma.

Seus olhos brilharam em uma cor ofuscante e castanha enquanto seu braço apertava em torno de mim.

– Layla…

– Eu não quero parar – Minha pele parecia se esticar enquanto eu falava sem parar. – Eu não quero ir com calma. Eu quero ir rápido – No momento em que aquelas palavras saíram da minha boca, eu queria me bater. – Quero dizer, eu quero…

– Eu entendo o que você quer dizer – ele disse densamente. – Cacete, eu entendo muito bem.

Engolindo com força, eu avancei para a sua boca novamente, mas a mão na parte de trás do meu pescoço me segurou. Confusa, eu senti as gavinhas de embaraço começarem a brotar.

– Eu não… entendo. Você não quer isto?

– É uma pergunta séria?

– Sim.

Com seu braço, ele me levantou mais alguns centímetros, até que nossos corpos estivessem unidos de todas as maneiras que importavam.

– Qual você acha que é a resposta pra essa pergunta?

O calor explodiu nas minhas veias, não por vergonha, mas porque eu podia sentir cada parte dele.

– Eu… eu acho que você quer.

– Neste momento, não tem nada que eu queira mais. Layla, eu quero você. Eu te quero tanto que toda vez que estou sozinho com você… Inferno, sempre que estou perto de você, preciso de cada grama de autocontrole que eu tenho pra não te agarrar. Não se engane, o próprio pensamento de estar com você me arruína – disse ele, sua voz áspera, e eu tremi com a intensidade por trás de suas palavras. – Mas eu só quero fazer isso se você estiver pronta. Não há meio termo. Não há talvez, e eu vou esperar o tempo que for preciso.

Fui invadida por uma admiração absoluta. Foi uma resposta tão não-demoníaca, mais uma vez, e realmente tão diferente da maioria dos caras de qualquer espécie.

No fundo, eu sabia que uma pequena parte de mim não estava totalmente pronta até aquele momento, que eu estava fazendo isto por causa da possibilidade de nunca mais vê-lo depois de amanhã. Eu estava apressando as coisas porque eu estava com medo de não termos uma chance de novo, e essa era realmente a razão errada para querer levar o nosso relacionamento para o próximo nível. Mas o que ele me dissera apagou todas as minhas dúvidas. Não o nervosismo inerente que vinha com uma coisa tão importante, mas acabou com qualquer preocupação que eu tinha.

Eu estava pronta.

Eu estava pronta porque ele estava disposto a ir com calma. Ele estava disposto a esperar. Ele estava disposto a me deixar ditar o ritmo.

A minha mão não tremia enquanto a colocava contra sua bochecha, e o meu olhar estava firme quando encontrei com o dele.

– Estou pronta, Roth.

Seus olhos se fecharam abruptamente.

– Layla – Ele disse meu nome com aspereza. – Eu não sou um santo. Você sabe disto. Eu quero...

– Eu não quero que você seja um santo. Eu quero que você seja você – eu disse a ele, movendo meu polegar ao longo de seu lábio inferior. – Eu te amo e quero isto.

Ele não parecia respirar enquanto os segundos se estendiam entre nós.

– Tem certeza?

– Sim – Então acenei com a cabeça para dar ênfase extra, caso ele estivesse confuso.

Um longo momento se passou antes de Roth mostrar qualquer reação ao que eu disse, e então ele sorriu. Não o sorriso largo, de tirar o fôlego, mas um menor, mais íntimo, que envolveu o meu coração. E então ele me beijou.

O toque inicial de nossas bocas foi diferente do beijo anterior. Era suave como uma pluma, dolorosamente delicado, um beijo de reverência. Eu nem sabia que era possível ser beijada assim. Mas o contato... evoluiu com a segunda passagem de seus lábios e os meus se abriram, acolhendo-o, e aquele beijo foi muito mais do que algo físico.

Naquele beijo, eu podia sentir o nosso amor um pelo outro, a nossa aceitação um do outro. Foi como pegar todas as nossas esperanças e sonhos e enrolá-las em um beijo, que carregava tanta potência de emoção que foi como um soco no âmago de ambos. Foi apenas um beijo, e foi quase demais e ainda não o suficiente, e foi simplesmente lindo.

Roth levantou a cabeça novamente, mas daquela vez não foi para nos parar. Nossos olhares se cruzaram, e uma riqueza de emoções se mostrou em seus olhos castanhos enquanto ele olhava para mim.

– Você me faz... – Ele engoliu em seco novamente. – Você me faz desejar ter uma alma pra que eu pudesse ser digno de você.

Respirei fundo.

– Você é digno de mim.

Roth sustentou o meu olhar, e então seus lábios estavam nos meus novamente. Estávamos nos movendo, e, quando a parte de trás das minhas pernas bateu na cama, ele me guiou até que eu estivesse deitada no meio dela. As minhas mãos saltaram para a coberta enquanto eu o observava levantar-se acima de mim. Seu sorriso era suave quando ele abaixou as mãos e puxou a camisa, jogando-a em algum lugar atrás de mim, e o meu estômago pareceu ficar oco enquanto seus músculos fortes se moviam com uma graça fluida. Os gatinhos estavam fora dele, provavelmente escondidos em algum lugar do cômodo. A cauda de Bambi era visível ao longo da extensão de pele firme e o dragão estava onde sempre estava.

Ele foi até a mesa de cabeceira e pegou um pacotinho, jogando-o na cama.

– Eu não sei se podemos conceber uma criança, se eu posso ou se você pode. Então acho que precisamos ser cuidadosos.

Meu rosto estava pegando fogo.

– Bem pensado.

Inclinando a cabeça para o lado, ele sorriu.

– É. Talvez um dia a gente teste isso.

Acho que o meu coração deve ter parado, porque ter um filho não era algo que eu tivesse considerado por um segundo sequer. Enquanto crescia, presumi que aquilo nunca seria uma possibilidade, por causa do que eu era e do que eu não era. Ensinaram-me que eu não tinha os atributos necessários para ter filhos, e se isso significava que era geneticamente impossível para mim ou que não era algo que os Guardiões queriam, eu não sabia. Mas a ideia de fazer isso um dia no futuro era estranha, exaltante e assustadora.

Movendo-se em direção à cama, ele colocou os joelhos em cada lado das minhas pernas enquanto se debruçava por cima de mim. O ar se contraiu nos meus pulmões quando ele me enjaulou. Os nossos olhos se encontraram, e eu podia jurar que Roth parou de respirar por um momento. Então ele lentamente se abaixou, e o peso dele me desmontou.

Roth olhou para mim, com as pontas dos dedos sobre a curva do meu rosto.

– Eu quero que isto seja perfeito pra você.

Meu coração se inflamou.

– Será, porque é com você.

Um lado de seus lábios se curvou para cima.

– Eu sinto como se eu… – Uma risada sufocada o interrompeu. – Como se eu nunca tivesse feito isso antes.

– Bem, somos dois. – Eu sorri. – Então isto pode ser muito bom ou…

– Vai ser mais do que muito bom – disse ele, deslizando o polegar ao longo do meu lábio inferior, imitando minha carícia anterior. – Sim, vai ser mais do que isso.

Eu estremeci enquanto ele abaixava a cabeça, parando pouco antes de me beijar.

– Se por alguma razão, você quiser que eu pare a qualquer momento, me diga. Tá bem? Promete.

– Eu prometo – sussurrei, envolvendo o braço em volta do pescoço dele.

Algo suave e incrível brilhou em suas feições, e então estávamos nos beijando pelo que pareceu uma eternidade. Cada beijo parecia ter um efeito psicodélico, afrouxando a rigidez nos meus músculos. E cada beijo era como uma borracha, apagando tudo o que estava fora daquele mundinho que estávamos criando. Eu me perdi nele, e ele se perdeu em mim. O tempo abrandou e apressou, e nós estávamos quentes e corados enquanto os beijos aumentavam, roçando um contra o outro.

Quando Roth levantou a cabeça mais uma vez, ele não falou ou se moveu por um longo momento, e o meu peito apertou enquanto eu arrastava os dedos através de seu cabelo. Ele abaixou a cabeça, beijando minha bochecha.

– Lembre-se da sua promessa.

Eu lembrava, mas não iria pará-lo e não iria negar o que ambos queríamos. Ele parecia perceber isso porque quando se colocou sobre mim novamente, sem me tocar completamente, ele fechou os olhos, sua expressão tensa. A eletricidade estalava entre nós, puxando-nos enquanto um sentimento vivo pulsava. Virei a cabeça, buscando sua boca, e quando a encontrei, despejei tudo o que sentia por ele no beijo. As minhas mãos deslizaram sobre os músculos grossos de seu pescoço, viajando pelos músculos que se amontoavam sobre os seus ombros, e abaixo nas laterais de seu corpo, e então em torno de seu abdômen, indo mais baixo sobre cada músculo firme, e ainda mais para baixo. Ele inspirou com força quando cheguei ao botão da calça dele.

Ele pegou a minha mão, puxando-a para longe e pressionando-a contra o colchão. O meu coração pulou enquanto calor emanava do seu corpo. Sua pele parecia muito fina e havia sombras permeando logo abaixo da camada de carne enquanto ele descia a mão até a barra da minha camisola.

Eu realmente não estava pensando quando levantei os ombros e a camisola acabou em algum lugar junto da camisa de Roth, ou quando levantei os quadris e o último pedaço de roupa se foi. Eu não estava pensando quando seu corpo se curvou e ele beijou o espaço logo abaixo da minha nova tatuagem. E não houve qualquer pensamento quando, com mãos trêmulas, ele começou a me explorar. O meu coração estava tropeçando em si e o fogo no meu estômago se transformou em uma onda de lava derretida correndo pelas minhas veias.

Então ele tirou a roupa, e ele era possivelmente a coisa mais bonita que eu já tinha visto na vida, e quando seus lábios encontraram os meus, eu fui quase afogada pela força das emoções que fluíam entre nós. E tudo, tudo o que ele começou a fazer era absolutamente delicioso. Estávamos nos pressionando um contra o outro, forçando até que eu estava flutuando em sensações intensas. A minha pele ganhava vida onde quer que nos tocássemos, e as nossas mãos estavam em todos os lugares, eu estava perdida nele enquanto seus lábios queimavam um caminho ardente pela minha garganta e para baixo, muito mais abaixo, como ele havia feito antes, e, como antes, eu me desmanchei com cada toque preciso e bem medido, e Roth me reconstruiu com beijos profundos e lentos.

Quando ele se levantou acima de mim mais uma vez, seus dedos estavam em meus quadris e ele tremeu enquanto descansava sua testa contra a minha. As nossas peles estavam úmidas e os nossos corpos, corados.

– Eu preciso… eu preciso de um minuto – disse ele em voz baixa e grave.

Eu olhei para ele, realmente olhei para ele, e vi que ele estava perto de perder o controle da sua forma humana. Sua pele escurecera e alisara como granito. Quando vi os olhos dele, estavam dourados, mas as pupilas se esticavam verticalmente.

Encorajada pelo efeito que eu tinha sobre ele, eu o toquei, lembrando do comentário que ele tinha feito há tanto tempo sobre ter piercings em outras áreas, e ele não estava brincando sobre isso. Ele fez um som que me fez apertar os dedos dos pés. Seus olhos se fecharam e seu peito subiu profundamente, e, quando ele os reabriu, suas pupilas estavam de volta ao normal.

Suas mãos estavam de volta sobre mim, e ele desacelerou tudo, até que nós dois estávamos clamando um pelo outro, incapazes de esperar, e então aconteceu.

Eu não tinha certeza do que esperar, já que não era algo que eu soubera de detalhes antes, nem mesmo de Stacey. Houve uma faísca de dor que roubou a minha respiração, mas Roth… ele suavizou a dor e a transformou em algo absolutamente maravilhoso, requintadamente belo. Parecia que eu estava numa montanha-russa, prestes a cair centenas de metros, e quando o fiz, Roth estava lá.

E eu nunca tinha experimentado nada assim antes. Foi perfeito e poderoso, e enquanto Roth sussurrava aquelas três palavras repetidamente, os nossos corpos se moviam um contra o outro. Naquele momento,

Roth não era o Príncipe da Coroa e eu não era, bem, o que quer que eu fosse. Éramos apenas duas pessoas apaixonadas, e isso era tudo.

Minutos podiam ter passado, talvez até horas; eu não conseguia ter certeza, mas eventualmente nossos corações desaceleraram e estávamos deitados juntos no meio da cama, seus braços em volta de mim, segurando-me perto dele.

– Você tá bem? – ele perguntou, parecendo que não falava havia séculos. Precisei de um momento para fazer a minha boca funcionar.

– Eu me sinto… perfeita.

Os lábios dele roçaram os meus.

– Não te machuquei?

Eu sacudi a cabeça enquanto meus olhos se fechavam.

– Não. Você foi…

– Incrível? Divino? Alucinante…

Rindo baixinho, eu me aconcheguei contra ele.

– Sim. Pra todas as opções.

Seu abraço se apertou e nenhum de nós falou por um longo momento enquanto ele alisava a mão para cima e para baixo no centro das minhas costas, embalando-me em uma agradável e extasiada bruma.

– Obrigado – ele disse.

– Pelo que você tá me agradecendo? – sussurrei.

Roth beijou minha testa.

– Por tudo que você me deu.

Capítulo 14

Adormeci nos braços de Roth, mas quando estendi as mãos, algum tempo depois, descobri que a cama estava vazia. Piscando os olhos, eu me deparei com a escuridão. Ainda era noite, e enquanto eu mexia os dedos dos pés, eu me recusava a permitir que os pensamentos da manhã invadissem a minha felicidade lânguida.

Rolando para o lado, esperei até que os meus olhos se ajustassem ao escuro. Pensei que ele poderia estar no banheiro, mas quando meu olhar percorreu o quarto, eu o vi perto do piano. O meu coração acelerou, a minha mente imediatamente desviando para o que tínhamos feito, o que tínhamos compartilhado.

Os lençóis estavam enroscados em torno dos meus quadris e eu estava com preguiça de ajustá-los. Em vez disso, eu cruzei os braços sobre o peito.

Ele estava sentado no banco, de frente para mim, com os braços estendidos sobre os joelhos dobrados. Eu não conseguia ver boa parte dele enquanto me aconchegava de lado.

– O que você tá fazendo?

Roth ficou de pé e deslizou para fora das sombras. Sua expressão estava relaxada e convidativa, mas ele não parecia normal. Roth nunca poderia parecer apenas normal, mas enquanto estava ali de pé, ele estava o mais próximo disso que já estivera.

– Provavelmente vou parecer um *stalker*, mas estava te observando.

– Essa é a marca registrada de um *stalker*.

Um lado de seus lábios se curvou para cima e uma covinha apareceu em sua bochecha direita.

– Não consigo evitar. Você é muito bonita pra não ficar olhando. É verdade. Sou um demônio. Não minto.

Eu o encarei.

Seu sorriso se espalhou.

– Eu me levantei pra pegar algo pra beber – ele admitiu –, e olhei de relance pra você. Eu nem sei por quê. Eu só olhei e então *parei*. – Seu sorriso desapareceu um pouco. – Talvez eu não consiga acreditar que você realmente tá aqui. Que *nós* estamos aqui. – Ele levantou um ombro e a pele lisa se esticou sobre os músculos firmes. – E então eu me sentei e comecei a pensar sobre… sobre tudo o que aconteceu com o Lilin, e agora enquanto você dormia eu estava considerando a ideia de basicamente te raptar. O Havaí ainda parece um bom lugar. Dane-se o que acontecer com o Lilin e tudo o mais. Nós poderíamos sobreviver. Eu garantiria isso.

Tateando, apertei os dedos em torno da borda do edredom.

– Roth…

Ele suspirou enquanto levantava a mão, passando os dedos através de seu cabelo escuro e bagunçado.

– Eu sei. Você não pode se afastar de nada disso. Nenhum de nós pode – Ele deixou cair o braço. – Então era nisso que eu estava pensando enquanto te olhava. – Aqueles olhos âmbar brilharam com travessura, e eu relaxei. Eu não estava pronta para o mundo lá de fora se intrometer. – Eu já te disse que você é linda?

– Sim. – Levantando minha mão para o ninho que era o meu cabelo naquele momento, eu ri enquanto pressionava uma bochecha contra o travesseiro. – Mas eu não sei como você consegue achar isso. Eu estou uma bagunça.

Ele inclinou a cabeça para o lado e se virou, indo em direção ao banheiro. Depois de alguns segundos, ele voltou com uma escova na mão. Com a calça desabotoada, ela pendia indecentemente baixa em seu quadril. Eu definitivamente podia ver para onde a cauda de Tambor estava indo.

Não que eu não tivesse visto isso antes.

Com as bochechas flamejando, eu pressionei meu rosto inteiro no travesseiro, escondendo o que tinha de ser o sorriso mais pateta visto no planeta Terra. Apesar de toda a loucura que estávamos enfrentando e da incerteza do que a próxima hora ou do que o amanhã poderia trazer para nós, o meu pedacinho do mundo era brilhante e acolhedor.

O que Roth e eu tínhamos compartilhado, o que tínhamos feito, era além de bonito e não era algo que eu pudesse simplificar com palavras. Para ter sido assim entre nós, tínhamos de estar apaixonados um pelo outro, loucamente, profundamente apaixonados.

Eu era a pessoa mais brega entre todos os bregas em um clube de breguice.

Roth tocou meu ombro.

– Senta.

– Nah – murmurei no travesseiro. Ele riu.

– Senta, por favor.

Demônios raramente diziam por favor. Eu estava começando a pensar que aquela não era uma palavra que constava em seu vocabulário básico, então eu me sentei, puxando o edredom sobre o peito. Roth deslizou para trás de mim. Uma perna estava dobrada contra a minha lateral, a outra balançava na beirada da cama.

Olhei para ele, mas antes que eu pudesse falar, ele abaixou a boca até a minha e me beijou. O toque de metal frio contra a minha língua foi muito breve. Ele se afastou e gentilmente virou o meu queixo, então eu estava de costas para ele.

– Deixa eu ver o que consigo fazer com isso – disse ele, arrumando meu cabelo. – Você tá certa. Isso tá uma bagunça. Parece até que você poderia estar em um videoclipe dos anos oitenta. O que você fez com esse cabelo?

– Eu não fiz nada. Isso. – Eu apontei para minha cabeça – é tudo culpa sua.

Ele começou a passar a escova pelo meu cabelo.

– Culpando o demônio. Então é assim que você é.

Enquanto Roth trabalhava pelo emaranhado de cabelo, caiu a ficha de que o Príncipe da Coroa do Inferno estava realmente escovando o meu cabelo. Isso era mais do que bizarro, mas também era incrivelmente fofo. O meu brilho acalorado e inebriante de antes estava transformando-se em um chororô. Lágrimas arderam nos meus olhos.

Eu precisava de um estabilizador de humor.

Roth era extraordinariamente paciente quando se tratava de tirar os nós, mais do que eu. Àquela altura, eu geralmente já estaria xingando e puxando a escova pelo cabelo. Ele cantarolava enquanto penteava, e eu imediatamente reconheci a melodia.

– *Paradise City* é a sua música favorita? – perguntei.

– A música meio que ficou colada na minha cabeça – disse ele. – Por alguns anos, o único sinal que a gente conseguia sintonizar lá embaixo era o da estação de rock clássico, e o verso sobre a grama ser verde sempre se destacou pra mim.

Sorri enquanto imaginava o Inferno recebendo o sinal da estação de rock.

– Por quê?

Houve um momento de silêncio.

– A grama nunca é verde lá embaixo, Baixinha.

O sorriso escapou dos meus lábios.

– Não é? De que cor é?

– Cinza – ele respondeu. – Praticamente tudo é cinza. Exceto o sangue. E tem muito sangue.

Um arrepio percorreu minha espinha.

– Parece adorável.

– É um lugar estranho. Como eu disse antes, ele tenta imitar a superfície, mas faz um trabalho de merda. Tudo é brilhante no início, quase... bonito. Toda vez que eu vou lá pra baixo é assim. É assim pra todo mundo, mas não leva muito tempo pras coisas começarem a ficarem ruins. Desaparecem. Edifícios desmoronam, o céu parece estar poluído com sujeira, e a grama... é, a grama é cinza – Ele passou a escova através do meu cabelo, parando em outro nó. – Tudo é distorcido e maculado lá embaixo. As coisas aqui em cima são reais. Lá em baixo elas são réplicas tristes que se desfazem.

Lembrei de quando Roth admitiu que esta era uma das razões pelas quais ele gostava de vir à superfície. O meu coração se revirou.

– Você... você vai ter que voltar?

Ele não respondeu imediatamente, fazendo com que nós se formassem na minha barriga.

– Eu não sei, Baixinha. Se o Chefe me chamar de volta, eu só posso desobedecer por um curto período de tempo.

Fechando os olhos devido à dor no meu peito, eu sabia que isso era algo que íamos eventualmente ter de enfrentar.

– O Chefe já te chamou de volta?

– Não. – Ele parou, pressionando um beijo contra o meu ombro nu. – O Chefe deixa a maioria dos demônios ir e vir como quiser, a menos que precise da gente pra algo. Enquanto eu estiver nas graças do Chefe, eu não devo ter problemas.

Aquilo não foi reconfortante.

– Mas eu pensei que o Chefe estava descontente com você.

– O Chefe tá sempre descontente – ele respondeu. – Há uma grande diferença entre ele estar descontente e eu não estar mais nas graças dele.

Eu levei essa declaração a sério, mas não conseguia imaginar Roth ficando nas graças do Chefe para sempre.

– Não se preocupe com isso – disse ele, voltando a pentear meu cabelo. Eu podia senti-lo separando as mechas, agora desembaraçadas, em três partes. – Por ora, esse não é o maior dos nossos problemas.

Eu bufei.

– É verdade. Mas eu não posso deixar de me preocupar que um dia você vai… que você vai simplesmente desaparecer.

– Quero que preste atenção quando digo isso. – Ele descansou o queixo no meu ombro, e quando virei a cabeça em direção à dele, ele estava olhando para mim através de cílios grossos. – Nada neste mundo ou lá embaixo vai me afastar de você. Nada, Layla. Essa é uma promessa que eu nunca quebrarei.

Uma emoção profunda e poderosa se agitou dentro de mim.

– Vou te fazer a mesma promessa.

Seus cílios espessos se fecharam, protegendo seus olhos.

– Vai mesmo?

– Sim. – E minhas palavras seguintes eram sinceras: – Não vou deixar que nada te afaste de mim, e isso inclui o seu Chefe.

Roth riu enquanto levantava a cabeça, parando para pressionar um beijo contra a lateral do meu pescoço.

– Eu gosto quando você fica toda briguenta – Ele voltou para o meu cabelo, separando-o de volta nas três partes. Vários minutos se passaram. – Quando eu estava nos poços, eu realmente não achava que ia sair de lá. Imaginei que o Chefe não se importaria o suficiente pra me resgatar de lá ou que se esqueceria.

Eu mordi meu lábio enquanto ele falava. Roth nunca tinha falado sobre seu tempo nos poços de chamas sem ser sarcástico sobre o assunto.

– Eu honestamente não tenho ideia de quanto tempo fiquei lá. O tempo passa de maneira diferente lá embaixo – continuou ele, torcendo as partes do cabelo em torno umas das outras. – Não foi agradável – Uma risada seca saiu dele. – Na verdade, foi bem horrível, mas você me ajudou.

Demorou um momento para eu absorver aquelas palavras.

– Como?

– Fácil. Eu pensei em você. Você era tudo em que eu pensava – Sua voz estava baixa enquanto meu coração apertava dolorosamente. – Eu me concentrei no tempo que passamos juntos, e por mais louco que pareça, pensei em você aqui na superfície com Zayne.

Eu estremeci. Como isso ajudava?

Segundos depois, ele respondeu à minha pergunta não dita.

– Saber que você estaria segura e, eventualmente, seria feliz, tornou tudo um pouco mais suportável. E eu sei, *eu sei* que Zayne teria dado a vida dele pra te proteger. Provavelmente ainda daria. Você ficaria bem. Então saber disso me ajudou quando as coisas ficaram... bem, quando as coisas ficaram difíceis.

Um caroço se formou na base da minha garganta.

– Eu queria poder apagar o tempo que você passou nos poços.

Os nós de seus dedos roçaram ao longo do centro das minhas costas enquanto ele continuava com a trança que estava fazendo.

– Você já apagou.

O caroço triplicou de tamanho.

– E eu gostaria que você nunca tivesse que se sacrificar.

– Eu não mudaria nada.

– Eu sei – sussurrei, fechando os olhos novamente. Levei um momento para encontrar as palavras certas. – Você sabe que eu me importo profundamente com Zayne. Isso nunca vai mudar. Mesmo que agora ele provavelmente prefira me chutar na frente de um carro em movimento do que falar comigo, eu sempre vou amá-lo.

Fazendo uma pausa, respirei fundo.

– Já te disse isso antes. Amo Zayne, mas não estou *apaixonada* por ele, e não sei se isso algum dia teria mudado. Eu poderia ter ficado com ele? – Eu dei de ombros. – Sim, eu poderia ter ficado, mas nunca seria assim, como é entre mim e você. Eu não sei quanto tempo teria ficado feliz com Zayne se ficássemos juntos e você nunca voltasse. Ou se ele mesmo teria continuado feliz com isso, mas em algum momento, o que eu sentia por ele não teria sido suficiente. Isso é injusto com ele. Então fico feliz que saber que eu teria alguém te ajudou a superar aquilo, e pra ser sincera, isso é chocante, mas quero que saiba que… nunca teria sido suficiente pra mim.

Roth se aproximou de mim, colocando uma mão sobre o meu coração. Ele abriu a palma da mão, e eu levantei meu braço, fechando a minha mão sobre a dele. Sua respiração estava quente contra o meu ombro quando ele falou:

– Eu sei. – Afastando-se, ele jogou a trança sobre o meu ombro. – Tudo pronto.

Estendi a mão e alisei meus dedos sobre a grossa trança.

– Você é realmente bom nisso. Melhor do que eu. Você praticou com seus amigos demônios?

– Só em todas as minhas bonecas.

Eu ri enquanto Roth jogava a escova de lado. Ela saltou da beirada da cama e caiu no chão. Um segundo depois, Fúria saiu correndo de debaixo da cama e pulou sobre a escova. Seu pelo preto e branco estava eriçado e suas orelhas estavam deitadas para trás. O gatinho agarrou o cabo da escova e a arrastou para baixo da cama. Eu não tinha ideia do que ele planejava fazer com o objeto lá embaixo.

Virando na altura cintura, eu encarei Roth. Nossos olhos se encontraram. Ele sorriu. A próxima respiração que eu dei foi trêmula.

– Eu amo você. Só queria colocar isso pra fora.

– Eu desejo você. – Abaixando a cabeça, seus lábios roçaram a lateral do meu pescoço, até o ponto sensível abaixo da minha orelha. – Eu quero você. Eu preciso de você. – Ele mordeu a parte carnuda do meu lóbulo, fazendo-me ofegar. – E eu amo você.

Quando dei por mim, estava deitada de costas e Roth estava acomodando-se sobre mim, e aquelas mordiscadas estavam viajando pelo meu pescoço e mais abaixo, e não demorou muito para que todo o trabalho que ele tinha feito no meu cabelo fosse desperdiçado da maneira mais gloriosa.

Eu estava encarando o meu reflexo novamente.

Os meus olhos ainda pareciam grandes demais e o meu rosto estava corado, mas desta vez eu não estava seminua. O que, juro por Deus, me pareceu como um grande feito, considerando que depois que passamos para aquele novo nível da nossa relação, Roth estava bastante…

O meu rosto queimou ainda mais forte e abaixei o meu olhar enquanto ajustava a gola do suéter. Certo. Eu precisava me concentrar. Ontem à noite e no meio da noite e aquela manhã foram incríveis, mas o dia de hoje seria insano. Eu iria para o Inferno. Nervosismo nem começava a descrever o que eu estava sentindo, e eu ainda não tinha ideia de como iria distrair Roth para que ele não soubesse o que eu estava planejando. Ele achava que estávamos indo procurar o Lilin. Ele mencionou passar em outro clube demoníaco na cidade. Embora eu estivesse animada para ver aquilo, não aconteceria hoje.

E eu também não sabia o que ia fazer quando eu voltasse, *se* eu voltasse, porque Roth ia estar tão furioso.

Bambi se mexeu nas minhas costas, sacudindo a cauda ao longo do lado esquerdo das minhas costelas, chegando perto de cutucar Robin. Assim que me levantei naquela manhã, ela tinha se colado a mim, o que não fazia parte do plano, mas não era como se eu pudesse ter um ataque sobre ela estar comigo. Roth saberia que algo estava acontecendo, o que era péssimo, porque a última coisa que eu queria fazer era colocar Bambi em uma posição de perigo.

Ela era praticamente a nossa filha.

Enrolando o cabelo para cima, enfiei um milhão de grampos e saí do banheiro. Roth estava descansando contra a parede, suas longas pernas cruzadas nos tornozelos, mãos enfiadas nos bolsos de seu jeans. Eu o vi e poderia ter esquecido do que estava fazendo.

Roth era deslumbrante.

Com seu cabelo preto caindo sobre os olhos cor de âmbar e a camisa agarrando-se a todas as áreas certas do seu corpo, ele era de tirar o fôlego, mas era aquele sorriso, aquele que mostrava suas covinhas e transformava todo o seu ser quando ele olhava para mim, era aquilo que me possuía. E ele estava sorrindo para mim daquele jeito.

– Gosto da sua calça – disse ele.

Eu olhei para baixo. Ela era preta. Couro. Eu suspirei.

– Eu nunca mais vou permitir que Cayman compre roupas pra mim de novo.

Ele riu quando se afastou da parede.

– Espero que ele faça compras pra você a partir de agora. – Passando por mim, em direção à porta, ele deslizou a mão sobre minhas pernas cobertas de couro. – Ou, pelo menos, fica com essa calça.

Revirei os olhos enquanto me virava.

– Hmm. – Seu olhar viajou sobre mim. – Por favor, fica com ela.

Rindo, coloquei as mãos nas costas dele e o empurrei em direção à porta.

– Só porque você pediu com tanta delicadeza.

– E porque sua bunda parece suntuosa nela?

– Caramba – eu engasguei, balançando a cabeça enquanto ele fechava a porta atrás de nós.

No corredor, ele colocou o braço sobre meus ombros e me puxou para perto de si. Começamos a andar pelo corredor.

– Acho que é uma razão válida.

– Tenho certeza que sim.

Sua mão se moveu para cima e para baixo do meu braço quando chegamos à escada e começamos a longa, longuíssima jornada até o saguão.

– Considerar como sua bunda fica é uma coisa muito importante quando se compra calças, Baixinha.

Eu apertei meus lábios para não rir.

– Tenho certeza de que há coisas que são ainda mais importantes.

Ele zombou.

– Como o quê?

– Não sei. Que tal conforto?

– Chato.

– E quanto à utilidade?

Ele me lançou um olhar.

– Não há nada mais útil do que calças de couro. Elas vão proteger sua bunda enquanto a deixam gostosa.

Estávamos nos aproximando do primeiro andar.

– Você tem uma resposta pra tudo, não tem?

– Sim.

– É irritante – murmurei, olhando para a porta de cimento cinza, e meu pulso disparou.

– Você ainda me ama – ele respondeu.

– Verdade. – Eu ajustei meus ombros enquanto Roth abria a porta.

Nós saímos para o saguão grandioso com o braço dele ainda pendurado sobre os meus ombros. Como da primeira vez em que vi o saguão, foi inspirador. Eu não o via com muita frequência, porque sempre entrávamos pela garagem ou pela entrada do clube no porão e depois nos limitávamos às escadas.

Um enorme lustre pendia do centro do saguão, lançando uma luz ofuscante em cada canto, mas era o mural pintado no teto que realmente chamava a atenção. Anjos. Muitos anjos pairando acima de nós, envolvidos em uma batalha pesada, lutando entre si com espadas de fogo. Alguns estavam caindo através de nuvens brancas espumosas. Outros estavam erguendo suas lâminas. Os detalhes eram extraordinários, até as chamas vermelho alaranjadas e as caretas de dor. Até o brilho virtuoso em seus olhos estava presente.

Rapidamente desviei o olhar da pintura, perturbada por ela, quando antes eu tinha estado intrigada.

Sofás de couro *vintages* estavam por toda a parte, e não estavam vazios. Pessoas de todas as idades estavam espalhadas, sentadas sozinhas ou em grupos, conversando e rindo. Algumas estavam falando no telefone. O cheiro de café era forte no ar. Para um humano, todos pareceriam normais, mas os olhos daquelas pessoas emitiam brilhos estranhos.

Elas não eram exatamente pessoas, não no sentido técnico da palavra.

Alguns me lançaram um olhar estranho. Outros simplesmente me ignoraram. Uma mulher dentre eles, uma jovem vestida com algum tipo de *cropped* que eu poderia facilmente ver Cayman comprando, levantou-se de uma poltrona, seus olhos arregalados brilhando enquanto ela corria pelo saguão, desaparecendo por um corredor.

Eu não fazia ideia se tinha a ver comigo ou com a presença de Roth. Eu realmente não entendia a dinâmica demoníaca quando se tratava dele, mas nenhum dos demônios ocupando o saguão chegou perto de nós.

Quando comecei a me virar para Roth, Cayman apareceu no meio do saguão, sob o lustre. Enrijecendo, eu o vi caminhar em nossa direção, sua camisa havaiana floral rosa e verde sendo possivelmente a coisa mais cafona que eu já vira na vida.

– Tudo bem. Eu mudei oficialmente de opinião sobre Cayman comprar suas roupas – disse Roth.

Eu ri, debochada.

Cayman ignorou os comentários.

– É uma ótima manhã, não é? – ele disse todo contente, indo para o lado de Roth. – O sol tá brilhando, mas estão anunciando neve pra esta noite. Muita neve. Tanta neve…

O barulho de algo quebrando me sobressaltou.

Ele se movera tão depressa que eu não percebi o que ele tinha feito até que as pernas de Roth se dobraram e ele caiu. Com o coração saltando para a minha garganta, eu tentei segurá-lo, mas ele era muito pesado e acabei caindo de joelhos.

Cayman quebrara o pescoço de Roth.

Capítulo 15

O horror me preencheu enquanto a cabeça de Roth caía para o lado em um ângulo estranho.

– Meu Deus! – eu gritei, olhando para Cayman. – O que você fez? O que você...?

– A gente precisava distraí-lo. – Ele gesticulou para o chão. – Ele tá distraído. E você não tem ideia de há quanto tempo eu queria fazer isso. Deixa eu ter o meu momento.

Meu queixo caiu.

Um demônio andando pelo saguão carregando café em copos brancos descartáveis girou em seu calcanhar de salto alto preto.

– Eu não quero fazer parte disso – disse ela, correndo para longe.

As minhas mãos tremiam enquanto olhava para um Roth inerte. Eu não conseguia respirar e, enquanto estava de pé, a minha pele começou a endurecer, a pele de ambos os lados da minha coluna formigavam.

– Opa. – Cayman jogou as mãos para o alto. – Calma lá, irritadinha. Ele tá bem. Olha, se ele estivesse seriamente em perigo, Bambi estaria fora de você em dois segundos. Ele vai acordar daqui a uns minutos, me dar uma sova, perceber que você desapareceu e, quando eu quebrar o pescoço dele outra vez pra impedir que ele vá atrás de você, vamos rebobinar e repetir, por isso, por favor, não demore demais.

Meu coração não tinha abrandado.

– Se ele estiver ferido...

– Ele não tá – disse um demônio no sofá, com o rosto pálido enquanto olhava para Roth. – Você não pode matar o Príncipe dessa maneira, e quando ele acordar...

– Sim, ele vai ficar uma fera – Cayman suspirou.

– Nem cheguei a me despedir dele, Cayman. – Respirei fundo. – E se eu...?

– Não termine essa frase. Você vai voltar. Layla, você precisa se mexer. Não deixe que a surra que eu vou receber seja em vão. Você precisa ir. – Ele apontou para trás de mim, e eu olhei para os elevadores pintados de ouro.

Eu precisava ir.

Com o coração disparado, eu me ajoelhei e rocei os lábios ao longo da bochecha de Roth enquanto passava uma mão sobre sua cabeça, escovando o cabelo para longe de seu rosto. Eu não queria deixá-lo. Eu queria sentar ali até que os seus olhos se abrissem, mas eu não podia.

– Eu te amo – sussurrei, a voz sufocada enquanto eu fechava minha mão direita em um punho.

Ficando em pé, virei-me para Cayman e inclinei o meu braço para trás, socando-o bem no estômago o mais forte que pude. Vários demônios ofegaram.

– *Uuuf* – ele grunhiu, dobrando-se e apertando a barriga. – Meu Jesus Cristinho.

Sentindo-me um tiquinho melhor sobre a situação, eu me forcei a me virar e a caminhar em direção ao elevador. Não olhei para trás, porque se olhasse, não tinha certeza se continuaria a andar. Gostava de pensar que teria reconhecido que a situação era maior do que Roth e eu, mas não tinha certeza se eu era assim tão boa pessoa, tão altruísta.

Os elevadores de ouro esperavam por mim e eu apertei o botão redondo no painel um pouco mais do que o necessário. Com um gemido suave, quase humano, as portas se abriram. Eu entrei, virando-me para o saguão.

Cayman apareceu na frente dos elevadores, esfregando o estômago.

– Tenha cuidado, Layla. Lembre-se, nada no Inferno é o que parece.

Antes que eu pudesse responder, as portas se fecharam e o elevador entrou em movimento. Eu recuei, engolindo em seco quando uma descida vagarosa começou. Não havia música nem painéis no interior do elevador, e a porta parecia ser feita de algum tipo de material estranho. Eu passei meus dedos ao longo do interior da porta e depois puxei minha mão de volta com um suspiro assustado.

Parecia... parecia *pele*.

Meu estômago se revirou, e pensei que vomitaria conforme ele se agitava.

Um estranho brilho alaranjado era refletido nas paredes do elevador. Levantando meu olhar para o teto, eu coloquei uma mão sobre a boca.

Não havia exatamente um teto acima de mim.

Um telhado de chamas ondulava, queimando, brilhante, lambendo ao longo das bordas das paredes. Os meus olhos se arregalaram quando eu esperava que ele engolisse o elevador inteiro, mas as chamas não se espalharam. O elevador sacudiu e aquela descida lenta acelerou.

Fui empurrada para trás, contra a parede. Jogando as minhas mãos para frente, segurei na barra de segurança quando de repente o elevador começou a despencar em um ritmo acelerado. Com o coração disparado, meus dedos doíam de quanta força eu estava colocando no pedaço de metal. O elevador parecia que ia se estraçalhar.

Sem aviso, ele parou em um solavanco, fazendo-me perder o equilíbrio. Os meus joelhos racharam no chão, a dor entorpecida em comparação à vertigem repentina que tomou conta de mim. Levou vários minutos até a tontura diminuir, e então eu percebi que o elevador tinha parado de se mover.

Ficando de pé, eu tinha acabado de me endireitar quando as portas do elevador se abriram suavemente. Meu queixo caiu quando eu tive meu primeiro vislumbre do… Inferno?

De jeito nenhum.

O que estava além das portas abertas do elevador eram paredes brancas, um piso branco, um teto branco. Branco brilhante. Intocado. Meus pés me levaram para fora do elevador, para um amplo e vasto saguão circular com centenas, se não milhares de corredores. Havia música tocando. Música horrível e alegre de recepção; do tipo que deixaria alguém louco se tivesse de ouvi-la por mais de cinco minutos. Eu não conseguia acreditar no que eu estava vendo. O Inferno tinha um saguão de entrada.

Nada estava guardando o saguão. Nenhum demônio esperava para me atacar, e isso me surpreendeu. Mas Cayman tinha me avisado que nada no Inferno era o que parecia. Talvez eu simplesmente não pudesse ver os demônios. Enquanto caminhava à toa, procurando por perigos escondidos, percebi que havia placas de ouro nas paredes perto de cada corredor, exibindo os nomes de...

– Cacete – sussurrei.

Os nomes de todos os demônios foram claramente gravados nas placas de ouro. Alguns eu não reconhecia. Outros fizeram meu estômago se retorcer e depois cair. ABADOM. VINE. MOLOQUE. BELZEBU. Os nomes não tinham fim. Em frente ao elevador estava o corredor rotulado de O CHEFE, e ao lado estava um que me fez perder o fôlego.

ASTAROTH.

Eu quase caminhei em direção a ele, porque algo dentro de mim queria ver como Roth realmente vivia quando ele estava aqui, mas parei. Não tinha tempo para aquilo.

Em frente àqueles nomes estava OS POÇOS. E depois, três placas para além daquela, estava o nome que eu procurava: CEIFADOR.

Respirando fundo e buscando forças, caminhei rapidamente em direção ao corredor com o nome do Ceifador e depois pelo longo e iluminado túnel que era relativamente frio. Não havia janelas. Eu não conseguia sentir nenhum cheiro. O ar estava estagnado, mas limpo, e ainda assim, os pelos por todo o meu corpo começaram a se arrepiar.

Cheguei a uma porta dupla sem janelas e, antes que eu pudesse fazer qualquer coisa, elas se abriram silenciosamente, revelando um mundo que eu nunca tinha visto antes enquanto uma explosão de calor opressivo me atingia em cheio.

Parando a um centímetro da saída, eu mordi meu lábio. Aquilo... aquilo era o que eu esperava. De certa forma. O céu para além do corredor era de um vermelho queimado. Não havia nuvens. Sem sol ou lua. Apenas um vermelho profundo e alaranjado que parecia não ter origem alguma. Meu estômago se revirou com o cheiro de enxofre e algo mais que eu não conseguia identificar.

Uma estrada feita de algum tipo de pedra separava edifícios altos e cinzentos. Eles se erguiam como arranha-céus, alcançando aquela abóbada estranha, as janelas escuras sem sinal de vida dentro deles. O meu olhar percorreu os edifícios formidáveis e intimidadores até a enorme estrutura no final da estrada, a vários quarteirões de distância. Era o maior de todos os edifícios, mas projetado como algo saído da Idade Média. Campanários gêmeos subiam de cada lado do telhado de duas águas, e dava a impressão de que era mais uma fortaleza do que um lar. Tipo o complexo onde eu crescera.

Eu engoli em seco, sabendo que era para lá que eu teria de ir, porque é claro, não era como se o Ceifador pudesse viver em uma casinha fofa com uma cerca branca ou algo assim. Ah não, claro que tinha de ser um castelo no melhor estilo *Senhor dos Anéis*.

Sabendo que eu não tinha muito tempo e que o tempo em geral funcionava muito diferente aqui, eu coloquei meus sapatos de mulher adulta e saí do corredor.

Aconteceu de imediato.

Sem qualquer aviso, um arrepio ondulou pela minha pele e senti Bambi e Robin deixarem o meu corpo. Em pânico, tentei impedi-los, porque não tinha certeza se Robin estava pronto para isso, mas não havia como chamá-los de volta.

Duas sombras saíram de baixo da minha camisa, formando dois círculos irregulares. Eles tremeram, e então caíram na estrada de pedra, derramando-se em um milhão de bolinhas que dispararam e se uniram. As bolinhas pretas subiram no ar, mas não caíram no chão como normalmente fariam.

Os pontinhos giraram e giraram até que uma sombra espessa se formasse. Diante de mim, enquanto eu estava boquiaberta, pernas se formaram, junto com torsos e braços e *cabeças*. Por um segundo, eles eram duas piscinas de óleo preto em forma de pessoas, e então, em um piscar de olhos, a escuridão deu lugar aos detalhes.

Um garoto e uma garota estavam na minha frente.

A minha mandíbula estava começando a doer de tanto tempo que eu estava com o queixo caído, mas eu não conseguia fechar a boca. Eles não eram crianças pequenas. Na verdade, eles pareciam um pouco mais velhos do que eu, mas eram definitivamente da variedade humanoide masculina e feminina.

O cara era alto e magro, com cabelos ruivos que lhe caíam sobre os olhos cor de carmesim. Sem camisa, ele era todo gracioso. Uma fina penugem avermelhada cobria sua pele exposta. Ao lado dele estava uma mulher com cabelo muito vermelho, quase combinando com os olhos. Vestida com uma camiseta preta e jeans, ela quase parecia normal.

Quase. Fragmentos da sua pele não eram exatamente... pele. Mais como escamas minúsculas contraindo-se, tudo muito... serpentino.

Ah, meu Deus.

A mulher sorriu intensamente.

– E aí, garota?

– E aí – eu disse lentamente, olhando de um para o outro. – Hã...

Levantando o queixo em uma saudação, o nariz do cara se mexeu e então... então as suas orelhas fizeram o mesmo.

– Oi.

Ah, meu Deus.

– Eu sabia que você estava aprontando alguma coisa, e eu estava certa! – Virando-se para o cara, a garota levantou a mão, mostrando o dedo do meio. – Eu te disse. Eu te disse que ela viria aqui. Então você deveria ficar feliz por eu estar aqui, assim você não será comido por dragões. E sim, tem dragões aqui. E não tão legais quanto Tambor.

– Você é tão espertalhona – ele respondeu secamente.

– Sou mesmo. – Ela girou em minha direção. – Ele não é muito útil agora, já que ele é meio novo nessa coisa toda. Eu precisava vir junto.

– Você... Você é... – Eu quase não conseguia proferir as palavras. – Você é a Bambi.

Pulando, ela bateu palmas.

– E você é a Layla. E ele é o Idiota.

O Idiota suspirou.

– Eu sou o Robin. Sabe, seu verdadeiro familiar. Não o parasita que precisa voltar pro papai.

Bambi bufou.

– Que tal você voltar pra si mesmo? Hein? Que tal isso?

Aquilo nem fazia sentido, mas o fato de eu estar olhando para Bambi e Robin e eles parecerem humanos também não fazia sentido.

– Então vocês dois... Essa é a sua verdadeira forma?

Ela assentiu.

– Sim. Quando podemos, o que tragicamente não é muito frequente. Mas podemos conversar uns com os outros mesmo em nossas formas animais. Meio que telepaticamente. – Ela fez beicinho. – Robin é um chato. Ele realmente só dormiu esse tempo todo.

Ele franziu a testa na direção dela.

– Porque eu precisava recarregar.

– Que seja – ela retrucou. – Sinto falta dos meus meninos. Nitro, Fúria e Thor. Eles são divertidos. Tambor é como você. Outro sem graça que só dorme o tempo todo, e quando não dorme, é um chato de galocha.

Eu pisquei lentamente enquanto Bambi levantava os braços acima da cabeça, espreguiçando-se. Sua camisa subiu, exibindo uma barriga lisa, e de repente me ocorreu que Roth tinha uma garota tatuada nele. Roth realmente tinha uma garota em cima dele, o tempo todo! Em muitas partes do seu corpo. E eu tinha um cara no meu abdômen!

Roth e Cayman esqueceram de mencionar este pequeno detalhe para mim.

Um sentimento feio e insidioso me invadiu, e eu não consegui me conter e disse:

– Você fica em Roth.

– Hã, sim. E às vezes eu fico em você. *Hello*? – Ela franziu a testa. – Você bateu a cabeça ou algo assim?

Certo. Eu apertei meus olhos brevemente. O ciúme era ridículo. Eu não poderia ter ciúmes de Bambi, que poderia ser uma garota gostosa, mas também era uma cobra na maior parte das vezes, uma cobra gigante de verdade que comia coisas nojentas.

Além disso, eu tinha um cara em mim…

– Ah, meu Deus – gemi, olhando para Robin. – Você estava em mim na noite passada. Você estava em mim quando…

– No momento em que vocês começaram a tirar roupas, eu me desliguei totalmente – Ele levantou as mãos, torcendo o nariz. – Não queria ver nada disso. Não senti nada disso.

– Eu… – Eu estava sem palavras.

– Olha – disse Bambi –, na maior parte do tempo que a gente tá em você, não prestamos atenção ao que você tá fazendo. Bem, não é verdade. Quando você estava com Zayne, eu prestava muita atenção.

Eu belisquei o dorso do meu nariz.

– Então os gatinhos? Eles…

– Eles são gostosos. Ah, meu Deusinho, eles são trigêmeos – disse Bambi, batendo no meu braço com força suficiente para me fazer cambalear. – Trigêmeos, Layla. Realmente existem três deles.

– Já entendi isso – Esfreguei o braço dolorido. – Valeu.

Robin cruzou os braços enquanto lançava o olhar para o céu alaranjado.

– Tenho a sensação de que não deveríamos estar aqui.

– Isso é indescritivelmente estranho – murmurei, tentando entender o fato de que eu estava falando com os familiares.

Bambi jogou aquele cabelo carmesim sobre o ombro.

– Eu acho que é fantasticamente maravilhoso – Saltitando para frente, ela deu a língua na direção de Robin. Mesmo em sua forma humana, a língua ainda era bifurcada. – Mas você sabe o que *não* é maravilhoso? Seu gosto em homens. Eu estava realmente esperando que você ficasse com Zayne. Ele era uma delícia.

– Você já comeu um Guardião…

– Querida, esse não é o tipo de comida que fico pensando quando olho para aquele enorme pedaço loiro de mal caminho.

Meus olhos se arregalaram enquanto Robin revirava os dele.

– Desculpa… hm, desculpa por te decepcionar?

Bambi continuou como se eu não tivesse falado nada.

– Eu gostava quando ele me acariciava e acho que você também gostava – disse ela, e o meu rosto pegou fogo, porque eu sabia exatamente a qual momento ela se referia. – Mas eu me pergunto como ele se sentiria se soubesse em que parte de mim ele estava realmente tocando. Não era o meu pescoço.

– Isso é nojento – disse Robin.

Ela riu de maneira debochada.

– Foi *incrível*.

Certo. Eu sabia que precisava me concentrar nas coisas importantes, mas ainda estava presa ao fato de que eles estavam ali.

– Como isto é possível? – perguntei.

Bambi abriu a boca para falar, mas foi a voz de um homem atrás de mim que respondeu:

– Ah, falou como uma verdadeira recém-chegada. Permita-me lhe esclarecer, jovem inocente. Sempre que os familiares estão no Inferno, eles automaticamente assumem esta forma. Obviamente, ninguém pensou em te dizer, porque eles acreditavam que não seria um problema para você.

Girando, lutei contra a vontade de recuar. O instinto exigia que eu me afastasse para muito, muito longe do homem alto que estava em frente às portas que levavam ao corredor. Alto realmente não lhe fazia justiça. Ele devia ter mais de dois metros de altura. Um homem robusto e bonito, se barbas escuras e olhos glaciares e duros fossem a preferência da pessoa.

– Eles também podem assumir esta forma na superfície – continuou ele.

Bambi deu uma risadinha atrás de mim.

– Astaroth me deixa fazer isso. Não muito. Mas quando ele deixa, é sempre divertido. Eu queria que ele deixasse mais vezes.

O homem arqueou uma sobrancelha.

– Provavelmente não é a mais sábia das decisões. Veja bem – ele acrescentou, dirigindo sua atenção novamente para mim –, os familiares têm muito pouco autocontrole e não operam por qualquer bússola moral humana.

– Pode apostar que não – Bambi concordou.

– Nós precisamos conversar – o homem me disse, levantando uma mão. Ele estalou os dedos, e eu senti mais do que vi que os familiares tinham ido embora. – Não se preocupe. Eles estão bem. Bem, eles ficarão bem desde que fiquem longe dos poços e de qualquer demônio que possa estar um pouco chateado com o Príncipe, mas tenho certeza de que esses dois causarão mais confusão do que qualquer confusão que possa encontrá-los. Tenha certeza de que eles serão devolvidos quando você for embora.

Os meus olhos se arregalaram quando meu coração disparou. Eu não via nenhuma aura ao redor do homem, mas se visse, eu imaginava que seria escura e vasta. Ele emanava um poder do tipo supremo. Ele não tinha feito um movimento sequer na minha direção, mas eu sabia que em um segundo ele poderia acabar comigo.

Ele poderia acabar com todos nós.

– Eu sabia que você viria – continuou ele, com os lábios curvando-se ligeiramente atrás da barba. – Eu até apressei a minha chegada dos portões perolados do Céu em antecipação a esse momento. Mas você não tem nada a dizer, criança? Afinal de contas, você queria me ver. E aqui estou eu.

Aquele era o Ceifador. O Ceifador de Almas.

Capítulo 16

Ai meu Jesus Cristinho, eu estava tentando não surtar com todas as minhas forças, mas *aquele* era o Ceifador de Almas, e ele estivera *esperando-me*. Claro que ele estivera, porque ele era ele, e provavelmente via *tudo*.

O que era estranho de se pensar.

Um tremor de desconforto me percorreu enquanto um milhão de perguntas surgiam, do tipo que eu sabia que não deveria perguntar. Mas eu queria. Eu queria saber se ele realmente era o anjo da morte. Ele podia me levar até Sam naquele momento? Ele conhecia Lilith? Ele sabia para onde Elijah tinha ido, depois que o Lilin o matara? E quanto a todas aquelas outras pobres almas? As perguntas continuavam a borbulhar, e foi preciso tudo em mim para permanecer em silêncio.

O Ceifador sorriu atrás da barba aparada.

– O Príncipe vai ficar muito irritado com você quando você voltar.

– É. – Não havia como negar isso. Eu só esperava *conseguir* voltar.

Seu sorriso aumentou, mas não alcançou seus olhos ou suavizou seu rosto. Sinceramente, apenas o tornou ainda mais assustador.

– Especialmente considerando que eu bloqueei qualquer entrada para o Inferno. Ele não pode vir atrás de você. Eu não queria ser interrompido, precisamos de nosso tempo juntos, e sim, eu tenho esse tipo de poder e ainda mais do que isso.

Meu coração se revirou pesadamente enquanto minha boca secava. “Nosso tempo juntos” me deu arrepios. Mas eu não podia voltar.

– Eu tinha que vir. Eu tinha que…

– Eu sei por que você está aqui, mas eu não quero falar sobre isso – Ele começou a passar por mim, em direção à fortaleza. – Ainda não.

Virei-me para o seguir.

– Mas…

– Se você for sábia, não irá me questionar. Por favor, diga-me que você é sábia.

Consternada, segurei o que realmente queria dizer.

– Gosto de pensar que sou.

– Então você vai me acompanhar – ele respondeu com cortesia, jogando as palavras sobre o ombro. – E você vai conversar comigo sobre o que eu quero conversar.

Eu não tinha ideia do que o Ceifador poderia querer conversar comigo que não tivesse a ver com Sam, mas eu corri para alcançá-lo.

– Garota esperta – murmurou ele enquanto caminhava pelo meio da estrada vazia, com as mãos enfiadas nos bolsos das suas calças. Os edifícios ao nosso redor estavam silenciosos. – Uma pena, porém, que você não é muito observadora.

Apertando os lábios com força para me impedir de dizer algo que eu certamente me arrependeria, concentrei-me nas pedras da estrada. Elas também tinham um tom avermelhado.

– Por exemplo, o que você acha que sabe sobre a sua mãe? – o Ceifador perguntou, assustando-me. – Sim, Lilith. É sobre isso que eu quero falar. Você sabia, criança, que Lilith não é um demônio? Bem, não exatamente?

Por um momento, eu não consegui falar.

– Ela é um demônio. Todo mundo diz que…

– Todo mundo pode dizer o que quiser, mas isso não significa que estejam certos, e a verdade às vezes se perde na conversa quando os fatos não são compreendidos – respondeu ele, os cantos de seus lábios curvando-se para cima. – E a verdade e os fatos são que Lilith não é simplesmente um demônio.

Passamos por uma construção que se assemelhava a uma cabana, esmagada entre os arranha-céus mais altos e ferozes. Pelo canto do olho, pensei ter visto movimento na janela do casebre, mas quando olhei, não vi nada.

– Eu… não entendo.

– Tenho a sensação de que você entende muito pouco. – Ele proferiu o insulto com suavidade. – Você conhece o passado de Lilith, correto?

Foi expulsa do Éden porque era, bem, exigente. De lá, ela copulou com demônios, e a partir disso criou uma nova raça deles, mas nada disso aconteceu de uma hora para a outra. Não mesmo. Veja bem, a situação de Lilith ganhou a simpatia de um ser muito poderoso. Ela se tornou... amiga de um aliado improvável, e quando o Éden desmoronou e todos os seus antigos habitantes foram despojados de suas imortalidades devido ao pecado, o mesmo aconteceu com Lilith. E seu novo amigo, bem, esse ser não sentia que era certo que Lilith fosse... punida mais uma vez.

– Eu acho que posso adivinhar quem era esse ser – eu disse, esperando que ele não acabasse com a minha raça por eu tentar dar um palpite. – O Chefe?

– Correto. Na época, eles eram como arroz e feijão em um prato feito bem caótico. O Chefe não tinha criado nenhum demônio antes de conhecer Lilith e nem tinha ideia de como fazer isso, mas o Chefe se recusou a permitir que Lilith morresse uma morte mortal. Quem sabe se o Chefe tinha um carinho real por Lilith ou se simplesmente fez isso como uma maneira de... de peitar o cara lá no céu mais uma vez. O porquê de tudo isso realmente não importa no final das contas. O Chefe descobriu que o sangue de um anjo original que tivesse caído, se ingerido, concedia imortalidade, entre outras coisas. Aquele sangue foi dado a Lilith e a sua imortalidade foi restaurada. – Ele parou enquanto eu processava essa nova informação. – Tenho certeza de que o Chefe se arrepende desse presente agora, mas arrependimento é inútil.

Ele sorriu largamente quando nos aproximávamos de uma ponte estreita construída com a mesma pedra que pisávamos. O cheiro de enxofre e metal ficou mais forte.

– Então Lilith... ela realmente não é um demônio. Ela era, bem, o que quer que fossem as primeiras pessoas, que virou mortal e que depois bebeu o sangue de um anjo caído. – Arqueei ainda mais as sobrancelhas. – É, isso... O que diabos ela é?

Um ombro se levantou quando ele olhou para mim.

– O que diabos você é?

Um arrepio frio serpenteou pela minha coluna apesar do ar ácido e sufocante.

– Acho que não sei de verdade.

– É interessante como a natureza sempre cuida de si mesma, desenvolvendo um sistema de verificações e equilíbrio, sua própria Lei do Equilíbrio. Apesar de ter sua imortalidade restaurada, Lilith tinha uma fraqueza, basicamente um interruptor para desliga-la. Se ela desse à luz a uma criança de maneira natural e se algo acontecesse com essa criança, ela morreria. Ao dar vida a você, ela, na verdade, engatilhou a única arma que poderia verdadeiramente matá-la. A natureza, a verdadeira desgraçada da história.

Os meus olhos se arregalaram. Então isso significava que... quando eu morresse, Lilith também morreria? *Eu* era o interruptor para desliga-la. Uau.

– Para ser sincero, eu nunca entendi por que ela decidiu correr o risco de criar você. Sem ofensa.

– Não ofendeu – murmurei. – Talvez ela não soubesse sobre o... interruptor?

– Ah, tenho certeza de que ela sabia. Sua arrogância rivaliza com a do Chefe – ele respondeu, e eu endureci, meio que esperando que o Chefe aparecesse na nossa frente para nos fazer pagar por aquele insulto. – Ela pensou que a sua cria seria como ela. Traiçoeira, obcecada por poder e controle. E era um plano diabólico. Fornicar com um Guardião, deixando a criança para ser criada entre o inimigo, com o propósito de, enfim, usurpar os Guardiões e, possivelmente, até mesmo o Chefe. Lilith queria o *mundo inteiro*, já que achava que tudo tinha sido tirado dela quando foi exilada do Éden. Não importava que a ela tivesse sido concedida a imortalidade de novo e poderia ter encontrado algum sentimento de paz. Ela queria vingança contra toda a humanidade, sempre quis e sempre irá querer. Dar à luz a você foi um plano maligno, mas, no fim, um esforço fracassado, pois você não é como ela. Não dessa maneira.

– Não – eu sussurrei, pisando na ponte. Eu não sabia como eu me sentia ao me confirmarem que para Lilith, minha mãe, eu não era nada mais do que uma ferramenta, uma arma em uma guerra sem fim. Raiva e decepção se agitaram dentro de mim, e eu forcei uma risada áspera. O que eu significava para Lilith não poderia importar agora. Não tinha importado antes. – Eu não sou como ela.

– Mas você também não é como os Guardiões, ou assim você pensa. – Ele riu baixinho, parando para olhar sobre a mureta de pedras da ponte, até o rio abaixo. E que rio aquele era.

De um vermelho profundo, o rio borbulhava e espumava com lama, e eu tinha a sensação de que era de onde vinha o cheiro desagradável. Eu não queria saber do que o rio realmente era feito, mas parecia espesso, então duvidei que fosse água.

– Eu vou te contar uma historinha, uma que você deve prestar muita atenção.

Não sabia se aguentaria outra história, mas me forcei a prestar atenção. Removendo as mãos dos bolsos, ele as colocou suavemente na mureta.

– Quando os anjos foram enviados para iluminar a humanidade, eles falharam da maneira mais gloriosa. Sucumbiram ao mal e à tentação, tornaram-se gulosos com comida e bebida. Eles *fornicaram*. – Parando para sorrir, ele olhou para mim. – E houve muitos fracassos, Layla. Tantos que o cara lá no Céu sabia que tinha um grande problema nas mãos. Esses anjos eram poderosos, criados segundo as próprias virtudes dele, e estavam corrompidos. Eles poderiam desfazer tudo o que ele criou, então ele deveria dar um jeito neles, punindo-os pelos Alfas.

Perdida em uma parte da história que nunca havia sido voluntariamente compartilhada ou mencionada, fiquei em silêncio enquanto ouvia. Eu também estava tentando não respirar muito profundamente, porque o fedor estava quase nocauteando-me.

– Alguns dos que caíram, os anjos originais enviados para a humanidade, escaparam da punição ao descerem para o Inferno. O Chefe os recebeu de braços abertos. Eles são o que você chama de caídos, os originais que outros demônios temem. Há aqueles que se referem a eles como demônios, mas eles não são e nunca foram criados pelo Chefe ou gerados por outro demônio. É importante lembrar de onde eles vieram – explicou, inclinando o queixo para cima. Seus ombros estavam tensos sob a camisa branca que vestia. – E houve aqueles que caíram e receberam seu castigo, aquelas criaturas piedosas que perceberam que estavam erradas e cujo amor por seu criador era maior do que seu desejo por liberdade. E eles foram punidos. Você sabe como, Layla?

Meu nome saiu dos lábios dele como uma explosão ártica e eu tremi.

– Não.

Ele se virou na minha direção, encostando-se na mureta com uma confiança na construção que eu não compartilhava.

– Eles foram transformados em pedra.

Eu ofeguei quando finalmente entendi.

– Você entende o que quero dizer. – Seus olhos brilhavam friamente. – Aqueles que caíram e aceitaram sua punição foram transformados em pedra e receberam uma aparência horrível e bestial, não apenas para lembrar à humanidade que o mal existia, mas para servir como uma lição tangível para aqueles que deveriam estar acima da tentação e que também poderiam cair em desgraça.

– Uau. – Minha cabeça girava. Originalmente, os Guardiões eram anjos que haviam caído? De repente, o que Roth tinha falado de maneira debochada fez sentido: rejeitados celestiais. Ele sabia, mas sempre disse que não era sua história para contar.

– Por muitos séculos, aqueles penitentes caídos permaneceram sepultados, até que os Alfas os acordaram para combater a população demoníaca em rápida expansão e os Lilin que foram criados há tantos séculos – continuou o Ceifador, voltando o olhar para o rio. – Eles não acordaram todos, Layla. Alguns ainda dormem. Nem mesmo seu clã sabe disso, mas aqueles cujos pecados foram mais ofensivos são aqueles que ainda estão presos em sua punição.

– Meu Deus. – Respirei fundo, pensando em todas as gárgulas adornando os edifícios só na região de Washington. Todo este tempo eu acreditara que as pessoas simplesmente esculpiram as estátuas.

– Aqueles que foram despertados se tornaram os primeiros Guardiões, mas sua punição os mudara. É por isso que eles têm duas formas, e também é por isso que, em sua verdadeira forma, eles se assemelham às criaturas que são encarregados de despachar. Irônico, não é? – Ele sorriu novamente. – Tenho certeza de que o seu clã não esqueceu sua verdadeira história, mas adorariam conseguir, não é? Os únicos seres mais arrogantes do que os Alfas seriam os Guardiões.

Ali estava outra coisa que eu não poderia negar.

– Isto tudo é fascinante, mas…

– Por que estou te contando isso, a história de sua mãe e a da raça que te criou como um deles? Você quer algo de mim, mas eu quero que você entenda o que você é. – Ele se afastou da mureta, encarando-me a meros trinta centímetros de distância. – Você está diante de mim, encolhendo-se como uma garota indefesa.

Os pelos da minha nuca voltaram a se arrepiar mais uma vez.

– Isso é porque você é... você é o Ceifador...

– Eu sei o que eu sou. Pelo menos isso eu posso dizer. Já você, não.

– Sim, eu entendo, mas...

Sua mão voou, envolvendo o meu pescoço. Eu tinha dado meu último suspiro antes mesmo que eu percebesse. O pânico me inundava enquanto eu erguia uma mão, segurando a mão enorme do Ceifador. Eu quis que meu corpo se transformasse, mas o Ceifador sorriu ao me erguer do chão.

– Você não pode se transformar. Não aqui. Cayman não lhe disse isso? Demônio tolo, ele tende a deixar informações importantes de fora. Você não é deste reino, criança, portanto você não pode assumir sua verdadeira forma aqui – disse ele, erguendo-me ainda mais. – Eu poderia quebrar seu pescoço em um segundo, e você sabe o que aconteceria?

Eu morreria.

Não era como se eu pudesse dizer isso, já que eu estava ocupada demais tentando conservar o que restava do oxigênio nos meus pulmões, que não era muito. Meu peito estava queimando, meu coração batendo fortemente.

– Iria doer. Iria te nocautear, mas não, você não morreria – continuou ele, como se pudesse ler meus pensamentos. – Francamente, a única coisa que pode te matar é uma adaga de ferro no seu coração ou se alguém cortar sua cabeça fora – Suas palavras estavam rompendo a névoa ardente, mas faziam pouco sentido. – Fogo? Não. Jogar você de uma altura de cem andares? Não pode matar você. Eviscerar-te? Não. Uma vez que você entenda isso, será mais forte e mais feroz do que qualquer Guardião a andar na superfície, e até mesmo os demônios de Status Superior fugirão da sua presença.

De repente, ele me libertou do seu aperto. Eu caí sobre a ponte, cambaleando contra a mureta de pedra. Ela se desfez como cinzas sob o meu peso, caindo na água fervilhante lá embaixo. Eu oscilava na beirada, braços balançando.

Ele me pegou pelo braço, puxando-me para longe do beiral e contra seu peito. O contato corporal completo era como abraçar um boneco de neve, um boneco de neve psicótico. Minha pele esfriou, e enquanto eu exalava com dificuldade e então tomava ar com força, uma nuvem enevoada se formou na frente de meus lábios.

– Agora você vê o que eu tenho tentado te mostrar, o propósito de todas as minhas histórias? Você não é um demônio. Você nunca foi um demônio, sua garota tola.

Capítulo 17

Você não é um demônio.

Parei de lutar por ar enquanto olhava em seus olhos frios. O que ele me disse sobre Lilith e os Guardiões me abalou, mas agora eu tinha sido nocauteada para fora de mim por pura descrença.

– Isso não faz sentido – eu ofeguei.

– Por quê? Porque seu clã acredita que você é um demônio? Porque o Príncipe nunca discordou? Foi o que o Chefe disse a ele, porque, se os demônios de Status Superior soubessem o que o Chefe fez por Lilith há tantos anos, não ficariam nada felizes. Nenhum demônio gosta da ideia de que o Chefe teve favoritos e ainda os tem. O Príncipe não tinha nenhuma razão para desconfiar disso. Por todos eles, você é sentida como um demônio, mas só porque eles te sentem como um anjo caído original. – Seu aperto era forte, quase cruel. – Se você prestou atenção à minha história, pode deduzir onde eu estou indo com isso.

Partes do meu corpo estavam congeladas pelo contato com ele, então eu realmente não estava deduzindo absolutamente nada agora.

O Ceifador abaixou a cabeça, e eu endureci quando sua boca parou a míseros centímetros da minha.

– Você era parte Guardião e parte o que quer que Lilith fosse quando você nasceu, o que te faz algo totalmente diferente. O sangue Guardião em você enfraqueceu o que Lilith te passou. Eras tão mortal quanto qualquer um deles e nem de perto tão poderosa, seu único poder sendo um beijo mortal, mas aquelas malditas bruxas… – Ele riu, e seu hálito gelado cobriu meus lábios, fazendo-me estremecer. – Aquelas que adoram à sua mãe. Deram-lhe algo para beber, não foi? Depois do seu esfaqueamento e do salvamento heroico do Príncipe? Tirando você do meu alcance com eficiência. Não foi?

– Sim – rosnei. – A gente não sabia o que era. Roth não sabia...

– Mas você pode adivinhar o que é agora? Provar que você tem prestado atenção à minha pequena aula de história?

Sangue trovejou pela minha cabeça, e eu sabia onde ele estava querendo chegar com isso, mas eu não conseguia acreditar na ideia de que eu tinha recebido sangue de um dos anjos caídos originais. Primeiramente, isso era nojento. Segundo, eu...

– Por que elas fariam isso? Como conseguiram o sangue?

– Isso é elas que devem responder – Seus cílios abaixaram, protegendo seus olhos. – Mas o que elas fizeram apagou o sangue de Guardião que havia em você. Agora... você é outra coisa completamente diferente.

Pensei em como Zayne e Danika tinham dito que me sentiam como um demônio de Status Superior, mas isso foi antes de as bruxas me darem aquela... aquela poção. Mas tudo começou a se encaixar. Roth estava parcialmente certo. Eu ainda estava em metamorfose, e como eu não era o que ninguém esperava que eu fosse, o que os Guardiões estavam sentindo poderia ter sido meu amadurecimento. Além disso, um demônio tinha fugido de mim desde que bebera aquilo, e a minha aparência realmente estava diferente.

– Meu Deus – sussurrei, esquecendo quem estava me segurava. – É por isso que eu tenho *penas* nas minhas asas.

Sua boca se contraiu.

– Entre outras coisas.

– Eu sou... sou imortal?

Ele me largou e se afastou, mas eu estava tão abalada que mal registrei o calor me invadindo lentamente.

– Tão imortal quanto qualquer coisa que só pode ser morta daquelas duas maneira que mencionei anteriormente. No momento em que você consumiu o sangue dos originais, se tornou o que os Alfas chamariam de abominação. Mas o que eles não conseguem apreciar é que você sozinha pode parar o que está por vir.

Atordoada por tudo o que ele dissera, levantei uma mão trêmula, afastando o cabelo que tinha se soltado sobre o meu rosto. Eu tinha vindo aqui para recuperar a alma de Sam e acabei descobrindo que tudo o que eu achava que sabia sobre a minha vida, minha identidade, estava errado. De novo. Parte de mim não sabia o que pensar sobre isso. A outra parte estava borbulhando com o doce conhecimento. Incrivelmente egoísta, claro. Mas não haveria nenhum andador no meu futuro enquanto Roth permanecia jovem.

– Você é como Lilith, totalmente única. Algo que não deveria existir, mas existe. Assim, também, é o Lilin. Ele não deveria existir, mas você... você pode impedi-lo.

Meu olhar seguiu para ele enquanto eu abaixava a mão.

– Eu vou impedi-lo.

– Sério? – Ele inclinou a cabeça. – Porque tudo o que você fez desde que o Lilin se revelou foi chorar pelo seu amigo, fazer beicinho, entrar em DR que eu normalmente só esperaria de um adolescente humano lamentável e entregar sua castidade.

Eu me sobressaltei, uma rigidez tomando conta dos meus músculos.

– O quê?

– Acho que fui bastante claro. – Ele andou na minha direção e, desta vez, eu não recuei, embora minha garganta ainda doesse pela última vez em que me mantive firme. – Você precisa impedir o Lilin, mas a única coisa que você realmente fez foi perder sua virgindade. Ainda assim, suponho que você merece os parabéns. É um marco, afinal de contas. Por favor, passe meus cumprimentos ao Príncipe.

Envergonhada e furiosa, senti meu queixo cair.

– Isso não é verdade!

– Não é? – O Ceifador inclinou a cabeça para trás e riu sombriamente. – Diga-me, o que mais você conseguiu fazer?

Abri a boca, pronta para disparar tudo o que eu estava, o que *nós* estávamos fazemos, mas as únicas coisas que ele realmente falhou em mencionar foram as nossas tentativas frustradas de localizar o Lilin, o fim de Elijah e a minha nova tatuagem, que agora estava fazendo sabe-se lá Deus o que com Bambi, que, a propósito, nem deveria estar aqui.

Verbalmente encurralada, eu disse a primeira coisa que chegou na ponta da minha língua.

– Eu não pedi por nada disto!

No momento em que essas palavras saíram da minha boca, soube que foram um erro. Além do fato de que não contribuía muito para a conversa, era possivelmente a coisa mais infantil que eu já dissera. E isso dizia muita coisa.

O Ceifador sorriu.

– Ninguém nunca pede o que a vida lhes dá. Dificilmente seria diferente com você.

Meu olhar baixou para suas botas, e então eu fechei os olhos com força. Caramba, ele estava certo. Não importava o que estivesse acontecendo na minha vida, eu não tinha feito o suficiente para impedir o mal que eu inadvertidamente ajudei a criar quando Paimon realizara o ritual em sua tentativa de libertar Lilith, e mais pessoas inocentes morreriam como consequência. Eu não sabia o que mais poderia ter feito, mas obviamente havia algo.

Respirando fundo, levantei meus olhos para os dele.

– Você tem razão. Eu não tenho feito o suficiente, mas vou fazer qualquer coisa pra impedir o Lilin.

Seus olhos brilhavam de uma maneira estranha, como se tivessem sua própria fonte de luz.

– Qualquer coisa?

– Qualquer coisa – eu repeti, embora as palavras não mudassem o porquê de eu estar ali. – Mas eu não vou esquecer Sam. A alma dele tá aqui e não pertence a esse lugar.

Ele se moveu novamente, rápido como um relâmpago, mas eu pulei para trás enquanto erguia o braço, bloqueando sua nova tentativa de agarrar a minha garganta. A dor se espalhou pelo meu braço, e provavelmente haveria um hematoma mais tarde, mas melhor ali do que em volta do meu pescoço.

O Ceifador recuou, e eu pensei ter visto a aprovação queimando em seus olhos.

– Talvez você ainda não entenda o que está em jogo aqui.

Então, sem qualquer aviso, ele segurou o meu pulso e não estávamos mais na ponte; estávamos em algum tipo de prédio e uma parede de chamas se elevava na nossa frente. O calor emanava da parede ardente enquanto as chamas crepitantes tocavam o chão e o teto, mas de alguma forma, como o fogo no elevador, elas não se espalhavam.

Sobressaltada pela mudança repentina, eu cambaleei para trás e caí em cima do Ceifador. Afastando-me, eu não consegui chegar muito longe antes de um braço forte me apertar ao redor da minha cintura, puxando-me de volta. Ar sumiu dos meus pulmões.

– Acho que tem alguém que você precisa conhecer – disse ele, com voz baixa no meu ouvido.

As chamas pulsaram, e então caíram do teto, desaparecendo no chão e revelando o que existia além delas. Era um cômodo, uma espécie de quarto, com uma grande cama ornamentada e peles ricas cobrindo o chão de pedra. Havia uma pequena mesa e duas cadeiras e até mesmo uma TV, e uma risada histérica borbulhava dentro de mim enquanto eu lembrava do que Roth tinha dito sobre a recepção de sinal aqui embaixo. No teto havia um parafuso grosso de aço conectado a uma corrente que corria pela parede, e eu segui o comprimento da corrente até o pescoço da mulher que estava parada à direita, seu quadril fino apoiado contra a parede.

Perdi o fôlego.

Ela usava uma roupa toda branca, um vestido diáfano que mostrava tudo, desde a gola até a bainha, e todos os lugares sombrios no meio. Esta mulher com o cabelo tão loiro que era quase branco e os olhos que eram um tom pálido de cinza era surpreendentemente bonita, estranhamente linda, com os olhos alongados nos cantos e uma boca exuberante e vermelha.

E aquela boca vermelha se curvava em um sorriso presunçoso.

Então ela falou em uma voz que era antiga e pesada como as peles que revestiam o chão:

– Bem, já era hora.

– Lilith – eu murmurei.

Capítulo 18

Pela primeira vez na minha vida, eu estava em pé na frente de Lilith, minha mãe, e ela era uma criatura viva, em carne e osso. Não sei por que aquilo foi o que mais me chocou, mas ela sempre foi mais um mito do que uma realidade na minha mente.

Havia algo dentro de mim que se sentia repelido pela corrente em torno de seu pescoço fino. Era um sentimento estranho, de ligação familiar. Afinal, apesar de qualquer coisa, ela era a minha mãe, e estava acorrentada. Eu não gostei daquilo. Nem sequer gostei da sensação, e não sabia o que pensar daquilo.

– *Mãe* teria sido uma saudação mais apropriada – disse ela, e aquela voz era como mil Bambis deslizando sob minha pele. – Mas, realmente, eu não deveria esperar tal cortesia de você.

Eu pisquei diante do insulto velado.

Então tá.

Lilith mais deslizou do que caminhou até o centro do cômodo. Eu não tinha certeza se seus pés tocavam a pedra no chão.

– Por que ela está aqui? Não acredito que seja para me libertar, não com você aqui.

– Você sabe que nunca será libertada – o Ceifador respondeu acidamente. – Não importa o que o Lilin pense, seu tempo aqui dificilmente terá um fim.

Uma mudança varreu seu rosto, suavizando a beleza etérea.

– Meu filho? Você traz notícias dele?

A falta de ar na sua voz foi um chute no peito que me acordou.

– Seu filho? Quer dizer, aquela coisa maluca solta por aí, causando tanto estrago?

Seus olhos pálidos se estreitaram em mim.

– É do seu irmão que você está falando. Tenha algum respeito.

– Meu irmão? – Eu bufei. – Tá certo. Só que não.

Ela balançou a cabeça e as mechas longas dançaram em torno de seu rosto.

– Você não pode negar a realidade. Ele é uma parte de você. Você é uma parte de mim. Nós três estamos conectados.

Eu enrijeci.

– Eu não sou uma parte de você nem dele.

Lilith levantou o queixo.

– Você sempre foi uma decepção para mim – disse ela, e eu me encolhi, incapaz de me conter. – Eu tinha tanta esperança em você. Você deveria ser aquela a não só me libertar, mas a se erguer comigo. Nós teríamos mudado o mundo, mas isto? – Ela parou, levantando as mãos. – Isto é o que eu recebo em troca. Você não me respeita. Você não me honra.

– Nossa – murmurei, inspirando um ar trêmulo. – Uau. Você já se importou com alguém, já amou alguém?

– Amor? – Ela torceu o nariz em desagrado.

– Paimon amava você – respondi.

Ela revirou os olhos.

– Aquele tolo. Ele falhou em me libertar, e é a razão pela qual todos me vigiam muito de perto agora. Não existe tal coisa como o amor e, por favor, não exponha um novo nível de idiotice ao discutir comigo. Vou perguntar novamente. – Ela lançou seu olhar para o Ceifador, que ainda estava me segurando por trás. – Por que ela está aqui?

– Eu faço as perguntas aqui. – O aperto do Ceifador na minha cintura não diminuiu, como se ele esperasse que eu corresse para frente e arrancasse a corrente do teto. Preocupação desnecessária. Isso não ia acontecer. – Você vai chamar o Lilin de volta? Sabes que pode. Mesmo dessa cela, você pode impedir isto.

– Por que você não pode forçá-la? – eu perguntei.

O Ceifador soltou um quase rosnado:

– Não é tão simples.

O olhar de Lilith passeou entre nós, e então ela jogou a cabeça para trás, soltando uma gargalhada.

– Essa é uma pergunta séria? Você está me pedindo para impedir o meu filho? – Abaixando a cabeça, seu olhar fulgurava como aço. – Se eu não posso ter as coisas como quero, então mal posso esperar pela destruição que ele causará sobre a humanidade. Ele trará a única coisa que eu nunca consegui: o fim.

– Por quê? – eu exigi. – Por que você quer isso? Ninguém ganha nessa situação. Nem mesmo você.

– Por quê? – Seu rosto foi tomado por descrença. – Você tem ideia do que eu já sofri? Primeiro graças a quem me criou, e depois pelas mãos dos homens? Você tem ideia do que eu perdi? Minha liberdade me foi arrancada incontáveis vezes! Minhas escolhas descartadas! Eu fui exilada do Éden, deixada sozinha para sobreviver em um mundo sombrio e cheio de horrores! Você não tem ideia do que eu passei. Não se atreva a me perguntar o porquê.

– Você sofrera – disse o Ceifador silenciosamente. – E assim também as muitas almas que reivindiquei por sua causa.

Ela riu amargamente.

– E eu não me arrependo de nada – Ela olhou para mim. – Bem, talvez apenas algumas coisas.

Eu me sobressaltei e deixei escapar a primeira coisa que me veio à mente.

– Sou sua filha.

Seu rosto tensionou.

– Então honre-me.

– Eu não posso – sussurrei, engasgada. – Não se honrar você significa que milhões de pessoas vão morrer.

– Então terminamos aqui.

– Terminamos – murmurou o Ceifador.

A parede de chamas retornou com um barulho estrondoso, e então não estávamos mais lá. Estávamos de volta à ponte, e o Ceifador me soltou. Eu tropecei para longe dele, para a mureta.

Olhei para a água por vários minutos, sentindo-me enjoada e... e com o coração doendo. Havia uma ferida ali, uma que passei a maior parte da minha vida ignorando ou fingindo que não era grande coisa, mas era, e doía. Não importava o que Lilith fosse, ela era a minha mãe, e nem ela ou meu pai jamais se importaram comigo.

– Por que você me levou até ela? Além de poder provar que ela não se importa e nunca se importou comigo?

– Pode ter parecido cruel, mas você precisava ver o que ela realmente é, porque mostra o que o Lilin realmente é. Nada mudará nenhum deles. Nenhuma quantidade de raciocínio ou negociação é capaz disso. O Lilin deve ser impedido.

– Eu sei. Eu não precisava conhecê-la pra entender isso. – Cansada de tudo o que o Ceifador me dissera e de conhecer a mãe para a qual eu tinha sido uma decepção, eu o enfrentei. Para mim, já era mais do que suficiente. – Eu quero a alma de Sam. Você pode libertá-la, então ela poderá ir para onde deveria ter ido, e eu vou impedir o Lilin. Mas eu quero a alma dele libertada.

O Ceifador olhou para mim, sua expressão apática.

– Eu não posso fazer isso.

Preparada para aquela resposta, eu juntei as minhas mãos para evitar socá-lo e descobrir como seria fácil para o Ceifador acabar comigo, apesar da minha recém-descoberta imortalidade.

– Por favor. Ele não merece isso. *Por favor*. Eu farei qualquer coisa que você queira que eu faça.

– Você nunca deve oferecer tal pechincha a ninguém. – Seu olhar não tinha crueldade, mas eu estremeci mesmo assim. – Especialmente a mim, porque eu posso pedir de você algo que você não esteja disposta a dar.

O arrepio me invadiu novamente.

– Eu tenho de fazer isso por ele. Você não entende. Sam era uma boa pessoa, uma pessoa verdadeiramente boa. Sua alma era quase pura. Ele não merece uma eternidade de tormentos.

– Eu não discordo, mas não há nada que eu possa fazer.

As minhas mãos começaram a tremer e eu as separei.

– Não. Eu sei que você pode. Você controla as almas que faleceram. Você é o...

– Eu sei o que eu sou, garota, como eu disse antes – ele retorquiu, a passividade em sua expressão transformando-se em irritação. – E sei que não posso libertar o que eu não possuo.

Minha voz saiu cheia de frustração:

– Então quem tem a alma dele? Para quem eu preciso implorar? Porque eu vou.

– Você não entende – o Ceifador balançou a cabeça, quase tristemente. – A alma dele não existe mais. Será que você consegue compreender isso? Apesar do que Lilith disse, o que você é e o que o Lilin é são duas coisas muito diferentes.

– O quê? – eu sussurrei, meu coração de repente batendo muito rápido. Eu entendia o que ele estava dizendo, mas queria estar errada. Eu precisava estar errada. Meu lábio inferior tremeu. – Onde tá a alma de Sam?

– O Lilin a *consumiu*, garota. Você sabe disso. De que outra maneira poderia assumir sua forma ou qualquer outra? Quando o Lilin consome uma alma, não é o mesmo que tomá-la. É por isso que qualquer Lilin, mesmo que seja apenas um, é tão incrivelmente perigoso.

Fui inundada pelo horror. Não. Não. Não. Eu não sabia disto. Não havia um manual de como lidar com um Lilin que explicasse essas coisas. Eu tinha presumido que ainda haveria alguma parte da essência de Sam que teria sido enviada para o Inferno. Eu tinha presumido que a habilidade do Lilin era como a minha. Não tinha permitido que qualquer outra possibilidade atravessasse a minha mente.

– Você tá…? – Eu mal conseguia fazer as palavras ultrapassarem o caroço de emoção amargo que se formava. – Você tá me dizendo que não tem nada que você possa fazer?

– Não há uma alma para eu libertar – respondeu ele, a voz baixa.

– Meu Deus. – Eu fechei os olhos, virando-me para longe quando a dor e a decepção arrancaram o ar dos meus pulmões.

Não era justo. Nem um pouquinho. Sam nunca machucou uma única pessoa e agora ele simplesmente… deixou de existir? Alguns argumentariam que era melhor do que uma eternidade de tormento, mas, para mim, era pior. Tudo o que Sam tinha sido, tudo o que ele já tinha feito, simplesmente não importava. Ele se foi, nada restava dele neste mundo ou em qualquer outro, e isso era tão errado.

E o que eu ia dizer à Stacey? Isto… isto a destruiria, mas como eu poderia mentir sabendo o que sabia? Mas eu preferia carregar esse fardo do que vê-la lidar com esse conhecimento.

– Eu não disse que não havia nada que pudesse ser feito.

Meus olhos se abriram e eu girei em direção a ele.

– O quê?

– O Lilin consumiu a alma, e essa alma está dentro dele, junto com quaisquer outras almas que ele tenha consumido. Nem tudo está perdido.

Por um segundo, não me atrevi a respirar, e depois perdi o controle.

– Que tal começar a conversa com isso em vez de me deixar pensar que ele simplesmente se foi!

– Que tal você ajustar seu tom de voz – ele respondeu azedamente.

Cada grama do meu ser queria se enfurecer contra ele, mas eu me forcei a me acalmar, porque ele tinha todo o conhecimento.

– Sinto muito – eu me forcei a dizer. – É que o Sam é muito importante pra mim.

O Ceifador arqueou uma sobrancelha.

– Eu posso ver isso. – Cruzando os braços sobre seu peito, ele me olhou com uma intensidade penetrante. – Você e eu queremos a mesma coisa. Você quer libertar a alma de Sam e eu quero que o Lilin seja impedido. Eu acredito que isso é o que os humanos chamam de dois coelhos, uma cajadada. Mate o Lilin. Sam e todas as outras almas consumidas serão libertadas.

– Feito. – Não houve nem um segundo de hesitação.

– Esteja avisada que não será tão fácil. Almas não duram indefinidamente, presas assim. Nunca ouvi falar de uma que passasse de alguns meses – disse ele. – O tempo é essencial.

Sam tinha sido consumido já havia algum tempo.

– É tarde demais pra ele?

– Não – ele respondeu, e eu tive de acreditar na sua palavra, porque ele era o Ceifador. – Mas você não tem muito tempo. Por uma miríade de razões.

Eu acenei com a cabeça, não só agarrando-me à esperança de que ainda poderia ajudar Sam a encontrar a paz que ele merecia, mas entendendo plenamente que no momento em que chegasse à superfície, eu precisava encontrar o Lilin.

– Não falhe nisto. Não é apenas a alma do seu amigo que está em risco – acrescentou, e uma rajada de vento gelado repeliu o calor opressivo. – Se o Lilin continuar sem ser controlado, os Alfas intervirão. Eles vão erradicar todos os demônios e Guardiões na superfície, e se isso acontecer, o Inferno terá de retaliar. Não existe como o Inferno ficar neutro e permitir isso. O Chefe vai soltar os quatro cavaleiros.

Eu engoli em seco.

– Acho que você não tá falando sobre cavaleiros tipo de hipismo, né?

– Não. – Ele não parecia ter achado graça. – Eles cavalgarão, e trarão o apocalipse. Bilhões morrerão, Layla, e a Terra será devastada. Só a Lilith e o Lilin poderiam realmente querer isso. Eu não quero. Nem o Chefe ou o Grandão lá no Céu. Nenhum de nós quer isso, porque *todos* nós iremos à guerra.

– Sem pressão e tal – murmurei, suspirando. – Vou só impedir o apocalipse.

Seus lábios se contorceram em um sorriso, mas foi tão rápido que eu poderia ter imaginado aquilo.

– Ao contrário de sua mãe, eu tenho fé em você, Layla. Mas lembre-se de uma coisa. No final, todos pagam um preço em sangue.

Capítulo 19

Bambi e Robin foram devolvidos antes de eu voltar para o corredor significativamente mais gelado. No momento em que apareceram, começaram a discutir entre si. Sobre o que, eu não tinha certeza, porque eu estava ocupada demais pensando em tudo o que o Ceifador me contara e mostrara.

Aflita, não senti os familiares retomarem às suas formas animais e subirem em mim, ou sequer lembrava muito da caminhada de volta ao elevador ou da viagem para a superfície. Os meus pensamentos ainda estavam girando em um círculo vicioso quando as portas do elevador se abriram mais uma vez.

Olhos âmbar ofuscantes encontraram os meus, e antes que eu pudesse falar uma palavra sequer, ou dizer o quão aliviada eu estava em vê-lo de novo, Roth estava na minha frente. Uma fúria mal contida apertava as linhas de seu rosto quando ele entrou no elevador.

– Você se machucou? – ele exigiu.

– O quê? Não.

– Foi ferida de qualquer maneira que eu não consiga ver?

Quando eu balancei a cabeça, um pouco da tensão, mesmo que apenas uma pequena parte dela, desapareceu do seu rosto. Eu comecei a levantar minhas mãos.

– Eu…

Minhas palavras terminaram em um grito quando ele me ergueu do chão. Dentro de um segundo, eu estava balançando pelo ar. Eu grunhi enquanto meu tórax encontrava seu ombro. Por instinto, agarrei o cinto de couro em torno de seus quadris. Ele girou e o elevador rodopiou quando ele saiu no saguão.

– Roth...

– Quieta – ele rosnou.

Meu aperto ficou mais forte enquanto ele marchava para frente.

– Me coloque no chão!

– Não vai rolar.

Ele se virou para o corredor que levava à escadaria e eu levantei a cabeça. O saguão estava vazio, com exceção de Cayman. Ele estava ao lado dos sofás e cadeiras, e seu rosto geralmente bonito estava manchado com uma variedade de hematomas roxos e vermelhos.

Eu não sabia que demônios podiam ser feridos.

Cayman sorriu, mas parecia doloroso.

Batendo nas costas de Roth, eu tentei chamar a sua atenção.

– Me coloque no chão. Agora. – Quando ele não respondeu, eu comecei a espernear, mas seu braço livre apertou a parte de trás dos meus joelhos. – Roth!

– Quieta – ele disse novamente enquanto a porta para a escada se abria, batendo nas paredes de cimento. Eu estremeci enquanto o som ecoava. – Não diga mais nada até chegarmos lá em cima.

Fiquei boquiaberta.

– Não me mande ficar quieta!

Ele riu sombriamente, sem qualquer humor.

– Isso é o que eu acabei de fazer, Baixinha.

Dizendo a mim mesma que eu sabia que ele ia ficar chateado, que a raiva tinha de ser um resultado da sua preocupação com o meu bem-estar, eu lutei para manter a minha calma. Na verdade eu só queria chutá-lo.

– Eu sei que você tá com raiva...

O braço ao redor das minhas pernas se apertou.

– Você não tem ideia de quanta raiva eu estou sentindo. Nenhuma.

Apertando meus olhos, contei até dez. Cheguei a cinco.

– Tá certo. Eu entendo. Mas você não precisa me carregar escada a cima.

Em vez de responder, ele se apressou, gingando, deixando-me em choque quando ele começou a subir as escadas dois degraus de cada vez. Quando chegamos ao quarto ou quinto andar, eu tinha chegado no meu limite. Eu entendia que ele estava com raiva, mas isto era ridículo.

Reunindo a força que eu sabia que tinha, eu levantei minhas mãos e segurei seus ombros enquanto balançava meu peso para trás ao mesmo tempo. O movimento pegou Roth desprevenido, e seu braço soltou o suficiente para eu me livrar do seu aperto.

Eu escorreguei pela frente de seu corpo e o contato físico enviou um lampejo de calor através das minhas veias. Ignorando isso, recuei, imediatamente colocando uma distância entre nós, o que provavelmente foi uma das coisas mais inteligentes que tinha feito até aquele momento.

Roth *realmente* estava furioso.

A raiva emanava de cada célula de seu corpo firmemente tensionado e brilhava atrás de seus olhos dourados. A sua pele estava mais fina, expondo o tom mais escuro que existia além da carne. Os meus olhos se arregalaram. Não por medo, porque eu nunca teria medo dele, mas porque havia mais do que apenas raiva em suas feições, havia uma forte ansiedade. Sim, ele parecia feroz, mas também parecia que estava esperando nunca mais me ver.

– Roth – eu disse baixinho, e seus olhos se fecharam em uma careta ao som de seu nome. – Eu sei que você tá chateado. Desculpa, mas eu tinha de ir lá embaixo, e sabia que não era seguro para…

– Sim, vamos falar sobre segurança! – Sua voz trovejou pelas escadas. – Você sabe o quanto se arriscou indo até lá? Quanta sorte você tem por estar aqui, ilesa?

– Sim, mas…

– Não há um "mas" nisto, Layla. Existe uma quantidade imensa de coisas extremamente perturbadoras e doentias que poderiam ter acontecido com você. E pra quê?

– Pra quê? Você sabia que eu tinha que ajudar Sam. Que eu não poderia…

– Eu poderia ter ajudado você se você tivesse permitido! – Seus olhos brilharam em um âmbar intenso. – Eu sei o que pode acontecer lá, e eu não me importo com o que Cayman te disse, não tinha como você estar preparada pra isso. Um número imprevisível de demônios poderia ter levado você, e eles teriam feito coisas que te fariam implorar pela morte.

Eu estremeci com o pensamento, mas forcei minha voz a permanecer calma.

– Nada aconteceu comigo, Roth. Eu estou bem…

– Eu não sabia disso, sabia? Acordei depois que aquele idiota quebrou meu pescoço e você tinha ido embora, Layla, para o Inferno, e eu não podia ir atrás de você. Eu tentei, mas o maldito elevador não subia. Eu sabia que a entrada tinha sido bloqueada, e você não tem ideia do que isso me fez pensar. Não sabia se você estava bem. Passei um dia e meio esperando o pior! – ele gritou, e o meu estômago despencou, porque eu tinha esquecido que o tempo se movia de forma diferente lá embaixo. O que parecia uma hora, no máximo, para mim, foram horas e horas de incerteza para ele.

Eu engoli em seco.

– Roth, sinto muito. Eu sinto mesmo. Eu não queria que você se preocupasse.

– Se você não quisesse que eu me preocupasse, você nunca teria conspirado pelas minhas costas. Eu ofereci minha ajuda e você tirou essa escolha de mim – Sua mandíbula estava definida em uma linha dura. – E eu fiquei totalmente impotente quando se tratava de te ajudar. Droga, Layla, eu quero te esganar.

– Bom, isso não é exatamente me ajudar.

Seus olhos se estreitaram, e eu percebi que a minha tentativa de humor tinha praticamente despencado escada a baixo.

– Você acha que isto é uma piada?

– Não – murmurei, começando a perder a paciência.

Ele avançou, um músculo latejando ao longo de sua mandíbula.

– Você arriscou demais, Layla. Você...

– Eu não ia arriscar você! – gritei, meu controle esticando e então rompendo. Eu dei um passo à frente, colocando as minhas mãos em seu peito e empurrando com força. Ele deu apenas meio passo para trás. – Você entende isso? Eu tive de ir lá pra ajudar Sam, mas eu não ia arriscar você e eu não faria nada diferente disso se pudesse. Desculpe! Você pode ficar com raiva o quanto quiser.

– Estou chateado porque te amo, Layla, e a ideia de te perder me deixa apavorado!

– E eu não ia arriscar perder você! Porque eu te amo, seu demônio irritante, presunçoso, supercontrolador...

Roth se atirou para frente, fechando as minhas mãos nas dele. Pressionando-me contra a parede, ele prendeu as minhas mãos acima da minha cabeça. Nossos corpos foram pressionados um contra o outro, e o meu coração começou a bater de forma irregular enquanto ele abaixava a cabeça.

A boca de Roth estava sobre a minha, e foi um beijo grosseiro, que não abria espaço para negação. Não que eu pudesse nega-lo em qualquer momento. O beijo era quase poderoso demais, primitivo demais. Fez com que a bola de pavor que existia na minha barriga se rasgasse, porque era o tipo de beijo forjado pelo medo de perder alguém, e isso tornou nossa situação ainda mais real.

Tornou o que eu tinha feito ainda mais doloroso.

Eu o beijei de volta, tão faminta e exigente quanto ele.

Ele ofereceu. Eu tomei. E enquanto nos agarrávamos um ao outro, eu sabia que havia mais amor em suas palavras do que raiva.

Depois do que pareceu uma eternidade, ele tirou a boca da minha. Descansando nossas testas juntas, ele manteve as mãos sobre os meus pulsos. Roth estava respirando pesadamente, e eu podia sentir seu coração disparado contra meu peito.

– Eu não posso perder você – disse ele em um murmúrio rouco, sua voz torcendo as minhas entranhas. – Eu não posso.

– Você não vai – eu sussurrei de volta, mas aquelas três palavras soaram vazias para mim, mesmo depois do que o Ceifador me dissera. – Você ainda tá com raiva de mim?

Sua respiração estava quente em meus lábios.

– Eu ainda quero te estrangular. – Ele pausou. – Mas da maneira mais amorosa possível.

Eu pressionei meus lábios juntos.

– Então tá.

Os lábios de Roth roçaram sobre a minha testa, e então ele estava dando um passo para trás, com as mãos saindo dos meus pulsos e descendo pelos meus braços. Seus movimentos eram rígidos quando ele se virou para as escadas, e, mesmo que eu percebesse que a maior parte da raiva tinha se dissipado, ela não tinha desaparecido completamente.

Ele começou a subir as escadas e, depois de respirar fundo, eu o segui. Nós não conversamos no caminho até o apartamento ou quando entramos. Ele fechou a porta em uma batida atrás de nós.

– Bambi. Saia.

O familiar deixou a minha pele imediatamente e, em vez de flutuar em sua direção, a sombra se lançou sob a cama.

– Eu acho que você feriu os sentimentos dela – eu disse, encarando-o. – E você não me contou que os familiares são, na verdade, pessoas. É uma coisa muito importante pra se esquecer de falar, sabe, que você tem uma mulher adulta rastejando na sua pele.

Ele parou, ambas as sobrancelhas erguidas.

– Você tá com ciúmes? Porque você tem um cara em você agora mesmo.

Eu estremeci.

– Obrigada por me lembrar disso.

Ele olhou para mim.

– Sério, você não tá com ciúmes, tá?

Suspirando, eu caminhei até o banco na frente do piano e me larguei nele.

– No começo, sim, eu estava. Mas então eu percebi o quão estúpido que era. E além disso, ela aparentemente tem tesão por Zayne.

– Por que não estou surpreso? Bambi sempre teve mau gosto.

Meus lábios franziram.

– Você poderia ter me contado.

Roth me lançou um olhar sombrio enquanto atravessava a sala.

– Pra ser sincero, não tinha passado pela minha cabeça. Idiota eu por achar que você nunca daria um passeio pelo Inferno.

Eu resisti à vontade de revirar os olhos.

– Bambi fez parecer que você a deixava assumir aquela forma enquanto ela fica aqui na superfície.

– Às vezes. – Ele cruzou os braços sobre o peito. – Não o suficiente pra eu pensar nisso.

– Ainda assim, teria sido útil saber disso. Imagine a minha surpresa quando eles simplesmente saíram de mim. – Eu toquei no meu abdômen, onde Robin estava enrolado ao longo do meu quadril. – Eu não acho que eles se dão bem. Tudo o que fizeram foi bater boca. – Eu olhei para a cama. – Eu realmente acho que ela tá se escondendo.

– Claro que está – ele respondeu, olhando para a cama com uma mistura de carinho e irritação. – Ela sabia que você estava indo lá pra baixo, ou pelo menos suspeitava. Ela deveria ter impedido você.

Eu descansei minhas mãos sobre os joelhos, encontrando seu olhar duro.

– Quando eu pedi desculpa, foi de coração mesmo. Não sabia que Cayman ia distrair você daquela maneira. Eu dei um murro nele, se isso faz você se sentir melhor.

Ele arqueou uma sobrancelha, parecendo inabalado.

Eu continuei:

– Mas eu precisava tentar ajudar Sam. Eu precisava.

Roth ficou em silêncio por um longo momento, e então ele expirou alto.

– Você viu o Ceifador? Você conseguiu o que estava procurando?

– Eu consegui um monte de coisas que eu não estava procurando – respondi, deslizando as palmas das mãos ao longo dos meus joelhos. – Ele me contou o que os Guardiões eram antes, quem eles eram.

– Rejeitados celestiais – disse ele, seu rosto impassível. – Nunca foi minha história para contar. Eu nem tinha certeza se você acreditaria em mim se eu contasse.

– No começo? Provavelmente não – eu admiti, e então complementei: – Ele me disse que alguns deles nunca foram despertados, que ainda estão envoltos em pedra. Eu nunca soube disso. Você sabia?

Roth balançou a cabeça.

– Eu tinha ouvido boatos, mas algumas gárgulas são apenas esculturas de pedra e nada mais.

– Ele também me contou sobre Lilith. Que ela nunca foi um demônio.

Ele estreitou as sobrancelhas.

– Eu acho que ele estava brincando com você, Layla. Lilith é um demônio.

Cansada, sacudi a cabeça, e então expliquei tudo o que o Ceifador me contou sobre Lilith. Eu vi o momento em que Roth acreditou em mim, quando eu disse a ele como o Chefe tinha escondido tudo.

– Então, eu sou sentida como um demônio. Lilith também, mas só porque ninguém sabia o que realmente éramos, e acho que com o Chefe dizendo pra todo mundo que ela era um, ninguém pensou em questioná-lo. As pessoas veem o que querem ver. Até mesmo demônios, eu acho.

Roth tinha se aproximado de mim quando lhe disse o que o Ceifador me contou, mas agora estava ajoelhado à minha frente.

– Você não é um demônio.

– Não. Não de acordo com o Ceifador, e faz sentido. Sabe, como os demônios não conseguiam me sentir no começo, não até recentemente, não até as bruxas me darem aquilo. – A compreensão brilhou profundamente em seus olhos, e ver isso tornou mais fácil dizer a ele o que mais eu tinha aprendido. – Elas me deram o sangue de um dos anjos caídos originais. A mesma coisa que deram a Lilith. É por isso que eu pareço diferente agora quando me transformo. Acho que superou o sangue de Guardião que eu tinha em mim. E, desde então, não tenho o mesmo desejo de... me alimentar. Ainda tá aqui, mas não é nada como antes. Eu não preciso mais me controlar. Eu posso só ignorar. Enfim, a boa notícia é que sou tipo imortal, então você não precisa se preocupar comigo parecendo sua avó um dia.

Ele olhou para mim em silêncio por um longo momento e, finalmente, quando comecei a me preocupar, ele disse:

– Eu não consigo ver onde há más notícias no que você acabou de me dizer.

Eu quase sorri.

– Bem, eu meio que sou uma aberração ainda maior do que você pensou no princípio.

– Eu não me importo se brotar um terceiro seio quando você se transforma ou se você é parte Capeta – disse ele fervorosamente. – Ou se três dias por mês você acabar precisando consumir a carne dos mortos – Hã. Isso era demais. – Eu vou te amar do mesmo jeito. – Ele colocou as mãos sobre as minhas. – Mas saber que eu não vou ter que fazer algum acordo louco no futuro para evitar que você morra de velhice é a cereja do meu bolo, querida.

Eu não consegui segurar o sorriso que puxava meus lábios.

– Você é ridículo, sabe disso? Você realmente faria um acordo?

Seu olhar era firme.

– Eu faria qualquer coisa por você.

– Eu também. – Eu o vi levantar as minhas mãos até a sua boca e pressionar seus lábios sobre os nós dos dedos de cada mão. – Eu não peguei a alma de Sam.

– Sinto muito – disse ele, e embora suas palavras tenham sido ditas baixas demais, eu sabia que eram verdadeiras. E eu também sabia que a única coisa com que ele realmente se importava naquele momento era que eu estava sentada na frente dele, ilesa.

Eu fechei meus dedos sobre os dele.

– O Lilin ainda tem a alma de Sam. Qualquer alma que ele consome, ele a guarda. Matar o Lilin libera as almas, mas o Ceifador disse que não sabia se a alma dele iria durar muito mais tempo dentro do Lilin.

Roth sorriu, mostrando uma covinha profunda.

– Bem, então isso também não é uma má notícia. Nós planejamos matar o Lilin, de qualquer maneira. Isso resolve os dois problemas.

Eu não gostava de pensar na possibilidade de Sam estar consciente do que estava acontecendo enquanto ele estava preso dentro do Lilin.

– Esse tem sido o nosso plano, mas como? Imagino que o Lilin não seja fácil de matar.

– Não vai ser. – Soltando minhas mãos, ele se levantou e caminhou até a cômoda. Abrindo a gaveta de cima, ele cuidadosamente puxou algo envolto em couro grosso. Ele o carregou até o topo do piano, onde o colocou e afastou o tecido. – Mas vamos matá-lo da mesma maneira que mataríamos qualquer demônio. Com uma estaca de ferro.

Incapaz de suprimir o tremor ao ver três estacas de ferro dispostas de forma tão inócua, olhei para Roth quando algo me ocorreu.

– Se eu não sou um demônio, então como o ferro me feriu antes?

– Porque, até onde eu sei, também é fatal para os originais. Embora não sejam demônios, eles ainda são amaldiçoados da mesma maneira que os demônios. Afinal, pecaram de maneiras que se acreditava serem imperdoáveis. – Ele sorriu um pouco quando olhou para mim. – Você sabe sobre a minha pequena coleção. Isto é tudo o que me resta.

Roth não manuseava as armas, porque elas queimariam sua carne. O cabo na extremidade mais grossa da estaca só o protegeria por algum tempo. Não era assim para mim, já que eu podia manuseá-las, o que eu sempre pensei que era devido ao meu sangue de Guardião, mas agora não tinha tanta certeza.

Estendi a mão, rapidamente passando os dedos ao longo do metal frio antes que Roth pudesse me parar. Ele proferiu um palavrão áspero enquanto segurava a minha mão, puxando-a de volta.

– Ela não me queimou – eu disse a ele. – O mesmo de antes. Eu acho que sou especial.

Ele estreitou os olhos.

– É um jeito de se encarar a coisa.

Eu fiz uma careta, e ele riu enquanto dobrava o pano de couro de volta sobre as estacas. Com calor, eu puxei as mangas do meu suéter para cima.

– Precisamos parar o Lilin. Eu sei que temos dito isso, mas…

– O que é isso? – Ele pegou meus dedos, levantando meu braço no ar. No começo eu não entendi o que ele estava olhando, mas quando ele virou o meu braço, eu vi os hematomas em forma de três dedos pressionados. Seus olhos oscilaram do meu braço para o meu rosto, suas feições tensionando. – Eu fiz isso?

– O quê? – Sacudi a cabeça. – Não.

O desconforto borbulhou enquanto suas pupilas se esticavam verticalmente.

– Quem fez isso?

– Hã…

Ele inclinou a cabeça para o lado.

– Pra te deixar um hematoma, alguém teria que ter agarrado seu braço com força suficiente pra que, se você fosse humana, quebrasse seu osso.

– Meu braço tá bem.

– Isso não responde à minha pergunta.

– Eu não acho que eu precise responder à sua pergunta, porque você vai pirar.

Os lábios de Roth ficaram finos.

– Estou totalmente calmo. Eu só gostaria de saber quem te machucou pra que eu possa colocar um nome e rosto na criatura que eu vou matar muito lentamente.

– Eu acho que temos definições diferentes de calma – disse, sarcasticamente.

– Eu nunca estive mais calmo na minha vida. – Quando eu lhe lancei um olhar de descrença, seu peito subiu com uma respiração profunda. – Foi o Ceifador, não foi? Cretino sensível e impaciente.

Eu não respondi. Não exatamente.

– Tenho a sensação de que você não pode matá-lo.

– Eu posso tentar. – Sua voz era muito séria.

– De que adiantaria tentar? Temos problemas suficientes sem acrescentar nada, e você ir atrás do Ceifador seria uma grande dor de cabeça da qual não precisamos agora.

Roth abaixou o queixo enquanto fechava os olhos.

– Está na natureza de quem eu sou buscar vingança contra aqueles que feriram os meus.

Nunca se podia esquecer o que Roth era. Eu deveria estar preocupada ou talvez até mesmo com raiva que ele estivesse disposto a buscar vingança, mas havia uma parte de mim que estava secretamente emocionada com o nível de sua proteção. Porque a verdade é que, se a situação fosse reversa, eu ia querer matar quem o tivesse machucado.

– Vou deixar pra lá – ele continuou, levantando o meu braço até a boca. Ele pressionou um leve beijo contra a contusão, e meu coração ficou todo mole. – Por enquanto. – Eu gemi enquanto ele soltava meu braço. – Ei, isso é melhor do que eu entrar no Inferno agora, não é?

– Sim, quando você coloca dessa forma, claro.

Ele caminhou até a cama e se sentou.

– O Ceifador me contou umas outras coisas – eu disse, lançando meu olhar para as contusões. Eu puxei minha manga para baixo. – Coisas que ele estava cem por cento correto.

– Tipo como eu vou quebrar todos os dedos das mãos dele? – Ele acariciou a cama.

– Não – eu suspirei enquanto Bambi espreitava de baixo da cama. Ela se ergueu graciosamente, cutucando a perna de Roth com seu focinho. – Ele praticamente nos deu uma bronca por não termos feito realmente alguma coisa sobre o Lilin.

Bambi colocou a cabeça no joelho de Roth e ele distraidamente a acariciou. Imediatamente, pensei no que ela tinha dito sobre Zayne e onde ele realmente a acariciara, e tive que dizer a mim mesma para não ir até lá e mover a mão de Roth para a ponta do focinho dela, porque achava que não poderia ser um lugar inadequado em seu corpo.

Deus, eu precisava parar de pensar nisso.

– Não é como se a gente estivesse fazendo nada – disse ele, sorrindo para Bambi. – Encontrar o Lilin não é fácil. Não é como se ele estivesse se alinhando com alguém.

– E o clube que você falou?

– Ah, aquele que eu planejei investigar antes de você fugir pro Inferno?

– Esse mesmo – eu disse timidamente.

Roth acariciou seu peito e, sem ele ter que dizer uma palavra, Bambi se fundiu à sua pele, desaparecendo sob a barra da camisa.

– Ainda podemos verificar isso, mas, Layla, eu sei como o Ceifador consegue provocar as pessoas. Poderíamos sempre fazer mais para combater o mal? Sim. Devemos parar de viver nossas vidas no processo? Não. Estamos fazendo o que podemos fazer, mais do que temos de fazer. – Eu comecei a responder, mas houve uma batida na porta. Os olhos de Roth se estreitaram mais uma vez. – Entre se tiver colhões.

Minhas sobrancelhas se arquearam, mas então a porta se abriu para revelar Cayman, e eu meio que entendi a saudação quando o demônio entrou no quarto.

O humor costumeiro e a arrogância haviam desaparecido de sua expressão, e havia uma retração doentia em sua aparência que não estivera lá quando o vi no saguão. Eu soube imediatamente que não tinha nada a ver com a tensão entre ele e Roth, mas o olhar de Cayman estava mirado nele.

– O quê? – Roth começou a ficar de pé, aparentemente também percebendo o problema.

– Sinto muito – disse Cayman, seus ombros rígidos. – As bruxas estão aqui. Elas vieram pegar o que eu tive de prometer.

Capítulo 20

Apertei os olhos e suprimi um gemido.

Esta era a última coisa com a qual nós precisávamos lidar agora, mas as bruxas tinham salvado a minha vida. Elas também eram responsáveis pelo meu estado atual. Eu não tinha certeza se eu deveria estar chateada com elas por me darem algo tão poderoso quanto o sangue de um anjo caído. Como eu poderia? Deus, era nojento só de pensar no fato de que eu tinha consumido o sangue de alguém, mas elas me deram a coisa mais próxima da imortalidade, algo que eu realmente não tinha tido a chance de absorver completamente ainda.

Roth e eu não fazíamos ideia do que as bruxas poderiam querer em troca de sua ajuda na noite em que Maddox me esfaqueara, mas pela expressão no rosto de Cayman e pela maneira desanimada com que ele andou pelo corredor que levava até o clube, era um motivo de grande preocupação.

Eu já sabia que isso não ia dar bom.

Roth plantou as duas mãos na porta, abrindo-a enquanto caminhava para o andar principal do clube. Estava silencioso, uma atmosfera totalmente diferente da que eu estava acostumada. Nenhuma das iluminações deslumbrantes estava acesa, e o espaço parecia quase banal no brilho ofuscante das luzes de teto. Não havia dançarinas enfeitando o palco em forma de meia-lua e os cantos sombrios do clube não abrigavam demônios e jogos de cartas.

As bruxas estavam sentadas a uma das mesas altas e redondas logo depois do palco. Havia duas delas: o homem mais velho que nos recebera quando fomos ao restaurante para conhecer a anciã e aprender mais sobre o Lilin, e uma mulher mais jovem que não poderia ser muito mais velha do que eu. Ambos estavam vestidos normalmente, o que era uma coisa tão estúpida para me surpreender, porque não era como se a maioria dos bruxos homens andassem por aí usando um manto de feiticeiro preto ou as mulheres um vestido branco esvoaçante. Eles compartilhavam características semelhantes: cabelo e olhos castanhos, nariz e boca pequenos, e eu me perguntei se eles eram parentes. Pai e filha.

A anciã de quem eu lembrava do nosso último encontro, aquela que parecia ser a líder, não estava com eles, mas não fiquei surpresa, porque duvidava que aquela mulher pudesse viajar muito. Ela era tão velha que, quando a conheci, esperava que ela caísse morta a qualquer momento e explodisse em uma nuvem de poeira.

As bruxas eram uma raça muito estranha. Eram humanas, na maior parte, mas em algum lugar em sua linhagem havia sangue demoníaco e era daí que obtinham os seus poderes. Mas mesmo tendo ancestrais demoníacos, não reivindicavam a conexão. As bruxas não confiavam nos demônios nem nos Guardiões. Para mim, elas não eram boas nem más, e normalmente ficavam bem longe de confusão.

As duas bruxas diante de nós pertenciam ao *coven* que venerava Lilith, e eu imediatamente quis iniciar uma palestra sobre a péssima ideia que aquilo era.

– E aí? – Roth anunciou ao se aproximar da mesa, completamente destemido, enquanto eu tinha o bom senso de ficar alguns passos atrás. Não sabíamos do que as bruxas eram capazes.

O homem olhou para Roth com cautela antes de virar o olhar para onde eu estava, ao lado de Cayman.

– Eu vejo que você está bem.

– Graças a vocês – respondi enquanto os olhos de Roth se estreitavam. Eu me forcei a dar um passo à frente, na esperança de manter todos calmos. – Desculpe, mas qual é o seu nome?

Ele levantou um pouco o queixo.

– Eu sou Paul.

– Paul? – repetiu Roth. – Engraçado, por algum motivo eu achei que você seria um Eugene ou um Omar.

Virei-me para Roth lentamente.

Paul ignorou o comentário.

– E esta é Serifina.

– Esse é um nome bonito – eu disse, e a garota sorriu para mim. – Eu sei o que o seu *coven* me deu quando eu estava ferida. – Quando Paul ficou em silêncio sobre isso, eu tive que fazer a minha próxima pergunta. – Como vocês conseguiram o sangue de um anjo caído?

– Isso importa? – ele perguntou.

– Eu acho que não, mas eu sou… bem, eu sou intrometida. – Eu encolhi os ombros. – Não é algo que eu imagino que as pessoas, até mesmo bruxas, tenham guardado em quantidade.

– Não é. E posso dizer que não foi fácil obtê-lo, nem abrimos mão dele sem muita consideração – explicou Paul.

A expressão de Roth era de absoluto tédio enquanto ele se inclinava para trás contra o palco.

– Que… interessante.

O sorriso de Paul era contido.

– Todos nós já ouvimos falar da arrogância do Príncipe. Como é reconfortante ver que este boato é verdadeiro.

Eu enrijeci quando os lábios de Roth se inclinaram para cima nos cantos, e quando ele falou, sua voz era espessa como melaço:

– Você também ouviu o boato de como eu pendurei uma bruxa pelos dentes dele uma vez? Porque isso também era verdade.

Paul empalideceu, e então as suas bochechas ficaram vermelhas enquanto os meus olhos se arregalavam.

– Isso vai ficar feio bem rápido – disse Serifina, a voz suave enquanto seu olhar pulava entre mim e Roth. – Não queremos isso. Viemos por aquilo que nos prometeram e isso é tudo.

– E o que lhes foi prometido? – Roth exigiu. – Vamos acabar com isso.

Paul olhou de volta para Cayman com horror extremo gravado em suas feições envelhecidas.

– Você não disse a ele?

Ah, não. Isso não era bom sinal.

– Eu não perguntei. Não tem sido uma prioridade minha – respondeu Roth, e a indiferença escorria de seu tom.

Paul expirou grosseiramente.

– Você honrará a promessa.

– Eu disse que não iria?

Serifina estava horrorizada, em choque.

– Mas você nem sabe o que foi pedido em troca. – Ela olhou para Cayman e parecia ainda mais pálida, ao ponto de eu me preocupar que ela pudesse desmaiar e cair da cadeira.

– Minha paciência tá acabando – Roth advertiu.

Paul limpou a garganta e pareceu criar coragem. Parte de mim queria impedi-lo de falar, porque a sensação de que o que quer que ele fosse dizer seria desastroso me consumia por inteiro.

– Em troca de salvar a vida dela – disse ele –, pedimos seu familiar.

Eu respirei um ar agudo e ardente enquanto as palavras dele saltavam na minha cabeça. Não. Ele não podia ter dito o que eu achava que ele tinha dito.

Lentamente, Roth descruzou os braços.

– Como é que é?

– Em troca de s-salvá-la, pedimos o seu familiar – respondeu Paul, seu nervosismo infiltrando pelo ambiente. – Esse foi o a-acordo que fizemos.

Estupefata, eu me virei para Cayman e ele estava olhando para as costas de Roth.

– Eu disse que você não ia gostar do que eles queriam em troca, mas você disse pra dar...

– Eu disse pra dar-lhes qualquer coisa – Roth o cortou, a voz dura. – Eu sei o que eu disse.

Cayman estremeceu, e então abaixou o olhar.

– Espere – eu disse, balançando a cabeça. – Vocês não podem estar falando sério. Por que vocês iriam querer um dos familiares?

Serifina cuidadosamente deslizou de sua cadeira e ficou ao lado da mesa, obviamente tendo mais coragem do que Paul.

– Os familiares são seres muito poderosos, especialmente quando se ligam a uma pessoa. São como um sifão, ou um canal. Quando os familiares do Príncipe se ligam a outra pessoa, depois de um período de tempo, a nova...

– A nova pessoa com quem eles se ligam desenvolveria algumas das habilidades do portador original – Roth interrompeu. – Você quer meus dons.

Ela engoliu densamente.

– Essa não é a principal razão.

– Isso é o suficiente pra mim. – Ele deu um passo à frente, e a garota recuou, mas ele não se aproximou mais. Eu sabia que Roth estava furioso, mas eu também sabia que ele não iria machucá-la. – Você está exigindo muito.

– Foi acordado – disse Paul suavemente. – E tenho a nítida sensação de que não há preço que você não pagaria pela vida que salvamos. É por isso que não queremos apenas qualquer familiar. Fomos bastante específicos em nosso negócio.

Cayman fechou os olhos.

– Foram. Muito específicos.

Roth sorriu com desdém na direção das bruxas enquanto os meus pensamentos borbulhavam para descobrir uma maneira de sair desta situação.

– Qual deles?

Nenhum deles parecia querer falar o nome, mas Paul finalmente criou coragem e deu um passo à frente.

– Fizemos o acordo pela cobra.

– Não! – A palavra saiu da minha boca antes que eu pudesse me conter. Eu direcionei um olhar selvagem para Roth. – Bambi não. De jeito nenhum.

Roth não disse nada enquanto encarava as bruxas, seus ombros impossivelmente tensos.

– Por que não pode ser outro familiar? – eu exigi. Abrir mão de Tambor ou dos gatinhos seria difícil, mas abrir mão de Bambi seria o pior. – Por que ela?

– Porque ela é a mais poderosa – respondeu Paul simplesmente. – Ela se uniu não só com o Príncipe, mas com você. Nenhum outro familiar provou isso. Ela tem mais chances de se ligar a um dos nossos.

Eu girei em direção a Roth.

– Não. Você não tem de fazer isso. Dane-se. Eles não podem nos ferir – Bem, presumi que eles não poderiam, mas tanto faz. – Não temos que fazer isso.

Paul virou um olhar incrédulo para mim.

– Você faria ele quebrar a promessa?

– Eu faria você calar a sua boca – eu retorqui, minhas mãos fechando-se em punhos. Culpa agitava no fundo do meu estômago. Isto estava acontecendo por minha causa. Eu não tinha sido esfaqueada de propósito, mas me envolver com Zayne sem realmente questionar por que eu tinha sido capaz de beijá-lo levou ao incidente de ele me beijar. O que levou a tudo o que aconteceu depois.

– Ela tá certa. – Cayman esfregou a palma de sua mão ao longo de sua mandíbula machucada. – Roth, ela tá certa. Você sabe que tem uma saída pra isso. Eu não… levaria pro lado pessoal. Eu sei o quanto Bambi significa pra você, e eu sabia disso quando negociei o acordo.

Roth se virou para encarar Cayman.

– Você intermediou o acordo acreditando que eu não iria honrá-lo?

Cayman assentiu com a cabeça.

A descrença brilhou no rosto de Roth.

– Você sabe o que vai acontecer se eu não honrar este acordo.

Cayman assentiu mais uma vez.

Roth xingou enquanto levantava a mão e enfiava os dedos pelo cabelo antes de marchar até o outro demônio. Eu me preparei para uma briga de proporções épicas, mas Roth fechou uma mão na parte de trás da cabeça de Cayman.

– Seu desgraçado idiota – ele disse, mas não foi por raiva. Meu coração se retorceu no meu peito. O tom de Roth estava cheio de pesar. – Você morreria? Você sabe que é o que aconteceria. Se você intermediar um acordo e ele não for cumprido, você morre.

Meu Deus.

– Você faria qualquer coisa pra salvá-la – Cayman sussurrou, encontrando o olhar de Roth. – E eu faria qualquer coisa pra servir aos seus melhores interesses, mesmo que isso signifique a minha morte. Nunca esperei que você abrisse mão de Bambi, mas foi o que era preciso pra eles salvarem Layla. Foi o que prometi.

Meu coração devia ter parado à medida que eu entendia aquelas palavras. Cayman tinha feito o acordo sabendo que Roth poderia não entregar Bambi. Ele fez aquilo para me salvar, porque era o que Roth queria.

A lealdade que Cayman sentia por Roth era de partir o coração.

Virei-me para as bruxas.

– Vocês podem cancelar o acordo, não podem?

Serifina balançou a cabeça.

– A anciã quer a fêmea familiar.

– E a anciã consegue o que quer – Paul concluiu.

Lágrimas arderam no fundo dos meus olhos, e eu senti Robin se mexer ao longo da minha lateral, obviamente sentindo as minhas emoções turbulentas. Isso não estava certo, não era justo.

Ainda segurando a cabeça de Cayman, Roth fechou os olhos brevemente, e depois soltou, virando-se para encarar as bruxas. A dureza de sua mandíbula teria feito muitos homens sábios correrem em disparada.

– Ninguém vai machucá-la – insistiu Serifina, tentando nos apaziguar. – Ela será tratada como uma rainha.

Ouvir aquilo não ajudava, porque não os conhecíamos, e Bambi... não era como se ela nos pertencesse. Ela tinha feito tantas coisas por nós, por mim, e agora deveríamos simplesmente entregá-la a estranhos? Ela era uma *parte* de nós, e eles estavam pedindo que a entregássemos, que Roth se livrasse dela.

Fui até Roth, sem saber o que dizer. Nossos olhos se encontraram por um momento, e o brilho pesado reluziu apenas tempo suficiente para eu ver a verdadeira extensão do tormento que ele estava sentindo. Coloquei a mão no braço de Roth, e ele assentiu.

– Bambi – ele disse, seu olhar ainda segurando o meu. – Saia.

Eu não queria ver, mas como todas as vezes, Bambi saiu de sua pele e se derramou no espaço ao lado dele, rapidamente se juntando. Ela se levantou, torcendo o pescoço em direção às bruxas antes de cutucar Roth no quadril.

Ela tinha que saber. Eu sabia disso, porque era assim que a ligação funcionava, e meu peito doía enquanto ela se esticava, cutucando meu braço com o focinho. As lágrimas ofuscaram a minha visão enquanto eu estendia a mão, deslizando pelas escamas suaves entre os olhos dela.

– Tem que ter outro jeito – eu disse, rouca.

– Não tem – ele disse, sua voz baixa. – Cayman não tem culpa. Ele fez o que tinha de fazer.

– Eu sei.

– E eu não vou fazer isso com ele – continuou Roth. – Quando demônios morrem, não é como os humanos. Envolve os poços.

Isso também não seria justo, e mesmo que Roth e Cayman tivessem brigado ontem por eu ter ido ao Inferno, aqueles dois eram amigos. Francamente, tinha certeza que Cayman era o único amigo de Roth além de mim, e Roth tinha de escolher entre duas péssimas opções. Entregar Bambi a um *coven* de bruxas ou condenar seu amigo à morte.

Bambi virou-se para Roth e se ergueu até sua altura total. Ela descansou a cabeça em seu ombro, e quando a levantou, Roth pressionou um beijo entre seus olhos.

– Ela vai pra pele de qual de vocês? Duvido que planejem sair com ela nesta forma.

– Não. – Serifina alisou as mãos sobre as calças escuras que usava. – É por isso que estou aqui.

– É? – Roth perguntou, e então ele levantou os olhos para ela. Quando ela assentiu, ele sorriu cruelmente. – Se você causar uma pontada de dor a ela, eu vou saber. E eu não me importo com as consequências que vou enfrentar, eu vou caçar não só você, mas todo o seu *coven*.

– Ela não sofrerá nenhum mal – ela prometeu.

Roth olhou para Bambi, e ele tentou sorrir, mas falhou.

– Vá.

Mas a familiar hesitou, e Roth teve que lhe dizer para ir novamente. Uma dor muito real me rasgou por dentro enquanto eu levantava o braço, passando as costas da mão pela umidade acumulada na minha bochecha. Finalmente, depois de sentir como se meu coração estivesse sendo arrancado do meu peito e jogado no chão, Bambi deslizou para longe de nós, com a cabeça abaixada.

Roth deu um passo à frente, como se fosse atrás dela, mas parou. Indo para trás dele, eu envolvi meus braços em torno de sua cintura. Suas mãos se estabeleceram em meus braços, mas em vez de puxá-los para longe, ele os segurou.

Subindo a manga de seu suéter grosso, expondo seu braço, Serifina esperava, uma trepidação claramente exalando dela. Cerca de trinta centímetros na frente dela, Bambi se desfez, formando uma sombra espessa que assentou em seu braço.

Serifina levou um choque enquanto Bambi se fundia em sua pele, cerrando seu maxilar conforme Bambi desaparecia sob o suéter. A garota se sobressaltou e depois se virou, inclinando-se para a frente. Um segundo depois, ela se endireitou, suas costas se curvando quando Bambi apareceu circulando em torno de seu pescoço.

Paul soltou um palavrão, agarrando Serifina pelos braços. Bambi parou, e eu percebi que aquele era seu pequeno aviso de que ela não estava de boa com isto. A cobra desapareceu de volta sob o suéter e, pelo rosto subitamente corado de Serifina, duvidei que Bambi estivesse atualmente acomodando-se em um lugar muito confortável.

Estava feito.

Nenhum de nós podia ter previsto aquilo. Eu entendia por que Cayman não tinha dito nada até aquele momento, porque eu acreditava que saber que isso ia acontecer teria sido um golpe mais duro. Ou talvez não. Uma perda era amarga, sendo esperada ou não.

E aquilo era uma perda.

– Saiam. Já. Daqui. – Roth rosnou, olhos piscando um vermelho intenso.

Houve um momento de hesitação. Paul e Serifina provavelmente se mexeram mais rapidamente do que jamais haviam feito. Eles se viraram, e eu os assisti partir, querendo agarrar o cabelo castanho da mulher e puxá-la para o chão, exigindo que eles nos devolvessem Bambi.

Mas eu não podia.

Um demônio não voltava atrás em suas promessas.

Serifina parou na porta e se voltou para onde estávamos. Paul abaixou a cabeça, falando baixo demais para que ouvíssemos. Serifina respirou fundo e olhou para cada um de nós.

– Entendemos o quão sério é o problema com o Lilin. Por favor, não pensem que não entendemos. É por isso que precisamos do familiar.

– Porque Bambi vai ajudá-las a sobreviver ao apocalipse? – eu ri roucamente. – Ela é incrível, mas nem ela pode fazer isso.

A dor se aguçou em seu rosto.

– Não é o que esperamos, mas ela nos tornará mais fortes. Você sabe disso. E ela nos protegerá de todos os lados, incluindo o dele – Seu olhar se dirigiu brevemente a Roth. – Ele vai se certificar de que nenhum mal caia sobre nós, não enquanto a tivermos.

Droga. Ela estava tão certa e ainda assim parecia tão errado.

– Então ela é uma refém ao invés de uma rainha? – eu rebati.

– Vamos – insistiu Paul. – Não adianta argumentar com eles.

– Sim, vão – Roth deu um passo à frente, com o queixo virado para baixo. – Vão antes que eu me arrependa das minhas ações.

Serifina parecia tentada, mas se manteve firme. Eu tinha que admirá-la por isso, porque Roth parecia um assassino naquele momento, e eu tinha certeza de que eu aparentava a mesma coisa.

– O Lilin não foi longe – disse ela, afastando-se de Paul quando ele se virou em direção a ela. – Há uma escuridão acumulando-se na cidade, uma que nunca vimos antes, mas podemos senti-la.

Um frio escorregou pela minha espinha enquanto ela continuava:

– Nós não sabemos o que é, mas o que mais poderia ser a causa? Algo não natural está ocorrendo lá.

– A cidade é um lugar bem grande – eu disse. – Isso não é muito específico pra gente.

Ela olhou para Paul incisivamente.

– Diz pra eles – Quando ele hesitou, ela levantou a voz. – Se eles não impedirem o Lilin, não vão restar muitos lugares pra qualquer um de nós poder se esconder. Diz pra eles.

Descontente e com a cara vermelha, Paul levantou os ombros.

– Estamos de olho na Igreja dos Filhos de Deus há algum tempo.

Caramba, eu esquecera deles, o que era uma loucura, mas tinha muita coisa acontecendo. A Igreja não pertencia a nenhum braço dominante e eles eram um dos piores tipos de seres humanos que eu já tinha tido o desgosto de encontrar. Não só odiavam demônios, mas também desprezavam Guardiões.

E eles realmente não gostavam de mim.

Tentei não pensar no dia em que dois deles nos seguiram até um estacionamento, ou como eu perdi a calma, fazendo algo realmente horrível que envolvia uma bíblia e o rosto de um homem. As minhas ações levaram à morte de um deles, e embora fossem realmente terríveis, saber que eu tinha causado a morte de um ser humano era difícil de engolir.

– As crenças fanáticas deles os tornam tão perigosos quanto qualquer demônio – continuou Paul. – Eles estiveram ativos até a última quarta-feira. Nenhum membro foi visto desde então. – Ele fez uma pausa, os lábios apertando-se. – Nós nos infiltramos há muito tempo, mas nosso irmão também não tem mantido contato conosco.

– Não somos tolos o suficiente pra investigar isso – disse Serifina –, estamos muito vulneráveis pra nos colocar em perigo, mas presumindo que as nossas suspeitas são verdadeiras, se vocês encontrarem a Igreja, devem encontrar a escuridão. E o Lilin.

Capítulo 21

O paradeiro da igreja dos filhos de Deus não era segredo. O endereço estava estampado em todos os diversos panfletos que eu arrancara da fachada de lojas e de postes. Era perto de Adams Morgan, e eu sempre achei que era um local estranho para a igreja, já que o bairro era muito animado e conhecido por sua vida noturna. Estava tornando-se cada vez mais um distrito de entretenimento, então o prédio usado como uma igreja realmente se destacava na rua.

Mas não corremos para Adams Morgan.

Nós três permanecemos no clube vazio depois que as bruxas foram embora, levando Bambi consigo. Roth era a personificação da raiva mal contida enquanto estava no centro da pista de dança, sua mão abrindo e fechando repetidamente ao seu lado.

Ele foi o primeiro a falar.

– Eu acho que precisamos ser espertos sobre isto em vez de invadir na doida a Igreja. Se o Lilin realmente tá lá, duvido que esteja sentado e cantando hinos com essas pessoas.

Olhei para Cayman, que ainda parecia abalado pelo que acabara de acontecer, e então foquei no problema atual. Por que diabos o Lilin estaria com eles? E vice-versa?

– Por mais que eu odeie sugerir isto, precisamos chamar os Guardiões – continuou Roth enquanto caminhava até onde as bruxas estiveram sentadas, pegando uma das cadeiras e cuidadosa e meticulosamente colocando-a debaixo da mesa. – Sim, as suas perfeitas almas peroladas estariam em risco, mas poderiam agir como apoio.

– Roth... – Eu dei um passo à frente.

Ele me ignorou, ajustando a outra cadeira.

– Temos as armas necessárias para acabar com o Lilin. Assim como os Guardiões. Vamos fazer isso.

– Roth – eu repeti, dessa vez mais forte e mais alto. Seus olhos dilatados se fixaram nos meus. O brilho neles era absolutamente assassino. – Vamos parar por um segundo.

– Que tal não? – ele respondeu com calma. Com calma demais.

A dor no meu peito triplicou.

– O que aconteceu... precisamos processar isso.

Ele pressionou os lábios em uma linha fina e formidável.

– Precisamos mesmo? Porque ficar revirando isso parece bastante inútil. O que isso muda?

– Isso não muda nada – eu disse, enquanto Cayman virava de lado, passando uma mão pelo cabelo. – Mas não podemos fingir que não aconteceu. Bambi...

– Eu acho que é melhor que eu finja exatamente isso – Sombras começaram a se formar sob sua pele à medida em que sua feição se aguçava, formando ângulos severos. – Porque estou a *isto aqui* de destruir aquele *coven*, e se eu fizer isso, vai ser dar pra trás no acordo que Cayman fez.

Cayman abaixou a cabeça enquanto colocava as mãos em seus quadris magros.

– Eu tinha esperanças de que elas não viriam buscar.

Roth não respondeu, e eu não sabia o que dizer para melhorar esta situação. Ele tinha perdido um ente querido. Não importava que o ente querido fosse um familiar que assumisse a forma de uma cobra gigante. Aqueles dois estavam ligados a um nível que nem eu conseguia compreender completamente, e eu tinha me ligado a Bambi. Coloquei uma mão sobre a minha lateral, onde Robin descansava. Eu já estava me ligando à raposa.

– Sinto muito – eu disse.

Seus ombros tensionaram.

– Por que você tá se desculpando? Você não a levou.

– Se alguém deve se desculpar, sou eu. Eu intermediei o acordo – Cayman interrompeu morosamente. Eu sabia...

– Você estava fazendo o seu trabalho – Roth retrucou, sua raiva vindo à tona. – Eu disse que daria qualquer coisa, então você fez o acordo. Você não precisa se desculpar por nada.

Fechei os olhos, forçando-me a não dizer o que eu queria dizer. A culpa me atingia, mas eu sabia que ele não precisava ouvir isso de mim agora. Por mais que eu quisesse me enfurecer por perder Bambi, isto não era sobre mim, e o que eu sentia não era nada comparado ao que Roth devia estar sentindo.

Colocando meu cabelo para trás das orelhas, eu costurei minhas emoções esfarrapadas, empurrei-as para baixo e me concentrei.

– Tudo bem. Eu posso falar com Zayne.

Roth assentiu com a cabeça e voltamos ao apartamento para que eu pudesse pegar o meu celular. Cayman não nos acompanhou, e eu me senti tão mal por ele quanto me sentia por Roth. Entrar no quarto e saber que eu nunca mais iria ver Bambi fazer seu caminho deslizante até o piano novamente arrancou o ar dos meus pulmões enquanto eu caminhava para a minha bolsa, perto da escrivaninha.

– Ela vai ficar bem – disse Roth baixinho enquanto eu sacava meu celular. Eu me virei e o encontrei olhando para o piano. – Eu sei que ela vai ficar bem. Bambi não vai permitir ser maltratada.

Eu mordi o lábio. Minha garganta queimava com as lágrimas.

Suspirando, ele olhou para mim e a raiva ainda estava lá, transbordando logo abaixo da superfície, assim como a decepção estraçalhada.

– Eu realmente espero que essas bruxas estejam certas, porque eu tenho muita raiva reprimida que preciso tirar do meu organismo.

– Eu… – eu perdi a voz, desamparada, segurando o celular.

Seus cílios grossos abaixaram.

– Vai ficar tudo bem.

Andando até ele, coloquei minha mão livre em seu ombro, e então me estiquei, beijando sua bochecha. Ele enrijeceu por um momento, e então envolveu os braços ao meu redor, enterrando o rosto na curva do meu pescoço pelo mais breve dos momentos antes de se afastar, esfregando a palma da mão ao longo do peito.

– Manda uma mensagem pra Zayne.

E foi o que fiz.

Depois que o sol se pôs, Roth e eu esperamos pelos Guardiões no telhado de um banco perto da área de Adams Morgan.

O nervosismo tornou difícil ficar parada, e Robin estava sendo contagiado, correndo pelo meu abdômen como se fosse sua própria pista de corrida pessoal. Felizmente, apenas cerca de dez minutos se passaram antes que o movimento no céu chamasse a nossa atenção.

No início e vistos de longe, pareciam aves de rapina, como se fossem descer e arrebatar pessoas das ruas. Mas, à medida que se aproximavam, não havia como confundir o que eram. Mesmo aqueles nas ruas abaixo de nós seriam capazes de perceber as diferenças.

Eu também conseguia distinguir que uma tonelada gigantesca de Guardiões estavam vindo.

– Caramba – eu murmurei, enrijecendo.

Roth estava ao meu lado em menos de um segundo. Eu não deveria ter ficado surpresa. Obviamente, o que estava prestes a acontecer era coisa séria, e eu sabia que eventualmente eu teria de enfrentar mais do que apenas Zayne, Dez e Nicolai.

Mas uma parte de mim não estava pronta.

Não mesmo.

– Isto vai ser estranho – eu disse, afastando meu cabelo para longe do rosto.

– Não. – Roth colocou a mão nas minhas costas. – Mas pode ser sangrento.

Lancei-lhe um olhar.

– Comporte-se.

– Não posso prometer isso.

– Não é neles que você tem que descontar a raiva.

Ele sorriu.

– Deixa que eu decido isso.

Isto não ia dar certo, mas era tarde demais para mudar os nossos planos. O brilho branco perolado desapareceu e Zayne aterrissou primeiro. Em sua verdadeira forma, ele era enorme. Sua pele era cinza escuro, seus chifres curvados para trás, separando seus cabelos loiros. Não era feio ou assustador, pelo menos não para mim, mas o seu olhar era uma explosão ártica que se espalhou sobre nós, um lembrete doloroso do quanto tinha mudado.

Eu queria me esconder daquele olhar e de tudo que ele trazia à tona, mas encontrei minha força feminina e me agarrei à ela. Eu que tinha me metido nessa situação com ele, e tinha de lidar com as consequências.

Dez e Nicolai foram os próximos, seguidos por mais dois membros do clã, mas foi o último a chegar que fez o pavor explodir como chumbo grosso no meu estômago e que arrancou um xingamento pesado de Roth.

Abbot estava ali.

O telhado estremeceu quando ele pousou atrás do clã e se endireitou, vários centímetros mais alto do que o resto. Com o cabelo tão dourado quanto o do filho, esvoaçando pelos ombros largos, ele sempre me lembrava um grande leão.

De certa forma, Abbot era um rei.

Durante anos, eu tremera com a simples visão dele em sua forma humana e Guardiã, já que ele tinha sido a maior autoridade que eu conhecera. E durante anos, lutei para conseguir dele uma raspa sequer de orgulho por mim. Eu basicamente funcionava sob a teoria de que qualquer atenção era boa, como um cachorrinho. Agora? Raiva irrestrita foi o que me abalou, e eu com certeza não me importava se ele estava orgulhoso disso ou não.

Abbot acreditara o pior de mim, com poucas ou nenhuma provas. Não era de admirar por que eu tinha uma autoestima tão baixa e também pensara o pior de mim. Embora ele não tenha sido a pessoa que empurrou o diabo de uma adaga na minha barriga, ele me *enjaulou* como um animal, e depois me acorrentou como um.

Isso era meio que difícil de esquecer.

– O que ele tá fazendo aqui? – Roth perguntou, e embora parecesse que ele estivesse perguntando sobre o clima, eu sabia que não estava tão calmo assim.

Abbot caminhou para a frente, seu clã, até mesmo seu filho, ficando perto dele. Seu olhar se desviou sobre Roth, e ele mal conseguiu ocultar o desprezo em seu rosto, mas então ele estava olhando para mim, e todas as linhas ásperas de seu rosto de granito amoleceram.

– Layla, eu…

– Pare. – A palavra solitária que escapou me surpreendeu. – Não se desculpe. Um punhado de palavras não compensa o que você fez.

Ele se ergueu até sua altura completa.

– Eu sei que nada do que eu disser jamais vai apagar o que aconteceu, mas eu… eu me arrependo do papel que desempenhei em tudo isso.

O papel que ele desempenhou? Para mim, ele tinha sido o maldito capitão liderando o desfile Mate Layla pela na rua principal da cidade. Abbot não tinha terminado:

– Você estava sob meus cuidados para criar e proteger. Eu falhei com você.

– Sim, falhou – Roth respondeu. – Eu não vou falhar, mas eis a questão, e este recado é para todo mundo. Ela não precisa de proteção. Não mais.

Fiquei toda derretida ao ouvir isso, mas o sentimento presunçoso rapidamente se evaporou quando o meu olhar encontrou com o de Zayne e ele desviou sem um vislumbre de qualquer emoção.

– Eu ouvi do meu filho que você é… outra coisa – Abbot falou diretamente comigo. – Que você não toma mais uma forma parecida com a nossa.

– Eu não sou como você – Minhas mãos se fecharam em punhos e Robin começou a ficar impaciente. – Acontece que eu nunca fui um demônio – Isso chamou a atenção de Zayne e tirou uma emoção dele: surpresa. – Sim, eu tenho algumas habilidades demoníacas, mas… bem, alguma coisa disso importa?

– Não – respondeu Zayne, chocando-me. – Nunca importou antes. Não pra nenhum de nós. Não importa agora.

Houve um puxão emocionado bem perto do meu coração.

– Você disse que tem uma pista sobre o Lilin – Nicolai falou, sempre o pacificador do grupo. – Que talvez possa estar escondido com a Igreja dos Filhos de Deus?

Roth estava de olho em Abbot como se quisesse arrancar a cabeça do Guardião, e ele teria feito isso na noite em que fui capturada se eu não o tivesse impedido.

– Sim. Layla e eu vamos verificar e se o Lilin estiver lá, vamos precisar de reforço.

– É por isso que estamos aqui – respondeu Dez. – Você nos diz o que quer que a gente faça. É você que manda.

Os ombros de Abbot se curvaram, e era óbvio que ele não estava feliz com essa decisão. Roth parecia desdenhoso quando disse:

– Precisamos de todos vocês por perto. Se as coisas ficarem complicadas, vocês vão ficar sabendo.

– Como? – perguntou Nicolai.

Um lado dos lábios de Roth se curvou para cima.

– Nitro. Saia.

O meu olhar disparou para ele enquanto a pequena nuvem escura aparecia diante de nós. Ela caiu no telhado, e então rapidamente se juntou, formando um pequeno gatinho.

Zayne balançou a cabeça.

– O que você tem com os menores da ninhada?

– Paciência, Pedregulho, paciência.

Antes de Roth completar aquela frase, o pequeno mordedor de tornozelos aumentou diante de nossos olhos. Ombros frágeis expandindo-se em músculos poderosos. As costas se alongaram em músculos espessos cobertos por pelo branco e elegante. O que começou como um rosnado suave se transformou em um rugido ameaçador e reverberante que levantou os pelos ao longo da minha nuca.

Nitro parecia uma pantera, se panteras fossem brancas.

Minha Nossa Senhora.

– Nitro vai avisar a vocês se as coisas saírem de controle – explicou Roth. – Vai ser óbvio.

Eu não conseguia parar de olhar para o gato. Ele deixou a bunda cair, sua língua rosa movendo-se sobre os dentes. Parecia faminto, e os Guardiões pareciam muito, muito infelizes, especialmente quando ele tossiu o que parecia ser uma risada suspeita.

Roth se virou para mim.

– Pronta?

– Sim – A lâmina estava enfiada na minha bota, assim como Roth tinha na dele. Caminhamos até a beirada com vista para o beco abaixo. O caminho mais rápido para descer era saltar. Roth se transformou rapidamente, colocando as asas para trás para que não me derrubasse da beirada com elas.

Sabendo que todos os olhos estavam em nós, permiti que a minha transformação acontecesse. Minha pele vibrava com a mudança, e era como finalmente acordar depois de estar dormindo por dias quando aconteceu. Minhas asas se abriram, arqueando bem acima de mim, as penas recebendo cócegas do vento.

Alguém murmurou um palavrão atrás de nós, e soou muito como Abbot. Olhei para Roth e sorri.

– Te encontro lá embaixo – disse ele, e pulou.

– Exibido – murmurei.

Em vez de saltar, eu meio que dei um passo para longe da beirada e o espaço vazio imediatamente chegou até mim para me agarrar. A gravidade era poderosa. O beco disparou na minha direção, e eu deixei as minhas asas se abrirem, retardando a descida.

Caí agachada, recompondo-me para me encontrar olho a olho com um velho com uma cara suja e barbar por fazer.

– Santa mãe – ele ofegou, cambaleando para trás contra a parede e depois deslizando para baixo, segurando sua bolsa marrom contra o seu peito.

Eu estremeci quando minhas asas se dobraram, desaparecendo.

– Ops?

Roth riu, de volta à sua forma humana, enquanto esticava o braço e pegava a minha mão. Enviei ao pobre homem um olhar de desculpas, e então nos apressamos ao redor do prédio para a rua principal. Meu coração estava disparado quando nos juntamos à multidão esparsa nas calçadas.

– Espero que isso não conte como exposição – eu disse enquanto atravessávamos a rua.

Ele apertou minha mão.

– Eu realmente acho que os Alfas estão lidando com problemas maiores agora – Então ele deu de ombros. – E falando sério, você devia ter visto a cara do homem quando ele *me* viu. Aquilo foi meio engraçado.

Eu balancei a cabeça, mas um sorrisinho se abriu. Roth estava de humor muito melhor do que imediatamente após as bruxas irem embora com Bambi. Distrair-se com o que estava por vir estava funcionando para ele, e era estranho ficar grata por isso, mas eu estava.

– Lá está – disse eu, a dois edifícios de distância do prédio que abrigava a Igreja.

Ele arqueou uma sobrancelha escura enquanto estudava a estrutura de quatro andares.

– As janelas sempre foram assim?

Eu acenei com a cabeça enquanto uma porta para o prédio que estava na nossa frente se abria. Uma explosão de música e risos seguiu o jovem para fora. Sua aura era um verde musgo, girando suavemente enquanto ele se encolhia em sua jaqueta, indo na direção oposta.

– Sim – respondi. – Eles sempre tiveram as janelas cobertas por dentro pra que não desse pra ver nada. Isso só deixa tudo mais suspeito, não é?

Ele bufou.

– Lembra do cara que jogou água benta em você?

Revirei os olhos.

– Não é algo que eu esqueceria.

– Eu realmente espero que ele esteja lá.

– Ai, Céus – murmurei.

– Sabe no que eu acabei de pensar?

Olhei para ele.

– O quê?

Parte do brilho travesso estava de volta em seu olhar âmbar.

– Eu não consegui deflorar você no meu Porsche.

– Ah, meu Deus – Eu estava boquiaberta com ele. – O que diabos te fez pensar nisso agora?

– Eu sou multitarefa. – Ele piscou um olho. – E eu ainda planejo conseguir isso, só pra você saber.

– Você é um ridículo – Soltando a minha mão, eu comecei a andar em direção ao prédio e o sorriso que eu estava exibindo desapareceu como uma memória antiga assim que nos aproximamos da porta. – Você tá sentindo isso?

– Parece que estou em casa.

Eu ignorei o comentário, porque eu tinha ido para o Inferno, e o Inferno não parecia com aquilo. Parecia que um galão de óleo tinha sido despejado sobre as nossas cabeças. Andar era como passar por lama. Um mal, pesado, estava espesso no ar, tinha que ser o que as bruxas estavam falando, e nunca na minha vida eu tinha sentido algo assim.

Roth me contornou, alcançando a maçaneta da porta.

– Trancado – Ele girou bruscamente, como tinha feito no porão da escola quando estávamos caçando a fonte de um cheiro muito podre e demoníaco, quebrando a fechadura enquanto a atingia com uma dose de calor não tão celestial. – E destrancado.

Assim que ele abriu a porta, o cheiro nos fez recuar um bom metro.

– Meu Deus. – Eu cobri minha boca com uma mão, segurando minha ânsia de vômito enquanto olhava em volta do saguão mal iluminado.

– Jesus Cristo – murmurou Roth, seus lábios abrindo em uma careta.

O cheiro era de carne deixada exposta por muito tempo misturado com algo que eu não conseguia identificar. Pior do que enxofre ou um beco sujo na cidade. Cuidadosamente, abaixei a mão, tentando não respirar pelo nariz. Se o cheiro indicava alguma coisa, as coisas estavam muito, muito ruins ali.

Atrás da mesa da recepção vazia, havia um enorme banner pendurado. Guardiões grosseiramente desenhados, que pareciam mais morcegos crescidos do que gárgulas, estavam de cada lado das palavras O FIM ESTÁ PRÓXIMO.

– Tão clichê – Roth deu a volta na mesa, em direção às portas duplas sem janelas. – Era de se pensar que eles inventariam algo novo.

Eu o segui, desapontada que o cheiro estava ficando cada vez pior.

– Mas o fim *está* próximo.

– Você – ele olhou por cima do ombro para mim enquanto alcançava as portas duplas – é adorável.

Eu teria sorrido por isso, mas as portas se abriram, e tudo o que eu podia fazer era apertar meus lábios para não vomitar nas costas de Roth.

Velas estavam por toda parte, lançando uma luz suave e cintilante em um grande salão, como um átrio que havia sido convertido em um lugar onde os sermões seriam realizados, com bancos e o santuário, uma plataforma elevada.

Os bancos não estavam vazios.

Também eram a fonte do cheiro horrível.

Estavam cheios de corpos.

Capítulo 22

Respirei fundo, e mesmo que tivesse me arrependido imediatamente, o fedor foi ofuscado pelo horror do que estávamos olhando.

Dúzias e dúzias de corpos estavam espalhados pelos bancos, alguns caídos, enquanto outros ainda estavam sentados, suas cabeças jogadas para trás, bocas abertas. Eles estavam em vários estágios de decomposição. Por mais coisas que eu tivesse visto naqueles últimos meses, nunca na minha vida tinha me deparado com algo assim.

– Deus do Céu – eu disse, horrorizada.

Roth enrijeceu quando um movimento perto do santuário chamou a nossa atenção. Ela estivera vazia momentos atrás, mas agora uma figura estava em frente ao altar. Eu estremeci. Era o Lilin, e ele tinha tomado a forma de Sam mais uma vez.

– Eu acho que isto é apropriado – disse a criatura, abrindo os braços para os lados. – Eu tenho uma congregação dos mortos.

– A maioria das pessoas miraria mais alto – disse Roth, olhando para a carnificina com desgosto.

– Eu não sou a maioria dos seres, não é mesmo? – De seu poleiro elevado, ele sorriu levemente. – Eu estive esperando por você, irmã.

– Eu não sou sua irmã – grunhi.

– A aceitação é o primeiro passo da recuperação, ou assim dizem – O Lilin caminhou até a beirada do presbitério e se agachou. – Você está aqui para me ajudar.

Não foi uma pergunta, mas respondi de qualquer forma.

– Não. Estou aqui pra te impedir.

A coisa riu suavemente.

– Você não pode me deter. Nem o Príncipe.

– Eu não apostaria nisso – retrucou Roth.

Olhos brancos e leitosos foram para Roth enquanto o Lilin sorria misteriosamente.

– Acho que vamos colocar isso à prova, não vamos? – O olhar do Lilin encontrou o meu. – Precisamos libertar a nossa mãe. É uma perversão que uma força como ela permaneça acorrentada. Estamos nisso juntos e...

– Você pode parar o discurso persuasivo aqui – eu interrompi. – Não há nada que você possa dizer pra me convencer. Você não vai ser capaz de libertar Lilith. Será que não entende isso? Nada vai libertá-la. Depois que Paimon tentou isso, medidas extraordinárias foram postas em prática para impedi-la de sair.

– Verdade – observou Roth, bastante presunçoso. – O Chefe a tem em confinamento. Não vai rolar.

– É aí que você se engana – respondeu o Lilin de seu poleiro. – Se eu conseguir trazer o Inferno para a Terra, ninguém lá embaixo estará prestando atenção em Lilith. Ela será a menor de suas preocupações.

Músculos tensionaram ao longo das minhas costas.

– Se você trouxer o Inferno para a Terra, os Alfas vão intervir. Eles vão acabar com todos nós, incluindo você.

– Não é como se eles pudessem ativar um interruptor mágico e acabar conosco.

Roth suspirou.

– A coisa tem razão.

– Isso não tá ajudando – eu disse baixinho.

– Os Alfas vão lutar contra nós e vamos revidar, mesmo aqueles que não querem ver Lilith livre ou que o Inferno abra seus portões. Eles vão lutar – continuou o Lilin. – Assim como eu irei lutar, e enquanto estivermos todos lutando para sobreviver, o mundo vai desmoronar. Se eu não posso libertar a nossa mãe, então eu realmente não tenho nada a perder.

O que o Ceifador me alertara estava tornando-se realidade, mas realmente não era uma surpresa. O Lilin realmente não tinha pensamentos próprios. Só se preocupava em libertar Lilith, e se não pudesse ter isso, contentava-se com caos e destruição absoluta.

O Lilin se ergueu fluidamente.

– Você vai ver. No final, você não terá escolha a não ser me ajudar.

A escuridão ao longo da parede, que estava parada e imperceptível até aquele momento, de repente se moveu. Sombras espessas mudaram e cresceram, deslizando para cima e sobre o teto, como uma mancha de óleo enlameado. O fedor da sala subiu, mas o mal nela se tornou sufocante. Ali estava a fonte da escuridão e esse tempo todo estivemos no meio dela.

– Espectros – eu ofeguei, recuando.

Eles se juntaram no teto, como algo saído de um filme de terror, e então caíram no chão, entre os bancos.

Mas isso não foi tudo.

Agora podíamos ver a parede, e podíamos ver que havia várias estátuas enfileiradas. Elas pareciam as gárgulas de pedra empoleiradas no topo de tantos edifícios da cidade, mas mais cruas, mais grotescas do que a coisa real. Algumas pareciam duendes. Outras eram parte leão e alguns pareciam pássaros. Não do tipo pomba feliz. Mais como pterodáctilos. Havia cerca de vinte estátuas.

– Eles os criaram a partir de pedra. – O Lilin gesticulou para os corpos nos bancos. – Tão bizarro. Eles os usaram como um lembrete sobre o mal que tanto queriam combater. Irônico.

Um segundo se passou.

A primeira fileira de bancos subiu diretamente no ar, despedaçando-se e espalhando corpos em todas as direções. A segunda fila seguiu, e depois a terceira, a quarta...

Tábuas estavam voando, juntamente com pedaços daqueles deixados para trás. Cada explosão de bancos era um estrondo de trovão.

– É melhor alguém chamar os Caça-Fantasmas – murmurou Roth –, porque não temos tempo pra isso.

Eu teria rido, queria ter rido, mas um pedaço de madeira voou na minha direção. Eu mergulhei, por pouco não sendo atingida. A tábua bateu na parede atrás de nós.

Eu me transformei imediatamente, grata pela mudança. Roth fez o mesmo enquanto pulava, segurando um pedaço de tábua bastante grande do ar. Partiu-o ao meio e o jogou para baixo.

Faíscas voaram e as chamas subiram no canto mais distante quando as velas derrubadas iniciaram um incêndio entre os escombros.

Abaixando-me, retirei a adaga da bota, e então disparei pelo corredor central, em direção ao santuário. Os espectros não gostaram disso. Eles vieram na minha direção. Com formas humanas, mas tão substanciais quanto fumaça, eles eram bestas complicadas de se combater. Um deles conseguiu segurar meu cabelo, puxando a minha cabeça para trás. Eu sibilei enquanto me retorcia para fora do aperto do espectro.

O Lilin gritou algo em uma antiga linguagem gutural que não significava nada para mim, mas os espectros reagiram. Eles recuaram, e depois foram para as paredes.

– Porcaria – disse Roth. – A coisa vai ficar feia.

Eu não tive que esperar muito para entender o que ele queria dizer. Os espectros chegaram às estátuas, cobrindo-as como um cobertor. Eu não sabia o que estavam fazendo, mas todos os meus instintos me diziam que eu não ia gostar.

As sombras pulsaram, e depois desapareceram, infiltrando-se nas estátuas, abrindo caminho pelas fendas e aberturas. Alguns espectros permaneceram perto do teto, suas formas contorcendo-se e oscilando.

Um grande e terrível tremor percorreu o edifício, espalhando as tábuas quebradas e os corpos, e o tremor se transformou em um grunhido interrompido pelo som de pedra triturando contra pedra.

Então as estátuas se moveram.

– O que diabos...? – eu disse.

Roth soltou um rosnado grave em sua garganta enquanto as coisas se endireitavam e se esticavam, como se acordando de uma soneca. A gárgula em forma de leão jogou a cabeça para trás, soltando um rugido ensurdecedor que era super realista.

Uma gárgula parecida com um duende se afastou da parede. Com não mais do que um metro e meio de altura, seus passos trovejaram enquanto corria em direção a Roth, gargalhando em uma voz grave.

Roth deu um passo para o lado, girando. Ele agarrou o braço do duende e então o atirou para o teto. Voando rapidamente, Roth despencou a uma velocidade angustiante, esmagando o duende no chão.

O chão quebrou quando a criatura de pedra se partiu em grandes pedaços, libertando o espectro. A sombra escura saiu dos escombros, atirando Roth para trás por vários metros.

O meu familiar se mexeu na minha barriga, desprendendo-se antes que eu pudesse impedi-lo. Robin apareceu, no início do tamanho de uma raposa e depois cresceu, ficando do tamanho de um doberman e, cara, que negócio bizarro.

Robin disparou pelo corredor, seu corpo excessivamente grande, mas elegante, movendo-se incrivelmente rápido. Ele pulou, pegando o espectro pela cauda, puxando-o de volta para baixo. Fiquei boquiaberta. Não fazia ideia de que os familiares podiam tocar em espectros, mas Robin não estava só tocando. Ele estava sacudindo a cabeça feito um pitbull comendo um lanchinho, balançando o espectro de um lado para o outro.

As outras estátuas convergiram para nós e, em um minuto, perdi Roth de vista. Sabendo que a lâmina não faria nada contra essas coisas, eu a guardei de volta na minha bota.

Guinchando do teto, a gárgula tipo pterodáctilo mergulhou com tudo na minha direção, seu bico abrindo como se planejasse me engolir por inteiro. Eu pulei para o lado, mas o pássaro girou, e foi quando eu vi a sua cauda. Ela me acertou no quadril, derrubando-me.

Atingi o chão, minhas mãos pousando em algo molhado e pegajoso. Eu realmente não queria pensar no que era aquilo enquanto me levantava do chão e olhava através das mechas do meu cabelo. A criatura mergulhou em mim novamente, e eu rolei de costas. Usando minhas pernas, eu as joguei para cima, e depois as balancei de volta para baixo, erguendo-me de forma a ficar agachada.

O pássaro veio até mim de novo, mas daquela vez eu estava mais preparada. Eu me lancei para cima e peguei uma de suas asas. Canalizando a força que eu sempre tive em mim, mas nunca realmente usei ou verdadeiramente entendi, eu quebrei a asa na altura do pequeno chifre.

Grasnando, o pássaro desceu em espiral até o chão, atingindo os bancos destruídos. Pegando uma tábua, segui-o para onde ele rolou até parar aos pés do santuário. Eu levantei a tábua, e quando a criatura de pedra se ergueu em suas patas traseiras, eu acertei a tábua na sua cabeça. Madeira se quebrou e pedra se partiu do pescoço para cima. O resto da estátua tombou enquanto a fumaça preta se espalhou em direção ao teto, lembrando-me daquele seriado que Sam tinha me viciado.

Girando, vi Roth chutando uma das estátuas para a parede, e depois virando-se para pegar mais uma atrás dele. Ele se movia com uma graça brutal, destruindo tudo o que estava a uma curta distância.

Robin tinha encurralado outro espectro, então eu me virei para a plataforma de onde o Lilin estava observando a carnificina. Ele sorriu para mim, tão parecido com Sam que eu queria subir ali e acabar com a raça...

Uma estátua se chocou em mim, jogando-me por vários metros no ar. Minhas asas se expandiram, impedindo-me de ser jogada contra a parede como uma das estátuas de Roth. Eu pairei por um momento, observando a criatura em forma de leão.

Era enorme, seus músculos poderosos enrolando e tensionando enquanto me espreitava, a boca aberta para revelar presas de pedra.

Aquela era uma criatura que eu não queria que chegasse perto de mim.

Voltando-me em direção ao Lilin, pousei no santuário e, como eu esperava, o leão não veio em minha direção. Ele se afastou assim que as portas duplas explodiram.

Os Guardiões estavam aqui.

– Perfeito – disse o Lilin, seu sorriso alargando.

Eu me movi em direção a ele, mas o Lilin se esquivou de mim, pulando da plataforma. Xingando baixinho, eu o segui. Dei dois passos antes de Roth aparecer ao meu lado, agarrando meu braço e girando-me para a esquerda, fora do caminho de outra criatura com cara de duende.

– Valeu – murmurei.

– O prazer é meu – Roth voou, e depois se afastou da nuvem espessa de fumaça causada pelo fogo. – Temos de sair daqui antes que esse lugar inteiro exploda.

O fogo estava lambendo as paredes, subindo, faminto enquanto consumia tudo o que tocava. Uma parte do teto já havia cedido.

Indo atrás do Lilin, eu parei e abaixei quando outra das criaturas de pedra possuídas disparou na minha direção. Suas mãozonas seguraram minha camisa, mas eu me afastei, desfazendo seu aperto. Girando, eu chutei o ar, colocando meu pé em seu peito e fazendo a criatura cambalear para trás.

Com os braços sacudindo, ela caiu nas chamas, mas imediatamente voltou, desta vez pegando fogo.

– Meu Deus – eu gemi, agachando-me, e depois pulando para fora de seu alcance. Pousando a vários metros de distância, vi Robin correndo entre os bancos quebrados, perseguindo um espectro.

A criatura em chamas se afastou, distraída por Nicolai. O Guardião desviou com facilidade, ouvindo quando Roth gritou instruções sobre como quebrá-los. Voltei-me para o Lilin, vendo que tinha alcançado um dos Guardiões com a intenção de se alimentar. Pelo canto do olho, vi que Abbot segurava uma das criaturas pelo pescoço.

Ganhando velocidade, eu corri pelo corredor com o objetivo de me lançar sobre o idiota, mas ele se virou no último segundo, me viu e se lançou em mim. Não havia como impedir a colisão.

Batemos nos outros e caímos no chão, rolando várias vezes, parando a poucos metros do fogo, com o Lilin no topo. Aquilo sorriu para mim.

– Desista.

– Não vai rolar. – Levantando minhas pernas, eu circulei sua cintura e joguei meu peso para trás dele, lançando-o para fora de mim. Eu me movi, levantando a adaga, a segundos de mergulhá-la profundamente em seu rosto sorridente.

Algo bateu em mim, jogando-me para o lado e arrancando o ar para fora dos meus pulmões. Levantando-me, eu fiquei cara a cara com o maldito leão. Para além dele e do Lilin, vi Zayne avançando pelo corredor central com uma adaga na mão. Lentamente, eu recuei, os olhos nas garras perturbadoramente afiadas.

O Lilin riu.

– Você gosta do meu bichinho de estimação?

– Você gosta disto? – Zayne rosnou, mergulhando a adaga em um golpe firme.

O Lilin rodopiou e se virou na altura da cintura, mas não foi rápido o suficiente. A adaga o acertou alguns centímetros acima do coração.

Meu corpo espasmou e a adaga caiu dos meus dedos enquanto um fogo intenso e que me roubava o fôlego explodia dentro de mim. Gritando com a dor súbita e inesperada, eu cambaleei para trás e tropecei em uma perna – se humana ou de pedra, eu não sabia dizer – e caí no chão. Tentei respirar, mas os meus pulmões cederam. Olhei para baixo, vi que uma linha vermelha estava sangrando através do meu suéter, logo acima do meu coração e mais perto do meu ombro.

Mas o que…?

Roth girou no ar. Seus olhos arregalados se moveram de mim para o Lilin, depois para Zayne, que levantou a adaga novamente. Eu pressionei minha mão logo abaixo do meu ombro, estancando o fluxo de sangue enquanto lutava para me levantar.

– Não! – Roth gritou, mudando de direção. – Zayne! Não! – Ele pousou no chão ao lado de Zayne, atingindo-o no ombro e forçando-o a recuar vários passos. Ele se levantou, segurando o pulso que empunhava a adaga enquanto olhava para o rosto confuso de Zayne. – Pare.

O Lilin sufocou uma risada enquanto cambaleava para o lado, chegando perto das chamas. Sangue escorreu pelo seu peito enquanto ele buscava por ar.

– Você me mata – ele grunhiu –, você *a* mata.

Capítulo 23

As palavras do Lilin saltavam na minha cabeça, mas houve pouco tempo para me concentrar nelas. As portas estouraram atrás de mim e a luta se espalhou para o saguão, e a fumaça ficou densa demais para ver ou respirar. O fogo estava fora de controle.

Zayne se libertou de Roth enquanto o Lilin recuava na fumaça, desaparecendo de vista. Eu me virei, curvando-me para a frente à medida que a sensação de queimação no meu ombro se espalhava. Procurei pelo meu familiar no meio da confusão, e entrei em pânico quando não consegui ver para além de um metro à minha frente.

– Robin – eu gritei, rangendo os dentes contra a dor.

Ele saiu da nuvem de fumaça, encolhendo de tamanho conforme corria em minha direção. Pulando, ele acertou na minha mão, e então tomou a forma da minha tatuagem. Roth estava repentinamente ao meu lado, envolvendo um braço em volta da minha cintura.

Zayne estava do meu outro lado, seu rosto marcado pela confusão quando viu o sangue na minha camisa. Saímos do átrio, chegando ao saguão. Lá, Dez e uma das criaturas de pedra estavam lutando, trocação direta, até que outra gárgula de pedra entrou pelas portas, atingindo a cintura de Dez, jogando-o pela janela. Vidro estilhaçou, e então a luta estava lá fora, na rua.

Nicolai estava na nossa frente, o olhar dele indo e voltando.

– O que aconteceu?

– Eu não sei. Eu esfaqueei o Lilin e isso aconteceu com ela. Você precisa mudar pra sua forma humana – disse Zayne enquanto saíamos para o ar fresco e limpo da noite. – Vocês dois. Vocês se destacam demais.

Roth se transformou de volta antes de mim. Demorou um momento, porque a adrenalina estava bombeando muito rápido no meu corpo, mas as minhas asas se dobraram, e quando levantei uma mão, empurrando meu cabelo para fora do meu rosto, vi a insanidade.

As pessoas corriam para as ruas, saídas dos bares e edifícios próximos. Em seu estado de pânico, aterrorizadas, elas provavelmente não percebiam a diferença entre os Guardiões e as gárgulas. Tudo o que viam era uma batalha brutal. Os gritos aumentaram, assim como a fumaça. Ela agora saía do prédio.

O fogo se espalhara, atingindo os andares superiores da sede da Igreja e saltando para os telhados dos edifícios ao lado, dando ao céu um tom laranja queimado.

– Estou bem. – Reprimindo a dor, eu me afastei de Roth e Zayne. – Onde...?

Antes que eu pudesse terminar a pergunta, o maldito leão explodiu para fora do prédio. Ele tinha saltado pelo ar e agora atingira Zayne pelas costas. Os dois caíram em um carro estacionado. O metal foi triturado sob a combinação do peso dos dois. Eles rolaram, destruindo o para-brisa.

– Fique de fora da briga – disse Roth, e eu não tive a chance de responder. Em sua forma humana, ele correu para onde o leão tinha prendido Zayne sobre o capô.

Mesmo em sua forma humana, Roth era uma força a ser temida. Ele agarrou os ombros do leão e o puxou para trás. Virando, ele arremessou a criatura.

Um táxi passando pela rua pisou nos freios, mas não a tempo de evitar um golpe direto. O leão bateu na porta do lado do passageiro, derrubando o veículo em sua lateral, ao mesmo tempo que o leão pousava em suas quatro patas de pedra.

Aquela coisa não morria.

Sem aviso, uma rajada de ar quente soprou nas minhas costas, e eu me virei, vendo a criatura de pedra que estivera em chamas. Desconsiderando a dor, eu girei para longe antes que ela pudesse me agarrar.

Dez apareceu, suas asas agitando as cinzas que se assentavam no chão. Ele pousou agachado e depois se levantou. Com o melhor chute do século, ele arremessou a criatura de volta no prédio. Antes que eu pudesse sequer agradecer, outra gárgula o atingiu.

Virei-me, vendo o Lilin enquanto ele tropeçava para fora dos destroços em chamas do prédio, com o rosto coberto de fuligem. Nossos olhos se encontraram, e então ele se virou, começando a correr pela rua. Quando comecei a correr atrás dele, eu nem estava pensando direito.

Imaginei que porque ele estava muito mais ferido do que eu, consegui alcançá-lo. Lancei-me nele, batendo meu ombro bom em suas costas. O Lilin caiu, eu em cima dele. Ele imediatamente resistiu, mas eu não estava com paciência para aquilo.

Eu empurrei minha mão na parte de trás da cabeça da coisa, forçando-a para baixo, mas ela lutou enquanto eu plantava meus joelhos em ambos os lados de seus quadris. Ele conseguiu levantar a cabeça.

– Você é realmente tão idiota assim? Você não pode me matar sem se matar. Nós estamos nisso juntos.

Meu estômago despencou com as palavras dele.

– Isso não significa que eu não possa te encher de porrada! – Eu empurrei a cabeça dele contra o chão e estrelas explodiram atrás dos meus olhos, fazendo-me gritar. – *Deus* – eu grunhi.

– Idiota. – A criatura deu uma gargalhada. – Você só aprende da pior maneira.

Indiferente se iria me machucar ou não, eu mirei meu braço e acertei um punho em suas costelas. Eu mal senti aquele novo beijo de dor. Voltei para dar outro soco que provavelmente iria me machucar mais do que antes, mas que me traria uma sensação doentia de satisfação, quando um murmúrio baixo me parou.

Olhando por cima do ombro, suspirei quando vi o leão.

– Você. De novo.

O Lilin se levantou, derrubando-me para longe dele. Eu caí de costas, e demorei para ficar em pé, meus olhos fixos na nova ameaça. Estava ciente do Lilin escapando, mas não me atrevi a persegui-lo. Não parecia que qualquer um desses monstros tinha recebido a informação de que me matar também matava o Lilin. O leão me espreitou, sua cauda de pedra balançando. Ela bateu em outro carro, quebrando uma janela.

Alguém gritou, mas eu não sabia quem era. O leão se agachou, preparando-se para atacar, e eu sabia que isso ia doer seriamente. Ele se lançou no ar, e tudo o que eu pude ver foram as suas garras. Feitas de pedra, elas eram enormes. Mas de repente, havia um enorme Guardião na minha frente. Alto e largo, seu cabelo dourado era tão brilhante quanto o de um verdadeiro leão.

O Guardião levou um golpe direto na parte superior do corpo e cambaleou sob a força do ataque. Eu ofeguei quando ele segurou os lados da cabeça da criatura enquanto o monstro cravava suas garras, rasgando a textura de granito da pele do Guardião, pulverizando sangue.

Com um estalo de devastador, o Guardião torceu a cabeça da criatura. Sombras escuras se juntaram à fumaça, mas a criatura estava imóvel, finalmente.

O Guardião se virou para mim, e o terror me tomou enquanto eu olhava para Abbot. O azul vibrante se libertou quando a sua pele começou a ficar rosada, revelando o horror das lesões, a extensão implacável dos danos.

– Não – eu sussurrei, dando um passo à frente.

Abbot abriu a boca, mas não houve palavras, apenas ar borbulhando pelo pescoço rasgado. Suas pernas cederam, e eu me atirei para frente, tentando impedir a sua queda. Mas com o seu peso e a minha lesão, foi um esforço inútil. Nós dois caímos na calçada. Ele caiu de costas e eu, ao lado dele.

Havia tanto sangue.

Eu apertei as minhas mãos em seu pescoço quando levantei a cabeça, olhando a rua, enquanto gritava por ajuda. Nem sei por quem gritei, mas Roth finalmente emergiu da fumaça, seus passos vacilando quando viu o que restava da criatura e de Abbot. Gritei novamente, desta vez por Zayne, e depois por Dez, por Nicolai, porque alguém tinha que ajudá-lo.

Alguém precisa ajudá-lo.

Roth caminhou ao redor das pernas de Abbot e se ajoelhou ao meu lado, suas mãos alcançando as minhas.

– O que você tá fazendo, Layla? – Sua voz estava rouca, e quando olhei para ele, vi um hematoma formando-se ao longo do seu maxilar. – O que você tá fazendo?

Eu pensei que era óbvio.

– Eu estou parando o sangue. Eu…

– Layla. – Ele balançou a cabeça enquanto envolvia suas mãos nas minhas. – É tarde demais.

– Não – eu disse, olhando para Abbot, para o homem que me criara, que me traíra, mas que, no fim, me salvara. Não podia ser tarde demais.

Os olhos de Abbot, outrora tão vibrantes e azuis, estavam em um tom opaco e fixos... no nada. Não havia nenhuma aura em torno dele, não importava o quanto eu tentasse vê-la. Mas eu via que os ferimentos não estavam limitados apenas à sua garganta. Seu peito...

– Ah, meu Deus. Não. Meu Deus, não.

Roth afastou as minhas mãos, e eu não resisti, porque ele estava certo e não fazia sentido. Era tarde demais. A minha cabeça não aceitava o que eu estava vendo, o que tinha acontecido tão rapidamente.

Saindo da fumaça e do caos, outros estavam vindo em nossa direção. Primeiro Nicolai, e ele tinha parado abruptamente, e então a pessoa que eu não queria que visse isso, mas que também era tarde demais para eu impedir.

Zayne viu o pai.

Ele caiu de joelhos do outro lado de Abbot, e esticou um braço em direção ao seu pai, mas parou, suas mãos pairando sobre o peito arruinado de Abbot. Ele tremia.

– Pai?

Não houve resposta. Nunca haveria.

O tempo pareceu parar, e ninguém se moveu, e eu não ouvi qualquer som, mesmo que com certeza houvessem gritos e brados, sirenes e chamas crepitando enquanto o fogo devorava os edifícios. Não havia nada além de Zayne olhando para seu pai com horror gravado em seu rosto.

Não havia absolutamente nada além de Zayne.

Eu me livrei de Roth e rastejei em torno de Abbot. Fui para o lado de Zayne, mergulhando sob suas asas e envolvendo os meus braços em torno dele. Ele estremeceu tão ferozmente que meus dentes bateram, mas eu segurei firme, e quando Zayne esticou os braços e segurou os meus, ele não me afastou. Ele se segurou para... para que não estivesse sozinho.

Abbot estava morto.

Capítulo 24

A hora seguinte era um borrão.

Eu lembrava de Zayne e Nicolai gentilmente recolhendo o corpo de Abbot e colocando-o em uma grande SUV que eu nem tinha certeza se pertencia a qualquer um deles. Eu lembro de entrar no carro com eles, juntamente com Roth. Eu lembrava de ouvir sirenes e ver luzes azuis e vermelhas piscando enquanto Nicolai dirigia pela rua lotada cheia de carros destruídos e pessoas em pânico.

E então estávamos no complexo, um lugar para onde nunca pensei que voltaria, e lá estavam Geoff, Jasmine e Danika. Cada um de seus rostos estava marcado com horror incrédulo quando Abbot foi levado para fora do carro e para dentro da casa.

Mas foi Morris que destruiu o meu coração.

Tinha se passado tanto tempo desde que eu o vira pela última vez, o homem faz-tudo dos Guardiões, e tive que me impedir de correr até ele quando ele saiu da cozinha, a tristeza gravada nos sulcos profundos de seu rosto. Quando me viu, sorriu levemente, mas não alcançou aqueles olhos escuros e cheios de alma.

Jasmine, prática e rápida, pegou um lençol e colocou-o no chão. Abbot tinha sido colocado sobre ele, e Morris segurou as beiradas, envolvendo-as em torno de Abbot, formando uma mortalha.

Zayne permaneceu ao lado do pai, com a cabeça baixa, e eu me mantive por perto, caso ele precisasse de mim. Eu não tinha certeza se ele precisava de mim ou o que eu poderia fazer por ele, mas eu faria o que pudesse. Roth e eu fomos esquecidos enquanto os membros do clã entravam e saíam da sala.

Fiquei sabendo, quando Dez telefonou para casa, que todas as criaturas de pedra tinham sido destruídas e que ele e os outros Guardiões estavam caçando os espectros que o Lilin tinha criado. Pelo que ouvi, eles também estavam tentando fazer algum controle de danos entre os humanos. Algumas das pessoas nas ruas tinham visto os espectros, e para eles aquelas coisas pareceriam fantasmas clássicos... Um nível de exposição que os Guardiões não queriam arriscar. Dez teria de ser rápido na conversa para convencer todas as pessoas que aquilo não era o que elas tinham visto. Felizmente, aqueles que estiveram no local não conseguiram distinguir as criaturas de pedra dos Guardiões.

Seria uma bagunça. *Era* uma bagunça, e só o tempo diria quão séria, mas eu duvidava que qualquer um de nós estivesse realmente pensando no futuro.

– Por que você não se senta? – Roth perguntou, com os olhos cheios de preocupação.

Eu balancei a cabeça enquanto mudava meu peso de um pé para o outro.

– Eu estou bem.

Ele olhou para mim e, em seguida, para onde Zayne estava. Eu conseguia ver que Roth queria dizer algo mais, mas estava forçando-se a ficar quieto.

Finalmente, depois do que pareceu uma eternidade, Zayne uniu as pontas que restavam do lençol, cobrindo o rosto de Abbot.

– Você tá pronto? – Geoff perguntou estoicamente.

Zayne pressionou as mãos nas coxas e se levantou.

– Sim.

Nicolai deu um passo à frente e os homens levantaram o corpo de Abbot, carregando-o para fora da sala. Meu coração começou a palpitar e eu sabia que eles iam levá-lo para algum lugar mais privado, para preparar o corpo, para limpá-lo da melhor maneira possível.

Quando os Guardiões morriam, seus corpos faziam o que qualquer corpo humano faria, mas o processo era mais rápido para eles. Dentro de um dia, não haveria nada além de ossos. Era por isso que eles queimavam seus mortos.

Horas se passaram quando Dez e o resto do clã chegou, e mesmo que as minhas pernas e todo o meu corpo estivessem entorpecidos, eu estava presente quando Abbot foi erguido para a pira precariamente improvisada, e eu estava presente quando Zayne colocou, com cuidado, uma tocha acesa aos pés de seu falecido pai. Eu estava presente para ver Nicolai colocar o braço em torno dos ombros de Danika.

Eu estava presente quando nada restava além de cinzas.

Quando tudo acabou, Roth cuidadosamente colocou o braço em volta da minha cintura, assustando-me. Não era que eu tivesse esquecido que ele estava lá, mas eu estava… eu estava simplesmente desligada. Quando pensasse neste momento, provavelmente ficaria fascinada pelo fato de o Príncipe da Coroa do Inferno ter testemunhado o funeral ritualístico de um Guardião.

Roth me guiou de volta para a casa, mas não fomos muito longe antes de Jasmine aparecer na nossa frente. A tristeza irradiava de todos os poros, mas um olhar de determinação de aço havia se estabelecido em seu belo rosto.

– Venha comigo – ela ordenou, virando-se em direção às escadas.

Quando eu não me mexi, Roth decidiu resolver aquilo com suas próprias mãos. Ou braços. Virando-se para mim, ele colocou um braço sob os meus joelhos, e no próximo suspiro eu estava fora do chão e apoiada contra o peito dele.

– O que você tá fazendo? – eu exigi.

– Você esteve de pé este tempo todo e foi ferida. – Ele subiu pelas escadas, atrás de Jasmine. – Não me diga que você tá bem. Deixe Jasmine dar uma olhada em você.

Comecei a protestar, mas ele já estava no meio da subida pelos degraus, e me dei conta de tudo o que tinha acontecido nos últimos dias. A exaustão me agarrou e não me largou. Mergulhou fundo, e eu estava exausta até os ossos.

Jasmine parou na frente do que costumava ser o meu quarto, e quando a porta se abriu, fui tomada por uma onda de nostalgia. Olhei em volta enquanto Roth me carregava até a cama perfeitamente feita e me colocou ali. Ele permaneceu por perto, sentado do outro lado.

Nada tinha sido realmente tocado com a exceção da cama que estava feita, porque com certeza aquilo não tinha sido eu. A minha mesa ainda estava cheia de cadernos, papéis soltos e livros. A porta do armário estava entreaberta, revelando a bagunça de roupas meio penduradas em seus cabides e espalhadas pelo chão, misturadas entre as inscrições para as faculdades.

Era muito estranho estar ali.

Olhei para a janela que Abbot tinha trancado e vi a casa de bonecas. Senti um aperto no peito, porque não pude deixar de pensar no passado, em Zayne. Em um ataque de raiva, eu destruíra a casa de bonecas, e ele a tinha reconstruído e a retornado à sua antiga glória. A casa de bonecas também me lembrou de como Bambi tinha a usado como um lar.

As lágrimas obstruíram a minha garganta, mas não as deixei cair. Em vez disso, eu me concentrei em Jasmine, que colocou várias ervas e sua bolsa de instrumentos de tortura, também conhecida como um kit de sutura, na cama.

– Você pode tirar o suéter? – ela perguntou, jogando seu longo cabelo escuro para trás e prendendo-o com um elástico de cabelo.

Esticando os braços, puxei o suéter arruinado sobre minha cabeça. Eu tinha uma camiseta debaixo dele, mas mesmo que não tivesse, estaria muito cansada para me importar se estivesse mostrando qualquer coisa.

Roth tirou o suéter de mim, jogando-o no chão, e depois colocou a mão no meu ombro. Seus olhos estavam presos ao meu rosto.

Jasmine fez um som suave, em desaprovação, enquanto olhava a ferida.

– O que aconteceu?

– Eu realmente não sei. – Eu limpei minha garganta. – Zayne esfaqueou o Lilin e *isto* aconteceu comigo.

– O Lilin foi esfaqueado com uma adaga de ferro – acrescentou Roth. – Mas não parece que ela tenha os sintomas de ter sido esfaqueada com ferro.

Jasmine balançou a cabeça enquanto despejava antisséptico em um pano.

– Não. Ela estaria muito doente se esse fosse o caso. Sinto muito se isso doer. – Ela colocou o pano contra a ferida, e sim, doeu, mas eu já tinha estado pior. – Como você tem passado?

– Bem. – Eu não queria falar sobre mim. Olhei para a porta e depois para Roth. – Zayne... ele vai ficar bem, não vai?

Roth acenou lentamente com a cabeça.

– Ele tem que ficar.

– Ele tem razão. – Jasmine limpou o sangue no meu ombro e braço. – Com o pai morto, Zayne tá na fila pra ser o chefe deste clã.

Os meus olhos se arregalaram. Eu nem tinha pensado nisso.

– Ele é muito jovem pra assumir completamente – ela continuou –, e provavelmente será responsabilidade de Nicolai administrar até que Zayne esteja pronto.

Era o fim de uma era, e seria o começo de outra.

O meu corpo estava presente enquanto Jasmine conversava e limpava a minha ferida, mas, no entanto, a minha mente estava a milhares de quilômetros de distância. Eu não podia acreditar no que tinha acontecido. Este resultado nunca tinha passado pela minha cabeça. Eu não estava mental ou emocionalmente preparada para nada disto.

– Boas notícias – disse Jasmine, chamando a minha atenção. – A ferida já tá começando a cicatrizar. Eu não preciso fazer nenhum ponto.

Graças a Deus, porque da última vez que isso tinha acontecido, tive de ser imobilizada. Jasmine passou algum tipo de pomada refrescante e com cheiro de menta no meu braço, e depois se levantou.

– Você precisa descansar um pouco – disse ela. – É tarde. Tenho certeza de que o clã não terá problemas com vocês ficarem aqui.

Roth arqueou as sobrancelhas.

– Tem certeza?

Ela sorriu, cansada.

– Se eu estiver errada, então alguém vai vir aqui pra te mandar embora. Enquanto isso, algum de vocês tá com fome? Eu posso mandar subir alguma comida.

– Estou de boa – Roth olhou para mim. – E você?

– Estou bem – Estendi um braço, agarrando a mão de Jasmine quando ela se virou para sair. – Obrigada.

– Não precisa agradecer por nada, nunca. – Com isso, ela saiu do quarto. Olhando para o meu ombro, eu vi a pele enrugada e brilhante. A ferida estava longe de ser tão ruim quanto eu inicialmente a tinha sentido.

– Quer que eu pegue um suéter novo? – Roth perguntou, e quando eu acenei com a cabeça, ele foi até o meu armário, retornando com um suéter grosso que abotoava na frente. Ele ficou quieto enquanto cuidava dos botões e depois se ajoelhou, tirando as minhas botas.

Quando ele havia tirado as próprias botas, Morris apareceu na porta, carregando dois copos. Ambos tinham suco de laranja, e aquilo trouxe um sorriso aguado ao meu rosto. Ele os levou até a mesa de cabeceira e, como sempre, não disse uma palavra. Quando se virou, ele estendeu um braço, tocando a minha bochecha com uma mão fria. O sorriso estava de volta em seu rosto, e daquela vez chegava até seus olhos. Então ele acariciou o meu rosto e saiu do quarto, deixando a porta entreaberta.

– Esse homem... ele é estranho – comentou Roth.

– Ele é maravilhoso – eu imediatamente defendi Morris.

Roth balançou a cabeça lentamente.

– Eu não estou contestando isso, mas...

– Mas o quê?

– Eu não sei. Ele só... me dá arrepios. – Roth franziu a testa. – E nada me dá arrepios.

Eu fiz uma careta.

– Não tem nada de assustador nele. Morris é o melhor e ele é um homem velho, não é exatamente uma ameaça pra você.

– Como eu disse, não sei como explicar isso – Virando-se para mim, ele passou os dedos pelo cabelo. – Esta noite foi...

– Uma zona sem fim? – Eu me levantei, apoiando-me na cabeceira da cama enquanto pegava o copo de suco de laranja.

Roth se sentou ao meu lado, então estávamos ombro a ombro. Ele esticou as pernas.

– Sim, isso resume bem.

Tomei um gole e depois outro antes de colocar o copo de lado. Quando eu olhei para ele, vi que o hematoma ao longo do seu maxilar já estava desaparecendo, mas deslizei meus dedos em torno do ferimento.

– Você tá bem?

Suas sobrancelhas franziram.

– Não se preocupe comigo.

– Eu me preocupo, sim.

– Não tem pra quê.

Eu suspirei.

– Roth.

– Eu estou bem – disse ele finalmente. – Nem dói.

– Bom. – Lutei para respirar ritmicamente. – Esta noite… nem sei o que pensar. Não consigo acreditar que Abbot se foi.

Ele respirou fundo.

– Você sabe como me sinto em relação a esse cara, o que ele fez e deixou fazerem com você, mas eu sei que ele te criou. – Ele deslizou a mão sobre a minha e apertou. – Eu sei que o que aconteceu não é fácil pra você aceitar.

Fechando os olhos, eu me inclinei para trás.

– Ele morreu me protegendo. Eu não posso… Deus, eu nem sei o que dizer. Eu estava tão brava com ele antes disto, mas no final, ele fez valer. Eu… – Parei, abrindo os olhos. Eu os sentia molhados, e quando falei, minha voz estava rouca. – Eu ainda o amava, sabe?

Roth levou a minha mão até sua boca e pressionou um beijo.

– É óbvio que ele ainda amava você também.

– Sim. – Eu segurei as lágrimas e puxei uma respiração trêmula.

Houve uma pausa.

– Você quer ir saber de Zayne?

Virei a cabeça para ele, não tão surpresa com a consideração que ele demonstrava quanto eu já estivera no passado.

– Sim, mas eu acho… eu acho que ele provavelmente precisa de um tempo.

– Provavelmente – ele murmurou, estendendo a mão e colocando uma mecha do meu cabelo atrás da minha orelha.

Forçando os meus pensamentos para o mais novo problema que descobrimos, eu puxei nossas mãos juntas em meu colo.

– O Lilin… ele me disse que estávamos juntos nisto. Você o ouviu dizer isso. Eu acho que não percebemos o quão literalmente deveríamos entender as suas palavras.

Roth fez um som baixo e irritado no fundo da sua garganta.

– Por esta eu não esperava.

– Nem eu – eu respondi, seca. – Mas faz sentido. Parte de mim o criou. Assim como uma parte de Lilith. O Ceifador me disse que estávamos unidos, nós três, mas ele não entrou em detalhes sobre o que isso realmente significava.

– Claro que não.

– Teria sido bom saber disso – eu continuei, cansada. – Quero dizer, esse é um detalhe bem importante. Se matarmos o Lilin, então isso me mata. E eu estou supondo que funciona nos dois sentidos.

O olhar de Roth ficou intenso.

– Tem que haver outra maneira. Se não houver, vamos encontrar uma maneira de mantê-lo... longe de problemas.

Eu arqueei uma sobrancelha para aquilo, porque simplesmente eu não achava que havia qualquer coisa que pudéssemos fazer para manter o Lilin longe de problemas sem ser matando aquela criatura. Mas mesmo que conseguíssemos contê-lo enquanto o deixávamos viver, como ficava Sam? Sua alma estaria perdida, além de todas as almas da congregação que o Lilin havia matado. Admito, aquelas pessoas eram fanáticas, mas isso não significava que merecessem esse tipo de destino.

Os olhos de Roth se voltaram para a porta, e eu segui seu olhar, ficando sem fôlego quando vi que era Zayne. Eu abri a boca para falar, mas ele falou primeiro.

– Eu posso entrar?

– Claro. – Eu puxei minhas pernas para cima para dá-lo espaço, mas ele ficou perto da porta, apenas dentro do quarto. Meu coração doía por ele, por tudo. – Você tá...?

– Eu não... eu nem sei o que pensar. – Ele enfiou as mãos nos bolsos das calças. – Mas não é por isso que estou aqui. Eu queria me desculpar. – Fiquei boquiaberta. – Eu não sabia que quando eu apunhalasse o Lilin isso iria te machucar – Seu olhar cristalino encontrou o meu. – Eu nunca te machucaria. Não importa o que acontecesse. Eu não queria...

– Eu sei. Eu sei que você não tinha a intenção. Nunca passou pela minha cabeça que você fosse fazer aquilo se soubesse. Nem a gente sabia – eu insisti. – Você não precisa se desculpar. Essa é a última coisa que você precisa fazer agora. Sério.

Sua expressão aliviou-se um pouco dos sentimentos conflituosos. Não muito, mas um pouco.

– A gente sabe por que isso aconteceu?

Parte de mim queria dizer que ele não precisava se preocupar com isto, mas depois percebi que ele poderia estar tentando se distrair, e eu não queria tirar isso dele. Contei a Zayne o que Roth e eu tínhamos discutido.

– Tem que haver uma maneira de consertar isso – disse Zayne quando eu terminei –, de separar você do Lilin.

– Mas e se não tiver como? – Um tremor subiu através de mim. – E se o Lilin e eu estamos realmente unidos, como parece ser, e…

– Não diga isso. – Os olhos de Roth brilharam ferozmente. – Nem termine essa frase.

– Ele tem razão – disse Zayne, esfregando uma mão sobre o peito. – Tem que haver outra maneira. A gente só não sabe o que é ainda.

Eu queria acreditar que havia algo mais, mas se estávamos conectados, era isso.

– A gente podia verificar com o vidente – sugeriu Roth.

Voltando-me para ele lentamente, eu o encarei.

– O garotinho?

Ele assentiu.

– Se alguém sabe de alguma coisa, é ele. A chave é apenas fazer com que ele fale.

– O vidente? – Zayne parecia confuso.

– O garoto que meio que comunga, bem, eu não sei com o que ele comunga, mas ele não trabalha para os céus e nem para o Inferno – Eu parei, sorrindo um pouco. – Ele gosta de jogar *Assassin's Creed.*

– E ele gosta de frango – acrescentou Roth.

Eu bufei.

– A gente pode verificar com ele amanhã. – Um momento se passou e eu franzi a testa. – Ele provavelmente já sabe que estamos indo lá.

Roth sorriu.

Meu olhar se voltou para Zayne. Sombras desabrochavam sob seus olhos cansados, e ele parecia… Ele parecia perdido.

– Layla, você sabe que pode ficar aqui. – Seus ombros estavam tensos. – Vocês dois podem ficar aqui o tempo que precisarem. Certo? E se vocês forem embora, só tenham cuidado. Eu tenho… eu preciso ir.

Arrastando-me para fora da cama, eu caminhei até ele. Antes que Zayne pudesse sair, eu envolvi meus braços em volta dele. Ele enrijeceu, e então cedeu ao meu abraço. Abaixando-se, ele dobrou os braços em torno de mim. Contra a minha bochecha, ele sussurrou com uma voz áspera:

– Obrigado.

E então ele se afastou e saiu do quarto, fechando a porta atrás de si.

Eu fechei meus olhos novamente, apertando-os. Eu não saberia dizer quanto tempo eu fiquei ali, mas quando eu me virei, voltei para a cama. Subindo, voltei à posição em que estava antes, ombro a ombro com Roth.

– Acho que ele não sabe – eu disse.

– Não sabe o quê? – Roth perguntou baixinho.

Olhei para ele.

– Eu não acho que Zayne sabe como o pai morreu. Que Abbot estava me protegendo. Ele já tá tão...

– Pare. – Roth segurou meu queixo, mantendo meu olhar. – Aquele cara que estava aqui? Odeio dizer isso em voz alta, mas ele é um cara bom. Ele não te odeia. Ele nunca conseguiria te odiar. Ele pode não gostar de você agora, mas isso não tem nada a ver com o pai dele. Não sei se ele sabe como Abbot morreu, mas se ou quando ele descobrir, não vai te culpar. Porque não foi sua culpa. E ele sabe disso.

Por um segundo eu não soube o que dizer.

– Eu odeio quando você tá certo.

Roth soltou uma risadinha enquanto envolvia seu braço cuidadosamente em torno de mim e me segurava perto dele. A minha bochecha encontrou seu ombro. Tanta coisa tinha acontecido em um período de dias que a minha cabeça constantemente virava um enxame de pensamentos com tudo isso. Mas neste segundo, agora, a minha cabeça estava quieta.

– Eu não teria mudado nada.

Eu pisquei enquanto levantava a minha cabeça.

– Do que você tá falando?

– A oferta que eu mandei Cayman fazer para as bruxas – Ele deslizou o polegar pelo meu lábio inferior. – Mesmo se eu soubesse que eles iriam pedir Bambi, eu ainda teria concordado, se isso significasse salvar você. E acho que Zayne sentiria o mesmo sobre a morte de Abbot.

– Ah, Roth...

– Eu só quero que você saiba disso. Tá bem? – Ele se inclinou, beijando a minha testa. – Sinto falta daquela cobra. Eu sempre vou sentir falta dela, mas se eu tivesse que fazer tudo de novo, eu faria. Sem perguntas. Eu faria tudo de novo por você.

Capítulo 25

Eu realmente não sabia dizer como é que Zayne *e* Stacey acabaram no banco de trás do Mustang na manhã seguinte. Stacey tinha aparecido bem cedo, momentos depois que eu tinha saído do chuveiro, batendo na porta da frente e exigindo que a deixassem entrar.

Uma grande parte de mim – certo, tudo em mim – queria ter estado na sala de comando para ver a cara de Geoff quando *aquilo* aconteceu. Em todos os nossos anos como amigas, Stacey nunca tinha sido permitida a entrar no complexo antes.

Pelo que percebi, os Guardiões se recusaram a permitir a sua entrada até que Zayne apareceu. Acontece que ela ficou sabendo da minha agora insignificante lesão através de Zayne em algum momento na noite anterior, porque ambos Roth e eu não estávamos respondendo às suas mensagens.

Em primeiro lugar, o fato de que ela e Zayne mantinham contato foi uma grande surpresa para mim. Eu nunca achei que eles tivessem trocado números de telefone. Não que Stacey não fosse querer o número de Zayne, mas eu não tinha certeza de quando a coisa de se tornarem amigos-que-trocam-mensagens acontecera.

Provavelmente quando eu estava no Inferno.

Isso foi ontem? No dia anterior? Eu não conseguia mais acompanhar o tempo.

Naquele momento, ela deveria estar na escola, não que eu pudesse realmente reclamar, já que eu não pisava na escola havia uma eternidade.

Já que Zayne estava no quarto quando Roth sugerira fazer uma visita ao vidente, ele mencionara isso enquanto Stacey estava fazendo uma visita ao meu antigo quarto. Ela exigiu ir junto, e depois de meia hora discutindo, desisti de tentar argumentar com ela. Eu não queria que ela se aproximasse de nada disso, nem mesmo do vidente, mas como ela havia apontado mais de uma vez, ela já estava envolvida até o pescoço nisso.

Também era bom vê-la animada e ativa em vez da versão fantasmagórica e sem brilho da amiga que eu amava.

Fiquei surpresa que Zayne se juntara a nós. Ele estava quieto, sua expressão estoica. Eu não sabia como ele estava processando a dor de perder seu pai poucas horas atrás, mas ele estava aguentando firme, e aquela força era admirável.

Quando eu vira Elijah morrer, senti tristeza, mas de um tipo diferente. Com sua morte, perdi o potencial do que poderia ter sido. Não que eu tivesse me enganado e acreditado que um dia ele iria acordar e me aceitar como sua filha, mas eu lamentava a perda... a perda do que nunca foi. Quando Abbot morreu, senti a perda da única figura paterna que eu conhecera, mas apesar de a minha dor ser aguda, não era nada comparada ao que Zayne devia estar sentindo.

E o meu luto por Sam ainda não atingia a intensidade do que Stacey tinha sentido. Parecia que, no decorrer de tudo, eu estava apenas recebendo uma prova das consequências do que acontecia e não o prato completo.

Mas eu tinha a sensação de que isso mudaria muito em breve.

A viagem até a casa do vidente foi estranha, porque começou com uma ida ao supermercado local.

A galinha Perdue estava aninhada entre Stacey e Zayne. Este último estava lançando olhares mortais para a nuca de Roth toda vez que eu me virava para trás. Roth estava em sua terceira rodada de cantarolar *Paradise City*, parecendo alheio ao olhar mortal dirigido a ele. Eu estava tentando fingir que tudo estava maravilhoso e totalmente nem um pouquinho esquisito, e Stacey parecia que precisava de um balde de pipoca.

Quando finalmente paramos em frente à antiga casa com cerca de madeira e paredes de pedra perto do campo de batalha de Manassas, eu estava pronta para ejetar do carro.

– Eu acho que é melhor vocês dois ficarem no carro – Roth desligou o motor, e depois se virou para trás, olhando para os nossos penetras. – Tony é peculiar. Não precisamos irritá-lo.

Zayne olhou para o frango.

– Você tem que trazer uma galinha pra ele?

– Hã... – Roth não respondeu.

– Ele é uma criança mesmo? – perguntou Stacey, olhando para a casa. Uma cortina balançava através de uma janela perto da porta. – Tipo uma criança, criança?

– Sim, ele deve ter só uns nove ou dez anos – expliquei, alcançando a porta.

– Caramba – murmurou Stacey, balançando lentamente a cabeça.

– Vocês dois vão ficar bem aqui? – Eu hesitei.

Roth bufou.

– Tenho certeza que ficarão bem.

Eu lhe lancei um olhar, e ele retribuiu com um olhar inocente para mim enquanto estendia a mão para trás.

– Alguém pode me entregar a galinha?

Foi Stacey quem entregou.

– Isso é tão estranho – disse ela.

– Você não tem ideia – murmurei.

Roth esperava por mim do outro lado do Mustang, colocando a mão na parte inferior das minhas costas com leveza.

– Você tá se sentindo bem? – Ele perguntou enquanto atravessávamos o portão e passávamos pelos arbustos bem aparados.

– Só um pouco dolorida – admiti, porque ele não acreditaria se eu dissesse que estava completamente bem.

Abaixando a cabeça, ele roçou os lábios sobre minha testa antes de subirmos os degraus. Olhei de volta para o carro e descobri que Zayne não tinha ficado do lado de dentro como instruído. Ele estava de pé ao lado do carro, de costas para a casa. Ele estava bem ali, mas olhar para ele fazia eu sentir como se eu estivesse vendo uma imagem gravada de alguém. Ele estava lá, mas não estava.

A porta se abriu antes de batermos, chamando a minha atenção. A leve aura azul desapareceu, revelando a mãe de Tony. Ela estava usando um casaco branco desta vez, mas as pérolas de que eu lembrava ainda estavam em volta do pescoço dela.

– Eu ainda não estou feliz em ver vocês aqui – disse ela.

Roth levantou um ombro.

– E eu diria que sinto muito, mas ainda não seria uma desculpa sincera.

Meu Deus, não isto outra vez.

– Deixe-os entrar – veio a voz por trás da mulher.

Ela se afastou e lá estava ele. Primeiro eu vi o brilho branco ao seu redor, mais brilhante do que o que Zayne tinha. Uma alma pura, totalmente rara. A ânsia que eu sentia ao ver uma alma pura era mínima, quase imperceptível. O garoto era cheio de cachos loiros e tinha o rosto de um querubim. Ele era adorável, com exceção das pupilas brancas no meio de seus olhos de cobalto.

Porque aqueles olhos ainda eram esquisitos.

Tony olhou para o saco de supermercado que Roth segurava.

– Outra galinha? Você tá falando sério?

– Ei. Ouvi dizer que Perdue é o melhor – respondeu Roth.

– E ouvi dizer que o Tyson também não é assim tão ruim – Suspirando, o vidente miúdo gesticulou para a mãe. – Pega.

A mulher, que provavelmente era bem versada na bizarrice, pegou a sacola.

– É terça-feira de taco. A galinha vai ter que esperar.

– Pode apostar que sim. – O vidente nos sinalizou para segui-lo. A casa cheirava a pinho e maçãs, fazendo-me ansiar pelo Natal. – Sabe, vocês poderiam ter deixado que os seus amigos entrassem. Em vez disso, eles estão lá fora, dando uma de mal-encarados e provavelmente assustando os vizinhos.

– Eles devem ser a coisa menos assustadora que os seus vizinhos já viram – apontou Roth.

– Depende do que você acha que é assustador, hein?

Eu bati no braço de Roth quando ele abriu a boca para falar, obviamente elaborando mais uma coisa para retrucar; se eu não o impedisse, ele nunca pararia. O demônio me lançou um olhar, mas Tony soltou um riso infantil.

Nós o seguimos até a sala de estar. Havia uma enorme árvore toda enfeitada com ornamentos e uma montanha de presentes já guardados debaixo dela. Outro jogo de videogame estava pausado na TV, mas desta vez não parecia um jogo medieval. Havia um carro e o que parecia ser um policial correndo atrás dele.

Tony caiu em um pufe, e de alguma forma ele fazia aquilo parecer um trono.

– Eu sei por que vocês estão aqui.

– Claro – murmurei, sentando no sofá.

Ele arqueou uma sobrancelha loira enquanto olhava para Roth.

– Só pra você saber, quando você acabou acorrentado nos poços de chamas, eu não fiquei rindo como previ.

Os olhos de Roth se estreitaram com a memória enquanto ele se sentava no braço do sofá, ao meu lado.

– Talvez só uma risadinha de diversão – acrescentou Tony.

– Você tem certeza de que não foi um riso agudo de diversão? – retrucou Roth. – Já que você ainda não atingiu a puberdade?

Oh, Céus.

Tony levantou uma mão gordinha e deu o dedo do meio para Roth.

– Ah, eu chateei o bebezinho…?

– Roth – eu suspirei, socando sua perna levemente. – Eu não posso te levar a lugar algum.

– Não é verdade. – Ele piscou para mim. – Sou adaptável a qualquer situação.

Tony apoiou as pernas na mesinha de centro, cruzando-as nos tornozelos.

– Embora eu ache ótimo que vocês dois tenham aceitado o que ambos são e seus sentimentos um pelo outro, tenho coisas melhores para fazer do que ver vocês…

– Tony! – A voz de sua mãe soou de algum lugar da casa. – Tire os pés da mesinha de centro agora mesmo!

Eu pressionei meus lábios para não rir enquanto Tony revirava seus olhos esquisitos, mas obedeceu ao comando. Seus pés bateram no chão de madeira.

– Vocês querem saber como matar o Lilin – disse ele, olhando ameaçadoramente na direção de Roth. – Sabem as regras. Eu não posso ajudar um lado em favor do outro.

– Danem-se as regras – ordenou Roth.

– Fácil pra você dizer isso quando não é a sua vida que vai estar em jogo – o vidente retrucou. – A questão é que vocês já devem saber a resposta que procuram.

– Sabemos como matar o Lilin – eu disse, sentando-me na ponta no assento. – Apunhalar no coração ou decapitar, e quase conseguimos com uma facada no coração, mas...

– Mas descobriram uma pequena complicação? – Ele virou um olhar triste para a tela, como se passar um minuto longe de seu jogo fosse tortura. – Um ferimento fatal no Lilin causa um ferimento fatal em você. – Acenei com a cabeça. – Era de se esperar. Uma parte de você foi usada pra criar o Lilin, assim como uma parte de Lilith foi usada para criar vocês dois – ele continuou, inclinando a cabeça para o lado. Vários cachos loiros caíram. – Vocês três estão unidos.

Isso já tinha sido dito antes, mas ninguém mencionara o fato de que matar o Lilin também iria me matar. Aquele pequeno detalhezinho tinha sido deixado de fora. Não que tenha realmente me surpreendido.

– Precisamos saber como separar os dois. – Roth abriu e fechou a mão mais próxima de mim. – É por isso que estamos aqui.

– E eu sei disso – Tony desviou sua atenção do jogo pausado, com dificuldade. – Esta conversa tá desperdiçando meu tempo e o de vocês.

– Você não se importa? Eu sei que o seu jogo idiota é importante, mas se não pudermos impedir o Lilin, você vai morrer. Todo mundo vai morrer! – Eu fiquei em pé, querendo pegar o pequeno vidente e sacudi-lo, mas havia uma parte de mim que entendia que ele não estava sendo estúpido. Nós é que estávamos. Fui tomada por frustração. – Se não tivermos sucesso, o Lilin vai começar o fim do mundo. Até você nos avisou da última vez em que estivemos aqui.

– A última vez em que vocês estiveram aqui, *previ* que havia uma boa chance de isso acontecer. – Suas pupilas tornaram-se repentinamente um branco brilhante. – Agora eu *prevejo* que isso não vai acontecer. Você vai impedi-lo.

Eu tensionei.

– Mas...

– *Você* – ele repetiu, olhando-me atentamente –, vai impedi-lo. E você já sabe como. A história acabou. Fim.

Roth respirou profundamente, mas acho que eu parei de respirar por um segundo. O que nenhum de nós queria reconhecer nas horas depois de termos combatido de igual para igual o Lilin agora estava acertando-nos na cara mais uma vez.

Matar o Lilin significava matar a mim.

– Você não tá ajudando muito aqui, amigo. – A voz de Roth era calma, mas a raiva e algo mais, algo semelhante ao desespero, estavam emanando dele, tornando-se uma entidade tangível na sala. – Precisamos saber como matar o Lilin sem machucar a Layla.

– E como eu disse antes, você já sabe a resposta pra isso. – Tony respondeu de seu trono de almofadas. – Você simplesmente não quer aceitar.

Eu fechei os olhos brevemente.

– Então o que você tá dizendo é... vice-versa. Se a gente me matar, matamos o Lilin?

– Isso é papo furado – cuspiu Roth, e ele estava de pé quando abri os olhos. – É uma resposta inaceitável.

Um olhar de remorso brilhou no rosto do jovem vidente.

– É a única resposta.

Roth marchou em direção a Tony, e eu ergui uma mão, agarrando seu braço. Ele respirou fundo, seu peito subindo bruscamente. Um segundo depois, a mãe de Tony estava no aposento.

Ela segurava uma caçarola acima da cabeça, como se estivesse pronta para arremessá-la em um de nós.

– Eu acho que é hora de vocês irem embora.

Minha mão apertou o braço de Roth. Ela estava certa. Era hora de ir, porque sabíamos qual era a resposta. Sabíamos qual era antes mesmo de virmos aqui, ou pelo menos eu sabia. Roth ainda estava louco olhando o vidente, então eu puxei seu braço.

– Roth – eu sussurrei. – Vamos lá.

Ele lançou um olhar cortante para mim.

– Você vai aceitar isso? – Ele jogou um braço em direção a Tony. – Que não há outra maneira?

– Não – eu disse, e não era tanto uma mentira, mas mais uma tentativa de acabar com isso antes de terminarmos com uma caçarola de vagem na cabeça –, mas terminamos aqui. – Quando ele ainda hesitou, puxei seu braço novamente. – Nós vamos descobrir isso por conta própria.

As minhas palavras soaram fracas aos meus próprios ouvidos, mas Roth finalmente cedeu. Começamos a andar em direção ao corredor da frente, passando pela mãe severa de Tony.

– Tudo acontece por um motivo – o vidente exclamou quando nos aproximamos do arco da entrada, e quando olhei para trás, ele estava de pé, sua expressão solene e sábia para além da sua idade. – Nenhuma coisa nesse mundo acontece sem um propósito. As ações de todos, as do Príncipe e as dos seus Guardiões, resultaram isso. Todos eles se sacrificaram por você, por isto. E não será em vão.

O rosto de Stacey era da cor de um pedaço de papel e seus olhos escuros estavam arregalados.

– Não – disse ela, e depois mais alto: – não.

Virando-me no banco do passageiro, olhei para Roth. Para as mãos dele. Os nós dos seus dedos estavam brancos por estarem agarrando o volante com tanta força. Ele não falou muito desde que voltamos para o carro. Ele olhava para a frente, uma veia pulsando ao longo de sua mandíbula enquanto nos levava de volta para deixar Stacey na escola.

– Não há literalmente nada que possa ser feito? – Zayne perguntou, com as mãos apoiadas no encosto do meu assento. – Ou será que o vidente não sabe o que é preciso?

– Eu não acho que tem outro jeito – respondi, lançando meu olhar de volta para Zayne. Ele não parecia apenas irritado ou confuso, mas mais como uma combinação das duas coisas. – De certa forma, faz sentido, o fato daquela criatura estar conectada a mim e nós dois estarmos conectados a Lilith. Nosso sangue criou o Lilin.

– Talvez faça sentido pra *você* – disse Stacey, puxando uma perna para cima e colocando-a contra o peito. – Nada disso faz sentido pra mim, mas tanto faz. O que vamos fazer agora? Se não podemos matar o Lilin...

– Se não matarmos o Lilin, perdemos Sam. Perdemos todas as almas que o Lilin levou – lembrei-lhe.

Seu rosto se contorceu enquanto ela olhava para longe pela janela enquanto os gramados e casas davam lugar a muros.

– Eu não esqueci disso. Eu só...

Zayne se inclinou para trás em seu assento, esfregando as mãos no rosto.

– Tem que ter alguma coisa. Há tantos livros no escritório do meu... no escritório do meu pai. Eu vou dar uma pesquisada quando voltar. Vou pedir pra Dez me ajudar também. – Abaixando as mãos, ele suspirou pesadamente. – A gente não vai desistir.

O fato de Zayne ainda se importar o suficiente comigo para querer ajudar aliviava um pouco o fardo que eu carregava comigo por tê-lo magoado tão profundamente. Por outro lado, eu não devia estar assim tão surpresa. Havia provavelmente uma parte dele que me odiava, compreensivelmente, mas para além de qualquer coisa, ele era um cara bom, um cara maravilhoso.

– Você me ouviu? – Zayne perguntou, atraindo meu olhar de volta para ele. – A gente não vai desistir.

– Eu sei, mas... mas estamos ficando sem tempo para Sam. E por quanto tempo os Alfas vão permitir que essa violência continue? – Eu estava fazendo perguntas muito boas. Perguntas que nem Zayne ou Roth poderiam responder. – O Lilin matou uma congregação inteira de Filhos de Deus. E sim, tenho certeza de que não estavam na lista de favoritos do cara lá do Céu, mas é só uma questão de tempo até que o Lilin faça algo que não possa mais ser ignorado. Quase expôs todos nós quando acordou aquelas gárgulas. Quanto tempo realmente temos para descobrir uma maneira de contornar isto?

– O que você tá dizendo? – Roth latiu a pergunta, finalmente voltando a falar.

Assustada, olhei para ele. Seus olhos estavam fixos na estrada.

– Eu não sei. Só que nós... não temos tempo.

Roth voltou a ficar em silêncio, e então estávamos estacionando na frente da escola. Ver o lugar, depois do que parecia uma eternidade, desencadeou uma reação mista dentro de mim. Parte nostalgia e parte decepção intensa. Eu não conseguia esquecer o quanto eu ficava ansiosa para acordar todas as manhãs e ir para a escola. Dentro daquelas quatro paredes, eu costumava conseguir fingir que eu era normal. Pensando agora, via o quão bobo isso foi, aquele desejo infantil de me esconder do que eu era.

Não era algo que eu poderia fazer agora.

Stacey pegou sua mochila do chão do Mustang e desembarcou. Eu a segui, para que pudesse dar um abraço rápido nela. Mas não podíamos demorar. Se algum dos funcionários da escola me visse lá fora, levantaria uma série de perguntas indesejadas para as quais não tínhamos tempo.

– Você tá bem? – perguntei quando me afastei do abraço.

Assentindo, ela afastou a franja excessivamente longa de seus olhos.

– Sim. Não. – Ela ajustou a alça da bolsa mais acima em seu ombro. – Por que você tá perguntando se eu estou bem? Você é quem é praticamente uma gêmea siamês com um demônio psicótico. Não se preocupe comigo agora.

– É meio difícil não se preocupar.

– Ou é mais fácil se preocupar comigo do que com você?

Eu abri a boca para retrucar, mas o que eu poderia responder àquilo? Era dolorosamente certeiro. Olhando para as nuvens espessas, eu suspirei.

– Eu não sei o que pensar agora. Eu… – Perdi o fio da meada, balançando a cabeça.

Stacey estendeu uma mão, segurando a manga do meu suéter e puxando gentilmente.

– Você sabe que é a irmã que eu nunca pedi, certo?

Eu sorri.

– Sim.

– E eu te amo, independentemente de qualquer coisa. Você também sabe disso. E você sabe o quanto… me matou perder Sam. – Lágrimas encheram seus olhos, mas seu olhar estava firme. – Eu não posso perder você também.

A declaração dela me deixou abatida.

– Por que acha que isso vai acontecer?

– Porque eu conheço você – ela respondeu, sua voz rouca. – Me promete que você não vai fazer nada estúpido.

– Eu? – Forcei uma risada que parecia ossos secos chacoalhando. – Não fazer alguma coisa estúpida?

A piada não fez nada para aliviar sua preocupação.

– Você sabe o que quero dizer. Promete, Layla. Eu quero ouvir você me prometer.

– Eu prometo – sussurrei.

Quando me separei de Stacey, eu sabia que minha promessa tinha feito muito pouco para tranquilizá-la. A verdade é que a promessa era algo que eu nunca deveria ter feito. Porque ainda tinha muita estupidez em mim, e eu sabia o que tinha de fazer.

Capítulo 26

Roth e eu ajudamos Zayne e Dez a folhear os livros antigos que enchiam as estantes do chão ao teto no escritório de Abbot até o anoitecer. Até mesmo Danika e Nicolai se juntaram a nós uma vez que a noite caíra. Enquanto passávamos de uma página empoeirada para a outra, eu podia ouvir os risos agudos de Izzy e os gritos estridentes de Drake durante toda a noite; claramente Jasmine estava tendo dificuldade em cansá-los o suficiente para levá-los para a cama. Quando decidimos parar, eu não tinha visto os gêmeos e não tínhamos encontrado nada de útil.

Exceto que me deparei com uma pequena criatura chamada Pukwudgie em um dos calhamaços, uma criaturinha tipo um trol que eu ouvira falar apenas uma vez, quando Dez tinha trazido Jasmine para o nosso complexo tantos anos atrás. Ela tinha sido mordida por um e, por conta disso, tinha ficado muito doente.

Eu ainda queria ver um com os meus próprios olhos.

A neve estava caindo quando Roth e eu saímos. Seguimos para o Palisades, já que era mais perto do que o casarão brega. Estacionamos na garagem e contornamos o clube lá embaixo. Assim que entrei no apartamento, Roth invocou os gatinhos. Eu os vi espalhando-se pela sala. Um foi para o piano, enquanto os outros dois foram para debaixo da cama.

– Quer que eu providencie algo para comer? – ele perguntou, deixando cair as chaves em cima da estante.

Eu não estava com fome, mas sabia que Roth não tinha comido o dia todo.

– Claro.

– Eu vou pegar umas coisas pra gente – ele disse, em vez de chamar Cayman como normalmente faria. – Você quer alguma coisa específica?

Apertando os lábios, eu balancei a cabeça e vi Roth andar em direção à porta, parar como se ele quisesse dizer algo e depois sair. Desconforto se instalou no meu estômago. Perguntar sobre comida tinha sido o máximo que ele dissera desde que deixamos a casa do vidente. A suspeita floresceu em mim. O que ele estava planejando?

O que eu estava planejando?

Inquieta, olhei ao redor da sala, e então chamei Robin. Ele descamou do meu braço, uma sombra em forma de raposa, até que atingiu o chão. Lá, sua pelagem laranja-avermelhada estava arrepiada enquanto ele olhava para mim, com a cabeça inclinada para o lado.

Ele sabia.

Claro que sabia.

Grunhindo, ele saltou para a porta aberta do armário, para a roupa que ele tinha tirado dos cabides e tinha feito de cama. Vi-o enrolar a cauda espessa perto do corpo, e depois fui até a porta para o telhado.

O ar frio me cumprimentou quando abri a porta e subi a escada estreita. Uma fina camada de neve cobria os vasos vazios, e o dossel acima da espreguiçadeira esvoaçava silenciosamente. Todas as árvores estavam nuas, mas não mortas. A vida seria renovada na primavera, se a humanidade chegasse à primavera.

Eu caminhei até o parapeito e olhei para as luzes brilhantes de Washington. Uma nuvem nebulosa se formava cada vez que eu expirava, mas era agradável ali fora, acima do barulho da cidade e dos vapores nocivos. Até mesmo tranquilo. Estávamos a poucos dias do Natal, e estávamos ficando sem tempo.

Na verdade, estávamos sem tempo.

Embora Zayne e Dez tivessem planejado continuar vasculhando os livros em busca de uma maneira para acabar com o Lilin ou para incapacitá-lo de alguma forma, eu duvidava que eles encontrassem alguma coisa. Além disso, mesmo que pudéssemos desativar o Lilin, aquilo não ajudava em nada as almas que ele tinha consumido. Não ajudava Sam.

Respirei fundo, mas o ar ficou preso na minha garganta quando um pânico afiado surgiu como um fantasma na noite, ameaçando me arrastar para baixo. Antes que eu pudesse ceder, senti a presença de

Roth. Engolindo com força, eu empurrei o medo para longe, para o mais longe possível, e o encarei.

Ele estava do lado de fora da porta, a brisa agitando seus cabelos escuros enquanto a neve salpicava os fios e seus olhos brilhavam como joias caramelizadas.

– O que você tá fazendo aqui?

Dei de ombros.

– Não sei. É bonito, com a neve.

– E tá um gelo – ele comentou.

– Nenhum de nós é afetado por isso.

– Eu sei. – Um lado de seus lábios se curvou para cima. – Eu só senti vontade de observar isso. – Ele parou. – Você não tá com fome, tá?

– Não muito.

Uma sobrancelha subiu enquanto ele caminhava pelo telhado.

– Quer ficar aqui por um tempo?

– É. Sim. Quero.

O meio sorriso permaneceu enquanto Roth se sentava na espreguiçadeira. A almofada que ele acariciava estava protegida da neve, mas só se o vento não começasse a aumentar. Caminhei até ele, e quando ele estendeu o braço, coloquei minha mão na dele.

Roth me puxou para ficar entre as suas pernas, posicionando-me de maneira que as minhas costas ficassem pressionadas contra o seu peito. Seus braços se cruzaram em torno de mim, e eu fechei os olhos, afastando qualquer pensamento da minha cabeça apenas para que eu pudesse aproveitar o momento e desfrutar do calor de seu corpo e do conforto de seu abraço.

Não sei quanto tempo ficamos sentados vendo a neve cair silenciosamente antes de Roth falar novamente, mas a neve no chão do telhado parecia ter se acumulado.

– Eu estive pensando – ele começou – em você em um daqueles biquínis bem pequenos. Do tipo que a parte de trás da calcinha é só um fio dental.

– Ah meu Deus. – Eu ri enquanto deslizava os dedos sobre as suas mãos. – Por que eu não estou surpresa com isso?

– Calma lá. Me ouve – ele respondeu, descansando o queixo no meu ombro. Eu virei minha bochecha para ele, esperando. – Você não seria a única que estaria vestindo menos roupas do que o que estamos usando agora.

Eu realmente não tinha ideia de para onde essa conversa estava indo, mas eu estava animada que ele estava falando e também estava disposta a apenas... deixar tudo de lado por enquanto, por esses momentos preciosos, para ceder ao que estava passando pela sua cabeça.

– Você também estaria em um biquíni minúsculo? – eu perguntei.

Senti seus lábios se curvarem em um sorriso.

– Você não seria capaz de se controlar se visse algo tão incrível. – Ele me puxou de volta para a abertura de suas pernas quando eu comecei a me virar para ele. – Você me trataria como um pedaço de carne.

– Ah, sério é mesmo? – Eu ri.

Roth se inclinou para trás contra a almofada, levando-me junto com ele para que ficássemos esticados enquanto a neve continuava a cair.

– Aham. Então eu só estaria usando calções de banho.

– Uma sunguinha?

– Nem eu usaria uma sunga – ele respondeu.

– Como é que uma sunga é diferente de mim usando o que é basicamente um fio dental?

– É diferente. Só confie em mim. – Ele inclinou a cabeça para o lado para que eu pudesse ver sua expressão. – De qualquer forma, a bermuda e o biquíni também envolveriam uma praia de areia branca. Você nunca foi à praia, certo?

– Certo. – Eu mordi meu lábio quando ele se mexeu de modo que seus lábios roçaram o lóbulo da minha orelha, enviando um arrepio pela minha espinha. – E o que tem essa praia?

– A praia existiria em uma área tropical, onde é sempre quente e quase sempre ensolarado – ele continuou, uma mão brincando com a barra do meu suéter, a outra vagando preguiçosamente para cima e para baixo na minha perna, da coxa ao quadril. – A praia seria um lugar longe daqui.

– Longe quanto? – eu sussurrei.

– O quanto a gente quiser – Uma mão viajou até o meu queixo e seus dedos guiaram a minha cabeça para trás. – Eu estava pensando mais ou menos nas ilhas de Turcas e Caicos – Ele beijou minha testa. – Nunca fui lá – Seus lábios passaram pelas minhas sobrancelhas. – Mas eu ouvi falar desse lugar chamado Grace Bay. – Ele plantou um beijo em cada uma das minhas pálpebras. – Areias brancas. Água de cor turquesa. – Então beijou a ponta do meu nariz. – O paraíso, ou assim me disseram. Deveríamos ir pra lá.

Eu sorri levemente.

– Deveríamos.

Seu olhar encontrou o meu enquanto ele se afastava.

– Estou falando sério. Podemos partir de manhã.

Meu sorriso começou a desaparecer.

– O quê?

– É fácil eu conseguir um jato particular pra gente. Apenas algumas palavras ditas à pessoa certa, e então estaremos a caminho. É um pouco longe demais pra irmos voando nós mesmos. – Seus olhos procuraram os meus atentamente, e eu endureci, porque ele realmente não estava brincando. – Podemos chegar lá amanhã à noite.

– Roth…

– Podemos deixar tudo isso pra trás – ele insistiu, sua mão segurando o meu rosto. – Deixe as coisas acontecerem como quiserem, mas você e eu estaremos longe disto…

– Não há nenhum lugar que possamos ir pra realmente escapar disso. Os Alfas vão intervir. O Lilin quer isso, e até o Ceifador avisou. Eles trarão o fim do mundo. Se esconder em uma praia não vai nos salvar.

– Poderíamos tentar, caramba. Poderíamos tentar sobreviver – ele insistiu, seus olhos brilhando na escuridão. – Sair daqui nos garante pelo menos um amanhã, talvez até uma semana ou um mês, mas ficando aqui, o que temos?

Respirei fundo.

– O que você quer dizer?

– Acha que não sei o que se passa na sua cabeça desde que percebeu que a sua vida estava ligada a do Lilin? – Sua mão se fechou em torno da minha nuca enquanto ele se inclinava, pressionando sua testa contra a minha. – Droga, Layla, eu sei… – Meus olhos se fecharam contra a ardência repentina. – Você é boa demais. Você não vê isso, mas eu vejo. Você é boa *demais*, mas eu não – Sua voz estava rouca. – Me deixa ser egoísta o suficiente por nós dois.

– E o Sam, Roth?

– Eu não sei. Eu não tenho uma resposta pra isso que você queira ouvir – ele admitiu. – Sinto muito. Você é a minha prioridade. Esqueça o resto.

Eu passei um braço em torno de seu pescoço, não dizendo nada enquanto colocava minha cabeça sob seu queixo. Sua mão permaneceu na minha nuca.

– Eu sei que você acha que só tem uma maneira de sair disso. Você abre mão da sua vida para impedir o Lilin – disse ele, sua voz mais grossa do que antes. – Mas eu não posso deixar você fazer isso.

– Eu não quero fazer isso.

Seu outro braço circulou a minha cintura enquanto ele movia a cabeça, seus lábios roçando minha bochecha enquanto ele falava:

– Então não faça.

Roth fazia parecer tão simples. A questão era que até mesmo ele sabia que não era tão fácil assim. Se saíssemos daqui amanhã, havia uma boa chance de termos dias, talvez até semanas ou meses antes de os Alfas entrarem em ação e tentarem nos eliminar. Mas como eu poderia desfrutar seriamente daqueles dias ou semanas sabendo que eu tinha virado as costas para Sam... Meu Deus, para a humanidade? O que estava acontecendo era muito maior do que nós, muito mais importante do que o que queríamos ou desejávamos.

Sua mão tremeu, e ele forçou as palavras em um sussurro áspero.

– Estou apavorado.

Meu coração se apertou e depois se encolheu. Ouvi-lo admitir aquilo era um choque no meu sistema. Eu recuei, encontrando seu olhar mais uma vez.

– Você nunca tem medo.

– Eu não estou com medo. Estou apavorado – ele repetiu, passando os dedos pelo meu cabelo. – Estou apavorado por poder te perder e que não vai ter nada que eu possa fazer pra impedir isso.

Havia uma parte de mim que queria simplesmente tranquilizá-lo, mas naquele momento, todas as minhas defesas desmoronaram. O pânico que estava alojado no fundo do meu estômago se expandiu. Roth deve ter visto o medo nos meus olhos, porque ele me puxou de volta para o seu peito.

– Eu não vou deixar isto acontecer – disse ele. – Eu sou o Príncipe. Tem que haver algo que eu possa fazer. Eu posso falar com o Chefe.

Mas se houvesse algo que o Chefe pudesse fazer, não teria já sido feito? Será que o Chefe sequer poderia intervir àquela altura? Não importava. Enquanto eu me agarrava ao Roth, eu sabia que, no fundo, nós realmente não tínhamos um amanhã. Se eu retardasse o que precisava fazer, eu não só perderia Sam e as outras almas que o Lilin já tinha tomado, mas correria o risco de milhões de vidas serem perdidas se o apocalipse fosse de fato desencadeado.

Eu corria o risco de Roth fazer algo ainda mais estúpido do que o que eu planejava, e se eu não poderia me salvar, pelo menos poderia salvar Sam. Eu poderia salvar as outras almas. Eu poderia salvar as pessoas inocentes que morreriam porque o fim estava chegando. Eu poderia salvar Roth.

Quando Roth levantou minha cabeça, ele abriu a boca para dizer algo, mas eu não queria que houvesse mais palavras entre nós. Eu avancei, beijando-o. Ele tentou virar a cabeça, mas eu agarrei as laterais do seu rosto, recusando-me a permitir que as palavras que ele queria falar se formassem em seus lábios.

E quando o beijo não foi suficiente, quando ele tentou falar novamente, eu levantei, colocando os meus joelhos em ambos os lados de seus quadris. Eu apertei os nossos corpos juntos, e quando sua boca finalmente se abriu, meu coração doía da pior maneira, mas ele estava beijando-me de volta e o beijo era tórrido. Suas mãos deslizaram pelas minhas costas, e o seu desespero amplificou o que eu sentia.

Seus músculos ficaram tensos de repente, e então ele estava de pé. Eu envolvi as minhas pernas em torno de seus quadris. Nossas bocas se fundiram e saímos sob a neve. O vento aumentou, jogando meu cabelo ao nosso redor.

Pensei que não conseguiríamos chegar até as escadas.

Mal conseguimos.

Uma vez dentro do corredor estreito, a porta se fechou atrás de nós, e Roth se virou, pressionando as minhas costas contra a parede. Estávamos emaranhados um no outro, nossas respirações saindo em suspiros curtos enquanto a parte mais dura dele estava pressionada contra a parte mais suave minha. A neve que caiu sobre nós tinha derretido, umedecendo nossas pele e cabelo.

Nós nos beijamos. Nós nos agarramos um ao outro, e o mundo exterior ficou em espera mais uma vez. Agora, estes momentos roubados eram apenas sobre a gente. Nada mais importava, exceto como eu o sentia e o nosso amor um pelo outro.

– Segure-se – ele disse, e eu não estava planejando soltá-lo.

Roth capturou a minha respiração com os lábios enquanto se virava, começando a descer as escadas novamente. Ele chutou a porta atrás de nós, selando o frio, e quando se virou, bateu no banco do piano, derrubando-o.

Quase não ouvimos o barulho.

Ele me carregou até o pé da cama, o tempo todo beijando-me, absorvendo-me, e não era o suficiente. Nem mesmo quando ele mordeu a pele sensível abaixo da minha orelha, arrancando um som fervoroso de mim.

Nos separamos por tempo suficiente para nos livrarmos de tudo entre nós, e isso demorou mais do que o necessário porque ficávamos parando... e continuávamos a nos distrair cada vez que uma camisa saía ou um botão se abria. Nossas mãos. Nossos dedos. Nossas bocas. Tudo em nós era ganancioso.

Quando as minhas costas atingiram a cama e olhei para ele, pensar se tornou completamente impossível. Ele me consumiu, mas sabia que eu também o consumia, porque a sua mão tremia quando ele me tocava e a sua voz tremia quando ele me disse que eu era bonita, quando ele disse que me amava, repetidas vezes. Sua voz tremia a cada palavra.

O que veio depois foi simplesmente ele venerando-me e eu retribuindo a honra. Não havia uma parte de mim que ele não explorasse, do arco do meu pé aos muitos vales no caminho até os meus lábios. Nossos olhos e mãos estavam colados uns nos outros quando começamos a nos mover juntos. E quando acabou, nos deitamos lado a lado, a mão dele deslizando sobre as minhas costelas, até o meu quadril, e depois começamos tudo de novo. Nós nos esgotamos em todo o amor que sentíamos e seguramos as sombras à distância por pura força de vontade, até que não havia mais nada.

O sono não veio para mim depois, mesmo que o que eu mais quisesse fosse me aconchegar em Roth e ignorar tudo, eu não conseguia. Se fizesse isso, todas as pessoas que eu amava seriam perdidas e incontáveis inocentes seriam pegos no fogo cruzado. Sabendo que eu era a única pessoa que poderia realmente impedir isso, fugir não era algo que eu conseguiria fazer. Além disso, virar as costas só nos daria alguns dias, talvez apenas algumas horas, porque uma vez que o Lilin fosse longe demais, expusesse demais, os Alfas acabariam com todos nós, e eles estavam esperando pacientemente por uma boa razão para fazê-lo.

Eu tinha de fazer isto. Eu sabia que não havia outra opção, mas enquanto observava Roth dormindo, o que eu estava prestes a fazer me cortou profundamente. *Doía.* Um nó se formou no fundo da minha garganta, um peso fazia pressão no meu peito e os meus olhos arderam enquanto as lágrimas brotavam.

Os meus dedos coçaram para tocá-lo, apenas uma última vez, mas arriscaria acordá-lo ao fazer isso. Eu me contentei em memorizar cada belo ângulo de seu rosto, desde a nitidez de suas maçãs do rosto até a linha dura do seu maxilar, apenas levemente suavizada pelo sono. Memorizei a espessura dos seus cílios e o arco natural das sobrancelhas. Olhei longamente quando cheguei aos seus lábios cheios, e eu desejava poder ver aquelas covinhas mais uma vez, ou a maneira como o âmbar caramelado de seus olhos iria iluminar quando ele olhasse para mim. Eu ansiava por passar a mão pelos cabelos dele mais uma vez, sentindo a suavidade sedosa enquanto os fios passavam pelos meus dedos.

Queria ouvi-lo dizer que me amava mais uma vez.

Nada disso ia acontecer.

Fechando os meus olhos com força contra a enxurrada de lágrimas, eu cuidadosamente rolei para fora da cama e fui na ponta dos pés para onde as minhas roupas estavam empilhadas no chão. Na escuridão silenciosa, eu me vesti, peguei a adaga de ferro no piano, e então me esgueirei para onde Roth estava deitado de lado, de frente para o espaço em que eu estivera.

– Eu te amo – sussurrei, minha voz embargada. – Eu te amo tanto.

E então eu fiz a única coisa que eu nunca planejei fazer, mas a única coisa que poderia ser feita. Eu deixei Roth.

Capítulo 27

Como esperava, não demorei muito para localizar o Lilin. Eu tinha deixado o apartamento de Roth pela saída do telhado e tinha alçado voo, deixando o vento frio agitar as minhas asas uma última vez.

Era quase irônico, esta coisa toda.

Roth tinha se sacrificado por mim. Zayne tinha se sacrificado por mim. Até mesmo Abbot, no final. Todos eles tinham dado algo para me manter viva. Devido ao que as bruxas tinham me dado, eu ganhei imortalidade, e por um curto e maravilhoso período de tempo, eu tive um gostinho do para sempre com Roth. E quando enfim entendi completamente o que eu era, me fora dada uma força inacreditável. A minha mera presença causava medo nos corações de demônios e de Guardiões. Eu me tornara uma força a ser temida, uma fodona completa de uma bagunça híbrida.

E, no fim das contas, todos esses sacrifícios e tudo o que todo mundo já tinha feito levaram a este momento, quando eu abriria mão de tudo isso. Eu queria rir, mas tinha a sensação de que seria um tipo tresloucado de risada, e eu iria perder o controle, porque eu não queria morrer.

Porque eu não era assim tão corajosa.

Porque eu não era assim tão altruísta.

Eu era apenas uma garota sem nenhuma outra escolha, sem outra carta na manga.

Aterrissando no Parque Rock Creek entre as árvores de copas altas e grossas cobertas de neve, eu caminhei pela trilha, estranhamente calma. Tudo bem. Talvez não calma. Quando olhei para a lua esgueirando-se para fora das nuvens, eu senti *nada*.

Eu estava vazia. Determinada, mas completamente vazia.

Apenas alguns minutos se passaram antes de eu ouvir uma risada suave atrás de mim. A estaca estava no meu bolso de trás, onde eu teria acesso fácil a ela, mas eu a deixei ali enquanto me virava lentamente.

Uma leve poeira de neve cobria o chão e flocos desciam para a Terra. O Lilin estava de pé a cerca de um metro e meio de mim, e se parecia com Sam novamente. A raiva fez minha pele arder. Eu *odiava* quando aquela coisa tomava a imagem dele.

E o Lilin sabia disso.

A criatura sorriu para mim do outro lado da curta distância.

– Você finalmente caiu em si?

Eu arqueei as sobrancelhas.

– Se cair em mim é te ajudar a libertar Lilith…

– Nossa mãe – ele interrompeu.

Ignorando isso, eu continuei:

– Então você perdeu a cabeça. Eu nunca vou te ajudar a libertá-la, porque libertá-la significaria o fim de tudo.

– Não libertá-la significa o fim da mesma forma – respondeu o Lilin, dando um passo à frente. – Você não entende isso? Continuarei a despojar almas até que os Alfas não tenham escolha a não ser intervir, até que erradiquem todos os demônios e Guardiões.

Cerrei meus punhos.

– Por que você faria isso? Seria morto junto com todos nós.

– Ah, sim, isso é verdade, mas eu sei que o Inferno não vai tolerar que os Alfas vão atrás de todos os demônios. Eles vão retaliar, e será o Armageddon. – O Lilin que se parecia com Sam sorriu como se estivesse imaginando um dia de sol na praia. – A minha morte, a sua morte, valerá a pena sabendo que os rios irão correr com sangue e estes humanos, estes parasitas enormes, morrerão aos milhões.

Absolutamente atordoada por suas palavras, eu balancei a cabeça.

– Você é… absolutamente doente.

– Não. Eu simplesmente não tenho nada a perder. Minha vida? Esta casca que estou usando? – Ele se deu tapinhas na bochecha. – Não é nada. Eu não tenho nada a perder. E mesmo se tivesse, faria pela nossa mãe. Faria qualquer coisa para lhe entregar a vingança que ela merece.

Eu pisquei.

– Isso é meio triste.

Ele ergueu um ombro.

– É a verdade.

Algo cintilou no meu peito, e tinha gosto de esperança.

– Não tem que ser assim. Você não entende isso? Você tem escolhas a fazer. Você pode parar o que tá fazendo e tentar construir algo desta vida que lhe foi dada…

O Lilin jogou a cabeça para trás e riu.

– Temos livre-arbítrio – insisti, agarrando-me a qualquer coisa que pudesse de alguma forma fazê-lo mudar de ideia. – Todos nós, não apenas os humanos, temos o livre-arbítrio. Você pode mudar. Você pode parar isto agora. Você…

– Livre-arbítrio? Você é ingênua, irmã. Não existe tal coisa. Nós nascemos com os nossos destinos claramente dispostos à nossa frente. Não há como mudar isso.

– Você tá errado, tão incrivelmente errado. – Eu queria socá-lo para que ele entendesse o que eu dizia. – Qualquer um pode mudar seus caminhos, incluindo os demônios. Pense em Roth. Ele não costumava pensar que o livre-arbítrio existia, mas quando fez uma escolha para me salvar, percebeu que era real. Pense nele!

A criatura sorriu.

– Ah, o Príncipe. Eu penso nele e vejo alguém que já foi grandioso e temido por todos, mas que se tornou nada mais do que o lacaio de uma menininha estúpida e boba.

Apertei o maxilar.

– Não sou eu que sou estúpida, colega, e ele não é lacaio de ninguém.

– Chega – Ele suspirou. – Sério. Essa conversa me deixa entediado. Você sabe que não pode me parar. Você já deve ter percebido isso agora. Você não pode me matar, porque mataria você. Eu sou uma parte sua.

– Você não é nada – eu disse, cheia de veneno amargo.

Ele inclinou a cabeça.

– Se eu tivesse sentimentos, você poderia ter me magoado.

Enquanto eu olhava para o Lilin, aquela pequena faísca de esperança oscilou e então se apagou. Não havia como argumentar com ele, assim como o Ceifador dissera. Talvez se eu tivesse feito essa abordagem desde o início, teria havido tempo para tentar fazê-lo mudar de ideia, mas não havia tempo suficiente para isso agora, e era muito arriscado tentar.

O peso aumentou sobre os meus ombros e o meu peito enquanto o Lilin se aproximava de mim. Eu me mantive firme, respirando fundo.

– Qual… qual é a sua verdadeira aparência?

Surpresa brilhou no rosto de que eu sentia tanta falta.

– O quê?

– Você me ouviu. Você não é Sam. Você não é Elijah. Quero saber como você realmente é.

As rajadas de neve à nossa volta pareciam diminuir à medida que o Lilin me estudava cuidadosamente, o pó fino do flocos cobrindo seus cabelos escuros.

– Por que isso importa?

Eu queria ver seu rosto real, apenas uma vez, mas esse não era exatamente o argumento mais convincente.

– Eu não sei. Talvez… Talvez me ajude a te entender melhor.

Seus olhos se estreitaram, e então ele lançou seu olhar para o céu. Suspirou dramaticamente.

– Você é tão humana.

Quando Roth dizia aquilo, suas palavras eram envoltas em calor e amor. Quando aquelas mesmas palavras saíram da boca do Lilin, eram como um insulto.

O Lilin de repente disparou para a frente, parando a não mais do que meio metro na minha frente, seus olhos completamente pretos.

– Você quer ver como eu realmente sou? – ele exigiu. – Você quer isso?

– Sim – sussurrei.

A criatura sorriu, e então começou a se transformar. Todo o seu corpo estremeceu e depois balançou violentamente. Eu queria dar um passo para trás, porque àquela altura eu meio que esperava que ele explodisse, mas me vi incapaz de me mover enquanto ele encurtava e ficava mais magro, enquanto o cabelo castanho dava lugar ao cabelo tão loiro que quase parecia branco. Ossos se quebraram e se fundiram novamente em diferentes comprimentos. Suas feições se contorceram até que eu estava olhando para olhos que eram um tom pálido de azul, quase drenado de toda a sua cor.

Respirando forte, senti como se estivesse olhando para um espelho. Uma réplica exata de mim estava ali.

– Eu sou você – disse, na minha voz.

– Não. – Meu coração começou a disparar. – Você não é eu.

– Sou. Eu sempre fui você. – Um sorrisinho apareceu, revelando apenas um lado de seus dentes, e tudo o que eu conseguia pensar naquele momento era: assim que eu parecia quando sorria? Deus. – Somos uma única coisa – acrescentou. – Não somos diferentes. Você entende isso?

Há alguns meses, uma visão como aquela teria sido um golpe fatal na minha confiança. Eu teria ficado abalada ao ponto de ser incapaz de me recuperar disso. Pensar que era parte de algo tão cruel e maligno teria acabado comigo.

Mas eu não era mais a mesma garota de antes.

– Isso é algum tipo de truque. – Minha voz estava firme enquanto eu encarava a mim mesma. – Como você se parece comigo? Você não...

– Somos parte um do outro – respondeu a criatura, olhando para si mesma. Com uma risadinha baixa, ela passou as mãos pequenas pelas laterais e depois pela frente, para cima.

Nossa.

Era perturbador de se ver... eu mesma passando as mãos em mim.

– Você ajudou a me criar. – Erguendo uma mão, ela começou a enrolar uma mecha de cabelo em torno de seu dedo. Uma sobrancelha pálida se ergueu. – Compartilhamos o mesmo sangue.

– Isso é tudo que compartilhamos, e eu sei que esta não é a sua forma real.

O seu sorriso se tornou tímido ao levantar um ombro.

– Se você diz.

Eu respirei fundo.

– Você é covarde. Sabia disso? Não consegue nem me mostrar quem você realmente é.

– Eu não sou covarde. – O sorriso desapareceu de seu rosto.

Imitando seus movimentos anteriores, eu encolhi os ombros.

– Não admira que você não consiga me mostrar como você realmente é. Você não se vê com clareza.

Com as bochechas ruborizadas, os olhos pálidos desapareceram em uma inundação de preto. O Lilin começou a mudar de forma novamente. Desta vez, minha imagem espelhada foi esticada como em um desenho animado. Enquanto os ossos rachavam, o cabelo loiro-branco encurtava até a altura de ombros mais largos. O Lilin parou de tremer e o que estava diante de mim era algo completamente familiar e, ainda assim, diferente.

E no fundo, eu sabia que aquele era mesmo o Lilin.

Os olhos eram piscinas de preto e sua tez era pálida. As maçãs do rosto eram altas como as minhas, mas mais amplas, e a inclinação da mandíbula era mais masculina, os lábios menos cheios. Em sua verdadeira forma, o Lilin era um macho, era uma cabeça mais alta que eu e um pouco mais largo, muito mais magro que Roth ou Zayne. Ele era bonito de uma forma assustadora, um tipo frágil de beleza masculina que parecia que iria quebrar a qualquer momento.

Ele se parecia com *Lilith*.

Ele se parecia *comigo*.

Se alguém nos colocasse numa sala, seria óbvio que éramos parentes. Não foi até aquele momento, olhando para ele, que eu realmente percebi isso. Esta criatura… esta coisa realmente era uma parte de mim. Nós compartilhávamos o mesmo sangue. Era meu irmão.

O nó de antes voltou à minha garganta e eu queria chorar. Por mais estúpido e inútil que fosse, eu queria cair no chão frio e cheio de neve e chorar, porque eu realmente estava olhando para algo que fazia parte de mim, minha própria carne e sangue perturbadora.

– Você tá feliz agora? – ele perguntou, e sua voz era grave.

Eu sacudi a cabeça, tentando conter as lágrimas. O rosto de Roth se formou em meus pensamentos, e eu esperava com cada grama do meu ser que ele pudesse me perdoar por isso.

– Não. De jeito nenhum.

Confusão tremulou em seu rosto e então a sua expressão se equilibrou, ficando neutra.

– Estou farto dessa tolice.

– Eu também.

Lançando o braço para trás de mim, tirei o punhal do bolso. Eu me movi o mais rápido que pude, mais rápido do que nunca, e meu cérebro era uma tela vasta e em branco enquanto eu me deslocava. Eu não pensei, não registrei a perplexidade que se formou em resposta nas suas feições.

Mas então, em uma fração de segundo, a compreensão trovejou através de mim enquanto eu dava um passo à frente, empurrando a adaga no peito do Lilin com cada grama da minha força.

Eu *era* corajosa.

O choque se espalhou pelo seu rosto no mesmo momento em que a dor explodiu no meu peito. A intensidade daquilo foi tão chocante que eu larguei a adaga, cambaleando para trás. A dor era como fogo, engolindo meu peito e espalhando-se por cada membro. Era muito mais poderosa até mesmo do que quando os Guardiões tinham me esfaquearam no estômago, uma intensidade que era final. Um calor úmido escorreu pela frente do meu corpo. Meu coração bateu, e então houve uma sensação afiada vinda de dentro de mim.

Olhos completamente pretos estavam arregalados, e as suas mãos eram pálidas enquanto ele segurava a ponta da adaga.

– O que... o que você fez?

Eu não responderia mesmo se pudesse.

Porque estava acontecendo.

A ferida em seu peito se iluminou, pulsando com uma luz azul que parecia vir de dentro e que se espalhou rapidamente, como se a sua pele tivesse sido descamada. A luz irrompeu em raios de cores diferentes, rosas e azuis suaves e amarelos amanteigados, e essas luzes, quase como bolinhas, dispararam para cima, desaparecendo no céu acima de nós.

Não luzes, eu percebi estupidamente, mas as almas – as almas de todos que o Lilin consumira. No meu coração, eu sabia que Elijah estava entre eles, e Sam também. Eu quase podia senti-lo, pensei, quase ouvia a risada de Sam e sentia a sua mão tocando a minha.

Ele estava livre.

Eu sabia.

Não houve outro batimento do coração.

As nossas pernas cederam no mesmo segundo, e fomos abaixo, dobrando como sacos de farinha. Eu não senti quando atingi o chão. Eu não senti nada. Tudo o que vi, através da escuridão rastejando sobre a minha visão, foi a neve começando a cair novamente, um pequeno floco deslizando para o chão.

E então não vi mais nada.

Capítulo 28

Eu não lembrava de fechar os olhos ou mesmo de piscar. No entanto, de alguma forma, eu não estava mais deitada no chão frio no Parque Rock Creek, mas sim em pé, e estava no parque, mas não durante a noite ou no inverno. A luz do sol penetrava através dos galhos frondosos e uma brisa quente brincava com os cabelos ao redor do meu rosto.

Mas o que diabos era isso?

O meu olhar caiu até chão, e o Lilin não estava lá. Confusão passou por mim enquanto eu olhava para o lugar vazio à minha frente e depois para o meu suéter. Estava ensanguentado, como esperado, mas não havia dor no meu peito. E aquele era o parque em Washington, mas também não era.

Algo parecia errado. Frágil. *Tênue*. Caminhei para perto de uma árvore e deslizei os dedos ao longo de sua casca. Pedaços dela se descolaram, virando cinzas. Eu puxei minha mão de volta.

– O que você fez?

Virando-me em direção ao som da voz que eu só ouvira uma vez antes, eu não pude conter o estranho tremor ante a visão dela. Lilith. Vestida com o mesmo vestido branco que eu a tinha visto da última vez, ela parecia diferente. Principalmente porque havia um rastro de vermelho na frente do seu vestido, igual ao meu.

– Como… como você tá aqui? – perguntei, olhando em volta. – Você tá livre?

– Livre? – Seus olhos pálidos se arregalaram. – Eu nunca serei livre por sua causa, por causa do que você fez. Você matou o meu filho, você me matou!

Talvez morrer tivesse me deixado meio lenta para processar as coisas, mas sua resposta não respondia à minha pergunta.

– Não estou entendendo.

– Como não? – Ela se deslocou em minha direção, com os pés descalços saindo por baixo do vestido longo. – Você o matou, sabendo que seria a sua morte, a minha morte.

Certo. Eu não fazia ideia de que as minhas ações a matariam. Não mesmo. Ninguém tinha me informado sobre isso. Assumi que ela era como comida processada, iria sobreviver a um apocalipse nuclear.

– Onde é que estamos?

Seu lábio vermelho-sangue enrugou-se.

– No entremeio.

– No quê?

– Você está satisfeita consigo mesma? – Ela exclamou, ignorando a minha pergunta. Suas bochechas desprovidas de qualquer cor. – Você acha que matá-lo, que me matar, vai mudar alguma coisa? O mal ainda será mal. O Inferno não deixará de existir. Atos sombrios ainda serão realizados.

– Mas vai... vai parar o Armageddon – eu disse, piscando.

Ela zombou.

– Por um tempo, mas, criança, você sabe quantas vezes o mundo chegou perto de ser obliterado? O fim é inevitável.

Eu fechei os olhos, sentindo-me repentinamente tonta.

– Mas não vai acontecer agora.

– Eu nunca estive mais desapontada com o que criei – ela espumava, e quando abri os olhos, estava diretamente na minha frente, uma bela aparição, alta e terrível. – Meu sangue corre nas suas veias?

– Sim – Eu engoli em seco, mas não fez nada para diminuir a náusea.

Seus olhos, da mesma cor que os meus, reviraram.

– Duvidoso. Eu teria gerado algo mais inteligente, com maior astúcia e instintos de sobrevivência verdadeiros.

Afastei-me dela, forçando o ar para os meus pulmões, mas parecia que eu só estava recebendo uma fração do que precisava.

– Pensar que sobrevivi milhares de anos, superando tanto, para ser morta pela mão da minha própria filha. – Ela bufou. – E de uma maneira tão covarde. Mas meu filho me honrou. Ele me adorou, como deveria, mas você acabou com ele. Você não é cria minha.

– Eu sou sua filha – eu grunhi, focando nela. – A filha que você abandonou ao nascimento. O que diabos você esperava de mim?

– Lealdade? – ela retrucou.

Eu a encarei, querendo rir na sua cara, mas meus lábios pareciam estranhos. Entorpecidos. Frios.

– Você me deixou com o homem que queria me matar.

– Mas ele não matou, não é? Obviamente não.

Balançando a cabeça, eu imediatamente me arrependi. O mundo girou um pouco.

– Eu tinha de impedir o Lilin. Havia muitas vidas em jogo. Talvez você não se importe com isso. Talvez você nunca tenha se importado com nada disso, mas é aí que somos diferentes. – Pernas fracas, encostei-me à árvore, mas no momento em que o meu peso tocou no tronco, ele cedeu.

Cambaleando para o lado, observei o grande carvalho sumir dentro de si mesmo, quebrando em pedaços que se desintegraram em flocos. Ele desmoronou sem emitir som. Em um minuto, a árvore era uma parte sólida daquele mundo e no outro, ela se foi.

– O que tá... acontecendo? – Eu virei olhos arregalados para Lilith.

Ela franziu os lábios enquanto me olhava com o queixo erguido.

– Você está morrendo. É isso que está acontecendo.

– Eu não estou morta agora?

– Sim e não. Seu corpo já ficou frio, não é? Mas você não está completamente morta. Ainda não, mas estará em breve. – Ela acenou com as mãos, gesticulando para as árvores. – Como eu disse, você está no entremeio. Quando você entrou, o vínculo entre nós me trouxe até aqui. Quando você perecer, eu também irei. Criar você foi o risco que eu assumi. Estávamos unidas, e você estava destinada à grandeza. Eu pensei que você seria como eu.

Agora, algumas das coisas que o Ceifador dissera faziam sentido, sobre o perigo que Lilith criou para si mesma quando me criou... da maneira natural. Mas onde estava o Lilin? Por que ele não estava ali conosco?

Então entendi, enquanto olhava para a minha mãe. Eu tinha uma alma. Ela tinha uma alma. O Lilin não. Quando morreu, deixou de existir. Não foi assim para nós.

Acho que nada disso realmente importava agora.

– O destino é besteira – eu disse, minhas mãos geladas enquanto eu as enrolava contra minha palma. Eu não conseguia senti-las. – Ninguém tá destinado a nada. Controlamos os nossos destinos.

– Obviamente – ela murmurou com outro revirar de olhos. – Mas olhe para você agora, o caminho que você escolheu. O que sabe sobre a vida? Toda a sua existência foi inútil.

Atrás dela, outra árvore cedeu, sumindo em si mesma, quebrando-se em uma pluma de pó, e depois outra e outra.

– Não é verdade. – Minhas pernas tremiam, e eu não tinha certeza de quanto tempo eu conseguiria permanecer de pé. – Eu sei sobre amizade. Eu sei sobre... sobre amor. Você não sabe nada dessas coisas.

Lilith estremeceu e, por um longo momento, ficou em silêncio.

– Isso não é verdade. Eu conheci o amor, do tipo mais puro.

– É mesmo? – eu sussurrei. O sol havia desaparecido, o céu tomando um tom manchado de violeta e a grama, um marrom torrado.

– Sim. – Sua voz estava baixa, distante, e percebi então que eu não estava mais de pé. Eu estava no chão, e não tinha certeza sequer se ainda estava lá. Sabia que estava esvaindo-me para o nada, desta vez de verdade, e os meus olhos se fecharam. A última coisa que ouvi foi:

– Quando te segurei nos meus braços e você olhou para mim, com apenas alguns minutos de vida, conheci a forma mais pura do amor.

Capítulo 29

Quando voltei a abrir os olhos, parecia que apenas um punhado de minutos tinha passado, e eu me sentia fora de mim, como se tivesse caído numa espécie de buraco de coelho. Levei alguns segundos para perceber que eu estava olhando para galhos cobertos de neve.

A vista era realmente… linda.

Pequenos pingentes de gelo haviam se formado nas extremidades dos galhos e a neve brilhava na luz do sol como mil diamantes brancos. Eu estava no Céu? Não achava que havia neve no Inferno ou que seria tão bonito. Contudo, Roth disse que as coisas eram sempre bonitas no início. Cheguei a ver por mim mesma o que ele quis dizer com aquilo. A dor atravessou meu peito, tão real quanto a lâmina que usei para matar o Lilin. Roth. Meu Deus. Doía pensar nele e no que ele devia estar passando.

Meus dedos das mãos estavam gelados.

Meus dedos dos pés também.

Espera aí. Meus pés estavam descalços? Meu olhar abaixou para o meu corpo e eu podia ver as pontas dos meus dedos. O esmalte azul estava descascando, e se eu estivesse morta e no Céu, pensei que pelo menos as minhas unhas iam parecer como se eu tivesse ido à pedicure recentemente.

Exceto que todo o meu corpo estava frio, muito frio. Eu expirei e uma nuvem enevoada apareceu diante dos meus lábios. Então eu estava respirando e eu estava com frio, e eu estava pronta para dar um salto de raciocínio e ir com a ideia de que eu poderia não estar morta, morta.

Sentar exigiu esforço. Os galhos ao meu redor dançavam um pouco enquanto a tontura se apossava de mim. A neve se agarrava ao meu cabelo, aos meus cílios. O suéter que eu usava era o mesmo de que eu lembrava, manchado com o meu sangue. Com cuidado, estiquei uma mão e puxei a barra. Eu respirei fundo, em surpresa.

Não havia ferida alguma.

Levantando meu olhar, deixei o suéter deslizar de volta no lugar enquanto olhava em volta. Meu coração pulava no meu peito. A compreensão se acendeu. Cambaleei até ficar em pé, balançando, instável. Eu estava na plataforma de observação da casa da árvore perto do complexo dos Guardiões. Uma enxurrada de memórias me atravessou. Fugindo para a casa da árvore quando eu era criança e me sentia sozinha, e as intermináveis horas com Zayne deitado ao meu lado, ombro a ombro, enquanto contávamos estrelas. Mas como eu vim parar aqui?

Então puxei o colarinho do meu suéter e vi a tatuagem de Robin. Ele estava enrolado em volta do meu ombro, e sua cauda contraiu enquanto eu o estudava. Ele também estava aqui. Mas ele não estava em mim quando deixei a casa de Roth. Robin tinha me encontrado?

Eu fiz menção de pular da plataforma, mas pensei duas vezes. Minhas pernas estavam tremendo enquanto eu caminhava pela superfície, e me abaixei para entrar na casinha. A descida da árvore foi lenta e a neve afundou debaixo dos meus pés quando caí no chão.

Seguindo o trajeto que eu tinha andado tantas vezes que poderia fazê-lo de olhos fechados, fiz meu caminho lentamente em direção à casa. Sempre que os meus joelhos começavam a tremer muito forte, eu parava por alguns minutos. A fraqueza invadia cada célula do meu ser. Eu imaginava que ter mononucleose devia ser assim. Tudo o que queria era me deitar e tirar um cochilo, e depois cochilar ainda mais. Só que eu precisava continuar a andar, porque eu... eu não sabia se estava realmente viva ou se isto era algum tipo esquisito de vida após a morte ou algo assim.

Quando avistei o muro de contenção, quase caí de joelhos. Enquanto arrastava meu olhar para cima e via a mansão, eu mal conseguia recuperar o fôlego. Os detalhes, até o meio-fio quebrado perto das portas da frente, era muito preciso para não ser real.

O pavimento estava gelado debaixo dos meus pés enquanto eu me forçava a atravessar a rotatória. Cheguei à calçada quando a porta da frente se escancarou.

Nicolai estava ali, seu rosto bonito pálido enquanto olhava para mim do topo dos degraus.

– Layla?

Minha garganta estava obstruída.

– Olá?

Ele não se mexeu, só parecia conseguir olhar para mim, e havia uma boa chance de que eu fosse cair de cara nos degraus. Uma brisa gelada ondulava pela entrada, agitando os fios escuros de seu cabelo, jogando-os pelo seu rosto.

Então ele se mexeu.

Eu tensionei e tropecei para trás enquanto ele descia os largos degraus, três de cada vez. Dentro de um piscar de olhos, ele estava na minha frente, segurando meus braços. Seus olhos azuis vibrantes estavam arregalados.

– Pensamos que você estava morta – disse ele, rouco.

– Não estou?

Ele balançou a cabeça.

– Não, pequenina. Se você está aqui, você não está morta.

A confusão se apossou de mim.

– É... uma boa notícia.

Nicolai sufocou uma risada, e meu olhar vagou sobre seu ombro. Eu vi Geoff de pé na porta, e Danika estava na metade dos degraus, sua boca aberta em um "O" perfeito.

Meu olhar se voltou para o dele.

– Eu não sei o que aconteceu.

Ele assentiu, e então se afastou de modo que ficasse ao meu lado, ajustando o braço em volta dos meus ombros.

– Vamos entrar e vamos entender isto.

Eu não discuti com Nicolai enquanto ele me levava pelos degraus e para o maravilhoso calor da casa. Tudo parecia o mesmo da última vez em que estive aqui, logo após a morte de Abbot, mas eu sentia como se tivessem se passado anos desde que eu cruzara aquelas portas.

Nicolai me guiou para a sala de estar, a mesma onde me sentei tantas vezes. Ele me colocou no sofá.

– Vou chamar Jasmine.

Eu queria dizer que eu estava bem, mas ele desapareceu antes que eu pudesse dizer uma palavra, e então Danika estava ali, colocando uma colcha pesada sobre os meus ombros. Agarrei as pontas da colcha com os dedos dormentes.

– Obrigada.

Ela se ajoelhou na minha frente, balançando a cabeça. Sua boca se abriu, e então ela se levantou rapidamente, recuando. Sem sequer olhar para cima, eu sabia por que ela tinha se retirado.

Zayne estava ali, de joelhos na minha frente. Ele tinha a mesma expressão de espanto que Nicolai e o resto dos Guardiões carregavam. Sua boca se mexeu, mas nenhuma palavra saiu.

– Olá? – eu grunhi novamente, provando mais uma vez que eu era uma vergonha quando o assunto era falar no geral.

– Como você tá aqui? – Ele agarrou os meus joelhos, segurando com força enquanto se inclinava para frente. O aroma fresco de menta invernal me rodeou, mas não me encheu de enternecimento como costumava fazer. Não, agora era como estar envolta em um cobertor de familiaridade. Era agridoce, ainda poderoso, mas no fim não era mais a fonte do meu desejo.

– Ela não sabe – Nicolai respondeu da porta.

Olhando para cima, vi que ele não estava sozinho. Dez estava ali e Jasmine estava passando por eles, indo direto para nós.

– Você...? – Zayne não tirou os olhos de mim.

No começo eu pensei que ele estava falando comigo, mas foi Dez quem respondeu.

– Sim. Alguns segundos atrás.

Antes que eu pudesse perguntar do que eles estavam falando, Zayne disse:

– Layla, o que aconteceu?

Eu limpei minha garganta, imaginando que era hora de realmente articular mais do que algumas palavras.

– Eu não sei. Eu me encontrei com o Lilin e eu...

– Você o matou – ele concluiu para mim, sua expressão tensionando. – Você se matou, Layla.

– Eu tinha de fazer isso, Zayne. Era a única maneira, mas agora eu não tenho tanta certeza se consegui – Olhei para Jasmine enquanto ela se sentava ao meu lado no sofá. – Eu realmente acho que estou bem.

Jasmine sorriu calorosamente.

– Eu só quero ter certeza, tudo bem?

– A frente do seu suéter tá coberta de sangue – argumentou Zayne. – Deixa Jasmine dar uma olhada. Por favor.

Expirando lentamente, acenei com a cabeça e deixei Jasmine me examinar enquanto Zayne se levantava com firmeza. Ele pareceu se inclinar para mim no começo, mas se afastou. Enquanto ele estava sobre a gente, vi um peso em seus ombros que não tinha estado lá antes. Eu me perguntava se era porque ele iria assumir o clã em poucos anos, ou por causa do que tinha acontecido com a gente.

– Você matou o Lilin – disse Zayne depois de um momento. – Os Alfas nos disseram que o Lilin estava morto. Eles recuaram, não ameaçando mais acabar com a gente. Foi assim que soubemos que alguma coisa aconteceu, que algo tinha que ter acontecido com você.

Jasmine puxou a colcha mais perto dos meus ombros enquanto terminava de me examinar.

– Ela tá bem – ela disse a Zayne. – Pelo que posso ver. Sem ferimentos.

Zayne levantou um braço, esfregando a mão em seu cabelo.

– Quando Roth apareceu, a gente soube – Sua voz era áspera, e meu coração apertou como se alguém o tivesse deixado cair em um espremedor de frutas. – Ele disse que você saiu no meio da noite sem ele. Eu... eu nem sei por que ele veio aqui, o que ele pensou que poderíamos fazer por ele. Ele disse que um de seus contatos tinha confirmado que você... que você tinha feito isso. Roth estava... – Suas sobrancelhas se juntaram enquanto ele olhava para longe. – Fizemos um funeral pra você, Layla.

Meu estômago caiu.

– Vocês fizeram o *quê*?

– Você sumiu. Não havia nenhum corpo – Da porta, Nicolai franziu a testa, e de repente senti vontade de vomitar porque ele estava falando sobre o *meu* corpo. – Mas sabíamos que você tinha morrido e eu... tivemos que te dar aquele rito, depois do que você sacrificou.

Meu Deus do céu, eu não tinha ideia do que pensar sobre aquilo. Perdi meu próprio funeral! Bem, se eu estivesse morta, eu teria perdido meu funeral de qualquer maneira.

– Isso parece um pouco apressado – eu disse finalmente.

Zayne se aproximou de mim, sua expressão severa.

– Layla, não foi rápido. Você esteve morta por seis dias. O funeral foi há dois dias.

– Seis dias? – Meus olhos se arregalaram. – Não pode ter sido seis dias. Foi ontem à noite… – Eu me afastei, lembrando do que Roth tinha dito sobre o tempo se mover de forma diferente lá embaixo. A desconexão aconteceu quando eu desci para ver o Ceifador. Embora eu não achasse que eu tinha ido para o Inferno desta vez. Eu tinha a sensação de que eu ficara em algum lugar mais como uma sala de espera. O tempo ali deve ter se movido lentamente também. Balancei a cabeça e o cabelo frio e úmido se agarrou às minhas bochechas. – Eu pensei que tinha morrido. Eu estava neste lugar e vi…

Uma comoção subiu no corredor, cortando-me. Olhei para cima enquanto Jasmine se levantava do sofá. Uma onda de calafrios arrepiantes deslizou através da minha nuca. Nicolai se virou e eu vi Dez dar um passo para o lado, para longe da sala.

– É ele – disse Dez com suavidade.

Eu estava de pé antes de perceber o que estava fazendo, o cobertor escorregando dos meus ombros. Meus sentidos começaram a acordar, disparando de uma só vez. Arrepios percorreram pela minha espinha.

Meu coração falhou, e então pulou uma batida quando uma forma alta abriu caminho entre os Guardiões lotando a porta. Cabelos despenteados pretos como corvo caíam para a frente em olhos ocres que estavam profundamente sombreados.

A camisa preta que ele usava estava toda amassada. Parecia que ele estava dormindo com ela por dias, assim como a calça jeans escura. Os cadarços em suas botas estavam desatados. Ele estava uma bagunça, cada centímetro dele, mas ainda era a coisa mais impressionante que eu já vira.

Roth entrou na sala, parando no meio do caminho. Seus lábios cheios se abriram, e eu tive um rápido vislumbre de luz refletindo no piercing de metal. Os nossos olhares estavam fixos um no outro, e era como se o mundo à nossa volta tivesse desaparecido. Era só ele e eu, e não lembro de ter me mexido e também não o vi se mexer, mas num piscar de olhos, eu estava diante de Roth, olhando para ele.

– Layla? – Sua voz rachou na metade do meu nome. Ele estendeu a mão, apertando meu rosto com as mãos que tremiam. Um choque saltou da sua pele para a minha.

Lágrimas encheram meus olhos enquanto eu inspirava profundamente. O cheiro doce e sombrio dele se apossou de mim. Naquele exato momento, não havia dúvida em minha mente de que eu estava viva e isto não era algum tipo de alucinação bizarra.

– Eu estou aqui – sussurrei enquanto as lágrimas corriam soltas. – Eu realmente estou aqui.

As mãos de Roth escorregaram das minhas bochechas, e então seus braços estavam à minha volta. Ele me puxou contra o peito, nas pontas dos meus dedos enquanto enterrava o rosto na curva do meu pescoço. Ele cambaleou um passo para trás, e eu supus que as suas pernas tinham cedido, porque a seguir, ele estava sentado de bunda no chão e eu estava montada no seu colo, meus joelhos em ambos os lados de seus quadris.

Seu corpo inteiro tremia enquanto eu envolvia meus braços em torno dele, segurando-o tão ferozmente quanto ele me segurava. Estávamos tão perto que eu podia sentir seu coração batendo e a subida e descida rápida do seu peito. Lágrimas escorriam pelas minhas bochechas sem controle, e eu não tinha ideia de quanto tempo ficamos sentados daquele jeito, agarrados um ao outro enquanto Roth balançava levemente para frente e para trás. Eu não conseguia chegar perto o bastante. Eu queria me enterrar nele, porque isso, *isso*, eu nunca pensei que eu iria sentir novamente. Seus braços ao meu redor, ou seu calor, ou seu cheiro único. Só uma pequena parte de mim esperava que, de alguma forma, alguém o deixasse me ver depois que eu morresse, mas eu não contava com isso. Parti para enfrentar o Lilin sem nunca esperar voltar a sentir isto.

Uma emoção bruta se expandiu dentro de mim, e foi quase demais, mas de uma forma estranha, também não era o suficiente.

Roth se jogou para trás, levantando a cabeça. Havia um brilho em seus olhos cor de âmbar, uma qualidade vítrea que rasgava meu coração. Eu nunca tinha visto um demônio chorar, nem sabia que era possível, mas eu estava errada. Então minha bochecha estava pressionada contra seu ombro novamente, e ele estava segurando-me tão forte que havia uma boa chance de eu me transformar em um brinquedo de apertar, mas valeria a pena. Não houve palavras entre nós. Nenhuma palavra precisava ser dita. Cada ação estava encharcada no que sentíamos um pelo outro.

Uma de suas mãos percorreu a linha da minha coluna, enfiando o punho em volta do cabelo na minha nuca. Ele arrastou a minha boca para a dele e me beijou. Não havia nada de suave naquilo. O beijo tinha gosto de desespero e alegria, de dor e alívio, e da brilhante redescoberta do amanhã que outrora fora roubado de nós.

O beijo foi o ato de alguém que nunca pensou que teria a chance de experimentar isso novamente. Eu provei sangue e não tinha certeza se era dele ou meu, mas não importava. Nossas lágrimas se misturaram e nossas mãos se agarraram. Ele estava muito quente e vivo sob as roupas, e eu estava muito, muito aqui, com ele.

Roth pressionou sua testa contra a minha, e as minhas mãos tremiam enquanto eu as pressionava contra suas bochechas úmidas. Ele não tinha se barbeado e a barba áspera fazia cócegas nas minhas palmas.

– Eu te amo – disse ele, e então falou em uma língua que eu não entendia, antes de voltar a falar: – Eu te amo. Eu te amo. Eu te amo.

Capítulo 30

Horas depois, estávamos deitados na cama, os nossos braços e pernas emaranhados quando a noite caiu e a neve continuou a cobrir o chão.

A viagem de volta ao casarão brega tinha sido um borrão. Os Guardiões nos deixaram quase imediatamente, o que foi chocante. As coisas definitivamente tinham mudado se eles estavam dispostos a deixar um demônio e, bem, o que quer que eu fosse sozinhos em seu santuário, mesmo que eles estivessem de guarda fora da sala de estar.

Ninguém nos parou quando saímos, e eu não tinha visto Zayne. Apenas Nicolai e Dez estavam visíveis quando saímos do cômodo. Eu não estava em condições de voar pelos céus amigáveis, por isso acabamos por pedir a Cayman para ir nos buscar.

Ele estava muito animado com a ideia de ser o motorista.

Eu estava deitada de lado, a frente do meu corpo pressionado contra o de Roth. Eu estava enrolada em torno dele e a sua mão deslizava para cima e para baixo nas minhas costas em uma carícia contínua e suave. Desde o momento em que ele entrou na sala de estar no complexo, não houve um segundo em que não estivéssemos nos tocando.

E apenas alguns segundos tinham passado entre o momento em que entramos no quarto e quando as nossas roupas acabaram em uma pilha esquecida no chão. Mais uma vez, pouco havia sido dito entre nós, mas o que sentíamos um pelo outro foi expresso em cada roçar de nossos dedos, toque de nossos lábios e na maneira como nos movemos um contra o outro.

Eu não tinha certeza de quanto tempo tinha se passado depois que os nossos corações desaceleraram e o brilho do suor esfriou em nossa pele.

As pontas dos seus dedos seguiam a linha da minha coluna.

– Eu fui para o Inferno procurar por você.

Eu levantei meu queixo, olhando para ele enquanto estava aconchegada contra seu peito.

– Você foi? Roth, isso foi tão perigoso. Eles podiam ter te mantido lá.

Ele olhou para mim, uma sobrancelha escura arqueada.

– Eu pensei que você estava morta. A última coisa que me preocupava era o Chefe me jogar nos poços. E no fim das contas, eu estava agindo de uma forma tão patética que o Chefe teve pena de mim, e só fez me jogar pra fora do Inferno depois de me dizer que você não estava lá.

Descansando a minha mão sobre o seu coração, senti que batia forte antes de falar.

– Ainda assim, foi perigoso.

– Eu estava… eu estava desesperado. – Sua mão fez outra viagem pelas minhas costas. – Eu nunca senti aquilo antes. Quando aquele idiota do Guardião te esfaqueou, senti medo, experimentei essa sensação pela primeira vez quando você estava nos meus braços e pensei que podia morrer, mas agora isto foi muito mais forte. Foi diferente. Quando acordei naquela noite e você tinha ido embora, eu sabia… eu sabia o que você tinha feito, e eu nem estava bravo com você por isso. Eu estava com muito medo de sentir raiva no começo. – Ele inclinou o queixo para trás, olhando para o teto enquanto engolia em seco. – Algum tipo de missiva saiu do Inferno. Como uma caceta de uma mensagem de texto, dizendo que o Lilin estava morto; na verdade, foi mesmo uma mensagem de texto. Uma mensagem de texto em grupo para todos os demônios. Eu vi no meu celular quando saí da cama.

Por alguma razão horrível, eu tive vontade de rir. O Inferno enviava mensagens de texto para um grupo? Até que fazia sentido, já que não havia nada pior do que estar em um grupo de mensagens; era como ser feito de refém. Mas não havia nada de engraçado sobre o que Roth estava contando.

– No momento em que li aquela mensagem, juro que o meu coração parou. Saí do quarto e encontrei Cayman lá embaixo. O olhar no rosto dele confirmava tudo. Você estava morta e eu… eu não conseguia lidar com isso. Foi quando eu fui pro Inferno, mas você não estava lá, e eu pensei… que você tinha ido *lá pra cima*. E isso fazia sentido. Que não importava o que corria no seu sangue, você acabaria lá. – Sua mão parou no meio do caminho pelas minhas costas. – Mas lá em cima você estava totalmente fora do meu alcance. Pra sempre.

Meu coração quebrou quando sua voz falhou.

– Eu sou um demônio, Layla. Eu sou um canalha egoísta. Mesmo que eu pensasse que você tinha ascendido pra um lugar como aquele, eu não poderia nunca chegar até você. Nunca mais. Eu queria ficar feliz por isso, mas não conseguia. Nesses seis dias que você se foi, eu… – Ele limpou a garganta enquanto abaixava o queixo. Seus olhos estavam abertos e havia aquele brilho doloroso e crescente na cor âmbar. – Não havia nada além de raiva e dor. Não era justo. Não com a gente. Não era justo, e quando a raiva finalmente desapareceu, eu estava morto por dentro, Layla. Essa é a maldita verdade. Eu estava morto por dentro.

As lágrimas me cegavam.

– Sinto muito. Eu fiz isso com você e eu sinto tanto…

Roth se mexeu e de repente estávamos ambos de lado, de frente um para o outro e ao nível dos olhos. A mão nas minhas costas pousou ao longo da minha nuca.

– Tem uma grande parte de mim que quer te esganar, mas com amor. – Minhas sobrancelhas subiram pela testa. – Tem uma grande parte de mim que quer ter raiva de você por fazer a escolha que você fez. Tem uma parte gigantesca de mim que quer te sacudir até te fazer entender que você tomou uma decisão que acabou comigo. – Sua mão apertou a parte de trás da minha cabeça. – Você *acabou* comigo, Layla.

A emoção obstruía minha garganta.

– Eu… não tive outra escolha.

Olhos brilhantes se fixaram aos meus.

– E quer saber? Essa foi a parte que mais me matou. Você não teve escolha. Eu entendo isso. Eu percebi isso naquele momento e, sabe, tinha uma parte de mim que entendeu isso no momento em que falamos com o vidente, mas eu não queria aceitar. Talvez se eu tivesse, então poderíamos ter enfrentado isto juntos. Então você… você não teria feito isso sozinha.

– Não – eu sussurrei, colocando minha mão em sua bochecha. – Não havia nada que você poderia ter feito. Você não tem culpa de nada disso.

Seu olhar buscou pelo meu como se ele estivesse procurando por um traço de insinceridade, e, quando não o encontrou, seus olhos se fecharam.

– Layla, a questão é que mesmo que existam partes de mim que se sintam assim, não fazem nada pra estragar a alegria de segurar você em meus braços, a emoção que vem junto com a sensação de escutar seu coração bater e ouvir cada respiração que você toma. É o que mais importa.

Roth estava me dando um passe livre. Não havia dúvidas em minha mente de que ele queria brigar comigo, mas entendia por que eu tive de fazer aquilo, e ele estava deixando passar. Ele nunca deixava de me surpreender com as suas tendências não-demoníacas. Ele disse uma vez que as pessoas com as almas mais puras poderiam ser capazes do maior mal, e eu sabia que funcionava nos dois sentidos, especialmente quando se tratava dele. Eu podia não ser capaz de ver uma alma ao seu redor e todos poderiam dizer que ele não tinha uma, mas, em sua essência, ele era melhor do que a maioria dos seres humanos e Guardiões que eu conhecia.

Seus cílios levantaram enquanto ele deslizava os dedos para fora do meu cabelo e seguia a curva do meu maxilar até a minha boca. Ele roçou o polegar ao longo do meu lábio inferior.

– Eu queria que você não tivesse estado sozinha. Você deve ter ficado tão assustada.

Eu fiquei apavorada, mas não achei que ele precisasse saber disso.

– Você não poderia estar lá comigo – disse a ele baixinho. – Você nunca teria permitido que acontecesse.

– É verdade – ele comentou. – O que... Como aconteceu?

Observei seu rosto.

– Quer mesmo saber?

– Sim. Sim, eu quero.

Respirando fundo, movi a minha mão para o peito nu dele.

– Assim que saí daqui, o Lilin me encontrou. Eu acho que ele sabia que eu iria até ele eventualmente, mas pra me juntar a ele. E ele é... ele realmente é um homem. Eu pedi que ele me mostrasse quem era. Primeiro, ele se transformou em mim. Como se eu estivesse olhando em um espelho.

– Você não é nada como aquela coisa – Roth disse.

Meus lábios se abriram em um sorrisinho.

– Eu sei. Ele finalmente se mostrou. Ele meio que se parecia comigo, se eu fosse um cara. Era estranho. Talvez não, já que ele era meu irmão. Tenho uma família muito perturbada.

Ele bufou.

– Baixinha, essa é uma coisa que eu consigo entender bem.

Eu arqueei uma sobrancelha.

– Eu o esfaqueei no coração. Ele não suspeitou de nada. – Nesse ponto, eu deixei de fora os detalhes sangrentos sobre toda aquela história de como era morrer. – Eu acabei nesse lugar bizarro, no entremeio. Eu vi… voltei a ver a minha mãe.

Seu belo rosto foi tomado por uma expressão de choque.

– O quê?

– Não era realmente ela. Mais como seu espírito. Todos nós estávamos conectados. Quando o Lilin morreu e eu estava morrendo, ela foi capaz de vir até mim. – Eu parei, franzindo a testa. – Ela agiu feito uma imbecil. De novo.

Roth soltou uma risada de surpresa.

– Eu podia ter te contado que isso ia acontecer.

Eu estreitei meus olhos para ele, mas contei o que Lilith dissera para mim.

– Ela falou comigo por um tempo, e então o mundo começou a desmoronar ao meu redor. Pensei ter ouvido ela dizer que me amara quando eu era um bebê e me segurara pela primeira vez, mas não tenho certeza. Isso não combina com todo o resto que ela me disse.

"Enfim, Lilith me disse que eu estava morrendo e pareceu… Pareceu que eu pisquei e então eu estava na casa da árvore. Não pareceu que os dias tinham passado. Talvez minutos, no máximo uma hora ou mais. Eu não achei que ia ter isto, uma segunda chance. Ainda não sei como consegui."

A dor reluziu em seu rosto, e ressoou dentro de mim. Sua voz era baixa quando ele falou:

– Achei que eu nunca mais fosse te ver novamente. Que eu passaria uma eternidade desejando você; ficando de luto por você. Eu poderia ter lidado com isso se eu soubesse que você estava viva e feliz. Teria sido difícil. Eu provavelmente passaria muito tempo batendo minha cabeça contra uma parede se você acabasse com o Pedregulho – Ele fez uma pausa. – E eu provavelmente também teria sido um *stalker* assustador te vigiando. Quer dizer, sou um demônio. O que é que alguém espera de mim? Mas por mais que isso fosse difícil, eu poderia suportar porque você estaria viva.

Virando a cabeça, eu beijei a palma da mão dele.

– Isso não é algum tipo de sonho ou alucinação, é?

– Acho que não, mas se esse for o caso, não quero acordar. – O nariz dele roçou o meu enquanto falava. – Eu poderia passar uma eternidade assim.

Eu mordi o lábio, sabendo que eu ainda precisava dizer muito mais.

– Foi tão difícil deixar sua cama… te deixar. Eu quero que você saiba disso. Fazer isso me pesou muito. Doeu, Roth, e foi a coisa mais difícil que eu já tive que fazer na vida. Minha única esperança era que um dia você me perdoasse e encontrasse algum tipo de paz, porque eu tinha que fazer o que fiz. Eu tinha que…

– Você precisava… salvar o mundo – disse ele com suavidade. – E você salvou. Olha só para você, sua pequena heroína, salvando a humanidade do apocalipse.

– Acho que salvei, né? – Era estranho pensar nisso. Acreditar nisso. Eu meio que sentia como se alguém me devesse um suprimento vitalício de massa de biscoito amanteigado, minha comida favorita no mundo todo. – Isto vai soar terrível de admitir, mas quando eu… bem, depois que tudo aconteceu e eu estava deitada lá, pensei que salvar o mundo realmente não valia a pena, porque eu…

– Eu entendo o que você tá dizendo. Você nem precisa terminar a frase, e não, isso não faz de você uma pessoa terrível. Se eu tivesse feito do meu jeito, estaríamos descansando em alguma ilha distante enquanto o mundo à nossa volta se acabava.

– Não, você não teria ido embora.

Uma única sobrancelha escura se ergueu.

– Você me dá muito crédito, Layla. É exatamente o que eu estava planejando. Eu ia te raptar e te levar embora. Achei que podíamos sobreviver, mesmo contra os Alfas, enquanto a gente bebia mojitos e se bronzeava. Pelo menos a gente ia tentar, e eu estava disposto a ver o mundo queimar se isso significasse estar lá com você pra assistir acontecer. Eu não teria sacrificado você. Minha… compaixão pelos outros, com exceção de você, não é tão profunda.

Ele estava sendo honesto e ele era um demônio, então não era realmente como se eu pudesse culpá-lo por nada disso.

– Então foi só isso com Lilith? – Ele deslizou o polegar ao longo da minha bochecha. Quando acenei com a cabeça, ele franziu a testa. – Eu não entendo. Como você voltou pra cá?

– Você quer dizer como é que estou viva?

Seus lábios franziram.

– Eu estava tentando evitar falar desse jeito, pra eu não parecer ingrato ou qualquer coisa do tipo.

– Eu não sei como, Roth. Eu estava me perguntando se você tinha feito alguma coisa. Fez outro acordo, talvez?

– Eu tentei. Fui até as bruxas, mas elas disseram que não havia nada que pudessem fazer – explicou. – Eu consegui ver Bambi. Bem, Bambi saiu daquela mulher no momento em que eu apareci. Foi… eu precisava vê-la naquele momento – Ele respirou fundo. – Eu não fiz isso acontecer, Layla. Confie em mim. Se eu pudesse me vangloriar sobre salvar você, já estaria fazendo, mas isto… eu não tenho nada a ver com isto.

– Então quem foi? – eu sussurrei.

Ele sacudiu um pouco a cabeça.

– Não sei. Deve ter sido um poder superior. Talvez os Alfas?

Eu bufei. Muito atraente, mas não pude evitar.

– Duvido muito. Eles me odeiam. Provavelmente fizeram uma festa com pizza nas nuvens quando souberam que eu tinha morrido.

– Festa com pizza? – ele murmurou, o canto de seus lábios virando ligeiramente. – Devem ter aberto um barril de cerveja, isso sim.

– Valeu.

Aquele ligeiro sorriso se abriu um pouco mais quando ele ergueu o olhar para o meu.

– Sabe de uma coisa? Não importa. Você tá aqui. Isso é tudo o que importa pra mim.

Eu não tinha certeza se importava quem me salvou, mas havia uma parte de mim que ainda estava preocupada, porque e se alguma criatura aleatória viesse coletar essa dívida, como as bruxas fizeram?

Eu não gostava da ideia de alguém aparecer exigindo algum tipo de pagamento sem aviso prévio.

A menos que tivesse sido Castiel, de *Sobrenatural*, porque aí eu estava totalmente de boa com ele me elevando da perdição se foi isso que aconteceu.

Roth guiou minha cabeça para trás e me beijou, alongando-se de uma forma que fez meus dedos dos pés enrolarem.

– Neste momento, só quero pensar no fato de que você tá aqui. É só nisso que consigo me concentrar. – Ele mordiscou meu lábio inferior de um jeito rápido e delicioso. – Se alguém ou algo aparecer um dia procurando pagamento, vamos enfrentá-lo juntos.

Me ajustando de maneira que nossos corpos estivessem colados um no outro, eu enterrei meu rosto contra o peito dele.

– Juntos – sussurrei.

– Juntos – ele repetiu. – Nunca mais você vai ter que enfrentar algo assim sozinha. Não importa o que aconteça. Vou ficar colado em você, se for preciso.

Pela primeira vez desde que acordei na casa da árvore, a tensão aguda aliviou nos meus músculos e eu sorri. Mesmo durante toda a bela recepção que Roth me dera, eu não tinha realmente sorrido. Eu tinha feito muitas outras coisas, mas agora, enquanto ele beijava o topo da minha cabeça, tudo o que eu podia fazer era me sentir radiante.

Não importava o que acontecesse, enfrentaríamos qualquer coisa que surgisse juntos.

Roth me colocou deitada de costas na cama. Pairando sobre mim com seu peso apoiado nos braços poderosos, ele sorriu aquele sorriso de canto de boca que costumava me enfurecer. Mas agora era um vislumbre do Roth pelo qual eu me apaixonara; o Roth com o qual eu ia fazer o possível para compartilhar a *eternidade*.

Capítulo 31

– Então… como é morrer e voltar à vida?

Eu sacudi a cabeça enquanto franzia a testa para o celular.

– Você já me fez essa pergunta tipo umas três vezes.

Stacey bufou e o som ecoou pelo banheiro.

– Eu pergunto todos os dias que eu falo com você só pra ter certeza de que nada mudou e que você não vai se transformar em um zumbi. Não quero ter que dar uma de Rick Grimes pra cima de você.

Revirando os olhos, ajustei o comprimento do meu cabelo em um coque alto, e depois enfiei cerca de cem grampos para mantê-lo no lugar.

– Isso não vai acontecer, e eu seria um morto-vivo, não um zumbi.

– Mera semântica – ela respondeu. – Eu vou te ver hoje?

Eu acenei com a cabeça, e então percebi, feito uma idiota, que ela não podia me ver pelo viva-voz.

– Sim, Roth e eu estamos planejando passar por aí hoje à noite. Ele falou algo sobre comer umas batatas fritas com queijo.

Stacey e a mãe, junto com seu irmão mais novo, ainda estavam ficando na casa da tia dela. Eles esperavam ir para uma casa nova até a primavera, mas a casa da tia era tão chique quanto o casarão brega que Cayman tinha adquirido.

– Eu já te disse o quanto eu gosto de Roth e todas as boas ideias dele? – ela perguntou.

Rindo, peguei meu suéter do balcão.

– Você gosta dele porque ele te leva comida.

– Eu gostaria ainda mais se ele agisse como um demônio de verdade e transformasse meu irmão em um sapo ou algo assim – ela murmurou.

Enquanto eu puxava o suéter grosso sobre a minha cabeça, Robin passou pelo meu ombro e acabou se esticado ao longo da parte inferior das minhas costas.

– Eu não acho que Roth tenha a capacidade de fazer isso.

– Ele podia tentar – foi a resposta dela, e eu praticamente conseguia ouvir o beicinho em sua voz. Pegando o telefone, desliguei o viva-voz enquanto ia para o quarto. Franzi a testa quando vi um dos gatinhos encolhido feito uma bolinha felpuda em cima do cachecol que eu planejava usar. Era Thor.

Droga.

Uma dor de perda conhecida me atingiu no peito quando me aproximei com cautela da cama. Eu sentia falta de Bambi. Depois das coisas acalmarem um pouco, lembrei que Roth tinha falado que conseguiu vê-la. Entramos em contato com o *coven* e, surpreendentemente, eles nos permitiram visitar. Ver Bambi tinha apaziguado um pouco da dor no meu peito. Eu sabia que ela estava feliz e bem, tratada como uma princesa, mas ainda assim, mesmo que o apocalipse tivesse sido evitado, ela não pertencia mais a nós.

– Então... – Stacey alongou a palavra. – Você tá se arrumando pra ir falar com Zayne?

Parei a alguns metros da cama, minhas sobrancelhas arqueando.

– O quê? Como você sabe que estou fazendo isso?

– Zayne me disse que ele te mandou uma mensagem ontem – ela respondeu.

Thor levantou a cabeça.

– Eu não sabia que ele tinha te dito isso – murmurei distraidamente, pensando em como eu poderia ter acesso ao meu cachecol sem ter meu sangue derramado.

– Não te incomoda... que eu e Zayne conversamos, incomoda?

– Como é? – Ignorei a maneira como as orelhas do gatinho se achataram para trás. – Não. Não me incomoda. Por quê?

– Não sei – murmurou Stacey. – Eu só queria ter certeza.

Eu sacudi a cabeça, mesmo que, novamente, ela não pudesse ver.

– Eu acho ótimo que você esteja passando tempo com Zayne – E eu realmente, realmente achava isso. Stacey tinha perdido Sam, e Zayne tinha perdido seu pai... e, de certa forma, ele tinha me perdido. Pelo menos era assim que eu sentia às vezes. – Vocês estão dando apoio um pro outro, e isso é incrível. Eu só não sabia que ele tinha te contado sobre falar comigo.

– Que bom – ela respondeu. – Fico feliz em ouvir isso, porque é legal... É bom ter Zayne por perto agora. – Houve uma pausa. – Roth vai com você?

Eu bufei.

– Hã, não. Se Roth fosse comigo, eles passariam o tempo todo tentando desdizer um ao outro.

Stacey riu.

– Sabe, se não fosse por você, eu acho que eles teriam um *bromance* monumental.

Zayne e Roth tendo um relacionamento amigável e saudável? Improvável.

– Bem, eu vou desligar, mas me liga quando você terminar e me conta como foi com Zayne. Certo?

– Tudo bem. Falo com você em breve. – Depois de dizer adeus a Stacey, eu coloquei o telefone no bolso traseiro da calça, e depois respirei fundo. Eu podia ser metade demônio, metade Guardião, ou outra coisa qualquer, mas aqueles malditos gatinhos me deixavam apavorada.

Jogando-me para a frente, agarrei a ponta do meu cachecol e puxei com força enquanto saltava para longe da cama. A bolinha de pelos demoníaca caiu de costas, as quatro patinhas espetadas para cima. Ficou ali deitado, a rodopiar a cauda de um lado para o outro sobre o edredom.

– Desculpa? – eu disse, afastando-me.

Thor virou a cabeça para mim e soltou o miado mais lamentoso que já se ouviu na Terra. Eu quase andei em direção a ele, para ter certeza de que estava tudo bem, mas então me controlei.

– Eu não vou cair nessa. Você tá bem.

As orelhas do gatinho se abaixaram para trás quando ele rolou e ficou de lado. Então ficou de pé sobre as patinhas e se empertigou pela cama, e eu quero dizer, ele se empertigou *mesmo*, balançando a cauda e tudo. Que malvadinho de merda.

Enrolando o cachecol no pescoço, desci as escadas. Eu podia ouvir Cayman falando na cozinha, algo sobre besuntar versus colocar em salmoura, e embora eu quisesse acreditar que ele estava falando sobre um peru, não estava disposta a apostar nisso. Eu tinha acabado de descer as escadas quando Roth entrou pela porta.

Meu coração deu uma cambalhota. A simples visão dele fazia isso comigo, e eu duvidava que isso mudasse algum dia.

Por mais alto que Roth fosse, a largura de seus ombros era impressionante por si só, mas acrescente a obra de arte que era seu rosto e os olhos que brilhavam como joias de topázio, e ele roubava o fôlego e os corações por onde quer que fosse.

Roth estava usando uma camisa térmica azul escura de mangas compridas e, mesmo com o cinto cravejado, seu jeans preto pendia distraidamente para baixo. Quando ele ergueu um braço para passar os dedos através do cabelo, afastando o corte mais longo de sua testa, a camisa subiu e eu pude vislumbrar um bom pedaço de pele dourada e aqueles dois pequenos recuos em ambos os lados de seus quadris.

Roth estava sorrindo quando finalmente arrastei meu olhar para o dele.

– Continue olhando pra mim assim, Baixinha, e você não vai sair dessa casa tão cedo.

O calor inundou minhas bochechas enquanto eu brincava com a amarração que eu tinha feito no meu cachecol.

– Não estava olhando pra você de nenhum jeito específico.

– Quantas vezes tenho que te dizer que você mente muito mal?

Eu enruguei meu nariz para ele.

– Que seja.

Ele cruzou a distância entre nós. Pegando minhas mãos, ele as puxou para longe do cachecol, e então começou a reajustar o nó ele mesmo.

– Você tá indo falar com Zayne agora?

– Isso – Eu olhei para ele com cautela. Sabia que ele não estava propriamente entusiasmado com a ideia de eu ir encontrar com Zayne, mas ele sabia o quanto isso significava para mim, então estava basicamente – e surpreendentemente – mantendo o bico fechado sobre isso.

– Robin tá com você? – Arrumando o cachecol até ficar satisfeito, a amarração não parecia diferente de como eu já tinha feito. Ele então colocou as mãos nos meus ombros.

Eu acenei com a cabeça assim que a cauda da raposa se mexeu ao longo da base da minha coluna.

– Nas minhas costas.

Ele franziu a testa.

– Eu ainda não gosto da ideia de você saindo por aí. Eu posso…

– Roth – eu disse, esticando-me e colocando as mãos em seu peito. – Eu vou ficar bem. Você sabe disso. Eu sou oficialmente muito fodona.

– Eu não estou questionando sua capacidade, mas só porque o Lilin se foi e os Guardiões estão dando uma de bonzinhos agora, não significa que todo mundo tá vomitando arco-íris lá fora.

Eca. Eu podia ter dispensado a metáfora.

– Eu sei.

Ele me estudou por um momento, e depois suspirou.

– Estou sendo superprotetor.

– Tá mesmo, torresmo.

Suas mãos deslizaram pelo meu pescoço, provocando um arrepio em mim. Ele cobriu minhas bochechas.

– É difícil não ser, pelo menos por um tempo.

– Eu entendo.

– Me manda uma mensagem quando acabar. Vou encontrar com você – Guiando meu queixo para baixo, ele beijou minha testa, e eu acho que ele também beijou o topo do meu coque, o que foi muito fofo. – Tá bem?

– Certo, esperto. – Eu claramente estava na *vibe* de rimar quando comecei a me afastar, mas ele pegou a minha mão e me puxou de volta. A capacidade de lutar saiu pela janela, porque acabei pressionada contra seu peito. – Roth…

Colocando um braço em volta da minha cintura, ele me dobrou para trás enquanto abaixava a cabeça. Roth me beijou, e ele… uau, ele me beijou como se nunca tivesse feito isso antes, como se fosse a primeira vez dele descobrindo a curva dos meus lábios, e se demorou ali. O beijo foi *minucioso*. Meu pulso acelerou enquanto eu derretia nele, envolvendo um braço em volta do seu pescoço enquanto apertava seu braço com a minha outra mão.

– Ah, pelo amor dos meus olhos inocentes e virtuosos, vocês poderiam não fazer isso onde eu tenho que assistir? – A voz de Cayman atravessou a porta da cozinha.

Roth levantou a cabeça, e enquanto ele se endireitava, eu assisti, entorpecida, enquanto ele sorria maliciosamente para mim.

– Só quero ter certeza de que você não vai se esquecer de mim.

Cayman bufou.

– Acho que ela não vai esquecer isso tão cedo.

Verdade.

Roth parecia bastante satisfeito consigo mesmo.

– Diga oi pro Pedregulho por mim.

Lancei-lhe um olhar, e ele parecia completamente impenitente enquanto piscava e depois se abaixava, beijando-me mais uma vez antes de me soltar. Mas havia uma parte de mim que pensava que Roth não estava sendo um idiota quando se tratava de mandar lembranças para Zayne, e isso por si só já era incrível.

A grama fria era amassada sob as minhas botas enquanto eu atravessava o gramado, indo para *o* banco. A temperatura tinha subido bastante nos últimos dias, derretendo a neve, e o sol estava visível, e mesmo que ainda estivesse frio, as pessoas estavam andando por todos os lugares no National Mall.

Sentando-me, eu imediatamente estremeci quando o gelo da madeira penetrou pela minha calça jeans e esfriou o meu bumbum. Eu me espremi no meu suéter, apertando os olhos para o sol brilhante de inverno.

Os humanos andavam por aí, indo para os museus, alguns sentados em bancos jogando xadrez, outros correndo e sendo saudáveis. Será que algum deles sabia o quão perto tinham chegado do fim do mundo de verdade, tipo com as trombetas tocando e os rios correndo com sangue, esse tipo de fim do mundo?

Eu nem precisei me perguntar isso de verdade, porque já sabia a resposta. Mesmo com as gárgulas despertando e causando estragos, e até mesmo com todas aqueles infelizes que aparentemente haviam caído mortos nas ruas, a humanidade não tinha ideia do quão perto esteve do apocalipse.

Tínhamos salvado o dia. *Eu* tinha salvado o dia, e eles nunca saberiam.

Era como ser o Batman, mas sem a capa.

Mas se eu fosse o Batman, isso faria de Roth, Robin, o Menino Prodígio? Ah, não. Eu não conseguia imaginá-lo aceitando isso, mas o pensamento me fez sorrir de orelha a orelha.

O som de passos chamou a minha atenção, e eu olhei para cima. Zayne estava a poucos metros de mim, uma de suas mãos enfiada no bolso da calça jeans e a outra segurando uma sacola quadrada preta. Seus ombros estavam curvados, seu queixo mergulhado para baixo. Meu estômago fez um movimento estranho, não totalmente agradável. Meu familiar não afetava a minha capacidade de ver auras como Bambi fazia, mas agora eu quase desejei que sim. Teria sido melhor do que ter que ver como... como o brilho em torno de Zayne tinha diminuído. O branco desbotado de sua aura era um lembrete constante do que eu tinha feito com ele.

E não havia sido a única coisa.

Meu sorriso enfraqueceu um pouco, mas eu não deixei que desaparecesse, porque, apesar de tudo, eu estava feliz em vê-lo.

– E aí – ele disse, e sorriu, mas não alcançava aqueles olhos vibrantes. Deus, eu sentia falta daquele sorriso, como ele sorria com o rosto inteiro, com *todo* o seu ser. – Você veio.

Sacudi um pouco a cabeça.

– Claro que vim. Eu te disse que vinha.

– É, você disse. – Ele se sentou ao meu lado, colocando a bolsa do outro lado, e depois enfiou as duas mãos nos bolsos enquanto olhava para frente. Vários minutos se passaram. – Eu só pensei que talvez você tivesse mudado de ideia... ou algo assim.

Fui tomada por compreensão.

– Eu não mudaria de ideia, e Roth nunca pediria isso de mim.

A cabeça de Zayne virou na minha direção. Ele abriu a boca, fechou e tentou de novo.

– Eu... gosto do seu cabelo assim.

– Ah? – Eu estendi a mão, cutucando cuidadosamente o meu coque. – Eu honestamente não fiquei com vontade de fazer nada com ele.

– É diferente. – Ele olhou para mim e rapidamente desviou o olhar. – Enfim, eu queria ver você pra dizer que estou feliz que você esteja bem. Eu não tive a chance de dizer isso quando você apareceu na casa. Todo mundo ficou muito chocado em te ver. – Quanto mais ele falava, mais o constrangimento caía no esquecimento. – Quando ficamos sabendo que o Lilin estava morto, bem... a gente sabia o que isso significava. Eu sabia o que isso significava.

– Sinto muito – eu disse. Percebi que eu andava dizendo muito isso ultimamente, mas era verdade. Eu só queria poder dizer outra coisa.

Um sorriso rápido apareceu em seu rosto antes de sumir.

– Eu sei que você sente. O que você fez foi incrivelmente corajoso. Louco, mas corajoso. Eu não vou te dar uma lição por isso. Tenho certeza... tenho certeza de que Roth já fez isso. – Ele parou, respirando fundo. – Sabe, você não pode duvidar do que você realmente é. Não mais. Por dentro. Você tem que saber. Pra fazer esse tipo de escolha que você fez, você não pode mais duvidar do seu valor. Eu só... eu só queria que você soubesse disso.

Eu fechei meus olhos e soltei uma respiração trêmula.

– Eu... Obrigada. – Isso era tudo que eu podia dizer, porque ele estava certo. Eu sabia o que eu era por dentro. Ser um demônio ou um Guardião não me fazia ser quem eu era. Minhas decisões e minhas ações é que faziam. E eu não era perfeita e não era má. Eu era apenas eu.

Uma brisa jogou uma mecha do seu cabelo loiro através da linha firme da sua mandíbula.

– Chega de falar de mim – eu disse, e Zayne riu. – O quê? – perguntei.

Ele deslizou as mãos para fora dos bolsos enquanto se apoiava contra o banco, relaxando.

– Laylabélula, você morreu e voltou à vida. É difícil não focar nisso.

Ao som do meu apelido, eu fiquei um pouco boba por dentro.

– Certo. Tem razão... – Eu quebrei a cabeça para encontrar algo para dizer, e consegui: – Eu vou voltar pra escola na próxima semana. Roth e Cayman fizeram o lance deles e a diretoria da escola acha que eu estive fora com mononucleose ou algo assim. Posso me formar em tempo.

– Isso é bom. – A sinceridade se agarrava à sua voz. – E a faculdade?

Eu me mexi no banco.

– Eu acho que vou me inscrever pro semestre que começa na primavera, em algumas das faculdades por aqui, mas quando eu terminar a escola, eu meio que quero viajar. – Lembrando da conversa que tive com Roth sobre ver o mundo, sorri. – Eu nunca fui pra lugar nenhum e eu quero ver coisas, tipo a praia, as montanhas... um deserto. Eu tenho tempo pra fazer isso. Muito tempo.

– Isso mesmo. Eu não sei como eu ainda fico esquecendo que você... que você não vai envelhecer nem nada do tipo – Seu maxilar travou. – Mas acho que é legal, essa coisa toda de viajar. Você vai se divertir.

– É. – Era estranho e algo que eu honestamente não ficava pensando muito, mas eu ia ficar sempre com essa aparência... a menos que alguém conseguisse me apunhalar no coração ou cortar minha cabeça fora. Eu realmente precisava mudar de assunto mais uma vez. – Mas realmente, chega de falar sobre mim. Quero saber como as coisas estão indo.

Ele levantou um ombro largo.

– Vivendo um dia de cada vez, pra ser sincero. Alguns clãs próximos estão chegando, pra avaliar tudo. Não é nada pra se preocupar – ele acrescentou quando eu tensionei. – É só uma porcaria burocrática, pelo que Nicolai e Dez falaram.

– Eles têm ajudado muito, não é?

– Têm, sim. Eu tenho mais alguns anos antes de precisar assumir, e eu sei que entre os dois, vão fazer as coisas direito. Eles vão trazer algumas das mudanças necessárias, especialmente com o quão próximos Nicolai e Danika estão se tornando.

Eu sorri, ainda gostando da ideia daqueles dois juntos.

– Uma mudança é definitivamente necessária. As coisas têm sido um pouco... arcaicas – Se Danika conseguisse o que queria, e eu não conseguia vê-la desistindo, as fêmeas do clã teriam muito mais possibilidade de escolha no futuro. – Mas além das suas responsabilidades com o clã, como *você* tá?

Suas sobrancelhas se ergueram.

– É difícil alguns dias – ele admitiu baixinho. – Falar com Stacey tem sido bom. Ela... ela entende, sabe? – Ele parou enquanto eu acenava com a cabeça. – Eu sei que meu pai e eu não concordávamos em muitas coisas no final, mas ele era meu pai e eu o amava – Ele olhou para mim. – Ele te amava. Você sabe disso, certo? Independentemente de qualquer coisa, ele se importava com você.

Lembrando da conversa que Zayne e eu tivemos depois que Abbot morreu, eu acenei com a cabeça.

– Eu sei.

– Eu sinto falta dele.

Eu levantei uma mão para segurar o braço dele, mas parei no meio do caminho. Eu não tinha certeza se ele queria esse tipo de conforto de mim naquele momento.

Zayne deve ter visto o movimento pelo canto dos olhos, porque ele se virou, pegando a sacola preta.

– Eu trouxe algo pra você.

Minhas sobrancelhas voaram.

– Você trouxe?

Ele assentiu enquanto pescava algo lá dentro.

– Eu pensei que você poderia estar sentindo falta disto.

Curiosa, eu assisti enquanto seu braço erguia e uma cabeça marrom esfarrapada e peluda aparecia. Eu juntei as mãos, minha boca abrindo enquanto Zayne tirava um velho urso de pelúcia que já tinha vivido dias melhores.

– O Sr. Melequento – eu respirei, maravilhada.

Zayne tinha me dado o Sr. Melequento na noite em que Abbot me levara para o complexo dos Guardiões. Eu tinha só sete anos e estava apavorada pelas criaturas aladas com suas peles duras de pedra e seus dentes pontudos. Eu corri pela casa, encontrei um armário e me escondi nele até que Zayne me convenceu a sair, oferecendo um ursinho de pelúcia novinho em folha.

Eu amara aquele brinquedo.

Tanto quanto amei Zayne.

Eu peguei o ursinho, apertando-o contra o peito enquanto Zayne limpava a garganta.

– Eu sei que você não é mais uma garotinha. Caramba, eu sei que se for preciso, você me daria uma surra agora, mas pensei... bem, que você sempre pode querer o Sr. Melequento. Ele é seu.

Lágrimas queimaram meus olhos enquanto eu enterrava meu rosto no topo da cabeça do Sr. Melequento e respirava profundamente. O cheiro do que costumava ser a minha casa estava impregnado no ursinho, e eu quase comecei a soluçar ali mesmo. Abraçando aquela pelúcia, eu queria voltar no tempo só pra conseguir mais um abraço de Abbot, antes que tudo piorasse entre nós.

Segurando as lágrimas, levantei meu rosto para Zayne.

– Obrigada. Mesmo.

Ele fechou os olhos brevemente.

– Sinto sua falta, Layla.

Meu peito apertou como se estivesse em um torno.

– Você não precisa sentir – eu sussurrei, inclinando-me em direção a ele enquanto segurava o ursinho. E aqui estamos nós, finalmente tocando na razão pela qual estávamos sentados naquele banco. – Estou aqui. Sinto sua falta, Zayne. Quero ser sua amiga.

– Eu sei. É só que… eu não estou pronto pra isso – disse ele, lançando um olhar para o céu. Seu peito subiu com uma respiração profunda. – Gosto de pensar que um dia estarei. Bem, sei que estarei. Um dia.

– Vou ficar esperando – eu disse a ele. – Estou falando sério. Vou ficar esperando por esse dia.

Parte do peso que carregava dentro do meu coração se aliviou quando Zayne assentiu lentamente. Então ele sorriu enquanto olhava para mim, realmente sorriu aquele sorriso de rosto inteiro que eu cresci adorando, e naquele momento eu sabia que realmente haveria um "um dia" a ser esperado.

Capítulo 32

Zayne e eu conversamos um pouco mais, e quando chegou a hora de ir embora, eu estava relutante em deixá-lo. Eu não sabia quando iria vê-lo novamente. Estava tão perto de saltar sobre ele e abraçá-lo como fiz com o Sr. Melequento, mas eu sabia que ainda era muito cedo para isso.

Com os olhos lacrimejando, assisti a Zayne atravessando o gramado, e esperava que "um dia" viesse em breve. Eu realmente esperava.

Eu coloquei o Sr. Melequento gentilmente de volta na sacola, e quando fiquei em pé caminhei pelo gramado na direção oposta, em direção aos museus. Ia mandar uma mensagem para Roth, mas precisava de uns minutos para entender tudo o que eu sentia. Fiquei feliz por ter visto Zayne e por saber que ele não me odiava, mas sentia muita falta dele. Eu queria que pudesse ser do jeito que era antes de termos ido por aquele caminho romântico, mas eu não conseguia me arrepender de nada do que tínhamos partilhado. Precisávamos experimentar tudo aquilo para ambos sabermos onde realmente estávamos um com o outro. Embora eu quisesse forçá-lo a ser meu amigo agora, eu respeitava e me importava muito com ele para lhe dar todo o tempo que ele precisasse. Por enquanto, só podia ficar feliz por ele ter Stacey para conversar.

Eu cortei caminho por entre os bancos e mesas, concentrando-me em respirar fundo e ritmicamente enquanto a sacola com o Sr. Melequento balançava suavemente ao meu lado. Pelo canto do olho, pensei ter visto um rosto conhecido. Parando no meio do caminho, virei-me para a direita.

Morris estava sentado em uma das mesas de madeira, suas sobrancelhas espessas erguidas em concentração. Uma mão com luva estava apoiada sob o queixo, e a outra pairava sobre peças de xadrez pretas e brancas que estavam estrategicamente posicionadas no tabuleiro.

Eu não sei o que me chocou mais: o fato de que eu estava vendo Morris fora de casa, quando eu não o tinha visto desde a noite em que Abbot morreu, nem mesmo quando eu tinha retornado do... bem, dos mortos, ou o fato de que ele não estava sozinho. Em frente a ele estava uma mulher de cabelos escuros como corvo. Grandes óculos escuros cobriam a maior parte de seu rosto, mas pelo que pude ver de sua posição sentada, ela era alta e esbelta, a pele dourada de sua mão enquanto a movia sobre as peças de xadrez era impecável.

Morris tinha amigos? *Amigas*? Amigas que aparentavam ser muito, muito mais jovens do que ele? Vai fundo, Morris...

A mulher moveu um de seus cavaleiros, pegando o que eu imaginei ser um peão de seu oponente. Quando ela pegou a peça escura, uma nuvem espessa se arrastou sobre o sol, bloqueando-o repentinamente. Assustada, olhei para cima e franzi a testa. Estava tão escuro que quase parecia o pôr do sol.

Um arrepio estranho se contorceu pela minha espinha enquanto eu abaixava meu olhar para eles. O arrepio abriu seus dedos frios pelos meus ombros. Robin ficou inquieto, deslizando pelas minhas costas e rastejando para descansar logo abaixo das minhas costelas.

Morris olhou para cima, seu olhar nobre encontrando o meu. A pele ao redor de seus olhos se enrugou enquanto sorria largamente. Levantei uma mão enquanto o sol se libertava da nuvem escura e mexi os dedos para ele.

Aquilo era muito estranho.

Ele voltou a sua atenção para o jogo de xadrez, e eu tive a sensação de que eu estava dispensada, o que por mim estava estranhamente mais do que bem. Eu não sabia o que estava acontecendo ali, mas comecei a passar por eles, em direção à calçada, quando um zumbido suave e melodioso chamou a minha atenção.

Cada músculo do meu corpo tensionou enquanto minha pele formigava. A melodia, eu reconhecia; sempre reconheceria. *Paradise City*. A mesma música que Roth cantarolava constantemente, mas desta vez, vinha de uma mulher.

Tinha de ser uma coincidência, eu disse a mim mesma enquanto eu lentamente dava a volta. O incrível tom de voz vinha da mulher sentada em frente a Morris.

Ela parou de cantarolar e seus lábios vermelhos se curvaram em um meio sorriso quando ela levantou a mão, tirando os óculos. Então ela virou o queixo na minha direção, e vi seu rosto. A mulher era surpreendentemente linda. Cada detalhe se encaixava perfeitamente. Maçãs do rosto altas e definidas, nariz pequeno e lábios impossivelmente cheios, mas foram os olhos dela que me fizeram perder o fôlego.

Eram da cor de duas joias âmbar... idênticos aos de Roth.

– Sabe – ela disse, falando em uma voz que era espessa como fumaça –, ele sempre foi o meu Príncipe da Coroa favorito.

Meu queixo se desprendeu, e eu olhei para ela como um peixe fora d'água. *Meu Príncipe da Coroa favorito*? *Meu*? Ela era...? Ah, meu Deus.

Ah, meu Deus! O Chefe era uma mulher!

A mulher inclinou a cabeça para o lado e seu cabelo preto deslizou sobre o ombro.

– Ah, eu posso ver as engrenagens girando na sua cabecinha. Aquece meu coração amargo saber que meu Príncipe está com alguém que é pelo menos minimamente inteligente.

Havia uma boa chance de que os meus olhos fossem saltar das órbitas, então aquele insulto passou despercebido por mim.

– Você é...

– Eu aposto que você pode adivinhar o meu nome. Como diz aquela música, eu realmente tenho muitos – Os óculos de sol estavam pendurados em seus dedos enquanto ela me estudava. – Você já se perguntou por que você está aqui, Layla? – Quando eu comecei a olhar em volta, ela riu sombriamente. – Não aqui, neste parque, sua tolinha, mas aí de pé, com sangue correndo nas suas veias e seu coração batendo em seu peito?

Morris ergueu as sobrancelhas novamente. Se por conta do seu último insulto ou pela lembrança da minha quase morte, eu não tinha certeza, mas ele permaneceu em silêncio, como sempre.

– Foi você? – Eu disse depois de um momento. – Você me trouxe de volta?

Ela não respondeu imediatamente.

– Como eu disse, Astaroth é o meu Príncipe da Coroa favorito, mas eu não vou levantar os mortos, nem mesmo por ele. Pelo menos não sem ganhar algo com isso.

Eu sacudi a cabeça.

– Não estou entendendo. Se não foi você...?

– Ah, fui eu. E de nada. – Ela colocou os óculos de sol de volta, mas ainda sentia que ela podia ver dentro de mim. – Mas foi por causa da sua mãe.

Se o vento soprasse naquele segundo, eu teria caído.

– *Lilith* me salvou?

– Lilith prometeu nunca mais tentar escapar se eu te salvasse, e essa foi uma oferta que nem eu poderia deixar passar. Fiz um acordo com ela, e aqui está você.

Mil emoções me inundaram, e eu sentia meus joelhos perderem a força. Lilith me salvou? Descrença rodopiava dentro de mim, misturando-se com esperança, euforia e simplesmente mais choque. Ela finalmente me reconheceu como sua filha e fez algo para redimir-se? A sacola começou a escorregar dos meus dedos e eu firmei meu aperto.

E então me ocorreu.

Se eu tivesse morrido, então Lilith também teria morrido. Não havia razão para o Chefe fazer este acordo a não ser... a não ser que ela o tivesse feito em parte por Roth.

Santo Deus, o Chefe era capaz de sentir compaixão? Cacete, o mundo tinha acabado de virar de cabeça para baixo.

– Agora não fique toda melosa por dentro, minha querida. Se você morresse, ela teria morrido. Então, ela realmente sentiu uma ligação maternal por você, ou no fim das contas estava apenas se salvando? Talvez ela espere que um dia você mude de ideia e a liberte. Desta maneira ela não estaria fugindo, não é mesmo? Quem sabe? Eu realmente não me importo – disse ela, levantando um ombro em um delicado encolher de ombros. – Nem você deveria, porque sabe com o que você deveria se importar? Com o fato de que além dos Alfas, eu sou o único ser que pode desfazer a existência de Astaroth com apenas um estalar... dos meus dois dedinhos.

Esquecendo-me tanto de Lilith como minha possível salvadora quanto de o Chefe sendo incrível, senti as minhas costas endurecerem e os meus olhos se estreitarem quando sua ameaça me atingiu. Uma fúria se apoderou de mim e tive de usar todas as minhas forças para não me transformar ali e assustar algumas pessoas.

Eu nem sequer reconheci a voz que saiu de mim em um rosnado baixo, fazendo com que aqueles que andavam por perto se afastassem, dando-me espaço.

– Posso não ser capaz de te derrotar, mas sei que posso ir de igual para igual com você. Então se você machucar um cabelo sequer da cabeça de Roth, vou me banhar no seu sangue e fazer um colar com as suas entranhas.

Então eu me preparei para uma grande surra que provavelmente traria os Alfas bradando até nós, e talvez eu devesse ter aceitado que Roth viesse comigo hoje, porque meu pequeno passeio de repente tomou um rumo muito ruim.

Mas então Morris sorriu e seus ombros se sacudiram silenciosamente enquanto ela jogava a cabeça para trás e ria alto. Nada do que eu disse era engraçado. Ou pelo menos eu não achava que fosse. Olhei em volta, sem saber o que estava acontecendo.

– Eu gosto de você – ela disse, quando enfim parou de rir. – Eu realmente gosto. Você merece o Príncipe da Coroa.

– Hã...

– E eu posso ver que você e eu... Bem, eu acho que vamos nos dar muito bem – Ela voltou para o jogo. – Vá visitar quando quiser, mas uma última coisa.

– Hã...

Ela pegou um cavaleiro enquanto lambia os lábios.

– Ameace-me mais uma vez, e eu não me importo com o que sua mãe prometera, que amigos importantes você tem por aí, ou o que Astaroth vai sentir... *Você* usará entranhas como um colar, mas elas não serão as minhas.

Muito que bem.

Eu não era idiota, então sabia quando era a minha deixa. Afastei-me da mesa, atordoada, e foi só cinco minutos depois que parei no meio da calçada lotada para me perguntar em voz alta:

– Se aquela mulher é o Chefe, então o que ou *quem* diabos é Morris?

Em vez de mandar uma mensagem para Roth, acabei voltando para casa. Entrei pela porta da frente, colocando a sacola que continha o Sr. Melequento na cadeira da sala de estar. Assim que entrei, Roth estava lá. Movendo-se tão rápido quanto uma sombra, dentro de um segundo, seus braços estavam em torno de mim e seus lábios estavam roçando a lateral do meu pescoço.

Imediatamente, um som suave me escapou enquanto meu sangue esquentava. Uma de suas mãos deslizou sob meu suéter e alisou a minha pele nua, enviando um arrepio quente através de mim.

– Você não me mandou mensagem – ele disse no espaço logo abaixo da minha orelha. Meus olhos se fecharam.

– Hã?

A risada profunda dele me aqueceu.

– Você devia ter me mandado uma mensagem, e eu devia ter ido te encontrar.

– Ah. Sim. Isso mesmo – Eu mordi meu lábio quando ele beijou a área em que seus lábios haviam roçado. Por que eu não tinha enviado uma mensagem para ele? Meus olhos se abriram. – Droga. Você me distrai. Preciso te contar uma coisa.

– Hmm. Me conte uma coisa – Sua outra mão deslizou pelas minhas costas. – Estou ouvindo.

Eu estava tendo dificuldade para respirar.

– Eu não consigo falar enquanto você tá fazendo isso.

– Fazendo o quê? – ele disse inocentemente.

– Você sabe o quê. – Colocando uma mão atrás de mim, eu peguei a sua e puxei-a para longe do meu traseiro.

– Não é minha culpa que você não consegue fazer várias coisas ao mesmo tempo – disse ele enquanto me fazia andar para trás. Ele nos virou e depois se sentou, puxando-me para o seu colo, de modo que eu estava de frente para ele e as minhas pernas estavam pressionadas contra os braços da cadeira. – Agora. Estou sentado. Você tá aqui no meu colo, onde eu gosto que você esteja, e eu estou te ouvindo.

– Certo. – Eu pisquei lentamente enquanto ele sorria para mim.

Ele envolveu os braços nos meus quadris frouxamente.

– Você se encontrou com Zayne?

– Sim, mas não era isso que eu queria te dizer. – Quando suas sobrancelhas se abaixaram, eu o cutuquei no peito com um dedo. – Eu vou te contar tudo sobre isso depois. Foi bom conversar com ele e tudo mais.

– Mas? – Seu olhar caiu para a minha boca, e tive a sensação de que ele ia me beijar.

Eu precisava falar logo isso antes que ele acabasse conseguindo obliterar meu raciocínio, e já era difícil o suficiente quando seus dedos começaram a se mover ao longo do cós da minha calça jeans.

– Mas acho que conheci a sua mãe, Roth.

Seu dedo parou enquanto sua boca se abria. Um olhar sombrio se arrastou em seu rosto, apertando a pele ao redor de seus olhos.

– Minha *mãe*?

– Sim. Você sabe, o Chefe. Ela estava no parque, e eu a ouvi cantarolando *Paradise City*. – Tudo saiu muito rápido naquele momento. – Eu me virei e lá estava ela. E, uau, ela é realmente bonita. Quer dizer, ela se parece muito com você. Não que você seja bonita. Você é lindo e gostoso, realmente lindo e...

– Entendi o que você tá querendo dizer – ele interrompeu. – E obrigado. Mas só desta vez devemos falar sobre outra coisa que não seja sobre como sou gostoso. O Chefe te disse alguma coisa? Fez alguma coisa?

– Bem, ela me disse que Lilith fez um acordo pra nunca mais fugir do Inferno e que foi por isso que eu fui salva, mas isso não faz muito sentido, porque a Lilith morta resolve o problema Lilith. Eu acho que ela... ela aceitou o acordo por você. E ela também disse que você era o Príncipe da Coroa favorito dela. – Cruzando meus braços, eu franzi a testa. – Ela também disse que poderia desfazer a sua existência.

Seus olhos se estreitaram.

– Por que o Chefe diria isso?

– Eu... hã, eu meio que a ameacei.

– Você fez isso?

Mordendo meu lábio inferior, eu acenei com a cabeça.

– Eu meio que disse a ela que eu me banharia no sangue dela e usaria suas entranhas como um colar se ela te machucasse.

Um canto de seus lábios se contorceu.

– Você disse *o quê*?

Eu levantei o queixo.

– Eu queria que ela soubesse que eu não aceitaria passivamente ameaças veladas contra você.

O rosto de Roth amoleceu.

– Baixinha... você me deixa orgulhoso.

Corando, eu olhei para longe enquanto revirava os olhos.

– Tanto faz.

– Estou falando sério. Você tentou me proteger. – Seus dedos se fecharam em volta do meu queixo e guiaram meus olhos de volta para os dele. – Estou honrado por você fazer isso. Tenho certeza de que o Chefe não ficou muito feliz.

– Bem, ela meio que riu... e depois disse que gostava de mim. E então ela basicamente me disse que eu usaria minhas próprias entranhas se eu a ameaçasse novamente. Foi estranho. Você nunca me disse que o Chefe era uma mulher, e a sua mãe. E eu pensei que você chamou o Chefe de *ele* antes. Ou eu estou imaginando isso? Não importa.

Isso sim é uma sogra maluca, meu Senhor.

– Uma mulher? – Ele riu profundamente. – O Chefe é o que e quem quiser que seja.

Agora era eu quem estava olhando para ele.

– O quê?

Ele deslizou a mão ao longo do meu maxilar, segurando minha nuca.

– O Chefe não é minha mãe ou meu pai. Tá mais pra o meu *criador*, e recentemente, por alguma razão, o Chefe tem preferido usar a forma de uma mulher que meio que se parece comigo, mas o Chefe não é homem nem mulher.

Abri a boca, fechei-a e abri novamente.

– Hã...

– Estranho, né?

– É – Minha cabeça girava.

Depois de alguns minutos, Roth franziu a testa pensativamente.

– O que o Chefe estava fazendo no parque?

– Ela estava jogando xadrez... ah, meu Deus, eu quase esqueci! Ela estava jogando xadrez com Morris! Sabe, Morris, o motorista faz-tudo do complexo dos Guardiões. Ele estava lá com ela – Eu me balancei, animada, fazendo Roth ficar com um olhar curiosamente tenso em seu rosto. – Por que ele estava com ela? Por que eles estavam jogando xadrez? Meu Deusinho, eles estavam jogando xadrez! Que clichê! Ah, meu Deus, e se ele é…

– Eu não sei o que ele é – ele me interrompeu.

Meus olhos estavam arregalados.

– Ele nunca fala nada e ele é incrível com uma arma e sabe alguns movimentos de kung fu, mas espera aí… Eu não consigo imaginar… – Eu baixei minha voz – *você sabe quem* atirando ou usando kung fu.

Seus lábios estavam se contraindo novamente.

– Sim, é difícil imaginar o cara lá em cima precisando de uma arma ou de artes marciais.

Verdade. Eu esvaziei como um balão com uma agulha. Por um segundo, eu pensei que eu estava descobrindo algo incrível.

– Mas ele tem que ser *alguma coisa*.

– Tudo é possível – Seus dedos massagearam os músculos do meu pescoço enquanto seu olhar fixava no meu. – Então, sobre a sua mãe…

Inclinei a cabeça, dando-lhe melhor acesso.

– A sua… quero dizer, o Chefe me disse que ela fez um acordo pra nunca mais fugir se eu fosse salva, e no começo, eu pensei, uau, Lilith finalmente fez algo por mim, sua filha, mas então o Chefe me lembrou que se eu tivesse morrido, então Lilith também morreria, que ela sabia disso. Ela estava basicamente se salvando – Eu dei de ombros. – Então, eu acho que agora a gente sabe, hein? Como eu voltei. Eu ainda estou agradecida. Não importa como voltei, só importa que estou aqui.

Sua expressão perdeu suas arestas duras novamente.

– Tem razão. Você tá aqui e isso é tudo o que importa, mas eis a questão, Layla. O Chefe… bem, o Chefe tem momentos de grande compaixão e às vezes faz todo o possível pra evitar levar o crédito por essa compaixão – Ele se inclinou, pressionando a testa contra a minha. – E Lilith poderia ser da mesma maneira. Faz algo bom e depois esconde. Ou talvez só estivesse salvando a própria pele, mas sabe o que mais?

– O quê? – eu sussurrei.

Ele inclinou a cabeça, beijando a ponta do meu nariz.

– Você nunca vai saber o verdadeiro motivo, mas você pode escolher acreditar no que quiser sobre isso. Você não tem que fazer uma escolha agora, mas não importa no que decida acreditar, isso não muda quem ou o que você é, ou o quanto significa pra mim, ou pra Zayne, ou pros outros Guardiões, e pra Stacey. Até Cayman – acrescentou.

– Até Cayman? – Eu ri roucamente.

Ele beijou o canto da minha boca.

– Até ele. Nada disso muda. Aquela mulher, Lilith, se ela fez o que fez pra salvar você, isso é ótimo. Se ela fez isso pra salvar a própria vida, então esqueça dela. De qualquer maneira, isso não muda você.

Eu fechei meus olhos enquanto me inclinava para ele, e ele recebeu meu peso, envolvendo seu outro braço em torno de mim.

– Você tá certo.

– Estou sempre certo, Baixinha.

– Não tá, não – Eu sorri quando ele bufou. – Mas você tá agora. Seria bom saber que Lilith cuidou de mim e fez uma escolha pra me salvar, porque eu sou sua filha, mas isso realmente não importa no final.

– Não. – Ele beijou o outro lado dos meus lábios. – Não importa mesmo.

– Eu importo – sussurrei, e ele recompensou minha resposta com um beijo direto nos lábios. – Você importa. Nós importamos. – Eu recebi outro beijo por isso. – Zayne importa e Nicolai e Dez e todos os outros Guardiões importam. Stacey importa. Até Cayman importa.

Seus lábios se curvaram em um sorriso contra os meus.

– Eu não iria tão longe.

– Quieto. – Desta vez, eu o beijei.

Roth apertou minhas bochechas enquanto se afastava.

– Você tá bem?

Eu sabia que ele estava perguntando não só por causa do que aconteceu com Lilith, mas também com Zayne, e eu o amava muito por isso, muito mesmo.

– Eu estou bem.

– Ah, então é melhor você se segurar, Baixinha.

– Me segurar...? – Eu gritei quando ele se levantou de repente, e me segurei, envolvendo minhas pernas em torno de seus quadris magros e meus braços em torno de seu pescoço.

– Você entendeu – Então ele me beijou novamente enquanto fazia um som baixo no fundo da garganta que me deixou arrepiada. Seus lábios deslizaram sobre os meus novamente, mordiscando e agarrando-se a eles até que aprofundou o beijo com um mergulho de sua língua, e eu senti o piercing de metal. Todos os meus sentidos dispararam em todas as direções, e foi explosivo, e meu coração flutuou, junto com muitas, muitas outras partes do meu corpo. Um anseio conhecido surgiu dentro de mim, e em vez de enviar medo saltando pelo meu sistema, disparou dardos sublimes de prazer através das minhas veias.

– Não pare de se segurar – ordenou Roth, e uma sensualidade sombria aprofundou sua voz. – Eu vou deixar você mais do que bem.

E ele cumpriu aquela promessa.

Seis meses depois...

Um vento quente levantou meu cabelo, jogando os fios pálidos em meu rosto e eriçando as pequenas e sensíveis penas em camadas das minhas asas. A lua estava alta e as nuvens estavam espessas, uma noite perfeita para voar.

Eu estava empoleirada no telhado do One World Trade, um pé na borda, o outro pendurado para fora. As minhas asas estavam arqueadas, impedindo-me de cair. Lá embaixo, luzes deslumbrantes iluminavam as ruas. Eu não conseguia distinguir as pessoas, mas conseguia ver as suas formas, um monte de borrões movendo-se. Ao meu redor havia outros edifícios que se estendiam até o céu, janelas se iluminavam enquanto outras apagavam. Nenhum deles era tão alto quanto eu.

Esticando um braço para trás de mim, coloquei uma mão contra o prédio e fechei os olhos. A triste e poderosa história de renascimento e renovação que havia ocorrido neste pedaço de terra era difícil de não sentir, de não tirar um momento para recordá-la.

Eu tinha aprendido há muito tempo que às vezes os seres humanos podiam ser piores do que qualquer demônio ascendendo dos poços do Inferno. Um apito agudo chamou a minha atenção e os meus olhos se abriram quando deixei a minha mão cair de volta para a borda. O som tinha vindo de algum lugar em Wall Street, e um sorriso abriu meus lábios. Eu me ergui lentamente.

E depois alcei voo.

O vento correu para cima, imediatamente pegando as minhas asas enquanto elas se abriam. Subindo com os olhos fechados, voei mais alto e o ar frio rodopiou sobre a minha pele aquecida, no centro das minhas costas e sobre as minhas asas. Era como Jasmine tinha descrito quando abri os olhos. Eu estendi meu braço e realmente pensei que poderia agarrar as estrelas na minha mão e puxá-las para perto do meu peito.

Talvez eu até pudesse voar diretamente para os céus, mas duvidava seriamente que os Alfas ficariam muito entusiasmados com isso. O simples pensamento de bater em seus portões perolados trouxe um sorriso ao meu rosto enquanto eu me permitia girar como um míssil antes de atingir a parte da atmosfera onde eu poderia facilmente ser atravessada por um avião e começaria a ter problemas para respirar. Eu sabia que se fosse mais longe não seria capaz de respirar, mas também sabia que o instinto tomaria conta e meu corpo me forçaria a voltar para baixo. Eu aprendera isso da pior maneira ontem à noite.

Uma olhada para baixo e era como se o mundo inteiro estivesse bem abaixo de mim. Edifícios se projetavam na minha direção, como dezenas e dezenas de punhos esticando-se. Milhões de pessoas viviam e respiravam em uma área que agora parecia tão incrivelmente pequena.

Que vista incrível da cidade de Nova Iorque.

Uma torrente de vento bateu nas minhas asas, mas eu girei para longe da rajada, e então mergulhei. Fechando as asas para trás, deixei-me ser levada numa queda livre épica. Eu peguei impulso e por um momento a velocidade em que eu caía me fez parar de respirar, mas não havia medo ou pânico, apenas uma incrível onda de adrenalina e alegria.

No meio do caminho de volta para a cidade, abri as minhas asas, desacelerando a minha queda para que eu não entrasse na lateral de um prédio, porque essa teria sido uma ótima maneira de terminar a noite e a minha pequena viagem cruzando o país.

Navegando sobre a cidade, evitei as áreas que sabia que os outros Guardiões frequentavam e planei de volta para o distrito financeiro. O clã de Nova Iorque sabia que estávamos aqui. Dez até telefonou para avisar o seu clã de origem para não se meterem com a gente, mas eu não queria abusar da nossa sorte. Embora eu duvidasse que eu fosse o inimigo número um para eles e que tivéssemos trabalhado juntos há seis meses para impedir o Lilin e o apocalipse, meu parceiro sempre seria outra história, uma história muito complicada.

Abrandando, caí agachada no telhado do que eu pensava ser um banco. Eu tinha acabado de dobrar as minhas asas quando uma forma pesada pousou ao meu lado, fazendo com que pedrinhas se soltassem da borda e caíssem no chão. Arqueando uma sobrancelha, olhei para cima.

Roth estava parado com as pernas abertas e as asas arqueadas. Sua pele era manchada como ônix, brilhante e dura. De peito nu, ele se misturava na noite ao seu redor. Ou teria, se não tivesse mostrado suas presas para mim, e se o crânio na fivela de seu cinto não fosse de um branco reluzente.

– Seu cabelo – disse ele.

Meus olhos se estreitaram enquanto eu resistia ao desejo de levantar uma mão e descobrir o que ele queria dizer.

– O que tem?

Ele sorriu enquanto se ajoelhava ao meu lado, rapidamente tomando sua forma humana novamente.

– Você parece que acabou de sair de um clipe do Guns N' Roses.

– Ah, valeu por isso.

– Possivelmente até o clipe de *Paradise City*.

– Cada vez melhor.

Inclinando-se, ele beijou a minha têmpora e depois a minha testa.

– Muito sexy. Me faz lembrar como ele fica depois que eu passo meus dedos neles e estamos…

– Já entendi. – Eu ri. – Sei bem onde você quer chegar com isso.

– O quê? Eu ia dizer quando estamos acordando de manhã.

Eu bufei.

– Ah, tanto faz.

Sua risada profunda enviou um arrepio através de mim.

– Você me conhece muito bem.

Isso era verdade. Diminuindo a distância entre nós, eu lhe dei um beijo na bochecha.

– Você me viu?

– Sim. – Ele fechou uma mão ao redor da minha nuca, impedindo--me de me afastar. – Eu vi você beijando as estrelas.

Meus lábios se abriram em um sorriso largo. Eu gostei do jeito que aquilo soou.

– Quer me ver beijar minha própria estrela particular? – Sim, isso foi brega, mas mesmo que eu não pudesse ver seu sorriso, eu podia senti-lo em cada célula do meu corpo. A sua proximidade, a sua felicidade e a minha, praticamente fazia o meu corpo ressoar.

– Sempre – ele murmurou.

Inclinando a minha cabeça, eu rocei meus lábios sobre os dele uma e duas vezes. A mão ao longo do meu pescoço apertou enquanto eu corria a ponta da minha língua ao longo da beirada da sua boca maravilhosa. Seus lábios se separaram, e eu aprofundei o beijo, e como toda vez, ele tinha gosto de chocolate amargo e pecaminoso, e como toda vez, um beijo nunca era suficiente. Trocamos mais beijos à medida que nos abaixávamos no parapeito do telhado, a sessenta e poucos andares de altura, e eu sabia que se não parássemos para retomar o ar logo, começaríamos a ficar gananciosos, primeiro com as nossas mãos e depois com outras partes de nós.

Isso também tinha acontecido ontem à noite.

Afastando-me dele, eu soltei a respiração que eu estava prendendo e segurei seu rosto na minha mão quando ele soltou um gemido lamurioso. Eu ri no espaço entre nossas bocas.

– Mais tarde – eu prometi.

O gemido se transformou em um rosnado mais profundo e cheio de aprovação. A antecipação cresceu, formando uma fome muito maior do que a que eu vivia todos os dias.

– É melhor mais tarde chegar logo – ele rosnou. Roth deslizou a mão do meu pescoço para as minhas costas. Através da camisa solta e fina, eu podia sentir o seu calor. – Amanhã vamos embora? Seguir pro Canadá?

Assenti com a cabeça.

– Pro Canadá.

Ele não disse nada enquanto descansava uma mão no meu quadril, e eu estava quieta enquanto olhava para a cidade lá embaixo. Eu estava olhando para o meu futuro enquanto eu me agachava ao lado da minha eternidade, e essa era uma sensação maravilhosa e linda.

Eu ainda não tinha escolhido uma faculdade ou decidido no que eu queria me formar, mas tudo bem. Eu tinha tempo e não queria apressar um segundo sequer.

– Já é mais tarde? – perguntou Roth.

Lançando-lhe um olhar persistente, eu sorri enquanto me erguia com fluidez, com uma graça que eu nunca pensei que seria capaz de ter.

– Só se você conseguir me pegar.

Roth se ergueu de uma vez, capturando minha mão antes que eu pudesse decolar, entrelaçando os dedos nos meus.

– Já peguei, Layla.

E ele me pegou mesmo, muito tempo atrás, quando desfilou por um beco escuro e acabou com um demônio Imitador. Verdade seja dita, eu realmente nem queria fugir.

Isto era amor, e o amor podia mudar as pessoas, ainda que essa pessoa fosse, na verdade, um demônio e o Príncipe da Coroa do Inferno.

– Eu amo você – eu disse, e dizia isso a ele todos os dias, e continuaria dizendo para sempre.

Roth abaixou a testa para a minha enquanto trazia nossas mãos juntas contra o peito, colocando-as acima de seu coração.

– E eu amo você – disse ele. – A cada suspiro que eu der, eu sempre vou amar você.